BESTSELLER

César Vidal (Madrid, 1958) es doctor en historia, filosofía y teología, así como licenciado en derecho. Ha enseñado en distintas universidades de Europa y América, y es miembro de prestigiosas instituciones académicas, como la American Society of Oriental Research o el Oriental Institute de Chicago. Actualmente colabora en distintos medios de comunicación como *La Razón*, *Libertad Digital*, *Chesterton* y *Muy Interesante*. Es autor de más de un centenar de libros, que habitualmente se sitúan en los primeros puestos de las listas de los más vendidos y que han sido traducidos a media docena de lenguas. Entre sus premios literarios destacan el de la Crítica «Ciudad de Cartagena» a la mejor novela histórica del año 2000, el premio Las Luces de Biografía 2002, el premio de Espiritualidad 2004, el premio Jaén 2004, el IV Premio de Novela Ciudad de Torrevieja (2005), el de novela histórica Alfonso X el Sabio 2005 y el Algaba 2006 de biografía. Sus éxitos literarios son numerosos, y pocos autores han logrado ventas tan altas de tantos títulos simultáneamente. Entre sus obras más recientes destacan *Los masones* (2004), *Paracuellos-Katyn* (2005), *Bienvenidos a La Linterna* (2005) y *Jesús y Judas* (2007), y las novelas históricas *El médico de Sefarad* (2004), *El médico del Sultán* (2005), *Los hijos de la luz* (2005), *Artorius* (2006) y *El judío errante* (2008).

Biblioteca
CÉSAR VIDAL

El judío errante

DEBOLS!LLO

Primera edición en Debolsillo: febrero, 2010

© 2008, César Vidal Manzanares
© 2008, Random House Mondadori, S. A.
    Travessera de Gràcia, 47-49. 08021 Barcelona

Derechos cedidos a través de Silvia Bastos, S.L. Agencia Literaria

Printed in Spain – Impreso en España

ISBN: 978-84-9908-154-0 (vol. 562/8)
Depósito legal: B-2845-2010

Compuesto en Lozano Faisano, S. L. (L'Hospitalet)

Impreso en Liberdúplex, S. L. U.
Sant Llorenç d'Hortons (Barcelona)

P 881540

1

El sol se lanzaba en ininterrumpidas oleadas amarillas y blancas sobre la Cúpula de la Roca. A decir verdad, tuve la sensación de que el edificio azulado era como una especie peregrina de bastión inexpugnable que sujetaba las embestidas del astro de tal manera que sus rayos descendieran mansos y casi embridados sobre la irregular explanada del Templo. En otro tiempo, buena parte de aquella extensión había estado cubierta por un santuario elevado al único Dios verdadero al que se oraba, pero, sobre todo, se propiciaba mediante los sacrificios rigurosamente señalados en la Torah que Moisés había recibido en el Sinaí. A pesar de que prácticamente nada quedaba de la grandeza de antaño —las dos mezquitas no eran un resto de aquel sublime pasado sino una muestra de una ulterior invasión, religiosa y política— no me resultó difícil dejarme llevar por la imaginación, mezcla de lecturas previas y de fantasías acariciadas, para pensar en cómo habría sido todo aquello en su era de mayor gloria. Se trataba de una manera como otra cualquiera de pasar el tiempo mientras esperaba a que llegara mi amigo Shai a recogerme. Era un buen sujeto, Shai. Hijo de una familia de judíos alemanes que, a inicios de los años treinta del siglo XX, había escapado a Argentina esperándose lo peor de la llegada de Hitler al poder. A decir verdad, no habían temido lo suficiente. Uno de los abuelos había llegado a la conclusión de que el político del bigote a lo Chaplin no iba a durar mucho en el poder y regresó a su amada tierra germana. Acabó sus días en Auschwitz. La vida de Shai era, no podía resultar de otra manera, una consecuencia de aquellas raíces. Un tiempo en Argentina y un tiempo en Alemania. Luego, la *Aliyah*, la subida a Israel, el solar histórico de los judíos, para participar en una de las guerras que habían amenazado la existencia del Estado desde su fundación en 1948. Ahora vivía a caballo entre España e Israel y se hallaba entregado a la tarea de que los gentiles conocieran a los judíos y se les fueran las ideas —falsas y nefastas— que al respecto ocupaban sus mentes desde varios siglos antes del nacimiento de Jesús. Por lo que a mí se refería, me resultaba especialmente útil a la hora de callejear por Jerusalén o de buscar por Galilea.

¿Qué tiempo pude estar entregado a aquella observación de la otrora explanada del Templo? No sabría decirlo. Menos de una hora con seguridad, pero ¿fue acaso más de diez minutos, de un cuarto de hora, de media? Sinceramente, no hubiera podido precisarlo. Sí me consta que, en algún momento nada fácil de determinar, me adormilé. Quizá cerré los ojos para sentir mejor una brisa acariciadora y tenuemente fresca que se había levantado. No lo puedo afirmar con certeza, pero el caso es que, de forma imperceptible, pasé de la vigilia al sueño.

Fue un dormitar dulce, suave, sin molestia ni agitación. El mentón debió descender y, apoyado en el tórax, perdí toda conciencia. Cuando me desperté, no pude precisar el tiempo transcurrido. Miré hacia el sol y por su posición me dije que lo más seguro era que no se hubiera tratado de más de unos instantes. Y entonces lo vi. Me estaba observando, eso era cierto, pero llevaba a cabo su comportamiento con discreción, casi me hubiera atrevido a decir que con sutil elegancia. Fisgaba, pero nadie hubiera podido acusarle de no someterse a las reglas más elementales de la obligada cortesía y de la indispensable buena educación.

—*Boker tov** —dijo al fin.

---

* Buenos días.

—*Boker tov* —respondí de manera rutinaria. Suponía yo que el recién llegado que me había estado observando durante mi sopor no tenía intención alguna de entablar una conversación conmigo. Mi hebreo podía resultar pasable a la hora de leer y traducir, pero en el momento en que pretendía utilizarlo como lenguaje de comunicación, ponía de manifiesto unas deficiencias innegables.

—*Aní lo medaver ivrit tov…* —le dije con una sonrisa de excusa y añadí—: *Aní sefaradí…**

El hombre —me pregunté qué edad podía tener— me sonrió. No parecía sentirse molesto por mi revelación de manera que pensé que quizá también era un extranjero como yo.

—Puedo… hablar español. Con su permiso —me dijo a la vez que tomaba asiento a mi lado.

—Sí… —respondí ya tarde.

—¿Es su primer viaje a Jerusalén? —me preguntó.

Su acento me resultó peculiar. En Israel, viven centenares de miles de personas cuya lengua materna es el español aunque, por regla general, en sus versiones hispanoamericanas. No hubiera resultado extraño que fuera un judío argentino o uruguayo el que se dirigiera a mí. Sin embargo, aquel hombre no hablaba con acento del otro lado del Atlántico. ¿Podía tratarse de un sefardita cuya lengua materna era el castellano del siglo xv? Yo había tenido oportunidad de escuchar en varias ocasiones aquel acento entre aquellos judíos que defendían tenaz, casi encarnizadamente, aquella modalidad del castellano denominada ladino y no me había dado esa impresión. La gente que habla en ladino tiene, hasta donde sabía, un acento muy fuerte y la pronunciación de algunas consonantes resulta marcadamente distinta a la del español actual. Desde luego, jamás hubiera pronunciado aquellas jotas con esa resolución. Bueno, no tenía mayor importancia. Lo más seguro es que se tratara de alguien que había

* No hablo bien hebreo. Soy español.

9

aprendido la lengua, como tantos otros en Israel, en los últimos años.

—No —respondí a su pregunta—. En realidad, he venido varias veces a Israel. Estuve aquí una temporada cuando trabajaba en mi tesis doctoral.

—Ah, ¿sí? Vaya… ¿Era sobre algo relacionado con la arqueología?

—Sólo de pasada —respondí—, pero sí, algo tenía que ver.

—Bueno, al menos no era sobre los palestinos… —dijo el recién llegado.

«Sobre los palestinos…» Había escuchado a varios israelíes referirse al tema con el mismo tono de voz que aquel hombre. Era una mezcla de «usted no tiene ni idea». «¿Contempla con la misma simpatía a los terroristas que actúan en su país?» y «si tan bien le caen, ¿por qué no se los lleva a casa? Aquí hay de sobra.» Desde luego, yo no tenía el menor deseo de enzarzarme en una discusión sobre los palestinos.

—Fue una tesis sobre el período del Segundo Templo —respondí desviando la conversación.

—¿El Segundo Templo? —repitió arqueando las cejas—. Vaya… ¿es usted judío?

—No. No lo soy, pero durante años me he dedicado a la investigación sobre ciertos períodos de la historia judía.

—Interesante —dijo el hombre con un tono que me resultó imposible de interpretar. ¿Hablaba en serio o, simplemente, se mostraba cortés?

—Lo es —dije e inmediatamente me di cuenta de que acababa de decir una obviedad.

—¿Tiene usted un cigarrillo?

—No. Lo siento. La verdad es que no fumo.

—Ya… —dijo un tanto desilusionado.

Durante unos segundos se mantuvo en silencio. Puesto que parecía obvio que no era un ladrón, concebí la esperanza de que se marchara de un momento a otro.

—Así que el Segundo Templo…

—Pues sí…

—La verdad es que yo he conocido el Templo en mejores situaciones. Sí, recuerdo cuando estaba en pie.

Sus palabras me sorprendieron. ¿Este templo? Me dije que no podía haberle escuchado bien. El Templo de Jerusalén había sido arrasado por las legiones romanas de Tito en el año 70. Hacia casi dos mil años. ¿Cómo podría haberlo visto en mejores tiempos? Sentí una cierta inquietud. Jerusalén resulta una ciudad especialmente adecuada para la aparición de locos del más diverso pelaje. Se trata de gente que lo mismo anuncia el cercano fin del mundo que se proclama mesías o se presenta como profeta. Desde luego, lo último que me apetecía tener a mi lado en esos momentos era a un trastornado, fuera o no de carácter religioso. Decididamente, tenía que marcharme. Apoyé las manos en la piedra donde estaba sentado y me dispuse a incorporarme. Me encontraba a punto de hacerlo, cuando el hombre volvió la mirada hacia mí y me dijo:

—¿Ha oído hablar de Jesús de Nazaret? Imagino que sí. Bueno, pues yo lo conocí.

2

—Fue hace mucho tiempo por supuesto —añadió con la misma naturalidad que si estuviera indicando dónde se encontraba una calle o cuál era el estado del tiempo—. Déjeme ver… en torno al año 30 de esta era. Sí, más o menos.

Por primera vez me detuve a observar el aspecto del recién llegado. Vestía de manera sencilla, modesta, incluso austera, pero su camisa azulada y su pantalón tejano no parecían pobres y mucho menos sucios. El pelo, escaso, ralo y gris, aparecía pegado al cráneo y se unía con una barba corta, blanca y afilada, como si le hubieran sacado punta con una navaja justo bajo el chato mentón. Las manos, de palma ancha, pero finas, no parecían, sin embargo, las propias de un obrero manual. Todo lo contrario. Habría podido ser un intelectual, un profesor, quizá incluso un artista. ¿Qué edad tendría? Era difícil de calcular. Su buen aspecto obligaba a pensar que se hallaba en algún punto situado entre los cincuenta y cinco y los sesenta años, pero ¿dónde exactamente? Las facciones regulares, el cabello escaso y la sensación de energía dificultaban enormemente la especulación al respecto. En cualquier caso, sin embargo, lo que resultaba inverosímil es que contara con casi dos milenios de existencia.

—Parece usted muy joven para… eso —objeté e inmediatamente me arrepentí de haberlo hecho.

—La juventud es una circunstancia muy relativa —me dijo

como si lo que acababa de señalar unos momentos antes resultara totalmente lógico— y, si me permite que se lo diga, al final, no tiene mucha relevancia. Hay jóvenes, incluso niños, que mueren antes de empezar a vivir y viejos que dilatan su existencia década tras década. En mi caso, en realidad, deberíamos hablar de siglos.

—¿Hay muchos como usted? —pregunté mientras pensaba que sería de desear que mi amigo Shai apareciera de una vez con el automóvil y yo pudiera desaparecer de la presencia de aquel enajenado.

—¿Como yo? ¿Se refiere a mi edad? No. Por supuesto que no. ¿En qué cabeza cabe que la gente iba a vivir milenios?

Desde luego, pensé para mis adentros, ¿en qué cabeza podía caber? En ninguna salvo en la suya. La de un enfermo mental.

—Yo mismo —prosiguió—. No estaría aquí si no fuera por Jesús. Como le he señalado antes, lo conocí.

—¿Fue usted uno de sus discípulos? —le pregunté no porque me interesara lo más mínimo lo que pudiera decir, sino porque no deseaba llevarle la contraria antes de que Shai apareciera de una vez.

—¿Quién? ¿Yo? No, por supuesto que no —me respondió con los ojos arqueados por la sorpresa—. Sus discípulos murieron hace mucho. Yo sigo vivo.

Estuve tentado de llevarme las manos a la cabeza. Aquel loco se veía a sí mismo como alguien superior a los discípulos del mismísimo Jesús. ¡Dios mío! ¿Por qué me había tocado a mí? Pero ¿dónde estaba Shai?

—Además la mayoría de los seguidores de Jesús eran galileos. De la zona en torno al mar de Tiberíades. No voy a negar que había algunos de Judea y de Perea, pero, en general, se trataba de pobres gentes del norte.

—Y usted no era galileo, claro.

—No lo soy —me corrigió—. No. Yo nací en Jerusalén. Usted sabe que todavía en la actualidad son infinidad los judíos que compran aquí una tumba para estar entre los primeros en resucitar cuando llegue el mesías. Mi familia no tuvo nunca ese problema. Llevaba aquí desde hacía generaciones. Algunos decían que desde la época de Zorobabel, pero no me atrevería a asegurarlo. ¿Sabe usted quién era Zorobabel?

Sí. Por supuesto que lo sabía, pero no tenía muchas ganas de continuar aquella conversación absurda. A decir verdad, lo único que quería era que llegara Shai, subirme a su coche y desaparecer de aquel lugar. De todas formas, era mejor que yo lo explicara a que él me diera una conferencia al respecto.

—El que inició las obras de construcción del Segundo Templo y uno de los héroes del regreso del destierro de Babilonia —respondí de manera formularia, casi cansina, como si fuera un niño que recita una lección sin el menor interés.

—Sí. Más o menos —aceptó condescendiente—. Pues bien, había gente en casa que pretendía que nuestra familia formaba parte del grupo de Zorobabel, pero a saber... nosotros, los judíos, nos dejamos llevar por la imaginación en algunas ocasiones.

Se detuvo como si esperara alguna observación, pero yo no tenía el menor deseo de apostillar a sus delirantes afirmaciones. Debió de percatarse de ello porque reanudó inmediatamente su relato.

—La gente de Jerusalén en aquella época era... éramos muy especiales. No le voy a decir que todo fuera ideal o maravilloso o feliz porque le mentiría, pero el Templo daba una vida a esta ciudad que no es ni lejanamente posible imaginar ahora. Fíjese. En estos momentos, ¿qué queda de aquello? Nada. Absolutamente nada. En la explanada, dos mezquitas; en el resto del muro, un montón de judíos que no se parecen en nada a los que yo conocí entonces porque van vestidos como en la Edad Media, europea por más señas, ¿y el resto de la ciudad?... ¡Una ciudad como cualquier otra! Entonces, la clave del perdón de los pecados, de la cercanía a Dios, de la proximidad con el Altísimo estaba ahí enfrente. Pero no se trataba sólo de eso. ¡No! ¡Qué va! Además estaban los pastores que proporcionaban rebaño tras rebaño al Templo para los sacrificios, y los herreros que mantenían debidamente afilados los útiles para el holocausto, y los músicos que entonaban las melodías propias de cada festividad, y los sastres que se ocupaban de las vestimentas de los sacerdotes y... y... y... bueno, hasta los curtidores que aprovechaban las pieles de las bestias ofrecidas a Dios.

Me dije que, efectivamente, la Jerusalén del siglo I no debía de haber sido muy diferente de lo que comentaba aquel hombre y que, desde luego, había que reconocerle un cierto entusiasmo en el relato.

—Para nosotros, los judíos de aquella época, el Templo constituía el único lugar donde Dios podía ser adorado de una manera correcta y verdadera —dijo mientras clavaba la mirada en la explanada como si viera algo que escapaba a mis ojos—. Por supuesto, las casas y las sinagogas eran lugares de oración, pero la adoración estricta, la que debía realizarse según los preceptos de la Torah, tenía como sede el Templo. Aquel edificio era... ¿cómo le diría yo? De entrada, enorme. Sí, sé que comparado con los que pueden verse en Europa, por no decir en América, resultaba reducido, pero entonces... Bueno, estoy convencido de que debía de ser uno de los monumentos de mayores dimensiones de todo el Imperio. La construcción, como usted seguramente sabe, fue iniciada por Herodes el Grande como medio siglo antes de la época a la que me refiero. ¡Ah! El zorro de Herodes... No era judío, sino idumeo y deseaba congraciarse con nosotros los judíos. Las tareas de edificación duraron décadas. De hecho, sólo concluyeron poco más de un lustro antes de ser destruido por los romanos. Verá.

El judío alargó el brazo y comenzó a señalar hacia la explanada.

—El Templo era de área rectangular, más ancho por el norte que por el sur. ¿Lo comprende? Esa altura sobre la que se hallaba situado es el monte Moria, el lugar donde Abraham había llevado a su hijo Isaac para ser sacrificado. ¿Me sigue?

Asentí con la cabeza. El individuo, sin ningún género de duda, era un trastornado, pero hubiérase dicho que estaba viendo a la perfección lo que describía.

—En aquella época —dijo mientras trazaba en el aire arcos con ambas manos— el Templo se hallaba rodeado de murallas con almenas. Además tenía cinco puertas y... mire, mire, ahí... entrando por la puerta sur, en poniente, estaba, en primer lugar, el patio destinado a los *goyim*, que se llamaba así porque en el mismo podían estar los que no eran judíos.

El hombre se detuvo un instante y dijo:

—A propósito. Usted no es judío, ¿verdad?

—No —respondí un tanto molesto por la insistencia o el olvido de mi interlocutor.

—Sí. Ya lo suponía. Bueno, a lo que íbamos. A una altura de algo más de un metro de este patio, el de los *goyim*, se hallaba el santuario. Allí no podían entrar los *goyim*, aunque sí tenían la posibilidad de ofrecer, gracias a nuestros sacerdotes, sus ofrendas a Dios. A este patio se accedía a través de nueve puertas. Ahí... ahí... ahí... ¿Me atiende? ¿Sí? Pues ahí... y ahí... Bueno, y ahora si nos movemos de oriente a poniente, se encontraba el patio de las mujeres, en el que podían pasar las que eran judías, pero sin traspasarlo; el patio de Israel, donde podía penetrar todo varón israelita con la edad adecuada y tras purificarse debidamente y ahí mismo, sí, ahí... separado por una balaustrada baja, se hallaba el patio de los sacerdotes. Ahí, al frente estaba el altar de los holocaustos donde, diariamente, realizaban sus sacrificios los sacerdotes. ¿Me sigue?

Realicé un gesto afirmativo. No estaba seguro de que entendía bien todo lo que me decía e incluso tuve la sensación de que se contradecía en algún detalle con lo que yo sabía o creía saber sobre el lugar, pero me veía obligado a reconocer que no le faltaba elocuencia.

—Bien —dijo—. Pues entonces prosigamos. El Templo, en un sentido estricto, se dividía en el lugar santo, donde estaban el altar del incienso, una mesa para el pan de las proposiciones y la menorah, es decir…

—El candelabro de siete brazos —me adelanté.

—Efectivamente, el candelabro de oro con siete brazos. Tras el santo, se hallaba el santísimo, que estaba separado del anterior mediante una cortina exquisitamente bordada. Dentro del santísimo no había muebles ni, por supuesto, imágenes, porque, como usted sabe, la Torah prohíbe su fabricación y rendirles culto. A decir verdad, sólo existía una piedra grande…

—¿Llegó a verla usted alguna vez? —pregunté con el tono más inocente de voz del que fui capaz.

El judío frunció el entrecejo al escuchar la pregunta. Luego sonrió maliciosamente y dijo:

—Usted sabe de sobra que no. ¿Cómo iba a hacerlo? A ese sitio sólo entraba el *Cohen ha-Gadol*, el sumo sacerdote, y sólo una vez al año, en Yom Kippur, el Día de la Expiación.

—Sí, claro… —balbucí al comprender que la trampa que le había tendido había sido demasiado burda como para resultar efectiva.

—El servicio cotidiano del Templo —continuó el judío— era algo verdaderamente sin parangón. Imagino que usted habrá tenido ocasión de observar ceremonias católicas u ortodoxas. Quizá incluso ambas. Créame. Nada de nada en comparación con lo que sucedía aquí a diario. Bajo el control único de los sacerdotes, cada mañana y cada tarde se ofrecía un holocausto en favor del pueblo, que consistía en un cordero macho de un año, sin mancha ni defecto, acompañado por una ofrenda de comida y otra de bebida, más la quema de incienso, la música y las oraciones. Claro que también hay que tener en cuenta lo que eran los sacerdotes… Yo imagino que en todas las religiones intentan ser cuidadosos a la hora de escoger el clero, con mayor o menor éxito, pero procurando esmerarse. Bueno, pues le digo lo mismo que con los cultos. Nada en comparación con lo que sucedía en el Templo de Jerusalén. Verá, el acceso al sacerdocio sólo estaba permitido a los descendientes de Aarón, el hermano de Moisés, el hombre utilizado por Dios para librar al pueblo de Israel de la esclavitud de Egipto, y sus genealogías se custodiaban con esmero precisamente para evitar las intrusiones indeseadas. Bueno, cómo sería todo que incluso había unas reglas muy estrictas para establecer cómo podían y debían contraer matrimonio. Su servicio era esencial para el pueblo de Israel y había que cuidar todos y cada uno de los detalles.

—Debió de ser impresionante —dije con cierta ironía—. Y un tanto caro, ¿no? Me refiero a todo el sistema de culto.

Sin duda alguna, aquellas palabras dejaban traslucir mi incredulidad. Pero el judío estaba demasiado enfrascado en los supuestos recuerdos de tiempos pasados rebosantes de gloria como para advertir lo que había de burlón en mi pregunta.

—Como institución —respondió con tono solemne—, el Templo se mantenía mediante un sistema de contribuciones muy bien elaborado que iba desde los diezmos a una tributación especial y a las ofrendas relacionadas con el rescate de los primogénitos varones y con otras cuestiones. Pero no me distraiga. Le estaba hablando de las fiestas. En mi época, había seis de especial relevancia, a saber: Purim, Pésaj, Pentecostés, Yom Kippur, Shavuot y la Dedicación. Su significado...

—Conozco de sobra su significado —dije un tanto harto de aquella exposición que hubiera podido dar un guía de Jerusalén medianamente espabilado.

—Sí... sí, claro... —dijo el judío—. Usted me ha dicho que trabajó con el período del Segundo Templo. Seguramente podría haberme ahorrado toda esta explicación.

—Seguramente —asentí yo con una muestra de malhumor que bordeaba la mala educación.

—Bueno, el caso es que a mí la cercanía del Templo me llenaba de alegría. No tenía que venir de lejos para acudir a sus fiestas, conocía a muchos de sus sacerdotes y hasta mantenía cierta relación con la familia del *Cohen ha-Gadol*.

—Ah, ¿sí? —dije a la vez que sin disimulo me llevaba la mano a la boca fingiendo un bostezo que sólo pretendía desanimarlo para que interrumpiera el relato.

—Sí —respondió sin que pareciera que hubiera advertido mi comportamiento desconsiderado—. A decir verdad creo que por eso Jesús me cayó mal desde el principio.

3

—Fue durante aquella Pascua —continuó el hombre—. Por aquel entonces, la vida me iba… ¿cómo le diría yo? Bien… no, bien es poco. Me iba muy, pero que muy bien. Mis padres habían acordado mi matrimonio con una joven llamada Esther y ya había comenzado a correr el año de los esponsales, al término del cual podríamos celebrar la ceremonia de la boda. Seguramente usted sabe que uno de los mandamientos que Dios le dio no sólo al pueblo de Israel, sino a todos los hombres fue el de *peru urebu*.

—Creced y multiplicaos —traduje del hebreo al español.

—Muy bien. Sí. Creced y multiplicaos. Pues bien, yo estaba a punto de cumplir ese mandamiento y lo iba a hacer además con verdadero entusiasmo. Pero es que, por añadidura, el trabajo había prosperado extraordinariamente en los últimos tiempos. Mi padre siempre había sido un orfebre notable y yo había aprendido el oficio, pero hacía poco había llegado a la conclusión de que me convenía… ¿cómo dirían ahora? Diversificar. Sí, diversificar el mercado. Los rendimientos que derivaban del taller de orfebrería había que invertirlos y ¿en qué?, se dirá usted.

—No tengo ni idea —comenté escasamente interesado en el relato.

—En perfumes. Sí. No ponga esa cara. En perfumes. ¿Y por qué en perfumes?

—¿Porque es un objeto de lujo como las joyas? —aventuré.

El judío me miró sorprendido. Tuve la impresión de que no esperaba que acertara con la respuesta adecuada.

—Pues… sí, exacto. Precisamente por eso —dijo a un paso de la estupefacción—. A los clientes ya los conocía. Se trataba de la gente que me llamaba para que les arreglara un brazalete, les fabricara un anillo o les tasara un collar. No eran muchos, claro, porque aquélla no era una sociedad de consumo como la actual, pero lo que te pagaban daba para vivir holgadamente. Y, como usted se ha imaginado, se trataba de personas que también estaban dispuestas a adquirir perfumes. Bueno, perfumes o ropa cara o muebles distintos de los que podía ofrecer un carpintero corriente. El caso es que, como le estaba contando, el futuro no podía ser más prometedor.

—¿Y Jesús? —pregunté mientras intentaba saber qué tenía que ver todo aquello con su afirmación de haber tenido contacto con él.

—Bueno, Jesús no era muy conocido en Jerusalén. Es cierto que había acudido a alguna de las fiestas importantes en los años anteriores y que se había armado cierto revuelo, pero luego regresaba a Galilea y creo que la mayoría de la gente se olvidaba de él. Así de simple. Además no crea usted que resultaba tan claro saber quién pretendía ser. Unos decían que era Elías, otros que era uno de los profetas. No le digo más que incluso no faltaban los que se empeñaban en afirmar que era Juan el Bautista, al que había decapitado Herodes. Este Juan…

—Conozco la historia de Juan —le interrumpí.

—Sí. Debí suponerlo. En cualquier caso, yo no llegué a conocerlo, de manera que poco puedo relatarle sobre él. Bueno, como le decía, a mí todo me iba bien. Mis padres tenían buena salud, me esperaba contraer matrimonio con una mujer de la que me habían dicho que era hermosa y, sobre todo, buena, y los negocios marchaban viento en popa. Y entonces, cuando todo discurría a las mil maravillas, un domingo, Jerusalén se conmovió como si actuara agitada por los perversos efectos de un poderoso hechizo. Yo había acudido al taller de perfumes que acababa de comprar y estaba oliendo alguno de los encargos que habíamos recibido para comprobar si agradaría a un cliente y entonces comencé a escuchar un guirigay tremendo por la calle. En aquel entonces, en general, teníamos tranquilidad en Jerusalén, pero, por lo que me había contado mi padre, no podía descartarse que se produjera algún tumulto obra de exaltados…

—Sí. Esta ciudad es famosa por los locos que produce —dije con mi peor intención, aunque el judío no pareció percatarse de lo que había pretendido señalar.

—Bueno, el caso es que envié a Isaac, uno de los aprendices que trabajaban en el taller para que averiguara lo que sucedía.

—¿Y de qué se trataba? —pregunté siguiéndole la corriente.

—Tardó bastante en volver —continuó hablando como si no hubiera escuchado mi pregunta—. Reconozco que, a medida que pasaba el tiempo, comencé a sentirme molesto. Le había enviado a enterarse de lo que pasaba y daba la sensación de que había decidido aprovecharse para no trabajar. Estaba realmente indignado, pero que muy indignado, y entonces el muchacho reapareció.

Se detuvo el judío y tragó saliva. Me dio la impresión de que acababa de toparse con un obstáculo y que no le resultaba fácil seguir con la narración. Mejor. Cuanto antes quedara de manifiesto que era un desequilibrado, antes se sentiría avergonzado y dejaría de darme la lata. Y a todo eso, ¿dónde estaba Shai?

—Estaba… estaba… ¿cómo podría decírselo? Estaba como bebido, no, más bien como drogado. Caminaba lentamente, con inseguridad, como si no albergara la seguridad de estar pisando el suelo y la mirada… ay, la mirada… estaba como ido, como si viera más allá de lo que nosotros podíamos observar… Le agarré del brazo y lo zarandeé a la vez que le preguntaba por qué había tardado tanto. Entonces clavó sus ojos en los míos y dijo: «He visto al mesías».

—¿He visto al mesías? —repetí un tanto sorprendido.

—Sí. Eso mismo. Y, hay que reconocerlo, daba la sensación de que así era porque el muchacho parecía hallarse suspendido entre el cielo y la tierra. Sentí un escalofrío, sí, lo reconozco, pero tenía demasiado trabajo por hacer como para entretenerme con las estupideces de un muchacho. «Sí, bien, bien, le dije, pero ¿tú crees que está bien perder así el tiempo?»

—¿Y qué le respondió?

—El muchacho sonrió, sonrió de una manera extraña, como si tuviera compasión de mí. ¡De mí! Y entonces me contó que había visto al mesías. Iba montado no en un caballo de guerra, sino en un asno, en un pollino, y la gente tendía sus mantos ante él, y agitaba palmas y también ramas de olivo y le gritaba: *Hosanna!*

—Sálvanos...

—Justo. Sálvanos. No puedo ocultarle que me sentí un tanto impresionado. Verá: yo era un judío religioso. Cumplía con la Torah escrupulosamente y, por supuesto, creía en que el mesías debía aparecer en algún momento. Pero ¿en ese momento? ¿Justo entonces? Sinceramente, me costaba aceptarlo. Así que le pregunté en ese momento si los romanos se habían desplomado a su paso, si había tomado la fortaleza Antonia, si había dado alguna prueba de su mesianidad, si... bueno, el caso es que el muchacho me dijo que algunos de los fariseos habían reprendido a aquel hombre por consentir que las muchedumbres lo aclamaran como mesías y entonces se había vuelto hacia ellos y les había dicho: «Si éstos callaran, las piedras hablarían». Como lo oye. «Si éstos callaran, las piedras hablarían.» Me di cuenta de que aquel pobre chico estaba bajo los efectos de una impresión enorme, hoy supongo que lo denominarían *shock*, así que le dije que se sentara y reposara un poco, a la vez que pedí con una seña a uno de los trabajadores que le echara un vistazo. Durante el resto del día, me volqué en el trabajo intentando que se me fuera de la cabeza todo lo que aquel estúpido me había contado. Sin embargo, me resultó imposible. Cada vez que parecía que aquel mesías se me despegaba de la mente algo me lo recordaba. Para remate, hacia el final del día, dos clientes se pasaron por el comercio y comenzaron a contarme la misma historia que ya había escuchado al aprendiz. Eran mayores y no mostraban el mismo entusiasmo, pero apenas podían ocultar que les había impresionado aquel sujeto cuyo nombre, según me dijeron, era el de Jesús. Debo insistir en que no creían en él, pero insistían en preguntarse si podría resultar cierto que los últimos tiempos hubieran llegado. Cuando se marcharon, decidí que, después de todo, no estaría mal que me enterara personalmente de lo que había sucedido. No es que pensara que hubiera posibilidad alguna de que aquel Jesús fuera el mesías, pero deseaba saber el terreno que estábamos pisando. Se acercaba la Pascua, la ciudad estaba rebosante de peregrinos y lo único que faltaba era que algún loco se pusiera a hacer estupideces que acabáramos pagando todos. Di orden a los empleados de cerrar el comercio un poco más tarde y me encaminé hacia la casa del sumo sacerdote. Creo que le he dicho ya que era un cliente…

—Sí, creo que sí.

—La ciudad se encontraba rebosante de gente que comenzaba a llegar para la celebración de la Pascua, pero conocía perfectamente las calles y, a pesar de las aglomeraciones, no me costó mucho llegar hasta la morada del sumo sacerdote. No puede usted imaginarse el revuelo que había.

—Bueno, si estaba cerca la Pascua…

—No. No se trataba de eso. Era… era como si el aire estuviera cargado de una tensión espesa, una forma de presión que te oprimía los pulmones provocando que tu respiración resultara más difícil y que además con cada inspiración te penetrara en el cuerpo una sensación insoportable de tristeza. ¿Cree usted que los edificios pueden tener una atmósfera de pesar o de alegría?

—Pues no sabría qué decirle… —respondí desconcertado por la pregunta.

—Le aseguro que la tienen. Hay casas en las que se entra y sobre uno desciende la paz, mientras que en otras parece que la muerte te roza, casi como si te arrojara encima su aliento. Sí, es así, pero no me pida que se lo explique porque ignoro totalmente la razón. Bueno, fuera como fuese, lo cierto es que aquella casa exudaba algo pesado y deprimente. Estuve tentado de marcharme e incluso me quedé parado en el patio sin saber qué hacer, pero entonces una criada me vio. Me conocía de pasar por allí con cierta frecuencia y me saludó. «No puedes imaginarte cómo están todos, me dijo; luego, bajando la voz, añadió: Dicen que ha aparecido el mesías.» Sentí un peso en la boca del estómago al escuchar aquellas palabras. O sea que estaban al corriente. Bueno, me dije, es lo más lógico. A fin de cuentas, ¿qué sucedía en Jerusalén que no supieran y controlaran los sacerdotes del Templo? Le daba vueltas a todo esto cuando en la puerta apareció uno de los asistentes del sumo sacerdote. Con éste, en particular, había hablado muchas veces y al verme, sonrió y me dijo: «Vienes en un mal día. Muy mal día». La sensación de malestar que experimentaba desde hacía un buen rato se me acentuó al escucharle. «No puedes imaginarte la que se ha armado en el Templo», añadió mientras sacudía la mano derecha y lanzaba un silbido. «Pues no, no lo sé», le dije. Miró fugazmente a uno y otro lado, se acercó a mí, me agarró del brazo derecho y me apartó unos pasos. «Verás, me dijo. Se trata de un sujeto que se llama Jesús. Al parecer, lleva tiempo afirmando que es el mesías. Hay quien dice que es un endemoniado. Desde luego, una pretensión así roza la blasfemia, pero lo peor es que hay muchos que se lo creen. Pues bien, esta mañana, ha entrado en Jerusalén y la gente lo aclamaba. ¿Puedes creerlo? Lo aclamaban.» Hizo una pausa, volvió a mirar a uno y otro lado como si temiera que nos descubrieran mientras estábamos charlando y añadió: «Pero lo peor fue lo que pasó después. Ese tal Jesús se dirigió al Templo. Bueno, todavía si hubiera acudido a orar… pero no, qué va, llegó hasta el patio de los *goyim*, donde están los animales para el sacrificio y las mesas de los cambistas y… no sé si te lo vas a creer. Se hizo con un látigo de cuerdas y echó a todos los animales y luego… luego volcó las mesas de los cambistas. Imagínate. ¡Con lo necesarios que son! ¿Cómo se va a llevar dinero al interior del Templo que lleve imágenes grabadas en contra de lo ordenado en la Torah? ¡Esos cambistas que sustituyen las monedas con signos paganos por las nuestras son indispensables! ¡No se les puede atacar! Realizan un servicio que nos beneficia a todos. Como ves, lo sucedido ya resultaba bastante grave, pero es que entonces se puso a gritar como un poseso y a decir que la casa de su padre era una casa de oración y nosotros la habíamos convertido en una cueva de ladrones.

»Le confieso que me quedé pasmado al escuchar todo aquello. Pero ¿quién se creía que era ese Jesús? Aunque hubiera sido el mesías, y eso estaba por ver, ¿cómo se atrevía a entrar de esa manera en el Templo del único Dios verdadero? Pensaba en todo ello cuando el sacerdote me dijo: "Ya puedes imaginarte en la situación en que nos encontramos… Un motín, una revuelta, un disturbio y los romanos acabarán lanzándose sobre Jerusalén y destruirán la ciudad y el santo Templo y entonces ¿qué sería de la nación? Ese Jesús es un peligro y, desde luego, no puede consentirse que por él acabemos todos acarreándonos la desgracia". Asentí a lo que me acababa de decir. Para ser sinceros, me pareció que estaba cargado de razón. Llevábamos una etapa prolongada de sosiego y tranquilidad como para que ahora llegara aquel personaje de Galilea y nos arrojara al desastre y…»

—¿Y no pensó que pudiera ser el mesías? —le interrumpí.

El judío frunció los labios en un gesto que podía haber sido de duda y guardó silencio.

4

Durante unos instantes, el extraño personaje no pronunció palabra alguna. Tuve la impresión de que acababa de tocar en su alma un punto débil y neurálgico oculto en medio de aquel disparate continuado que llevaba ya un buen rato relatando. Su rostro mostraba una ligera contracción, como si le molestara una úlcera o sintiera los efectos de una indigestión. Por un instante, pensé que aquella absurda experiencia había llegado a su final, que Shai aparecería de un momento a otro y que me podría marchar de aquel lugar dejando tras de mí a aquel trastornado imaginativo e inquietante. Me equivoqué.

—Charlamos todavía un rato —dijo inesperadamente— y durante los siguientes días procuré no volver a pensar en Jesús ni en lo que me había dicho el asistente del sumo sacerdote. Creo que lo conseguí. De hecho, entre los preparativos para la cena de Pascua y el trabajo que tenía que despachar antes de que comenzaran las celebraciones se me fue pasando el tiempo casi sin darme cuenta y entonces llegó la noche más importante de la fiesta y recordamos como pueblo la manera en que Dios había descargado sus plagas sobre el faraón para liberarnos y cómo en la última había acabado con todos los primogénitos salvo los de Israel cuya vida quedó preservada por la sangre de un cordero inocente puesta en las puertas y cómo, finalmente, dirigidos por Moisés nos sacó de Egipto y nos hizo pasar a salvo el mar de las

Cañas aplastando al ejército del rey tiránico que nos perseguía. Y nos gozamos con el tierno cordero asado y con las cuatro copas de vino que alegraban el corazón y con el canto de los salmos del Hallel que elevaba nuestras almas y volvimos a sentirnos libres como una nación bajo Dios.

Por un instante, le habían brillado los ojos como a un niño que disfruta rememorando un día de regocijado asueto. Luego, de la manera más inesperada, se detuvo y respiró hondo.

—Me enteré de que lo habían prendido por un cliente que vino a comprar no recuerdo qué. No es que hubiera creído nunca en él, como usted puede imaginarse, pero sentí rabia al conocer su detención.

—¿Lamentó que la llevaran a cabo?

—No… no, más bien, todo lo contrario. Lo que me indignó fue que se tratara de un impostor más y de que en su soberbia necedad nos hubiera puesto a todos en peligro.

—¿De verdad cree usted que Jesús era un peligro?

—No tenía entonces la menor duda —respondió el judío a la vez que bajaba la mirada—. Lo que aquel sacerdote me había dicho era una realidad. Dura si usted desea verlo así, pero innegable. Jesús había entrado en Jerusalén proclamándose mesías, la masa lo había aclamado y se había dirigido al Templo para llevar a cabo unas acciones intolerables. Era sólo cuestión de tiempo que se produjera un disturbio y los romanos…

—¿De verdad piensa usted que Jesús habría provocado una revuelta? —le interrumpí—. La verdad, no creo que alguien que predicaba que había que perdonar a los enemigos y orar por los perseguidores…

—Usted no vivió en esa época —cortó el judío.

Estuve tentado de decirle que tampoco él, pero opté por mantenerme callado. ¿Qué sentido tenía discutir con un loco? Pero ¿por qué tardaba tanto Shai?

—El Nazareno… bueno, no. Tiene usted razón. No creo que él lo hiciera, pero ¿y los que lo vitoreaban y le pedían a gritos que los salvara? Ésos eran como un montón de paja seca ante la que se pasea uno con una antorcha en la mano. Y además, no se trataba sólo de los judíos. Estaban también los romanos... los romanos eran gente extraña. No necesitaban razones para hacer algo. Tenían sus propios planes y los llevaban a cabo por encima de cualquier circunstancia.

—Pero si, como usted dice, los romanos hubieran deseado aplastarlos por... alguna razón desconocida, Jesús no les hacía ninguna falta.

—Ya, ya, ya... pero... pero insisto en que usted no vivió en esa época —me volvió a decir y yo opté por guardar silencio—. Y nadie sabe lo que habría podido pasar si no lo hubieran detenido... Bueno, el caso es que el día siguiente a la Pascua, el que viene después de la cena de celebración, Poncio Pilato, el gobernador romano, condenó a Jesús a ser crucificado.

—Si no recuerdo mal, porque las autoridades del Templo se lo habían entregado antes —dije con un tonillo de voz un tanto impertinente.

—Sí. Es cierto, pero ya le digo que yo estaba convencido de que no tenían otro remedio. Quiero decir que si Roma no hubiera limitado el poder del Sanhedrín, éste no sólo habría detenido a Jesús sino que además lo habría condenado y después ejecutado la sentencia. Pero no tenía esa posibilidad... estaba obligado a entregarlo a los romanos para que le dieran muerte.

—Para que le dieran muerte... —repetí con cierto retintín, pero si el judío lo captó, aparentó no haber escuchado nada y prosiguió con su relato.

—Aquella mañana, me dirigí al trabajo como cualquier otro día. Las fiestas duran lo que duran y no deben prolongarse innecesariamente. Llevaba ya un buen rato ocupado con una pieza muy especial, un anillo que debía entregarle a un pariente de un sacerdote que pertenecía a la familia de Caifás, cuando escuché un sonido raro en la calle.

—¿Un sonido raro?

—Sí. Algo extraño. Era como un gemido, un gemido que no se acababa y que iba aumentando poco a poco. En un primer momento, se lo confieso, pensé que se trataba de un animal que agonizaba, pero, a medida que fue creciendo, me di cuenta de que aquel ruido sólo podían emitirlo gargantas humanas. Si se ha encontrado usted en alguna situación parecida, sabrá que no es fácil saber cómo comportarse...

—No sé si lo entiendo.

—Por supuesto que sí. Por un lado, uno siente que debería salir para brindar ayuda a quien la necesite, pero, por otro, la prudencia nos dice que puede tratarse de la trampa de unos facinerosos, de un peligro que hay que eludir por el bien de los nuestros; en fin, de multitud de cosas que convierten en desaconsejable el asomar las narices.

—Ya...

—Si dice «ya» de esa manera es porque quizá nunca se ha visto en situación semejante —comentó molesto el judío y yo decidí no discutir con él—. Pero el caso es que yo sí que salí a la calle. Quería ver de dónde procedía aquel gemido. Miré a la derecha y nada y entonces, al dirigir la vista hacia la izquierda, distinguí a algunas mujeres. No supe al principio de quién se trataba, pero, de pronto... bueno, no pude evitar un escalofrío. Eran... eran las que acudían a acompañar a los condenados a la cruz. Se trataba de gente buena, piadosa, que, siguiendo una de nuestras tradiciones más acendradas, sólo pretendía confortar a los reos en sus últimos momentos, pero creo que no tendré que explicarle por qué su visión me resultó... desagradable. Iban llorando y no crea que actuaban como meras plañideras. No. Sollozaban de todo corazón. Con sentimiento. Con una pena que no podían contener en el pecho y que les brotaba, transformada en lágrimas, por unos ojos enrojecidos. «Traen a Jesús, me dijo un hombre que se había adelantado unos pasos. El que decía que era el mesías.» Escuchar aquellas palabras y sentirme envuelto por la angustia fue todo uno. Pero lo peor estaba por llegar. Si el contemplar a las mujeres me había resultado desagradable, el contemplar… a Jesús… bueno, eso, me cortó la respiración.

El judío guardó silencio a la vez que bajaba la cabeza. Me percaté de que había comenzado a respirar con dificultad, como si llevara ahora sobre los hombros un fardo voluminoso.

—Yo había visto en otras ocasiones a los reos de la pena de cruz —dijo con una voz apenas audible—. Por regla general, llevaban algún corte, algún moratón, alguna contusión fruto de su prendimiento o de su paso por las mazmorras. Por lo demás, su aspecto no solía ser especialmente malo, pero aquel Jesús… nunca lo había visto con anterioridad, pero no pude evitar preguntarme qué era lo que habían encontrado en él los que lo habían seguido. A decir verdad, no se podía hallar nada que lo hiciera atractivo a la vista. Era como una raíz raquítica que emergiera de un trozo de tierra seca. La cara parecía una masa sanguinolenta. Sanguinolenta y… y babosa…

—¿Cómo dice?

—Mire, aquel rostro… aquel rostro mostraba cuajarones de sangre seca, sí… bueno, le habían clavado un yelmo de espinas en la cabeza y la sangre debía de haber brotado en abundancia, pero además… además… bueno, el detalle es asqueroso, pero me dio la sensación de que le habían escupido a placer y los restos de los salivazos se podían advertir más que de sobra.

—Entiendo.

—Y además… bueno, llevaba la ropa adherida al cuerpo. Eso no era tan raro porque, en circunstancias como ésas, los reos sudaban a mares, pero es que aquel hombre… bueno, los regueros que se percibían bajo sus vestimentas no eran de sudor, sino de sangre. Imaginé que lo habían azotado hasta hartarse y que luego le habían arrojado por encima sus vestiduras, vestiduras que, como era de esperar, se habían quedado pegadas. En fin, era comprensible que aquellas buenas mujeres lloraran porque incluso yo, que no sentía ningún aprecio por él, me quedé impresionado al verlo. Entonces… entonces…

El judío abrió la boca, pero de ella no surgió el menor sonido. Tuve la impresión de que las palabras se le habían quedado atascadas en la garganta como si se tratara de una cañería obstruida que no permite el paso del agua. Boqueó una, dos, tres veces y, por primera vez en todo aquel rato, sentí miedo. Aquel sujeto era un desequilibrado, de eso no me cabía la menor duda, pero esa circunstancia innegable no impedía que experimentara un profundo sufrimiento si creía todos los disparates que relataba. Le coloqué la mano sobre el hombro intentando que se calmara, pero él, como si lo hubiera tocado un hierro al rojo, dio un respingo y se apartó. De un salto, se puso en pie y comenzó a caminar ante mí, a un ritmo febril, de izquierda a derecha. Daba unos pasos, tres, cuatro o cinco y describía una media vuelta para repetir la operación en la dirección opuesta. Todo ello sin dejar de hablar ni un solo instante.

—Se paró apenas a unos metros de mi tienda. Sí, estaba a una distancia como de aquí a… a ahí. No crea que más. Y entonces… entonces dirigió la mirada hacia aquellas mujeres y les dijo: «Hijas de Jerusalén, no lloréis por mí. Llorad más bien por vosotras y por vuestros hijos. Porque llegarán días en que dirán: Dichosas las estériles y los vientres que no llegaron a concebir y los pechos que no dieron de mamar. Entonces comenzarán a decir a los montes: Caed sobre nosotros, y a los collados: Tapadnos. Porque si con el árbol que es verde hacen esto, ¿qué no harán con el seco?».

El judío se detuvo un momento, me miró y dijo:

—¿Se da usted cuenta? Estaba a un paso de que lo clavaran a una cruz romana y se le ocurrió decir a aquellas mujeres que lo suyo no era nada comparado con lo que le esperaba a nuestro pueblo. Y lo peor fue el comentario final: «Si con el árbol que es verde hacen esto, ¿qué no harán con el seco?».

—¿Cómo interpreta usted esas palabras? —pregunté intrigado.

—¿De verdad, no lo entiende? Él, Jesús, era el árbol verde, el que daba fruto, el sano, el mesías y, a pesar de todo eso, a la vista estaba dónde iba a terminar. Por lo tanto, que se fuera preparando el resto del pueblo que era estéril espiritualmente con la que se le vendría encima. ¿Lo comprende? Estaba anunciando el juicio de Dios sobre nosotros. ¡Él! ¡Él que tanto daño podía habernos causado a todos! ¡Él que podía haber arruinado nuestra vida con sus pretensiones absurdas e injustificadas! Comprenda usted que al escuchar aquellas palabras, me sintiera indignado. Sí, indignado. Pero ¿cómo se podía ir a la muerte con esa… prepotencia? Le confieso que, por un instante, me olvidé del lamentable estado en que se encontraba para solamente sentir irritación.

Se detuvo el judío y respiró hondo. Fue casi como si se encontrara a punto de llegar al final de una cuesta y necesitara todo el resuello posible para rematar la empresa.

—Entonces aquel hombre, Jesús, dio unos pasos y se acercó a mí. La distancia era escasa. Supongo que por eso los romanos no vieron nada extraño en su comportamiento. Debieron pensar que tan sólo continuaba el camino hacia el lugar de la ejecución. Bueno, el caso es que llegó a mi altura y me dijo: «¿Podrías darme un poco de agua mientras descanso en tu puerta?».

Experimenté en ese instante la sensación de conocer el resto de la historia, pero se trataba todavía de una impresión demasiado vaga como para identificarla con certeza. ¿Dónde había escuchado antes una narración semejante? ¿Dónde?

—¿Se da cuenta? ¡Me pidió agua! ¡Mientras descansaba a la puerta de mi negocio! ¡No! ¡Ni hablar! ¡Nada de eso! Aquel hombre era un farsante, un impostor, un miserable, ¿y pretendía que yo le diera agua? ¿Quería que le dejara descansar a mi puerta? No, no, no, no…. Le miré y le dije: «Márchate de aquí». Creo… creo que incluso acompañé mis palabras con algún gesto de la mano para que no cupiera ninguna duda.

—¿Y qué pasó entonces? —pregunté aunque estaba casi seguro de conocer la respuesta.

—El… el Nazareno me miró. Me miró muy fijamente. No

estaba irritado conmigo, eso tengo que reconocerlo. No. Parecía más bien apenado. Sí, eso es. Sus ojos… sus ojos despedían una tristeza inmensa. Como si experimentara un dolor insoportable, pero no estuviera dispuesto a que se le escapara una lágrima o un gemido. Y entonces me dijo: «Yo descansaré dentro de poco, pero tú…, tú seguirás vagando por este mundo hasta que yo regrese».

No pude reprimir una sonrisa. Aquel loco no se creía uno de los primeros discípulos de Jesús, pero tampoco pensaba que era un simple contemporáneo. En realidad, estaba convencido de ser el judío errante.

5

—¿Así que es usted el judío errante? —dije con el mismo tono de desaprobación de la madre que ha descubierto al niño hartándose de dulces a escondidas.

—Es una de las formas como me han llamado a lo largo de los siglos —respondió con un aplomo extraordinario.

Aquella contestación, por el fondo y por la forma, constituía una prueba más de que me hallaba frente a un loco que —sólo Dios lo sabía— podía resultar incluso peligroso. Ante el descubrimiento de una demostración más de su insania, podía haberse irritado o, por el contrario, haberse afianzado en sus afirmaciones delirantes. Era obvio que había optado por lo segundo.

—Me podría haber quedado en mi comercio durante todo el día. Trabajo la verdad es que no me faltaba. Sin embargo… sin embargo, decidí seguir al Nazareno en su camino hacia el suplicio. Fue un camino lento y pesado. Llevaban también con él a otros dos, que eran malhechores, para que les dieran muerte y cuando llegaron al lugar llamado de la Calavera, le crucificaron allí, y a los malhechores, uno a la derecha y otro a la izquierda.

El judío suspiró y se pasó la mano sobre la boca en un gesto cuya intencionalidad no terminé de entender.

—Estaba solo, ¿sabe? Muy solo. Quiero decir que aquel hombre debía de haber tenido seguidores, pero… no, ninguno estuvo con él cuando llegó al lugar de la Calavera. Mientras le arrancaban las ropas y lo tendían sobre la cruz, observé que decía algo, pero no pude entenderlo. ¿Rezaba? ¿Se encomendaba a Dios? No llegué a captarlo. Sea como sea, lo clavaron a la cruz con una precisión escalofriante. Era obvio que los romanos conocían de sobra su oficio. Actuaron con la misma facilidad con que un carnicero hubiera cortado una pierna de cordero o un costillar. Luego lo levantaron ejecutando una serie de movimientos que dominaban a la perfección. Imagino que usted no habrá tenido nunca la oportunidad de ver alguna crucifixión…

—Gracias a Dios, no —respondí sin poder evitar un escalofrío de horror.

—Mejor. Mucho mejor. Se trata de un espectáculo verdaderamente espantoso. La cruz se levanta desde tierra y se queda hincada en un hoyo. Por unos instantes, el madero se bambolea y el reo se mueve con él. Sólo que está clavado y ese vaivén provoca que los clavos se muevan a través de su carne. Estoy seguro de que el dolor tiene que resultar insoportable. De hecho, los delincuentes crucificados con el Nazareno lanzaron unos alaridos capaces de helar la sangre en las venas.

—No lo dudo —dije con un hilo de voz.

—Jesús no se quejó. De eso me acuerdo muy bien. Tuvo que ser espantoso, no me cabe duda, pero ni gritó ni maldijo. Y entonces, cuando lo dejaron allí, colgando entre el cielo y la tierra… bueno, no se lo va a creer, los mismos que lo habían clavado, se sentaron a unos pasos de la cruz y se pusieron a jugarse la ropa del Nazareno a los dados. Como lo oye. A los dados.

—«Y repartieron entre sí sus vestidos, echando suertes» —dije—. Si no recuerdo mal, se trata de una cita del Salmo 22, un texto que habla de los sufrimientos que experimentaría el mesías.

El judío reprimió un respingo, pero no respondió a mis palabras. Por el contrario, continuó el relato mientras clavaba la mirada en un lugar que yo no alcanzaba a ver.

—Poco a poco, comenzó a aparecer gente. El pueblo, sí, ese

pueblo que siempre está encantado de salir a la calle para observar los horrores más atroces, se puso a mirarlo. Comentaban algo en corrillos, movían la cabeza, sacudían la mano… en fin, lo normal. Recuerdo incluso que a mi lado pasó un personaje… ¿cómo le diría yo? No era un artesano, desde luego. Sin duda, se trataba de alguien principal. Bueno, el caso es que cuando estaba a mi altura, le oí que decía: «A otros salvó; que se salve a sí mismo, si éste es el mesías, el escogido de Dios». Y los soldados… Quizá pensaban que no bastaba con haberse quedado con sus ropas sino que además tenían que sacarle un tiempo de diversión a aquella muerte. El caso es que se le acercaban y se reían de él e intentaban que bebiera vinagre. Recuerdo que incluso uno de ellos le gritó: «Si tú eres el rey de los judíos, sálvate a ti mismo». Sí, como lo ha oído, *el rey de los judíos*. De hecho, habían colocado sobre él un título escrito con letras griegas, latinas y hebreas que decía: ÉSTE ES EL REY DE LOS JUDÍOS. Por lo que se refiere a mí, cuando escuché el tono de sorna con que lo llamaba «rey de los judíos» no pude más y emprendí el camino de regreso a casa.

Guardó silencio mientras yo me preguntaba por qué el enunciado de la condena podía haberle resultado tan doloroso incluso más que la visión de los condenados.

—Me pareció obvio que los romanos se estaban burlando de todos nosotros al ejecutar a aquel hombre. Nos estaban lanzando un escupitajo con aquella condena. Era como decir: «¿De modo que éste es vuestro rey? Pues mirad lo que hacemos con él. Lo escupimos, lo golpeamos, lo clavamos a una cruz». Era humillante. Insoportablemente humillante.

—Pero usted no creía que fuera el mesías…

—Pues más a mi favor —protestó el judío—. Ya era intolerable que los romanos nos trataran así, pero que además lo hicieran valiéndose de un impostor… ¡Vamos! Es como si se burlaran de toda su familia por el simple hecho de que una prima lejana a la que no ve desde hace años ha sido sorprendida en la cama con el marido de una amiga…

—No creo que el ejemplo… —intenté protestar.

—Me entiende usted de sobra —me cortó—. Sí, Roma había evitado un problema, pero lo hacía de mala fe, insultándonos, burlándose de nosotros, orinándonos en la cara. Volví a mi tienda llorando. Sí, llorando, pero llorando de rabia, de coraje, de cólera. Por supuesto, podía haberme tomado el día libre. Mis asalariados se hubieran ocupado de todo, pero decidí que era mejor hundirme en el trabajo como si se tratara del estanque dedicado a las purificaciones. Sí, lo mejor era que me sumergiera en mis tareas cotidianas y dejar que borraran de mi corazón lo que había visto en aquella aciaga mañana.

—¿Y lo consiguió?

—Sí —respondió el judío—. No fue fácil, por supuesto, pero sí lo logré. Al menos eso creí. Verá. Cuando era como la hora sexta… sí, la hora sexta, noté que me faltaba la vista.

—¿Que le faltaba la vista? —repetí extrañado.

—Sí. Eso mismo. Al principio, temí que se tratara de alguna dolencia que había hecho acto de presencia de la manera más inadvertida. Estás bien, todo va de maravilla y, de repente, plaff, te quedas ciego. Me asusté, se lo aseguro, pero cuando escuché cómo uno de mis asalariados dijo que no veía… tengo que reconocer que me tranquilicé. Bueno, al menos, en parte. De un salto, abandoné mi mesa y me dirigí hacia la entrada y entonces… no sé… no sé cómo explicárselo. Es posible que le cueste creerlo, pero la tierra estaba cubierta de tinieblas.

—¿Se refiere usted a un eclipse?

—No —respondió el judío negando con la cabeza—. No fue un eclipse. Se trató de algo más fuerte, más poderoso, más… aterrador. Fue como si la noche irrumpiera en medio del día devorándola y además… además todo aquello duró mucho. Las tinieblas debieron iniciarse, como ya le he dicho, en torno a la hora sexta y se mantuvieron hasta la novena. Fue entonces cuando do me asusté de verdad. Ya le he dicho que, al principio, sentí un cierto alivio al percatarme de que no me había quedado ciego, pero aquella... aquella... negrura, sí, negrura, se convirtió pronto en insoportable. Tuve la sensación de que me oprimía como una mortaja, y me privaba de aire, y me podía matar... No sé si alguna vez ha pasado usted por una experiencia semejante. Estás bien, totalmente bien, y, de repente, te percatas de que puedes morirte en el momento siguiente. Bueno, pues eso me pasó a mí. Aquella oscuridad espesa fue como si estuviera metido en un túnel a la espera de caer muerto y entonces... no se ría, entonces, me vinieron a las mientes las palabras del Nazareno, las que había pronunciado en mi puerta.

—¿Se refiere a...?

—Sí, sí —me interrumpió alterado el judío—. Me refiero a las que me anunciaron que tendría que vagar hasta que él regresara. Las recordé. Sí, las recordé como si me las hubiera repetido en ese mismo instante y entonces tuve la seguridad de que no iba a morir en medio de las tinieblas y, poco a poco, me tranquilicé.

—Perdón, no sé si lo he comprendido bien. ¿Me está usted diciendo que creyó en el Nazareno?

—No... no... no es eso —respondió repentinamente desasosegado el judío—. No creí que el Nazareno fuera el mesías. Lo que supe, sí, supe, en esos momentos es que su anuncio era fidedigno y que yo no moriría.

—Pues reconocerá conmigo que no deja de ser un tanto extraña su posición —le dije—. ¿Cómo pudo confiar en alguien en quien no creía? Y disculpe usted lo enrevesado de mi pregunta.

—Es mucho más fácil de lo que parece. Verá, Dios se sirve de los medios más insólitos para hablar. Por ejemplo, usted recordará el relato de aquella burra que Dios utilizó para transmitir un mensaje a Balaam. El mensaje era bueno, pero de ahí no se deduce que debamos aceptar a los burros como profetas divinos.

—Ya... —dije nada convencido, pero, por otro lado, no me parecía que aquel hombre estuviera en condiciones de elevarse por encima de la contradicción.

—No me cree, ¿verdad?

—No es que no le crea… —respondí intentando evitar una confrontación con un desequilibrado— pero no deja de ser curioso que diera usted por buena una advertencia de ese tipo y luego pensara que Jesús era un impostor. En fin, si eso le tranquilizó en aquel momento…

—Sí. En aquel momento me tranquilizó, pero luego… luego regresó la ansiedad.

6

—Aquel mismo día sepultaron a Jesús. Por lo que me contó después un sacerdote, hubo un hombre acaudalado que entregó con esa finalidad una tumba nueva. Al parecer, pero yo entonces no lo sabía, Jesús contaba con discípulos secretos incluso en Jerusalén. Le confieso que me molestó un tanto que un farsante pudiera contar con semejante descanso hasta la llegada del verdadero mesías, pero... bueno, a fin de cuentas, aquello zanjaba la situación. El Nazareno no sólo estaba muerto sino también enterrado. Se había terminado todo.

—O comenzaba todo, según se mire —me permití decir.

—Sí. Debo darle la razón. En realidad, tan sólo empezaba todo. De hecho, entonces sucedió lo inesperado. Sus discípulos comenzaron a decir que se había levantado de entre los muertos...

—¿Y no le parece una afirmación curiosa para unas personas que tan sólo unas horas antes habían corrido a esconderse? Quiero decir que usted mismo me ha contado que no había nadie al lado de Jesús cuando lo ejecutaron. Que gente que ha pasado tanto miedo de repente se ponga a anunciar que el crucificado se había levantado de entre los muertos... en fin...

—Sí —dijo el judío mientras inclinaba la cabeza—. Reconozco que no era normal. De hecho, aquello preocupó enormemente a las autoridades del Templo. No sólo por lo que hubiera significado de reivindicación del Nazareno o porque hubieran tenido un papel importante en su condena. No. Es que además las autoridades del Templo eran saduceas y los saduceos no creían en la resurrección. Y ahora aparecían personajes sin rango ni importancia que afirmaban: «Sí, ha resucitado, luego la resurrección existe, luego vosotros habéis rechazado los propósitos de Dios, luego vosotros sois culpables de haber entregado al mesías a los *goyim* para que le dieran muerte».

—Entiendo.

—No. Me temo que no entiende. Usted no puede imaginarse una ciudad en la que todo parece discurrir bien y, de repente, ese sosiego se ve quebrado por unos locos que afirman haber visto a un muerto que aparece y desaparece como por arte de magia. Porque la verdad es que los testigos se multiplicaron. Primero, fueron seguidores cercanos. Un tal Kefas…

—Pedro…

—Sí, es verdad. Todo el mundo lo conoce como Pedro, pero para nosotros era Kefas. Bueno, pues primero fue Kefas y Yohanan, o Juan si usted lo prefiere. Ésos decían que habían visto al Nazareno resucitado y que no estaban dispuestos a callarse. Y, la verdad sea dicha, no mintieron. El Sanhedrín ordenó que los azotaran más de una vez y ahí siguieron aguantando todo el tiempo. Pero luego vinieron otros. Por ejemplo, había un grupo bastante considerable, los discípulos del Nazareno decían que más de quinientos, que afirmaban que Jesús se les había aparecido a todos a la vez. Y luego vino Shaul… Pablo.

—¿Conoció usted a Pablo… Shaul… de Tarso?

—De referencia. Por lo que contaba la gente del Templo, la familia era originaria de la Diáspora, de Asia Menor, pero a él lo habían enviado a Jerusalén desde muy niño para estudiar la Torah. De hecho, fue discípulo de Gamaliel, uno de los sabios más destacados de entre los fariseos. En fin, como puede deducir cualquiera, el tal Shaul creció como un fariseo convencido. Ya se imaginará usted. Estudio de la Torah mañana, tarde y noche; discusión con otros fariseos sobre la Torah mañana, tarde y noche, y enfrentamiento con los que no veían la Torah como él…

—Mañana, tarde y noche —concluí la frase.

—Justo. Con los saduceos no se llevaba bien, pero, a fin de cuentas, controlaban el Templo y no era cuestión de chocar con ellos frontalmente, pero esos judíos que creían en el Nazareno como mesías… bueno, el tal Shaul no podía ni verlos. Y entonces, por difícil que pueda parecer, se produjo la alianza de saduceos y fariseos. Durante dos o tres años, los seguidores del Nazareno no dejaron de ocasionar molestias. Predicaban a todas horas que había resucitado y que regresaría para juzgar a los vivos y a los muertos, llamaban a abrazar aquel mensaje de salvación a través de la fe en el Nazareno, pero… bueno, no puede decirse que hicieran daño a nadie. Más bien… más bien todo lo contrario. Incluso establecieron unas mesas en las que daban de comer a los pobres todos los días, lo que no era poco esfuerzo porque los seguidores del Nazareno era gente muy humilde y nada sobrada de recursos. Pero, de repente, un día nos enteramos de que el gobernador romano había sido destituido. Por supuesto, contábamos con tener a otro nuevo tiranuelo exprimiéndonos todo lo posible, no vaya usted a creer lo contrario. Sin embargo, los romanos no esperaron a su llegada para ordenar al que todavía estaba en activo que partiera para Roma. Me da tristeza decirlo, pero aquel vacío de poder tuvo efectos terribles. Éramos todos judíos, pero resulta que nos llevábamos peor de lo que hubiéramos podido imaginar y entonces…

El judío guardó silencio. Resultaba obvio que ahora se sentía mal, agitado, intranquilo. Por supuesto, no le dije nada. Estaba convencido de que sus cambios de ánimo, como en el caso de tantos enfermos mentales, podían entrañar un cierto peligro. Pero ¿dónde estaba Shai? ¿Se podía saber qué le había pasado?

—Había… había un muchacho que se llamaba Esteban. Era judío, sí, pero no de Jerusalén. A decir verdad, se defendía muy mal con el arameo, aunque hablaba magníficamente el griego.

Pues bien, este chico, Esteban, creía que el Nazareno era el mesías y se dedicaba a debatir con otros sobre el tema. Imagino que las discusiones debían de ser acaloradas, pero nunca habían pasado de eso, de disputas teológicas sin mayor trascendencia. Pero un día… un día se produjo la enésima y Esteban, que quizá estaba bastante harto de la dureza de sus oponentes, les echó en cara que seguían la misma senda de incredulidad que, supuestamente, nos había caracterizado a los judíos a lo largo de milenios. «¿No creéis en Jesús? —les dijo—. Pues no es de extrañar porque nuestros antepasados tampoco creyeron en Moisés cuando vino a liberarlos y además practicaron la idolatría en el desierto después de salir de Egipto. Al rechazar al mesías de Dios, no sois menos duros de corazón que aquellos hijos de Israel que fueron antepasados nuestros.» Estoy convencido de que, en circunstancias normales, la cosa no hubiera llegado a mayores, pero en ese momento, sin un gobernador romano que mantuviera el orden… bueno, el caso es que arrastraron a Esteban hasta las afueras de la ciudad y lo mataron a pedradas por blasfemo.

—¿Era una blasfemia herir su orgullo? —pregunté con cierta malicia.

—En aquel episodio —continuó el judío sin responderme— estuvo presente Shaul. No se encontraba entre los que lanzaban piedras, pero sí se ocupó de custodiar las vestiduras de los que estaban lapidando a Esteban. Bueno, el caso es que después de… de aquello, se creó una situación… Shaul se dedicaba a ir por las casas y a detener a los cristianos. La gente aquella huyó de Jerusalén salvo algunos de los primeros seguidores de Jesús… Por supuesto, no le oculto que a mí todo aquello me pareció muy desagradable porque, a fin de cuentas, todos éramos judíos. Sí, es verdad que podían estar siguiendo a un impostor, pero por nuestra historia han pasado muchos farsantes y por eso no nos hemos dedicado a apedrear a los que creían en ellos. Pero no nos desviemos. El caso es que un día voy a ver al sumo sacerdote, cosa de un pedido, y me paro a charlar con un conocido. Que cómo va tu familia (por aquel entonces ya me había casado con Esther), que cómo marcha el trabajo, lo normal, y entonces me dice que el tal Shaul había salido para Damasco con cartas del sumo sacerdote que lo autorizaban a detener a aquellos judíos que creyeran en el Nazareno. No le oculto que al sacerdote le parecía bien. A fin de cuentas, consideraba que todo aquel anuncio de que había resucitado, y más teniendo en cuenta que lo habían ejecutado los romanos, no iba a traernos más que complicaciones. Bueno, yo me olvidé de todo porque no me pareció que tuviera mayor importancia y entonces, mire usted por dónde, otro día que voy a casa del sumo sacerdote, me entero de que el Shaul de marras no sólo no había detenido a los seguidores del Nazareno sino que además iba por ahí predicando que Jesús se le había aparecido en el camino de Damasco.

El judío calló y se pasó las manos a los lados de la cara en un gesto extraño, como si deseara alisársela, o rascarse las palmas con la barba.

—Aquello… —dijo tras unos instantes de silencio— aquello causó un revuelo enorme. Imagínese. Confías en un personaje que además ha sido educado por uno de los mejores maestros de la Torah como era Gamaliel, le ves como alguien lleno de celo, crees que va a cumplir con su misión a las mil maravillas y ¿qué sucede? Pues que, de repente, empieza a decir que él también ha visto al Nazareno. ¡Que se ha levantado de entre los muertos! ¡Que es el mesías! Nunca le perdonaron aquello. Nunca. Varias décadas después, cuando regresó a Jerusalén, se las arreglaron para caer sobre él y a punto estuvieron de darle muerte. Se salvó por la intervención de los romanos que si no…

—¿Y a usted aquello no le dijo nada? —le interrumpí.

—¿A qué se refiere?

—Hombre. Creo que está claro. Según usted mismo me cuenta, cuando Jesús fue crucificado todos sus discípulos se habían escondido. Luego salieron a la luz, jugándose la vida, arriesgándose a correr la misma suerte, tan sólo para anunciar que, a pesar de que lo hubieran condenado las autoridades del Templo y el gobernador romano, era el mesías y así había quedado de manifiesto porque había resucitado. Nadie fue capaz de sacar el cuerpo a la luz para decir: «Aquí está. De resucitado, nada. Muerto y bien muerto». Y, para colmo, a esto se añadía el que hubiera centenares de personas que afirmaban haberlo visto resucitado. Testigos que incluían a antiguos perseguidores como Pablo. ¿Todo eso no le dijo nada? ¿No le llevó a pensar que Jesús era el mesías?

El judío me miró y, de repente, en sus labios apareció una sonrisa amarga, tan amarga que hubiérase dicho que alguien la había dibujado sobre su rostro con pinceles cargados de acíbar.

—Observo que tiene usted cierta tendencia a ver las cosas de una manera muy sencilla —señaló—. Lo que usted dice… lo que usted dice es cierto, pero pasa por alto multitud de circunstancias.

—Multitud de circunstancias… Ya… ¿Por ejemplo?

—Muchas, por supuesto que muchas. Yo tenía otras cuestiones en las que pensar, otras preocupaciones… Debía atender dos negocios, además Esther estaba encinta y… bueno, la vida seguía. Seguía, ¿entiende?, y ya no tenía tan claro que fuera así porque el Nazareno me hubiera castigado a esperar su regreso. Es más, no exagero lo más mínimo si le digo que me sentía feliz. ¿Por qué me iba a complicar la vida dedicándome a cuestiones teológicas tan espinosas? Yo era dichoso. ¿Lo entiende? Fue la muerte, sí, me ha oído bien, la muerte, la que no me permitió seguir siéndolo.

7

El judío guardó silencio por unos instantes. Procurando no dar apariencia de indiscreción, intenté mirar de frente aquel rostro que se hallaba dirigido hacia la línea del horizonte. Me pareció por un instante que las aletas de la nariz se le dilataban y que el brillo propio de las lágrimas destellaba brevemente en sus ojos. Pero, quizá, se redujo todo a una ilusión. De hecho, respiró ruidosamente y volvió a adquirir su faz aquel tono más marmóreo que pétreo que parecía tan connatural en él.

—Lo normal… no, no lo normal. Lo natural. Sí, lo natural es morir —comenzó a decir—. Morir además en un orden determinado. Primero, fallecen los padres; luego, algunos de los amigos mostrándonos que la muerte nos afecta a todos y, finalmente, morimos nosotros para ser enterrados por nuestros hijos a los que, a su vez, darán sepultura sus vástagos. Pero esa cadena se rompe en ocasiones. Me refiero a que, por razones perversas que se nos escapan, se invierte y entonces se transforma en la causa de un enorme dolor. No puede usted imaginarse la inmensa sensación de absurdo y vacío que nace de tener que enterrar a un hijo y no me refiero a un hijo recién nacido, ésos, pobrecitos, también entran siquiera en parte dentro de lo natural, me refiero a los ya crecidos, a los que deben sucedernos, a los que podrían recitar una oración por nosotros y acompañarnos hasta la tumba para brindarnos el último reposo.

Pronunció la palabra «reposo» e, inmediatamente, como si intentara disipar los efectos de un conjuro, movió los hombros y la cabeza en un gesto extraño.

—Esther era una mujer a la que Dios no privó del don de la fecundidad. A los pocos meses de casarnos, se hallaba embarazada —prosiguió el judío—. Y dio a luz a finales de año. Fue un niño precioso. Fuerte, robusto, con una maraña de rizos húmedos pegados a la cabeza… Se llamaba Shlomo. Y volvió a quedar embarazada al año siguiente. Otro niño. Jacob. Y otra vez más dos años después. Una niña. Sara. Y entonces acabó su fertilidad. ¿Por qué? Lo ignoro. Simplemente, la matriz se le secó y no tuvo… no tuvimos más hijos. Confieso que no me agradó que así sucediera, pero… bueno, el caso es que los años fueron pasando y mis hijos fueron creciendo y Esther envejeció y yo… ah, ¿cómo os lo diría? Yo me fui quedando más o menos como estoy ahora… Por cierto, ¿está usted casado?

—No —respondí de la manera más lacónica posible.

—Entonces se ha perdido usted lo mejor del mundo —dijo el judío—. Sé de sobra que el matrimonio es ahora una institución sometida a fuego cruzado por casi todos, pero, mire, no será tan mala cuando hasta los homosexuales, que siempre se han caracterizado por ser partidarios del amor libre, también quieren casarse en algunos países. Por supuesto, tiene sus servidumbres y sus obligaciones y sus sacrificios, pero… ah, yo fui feliz entonces. Me alegré cada vez que Esther quedaba embarazada y cada vez que los niños rompían a andar y cada vez que decían papá o mamá y cada vez que… Bueno, se trata de cosas vistas una y mil veces, pero creo que hay pocas más hermosas que jugar con un niño o ver cómo crece o escuchar la manera en que, poco a poco, va comprendiendo la realidad y la expresa con sus pocas palabras. La verdad es que, al reflexionar en todo ello, me parece que eso es lo verdaderamente importante y no la manera en que los reyes y emperadores se reparten el mundo o en que un gobierno sustituye a otro…

Guardó silencio por un instante.

—Lo que pasó en Israel durante las décadas siguientes…
—reanudó su relato—. Bueno, los historiadores dirán lo que
quieran, pero no tuvo mayor importancia para la gente normal
que tan sólo deseaba ganarse la vida y ver crecer a sus hijos en
paz. Los romanos eran codiciosos, pero, no hay que engañarse,
tampoco eran lo peor. A ellos sólo les importaba que hubiera orden y que los impuestos llegaran a las arcas de manera regular.
Por lo demás, les traía sin cuidado lo que pudiéramos creer o
hacer. Calles tranquilas y arcas llenas. Sí, ése podría haber sido el
lema de la administración romana. El problema es que para que
los cofres salieran rebosantes de monedas hacia el tesoro imperial, los nuestros tenían que colaborar y, entregados a esa labor,
resultaban peor que los romanos. No crea usted nada de lo que
haya podido leer si niega el papel de los nuestros en aquel expolio. Para empezar, la gente del Sanhedrín era corrupta hasta la
médula. No todos, claro, pero los que lo eran se bastaban y sobraban para imponer sus intereses y sus planes sobre los demás.
¡Cuánto amor a la familia entre los parientes de los sumos sacerdotes! Lástima que fuera a costa de exprimirnos a los demás
como si fuéramos una naranja a la que se arranca el zumo. Y luego estaban los que ejecutaban órdenes como los publicanos que
se dedicaban a recaudar impuestos. Sin embargo, créame, cuando
puedes comer cada día, cuando puedes jugar un rato con tus
hijos, cuando puedes incluso permitirte algo especial en un día
de fiesta… ah, amigo mío, entonces casi nadie piensa en lo que
puede suceder en el futuro a causa de las acciones de los que nos
gobiernan. Y así pasaron los años y llegamos al que, según su
cálculo, fue el año 70.

—El de la toma de Jerusalén y la destrucción del Templo
—identifiqué la fecha.

—Exactamente —dijo el judío—. Tan sólo cuatro años antes, y le soy totalmente sincero, nadie hubiera podido imaginar
un panorama semejante al que entonces se dibujó sobre lo que

49

entonces eran los dominios romanos en Judea, Perea y Galilea. Es cierto que durante las dos últimas décadas que habían seguido a la muerte de Herodes Agripa quizá nos habíamos comportado de manera desagradable para con el ocupante romano. Sin embargo, a pesar de esa innegable circunstancia nadie hubiera podido pensar en el estallido de una guerra. Sí, ya sé. Había atentados de vez en cuando, pero cuando el terror se incrusta en la vida de una nación, la gente acaba mirando hacia otro lado y sólo los afectados sufren de verdad los asesinatos. Los demás intentan no pensar en las víctimas, procuran olvidarse de ellas y no resulta difícil que logren conseguirlo. Yo mismo, y no quiero ocultárselo, seguía practicando mi oficio sin mayor preocupación. Y entonces sucedió lo inesperado o quizá lo que venían anunciando otros porque ellos sí observaban una realidad que iba más allá de comer y beber, de casarse y de darse en casamiento. El gobernador romano, un sujeto llamado Gesio Floro, no contento con lo que ya nos sacaba, decidió robar algo tan sagrado para nosotros como el tesoro del Templo de Jerusalén. Una mañana, los legionarios romanos llegaron hasta las escalinatas del Templo del Dios verdadero y se apoderaron de diecisiete talentos.

—No fue mala cifra para un saqueo… —pensé en voz alta.

—Desde luego —reconoció el judío—. Estaba trabajando en mi taller cuando llegó mi hijo Shlomo. «¡Diecisiete talentos!, decía elevando las manos al cielo. ¡El tesoro del Templo! ¡Esos romanos son tan impíos como Nabucodonosor el babilonio que lo arrasó!» ¡Pobre Shlomo! Me parece que lo estoy viendo ahora mismo. Ni que los talentos se los hubieran quitado a él… Naturalmente, le pregunté si habían dado alguna razón para actuar de esa manera. «¡Dicen que no tienen dinero!, aulló Shlomo. ¡Que no tienen dinero…! ¡Ellos… que nos chupan la sangre!» Y entonces… ah, entonces…

Calló mi acompañante mientras veía cómo en su rostro aparecía una sonrisa extraordinariamente amarga.

—He vivido siglos y... —dijo con un tono impregnado de sarcasmo— bueno, creo que nunca llegaré a acostumbrarme a ciertas reacciones. Apenas acababa de decir aquellas palabras Shlomo cuando Jacob, que trabajaba conmigo en el taller, se puso en pie, echó mano de un cesto que había tirado y salió apresuradamente a la calle. «¡Hermanos!, comenzó a gritar. ¡Hermanos, escuchadme!» Gritó, gritó, gritó y, poco a poco, los tenderos y artesanos de los establecimientos cercanos asomaron la cara. «¡Hermanos!, siguió gritando Jacob. ¡Los romanos no tienen dinero! Nos roban a cualquier hora del día e incluso de la noche pero ni así tienen bastante. Claro, dar de comer a toda la gente que acampan en esta tierra, y a sus gobernadores y a su emperador que debe de zampar por cuatro tiene que resultar muy caro.» Seguramente, no le sorprenderá si le digo que en un primer momento, aquella gente sintió un cierto temor al escuchar a mi hijo. Pero, como, a fin de cuentas, el cielo no se les desplomó sobre las cabezas, ni se abrió la tierra ni apareció nadie dando bastonazos, aquellos tenderos timoratos, aquellos artesanos miedosos comenzaron a mostrar lo que había en realidad en el interior de sus corazones. Tendría que haberlo visto. Sí. Hubiera merecido la pena. Fue... ¿cómo le diría? Como... como... Sí, fue como una tormenta de verano. Primero, igual que si se tratara de una llovizna, aparecieron las sonrisas en medio de las hirsutas barbas; luego, a semejanza de un aguacero, comenzaron a reírse a carcajadas. «Es que no les hemos ayudado nada... ¿Cómo no nos van a ver como a unos tacaños?, gritó con tono ceremonioso Shlomo. ¡Hermanos! No está bien la avaricia mezquina con que nos comportamos con los romanos. Pues bien... Se acabó. Tenemos que recoger un donativo importante y hacérselo llegar al gobernador Floro. Yo mismo seré el primero en dar ejemplo. En esta cesta pongo...» Y entonces se llevó la mano a un pedazo de cuero que tenía sujeto a la cintura y, acto seguido, lo arrojó en el cesto y dijo: «Yo entrego gustoso este trozo de piel de cabra para que el emperador se caliente en los días de invierno». Sí, entiendo que se sonría, pero tendría que haber visto a mi hijo. Pronunció aquellas palabras, totalmente disparatadas, lo sé, de manera solemne, como si de verdad estuviera diciendo algo sensato. Y no sólo eso. Después de regalar aquel miserable pedazo de piel, se acercó a un tendero y le preguntó qué iba a dar para remediar la inmensa pobreza del César.

—¿Y qué hizo? —pregunté interesado por el sesgo burlesco que iba adoptando el relato.

—Por un momento, tan sólo por un momento, aquel hombre pareció dudar, pero, de repente, se le iluminó el rostro y dijo: «Yo voy a darle unas cáscaras de fruta. Bien repeladas le quitarán el hambre». Fue el primero de entre los que entregaron un donativo. Al pedazo de cuero y a los desperdicios, se sumaron virutas de madera, tripas de cordero, cabezas de pescado… todos aquellos desechos fueron atestando la cesta de mi hijo hasta que éste, aguantándose la risa, pidió a sus vecinos que contuvieran su generosidad. Y entonces…

El judío sonrió, pero en su gesto no me pareció ver el menor atisbo de alegría.

—Mi Esther… mi esposa… la madre de mis hijos se acercó y dijo: «¡Que yo también quiero dar algo! ¡No me dejéis fuera!». Todos la miraron atónitos preguntándose qué podría añadir a aquel legado de inmundicias mi mujer. «Y además, añadió, esto no va a ocupar mucho espacio.» Y, dicho y hecho, volcó en el cesto el contenido de un recipiente que llevaba en las manos. La peste que se extendió por la calle disipó cualquier duda sobre el regalo que la buena de Esther deseaba enviar al César. «Estiércol judío y orina judía, dijo como si fueran necesarias explicaciones, y añadió: Servirán para perfumar su palacio.»

—¿Y qué hizo la gente? —pregunté—. Quiero decir… ¿no tuvieron la sensación de que podían estar yendo un poco lejos?

—No —respondió el judío mientras se le ensombrecía el rostro—. A decir verdad, las palabras de mi mujer sólo provocaron aplausos y carcajadas. Aplausos hubo más en los años siguientes, pero creo que aquéllas fueron las últimas carcajadas. ¿Podría darme un cigarrillo?

—Pues… —comencé a responder.

—Ah, sí —dijo agitando las manos como si deseara pedir silencio—. Usted no fuma. Disculpe.

Se levantó y dio unos pasos hacia quien parecía ser un turista. Era alto, sonrosado, obeso. Me pregunté si se trataría de un alemán o de un estadounidense. En cualquier caso, por el movimiento de su cabeza, distinguí que tampoco era fumador o, quizá, no estaba dispuesto a dar un cigarrillo a un desconocido. Tuvo más suerte con la segunda persona. Bajita, morena, mal vestida. Sin duda, procedente de alguna nación de la cuenca del Mediterráneo, pero ¿de dónde? Echó mano a su bolso, sacó una cajetilla y, tras dejarle coger un cigarrillo, se lo encendió con un mechero barato. Mi acompañante exhaló una bocanada de humo, sonrió y dijo unas palabras que no pude escuchar, pero que supuse eran de agradecimiento. Luego regresó hacia donde yo me encontraba.

—Ahora se ha convertido en una moda, en realidad, en una obligación, el hablar mal del tabaco —me dijo mientras tomaba asiento—. Hubo una época en que, aunque le cueste creerlo, se consideraba que era una sustancia cargada de virtudes medicinales…

—Sí, lo sé.

—A saber lo que dirán dentro de una generación sobre el tabaco. Resulta curioso el observar cómo cambia la forma de ver las cosas que tienen los hombres… De cualquiera manera, a mí no me va a matar. Disculpe. ¿Por dónde iba?

—Por el donativo…

—Ah, sí, claro, por el donativo —dijo el judío—. Seguramente no le sorprenderá saber que el gobernador romano Gesio Floro distó mucho de encontrar divertida la ocurrencia que había tenido mi hijo y que con tanto entusiasmo habían secundado los tenderos, los artesanos y mi propia esposa. Lejos de considerarla una muestra característica de nuestro peculiar sentido del humor, la interpretó como una ofensa que afectaba directamente al honor del césar.

—Tampoco resulta tan extraño —le dije—. Se habían burlado ustedes de una manera un tanto… grosera.

—Sí. Quizá tenga usted razón. No todo el mundo sabe entender nuestro sentido del humor. Bueno, lo cierto es que, de manera inmediata, dio orden a sus tropas de encaminarse a Jerusalén y el día 16 del mes de Artemisión entraron en la Ciudad Santa. ¿Hará falta que le diga que no fue una llegada pacífica? En apenas unas horas, ya había docenas de judíos a los que habían detenido, azotado e incluso crucificado tan sólo para satisfacer el orgullo herido de Floro. Aquella misma noche, la ciudad quedó sumida en un silencio propio de los cementerios. Bueno, el símil no es del todo exacto. Se podía escuchar con toda claridad los gemidos de los que agonizaban clavados en la cruz. Aquella noche debimos de dormir muy pocos. No sabíamos si se producirían más detenciones; no sabíamos si todo había terminado; no sabíamos, y eso era lo peor, si íbamos a ser las próximas víctimas.

Chupó una vez más el cigarrillo y, suave y lentamente, expulsó el humo por la nariz. Fumaba de una manera especial. No podía decirse que disfrutara del tabaco. Más bien parecía que necesitara consumirlo de la misma manera que si se tratara de un fármaco, como un alérgico necesita un antihistamínico o un diabético, la insulina. De repente, entornó los ojos, como si pretendiera divisar algo situado muy a lo lejos, y continuó su historia.

—La mañana del día 17 del mes de Artemisión, docenas de sacerdotes recorrieron las calles de Jerusalén llamando a la sensatez y a la cordura. Para mantener la paz, apelaron a la necesidad de librar la Ciudad Santa de las profanaciones que irremediablemente le ocasionarían los romanos si tenían que reprimir una revuelta. Recordaron el carácter sagrado del Templo, el único de todo el orbe donde se rendía culto al Dios de Abraham, de Isaac y de Jacob, e insistieron en la necesidad de librar a las viudas y a los huérfanos de una matanza que sería horrible. Antes de que llegara el mediodía, todos nosotros habíamos adoptado el firme compromiso de evitar la violencia y de intentar una vez más mantener la paz con Roma. La cosa llegó hasta tal punto que por millares salimos a las calles para aclamar a las cohortes romanas que regresaban de Cesarea. No lo hacíamos por afecto o, al menos, por admiración, como usted puede suponer, sino movidos por un deseo desesperado de mantener la paz, de que no se multiplicaran las crucifixiones, de que el yugo de Roma no se convirtiera en una carga aún más pesada. Al principio, todo iba bien. Les arrojábamos flores y los vitoreábamos. Insisto. No sentíamos entusiasmo, pero ansiábamos congraciarnos con nuestros amos.

Dio una nueva chupada al cigarrillo que ya había quedado reducido a poco más de un anillo de ceniza sobre el filtro.

—Eran los soldados extranjeros los que no deseaban otorgarnos la más mínima muestra de cercanía. A los gritos de afecto, a las flores, a los vítores, respondieron con unos rostros que parecían tallados en piedra. A lo mejor, alguno nos sonrió, pero yo, y créame si le digo que mi memoria es muy buena, sólo recuerdo muecas de desprecio. Y a pesar de todo, es posible que la actitud de los legionarios no hubiera tenido mayores consecuencias de no suceder algo que…

Aprovechó la última calada y dejó caer al suelo el pitillo. Luego lo pisó con la punta del pie y se quedó observándolo un instante, como si esperara no haberlo extinguido del todo.

—Pasaban orgullosos y altivos los romanos cuando, inesperadamente, de entre los que los observaban surgió un grito contra Floro. Es más que dudoso que los legionarios lo entendieran porque había sido pronunciado en arameo, pero uno de ellos se detuvo, salió de la formación en la que iba encuadrado y, tras dirigirnos una mirada de desprecio, se alzó la vestimenta que le tapaba el trasero y, acto seguido, soltó una ruidosa ventosidad sin dejar de observarnos burlonamente. La verdad es que esa grosería en otro contexto quizá habría carecido de consecuencias, pero aquel día desencadenó un vendaval. Antes de que los compañeros del legionario se pudieran percatar de lo que había sucedido, la gente se lanzó sobre ellos gritando. En apenas unos instantes, los habitantes de Jerusalén no sólo habíamos acabado con buena parte de los legionarios sino que además nos habíamos apoderado del monte del Templo y habíamos cortado las comunicaciones con la fortaleza Antonia. ¡Ah, la fortaleza Antonia! Era el baluarte que Roma utilizaba para reprimir cualquier conato de sublevación en Jerusalén y ahora quedó totalmente aislada, impotente, incapaz de poder reaccionar.

Inesperadamente, el judío se volvió hacia mí y en el fondo de sus ojos me pareció percibir un cierto brillo, como si se encendiera nuevamente un rescoldo semiextinto.

—Lo que sucedió en las horas siguientes —dijo— habría resultado increíble incluso para aquellos de nosotros que éramos más optimistas. Gesio Floro, el orgulloso romano, cedió al pánico y procedió a retirarse de Jerusalén aunque, eso sí, insistiendo en que las autoridades judías debían hacer lo posible por restaurar el orden. No me cabe duda de que, seguramente, así lo habrían hecho de no ser porque buena parte de nuestro pueblo se había arrojado ya en brazos de la revolución. Por todas partes se podían escuchar los gritos que anunciaban que había sonado la hora de la liberación y se degollaba sin miramientos a cualquier legionario y a no pocos *goyim* que tuvieron la desgracia de caer en nuestras manos.

—¿Tan entusiasmados estaban? —indagué un tanto incrédulo.

—Verá —respondió con tono de cansancio—. En todas las revoluciones sucede más o menos lo mismo. Una pequeña minoría empuja a las masas recurriendo a pulsiones tan poco sanas como la envidia o el resentimiento. ¡Oh, sí, sí, sé de sobra que se hace referencia a la justicia y a la igualdad, e incluso a la fraternidad o a la imaginación, pero en pocos corazones alienta algo más del «quítate tú que me pongo yo»! Los más jóvenes en su

56

mayoría se suman al desastre sin pensar en lo que podrá suceder y esperando alcanzar metas que si sólo se pararan a reflexionar un instante verían como algo totalmente imposible. En cuanto a los que forman la mayoría de la población… bueno, se dejan llevar. Así de sencillo. Los acontecimientos los arrastran y no hacen nada por evitarlos. Por supuesto, siempre hay alguien que ve venir la conclusión, que suele ser trágica, pero se calla por miedo y más cuando los disidentes empiezan a ser degollados. Ésa es la triste realidad.

Guardó silencio por un instante, apartó su mirada de mí y prosiguió.

—Yo… bueno, yo no sé exactamente qué sentía entonces. Supongo que me parecía que era joven de nuevo, que volvía a tener entusiasmo, que me había quitado treinta años de encima. ¡Qué estupidez! Sólo un majadero puede pensar que se puede quitar de encima treinta años por el simple hecho de participar en una algarada de gente que vocifera.

—¿Y sus hijos?

—¿Mis hijos? Bueno, a Sara le preocupaba que su marido, sus hijos, el resto de su familia sufriera algún daño. Era un tanto timorata. Como Esther, su madre. Sí, no se ría. Ya sé que estuvo muy gallarda con la ofrenda que entregamos a los romanos, pero, la pobre pasaba mucho miedo. Y no crea que lo digo como algo en su contra. Aquel temor, aquella inseguridad, aquella sensación de desprotección me provocaban una ternura que no sabría explicarle. De repente, sentía un deseo casi incontenible de abrazarlas, de estrecharlas contra mí, de besarlas y, sobre todo, de protegerlas. Protegerlas… ¡Ja! Ojalá pudiéramos proteger de verdad a nuestros seres queridos y no estuviéramos situados con ellos en la corriente que acaba por sumergirnos a todos. Por lo que se refiere a Jacob y Shlomo… Le parecerá una locura, pero para ellos, los acontecimientos que vivía Jerusalén fueron el equivalente al cumplimiento de un sueño. No eran viejos y su vida, la que habían tenido que labrarse con sudor y lágrimas, había transcurrido a través de una sucesión de gobernadores romanos que, comenzando con Poncio Pilato y concluyendo con Gesio Floro, habían resultado cada vez peores. Ahora, por primera vez en toda su existencia, tenían la sensación de que el pueblo de Israel era señor de su destino, de que no debía inclinarse ante nadie, de que era libre. Poco se les puede reprochar que llegaran a esas conclusiones cuando en cada esquina se clamaba por la liberación definitiva de Israel y en los cultos religiosos se afirmaba sin rebozo alguno que la venida del mesías estaba cercana, tan cercana como la próxima cosecha, una cosecha que no se compartiría con Roma por primera vez en muchos años. ¡El mesías!

Guardó silencio y se llevó las manos al pecho palpándose como si estuviera persiguiendo una inexistente cajetilla de tabaco.

—¿Qué marca fuma? —pregunté.

—Cualquiera… —respondió sin dejar de mover las manos sobre el torso—. Camel…

Me puse en pie y me acerqué a un árabe que molestaba a los turistas intentando venderles una colección abigarrada de artículos que iba de carretes de película a postales pasando por diversas marcas de tabaco. Tenía Camel. Evitando el engorroso regateo, le compré dos cajetillas. Guardé una en uno de los bolsillos del chaleco y sujeté la otra con la mano izquierda. Desanduve entonces la distancia que me separaba del judío y volví a sentarme a su lado.

—Tome —le dije mientras le tendía el paquete de cigarrillos.

Abrió una esquina del paquete y extrajo un pitillo. Se lo llevó a la boca y lo sujetó entre los labios.

—¡Ah! Perdón… —dije mientras me llevaba las manos al chaleco y sacaba de uno de sus bolsillos un encendedor. Yo no fumo, pero siempre llevo uno encima por si acaso tengo que ofrecer fuego a una dama.

Encendió el cigarrillo y expulsó el humo con delectación. Luego hizo gesto de devolverme los cigarrillos.

—No —me opuse—. Los he comprado para usted.

—Pero… —protestó levemente.

—Se lo ruego —insistí—. Quédese con ellos.

—*Todá rabá** —dijo.

Dio un par de caladas más al cigarrillo. Era obvio que disfrutaba de aquel vicio, pero lo hacía de una manera extraña, como si fuera un preso al que tenían racionado el tabaco o un enfermo al que se administraba un medicamento.

—El mesías… —prosiguió—. Durante mucho tiempo, no había pensado en el Nazareno. Entiéndame. Sabía que contaba con seguidores en Jerusalén y en otras partes de Judea, gentes humildes y piadosas que insistían en que se había levantado de entre los muertos y en que volvería un día como juez, pero la verdad es que aquello había dejado de interesarme tiempo atrás. Para ser sincero, en mi corazón el recuerdo de aquel encuentro a la puerta de mi taller se había ido convirtiendo en algo desvaído, informe, deshilachado, y ahora, de la manera más inesperada, había quien insistía en que el mesías podía estar a la vuelta de la esquina. A decir verdad, quien estaba a la vuelta de la esquina era el imperio… Me encantan estos cigarrillos.

Calló por un instante y se puso a mirar el pitillo como si se tratara de un recipiente minúsculo y prodigioso que contuviera un líquido mágico. No cabía la menor duda de que el tabaco ejercía sobre mi acompañante un efecto casi taumatúrgico.

—El imperio se comportó de una manera más práctica que nosotros —continuó tras dar una nueva calada—. El mesías le traía sin cuidado y trató, por supuesto, de responder a nuestro desafío. Sin embargo, por extraordinario que pueda parecer, no logró, al principio, articular una respuesta contundente. El gobernador de Siria, Cestio Galo, marchó finalmente contra Jeru-

* Muchas gracias.

59

salén con un ejército formado por la XII Legión, otros dos mil infantes procedentes de diferentes unidades, seis cohortes y cuatro alas de caballería. La superioridad técnica de los romanos era tan acentuada que no les costó apenas esfuerzo aplastar a un contingente nuestro que salió a su encuentro en Gabaón y llegar hasta las inmediaciones del monte del Templo de Jerusalén. Galo podría haberlo tomado con facilidad, pero decidió que no merecía la pena acometer un esfuerzo así en condiciones no del todo seguras y dio orden de retirarse. Difícilmente podía haber tomado una decisión más errónea. Envalentonados por la decisión de Galo, nuestros jefes optaron por perseguir a los legionarios. De esa manera, lo que había sido un mero repliegue se convirtió para ellos en un verdadero desastre o, al menos, eso pensaron algunos. Porque muertos hubo. Sin ir más lejos, Shlomo cayó precisamente en una de las incursiones contra las fuerzas de Cestio Galo. Sin embargo, a todos nos parecía por aquel entonces que eran los «dolores de parto» previos a la llegada del mesías. Está bien eso de los dolores de parto, sí, sobre todo, cuando quien da a luz es otra persona. El problema es si eres tú el que pare y además el resultado de los dolores es la muerte. Cuando supimos lo que había sucedido con mi hijo… bueno, no le sorprenderá saber que el golpe fue devastador. Sin embargo, no se puede vivir sumido en el pesar. Hay que encontrar algo con lo que vendar un corazón que se ha visto desgarrado. En aquel entonces, nosotros intentamos consolarnos pensando que el final de aquel mundo estaba ya muy cerca y que, cuando llegara el día de la resurrección, nuestro hijo sería de los primeros en alzarse de entre los muertos. Créame que no exagero si le digo que todo parecía entonces cargado de hermosura y que en el aire flotaba la alegría de creer que nos encontrábamos a punto de asistir al nacimiento de un cosmos nuevo y mejor.

El judío se detuvo como si reviviera de verdad una época que había estado cargada por el sabor cálido y embriagador de la dicha esperanzada. Por un momento, pensé que, abstraído en sus reflexiones, permanecería callado. Me equivoqué. De repente, arqueó las cejas y continuó su relato.

—Así fueron pasando los días y llegó la primavera del año siguiente y entonces, cuando las flores blancas de los almendros llenaban los campos de Israel de color y esperanza, la máquina de guerra romana se movilizó con todas sus fuerzas. A su frente se hallaba el general Vespasiano. Desde luego, era un personaje muy diferente de Cestio Galo. Más en días que en semanas, toda Galilea fue dominada por aquellas tropas que estaban sedientas de venganza. Cuando llegó el verano, y llegó con extraordinaria rapidez, Vespasiano pudo encaminarse hacia Jerusalén con la seguridad de tomarla con facilidad. Para aquel entonces, la Ciudad Santa se había convertido en un auténtico hervidero. Los jóvenes eran, como suele resultar normal en estos casos, el sector más entusiasta de la población y lo mismo quemaban los registros de la propiedad, una propiedad que ellos no tenían, que arrancaban la vida de aquellos que expresaban la más mínima duda en la victoria final. Tendría usted que haber visto la profunda euforia con que prendían fuego a la casa de un rico o se ponían a lanzar gritos afirmando que el triunfo estaba cerca. Creían de todo corazón hallarse en la recta final de la historia y esa fe henchía sus pulmones con una fuerza mayor que la del viento más impetuoso. Claro que, como en todas las guerras, el ejército enemigo también opinaba y los romanos distaban mucho de aceptar ese punto de vista. No sé si tiene usted alguna idea de cómo combatían…

Estuve tentado de contestarle afirmativamente, pero me contuve al suponer que podría causarle cierta frustración.

—¿Cómo combatían? —pregunté abriendo la puerta a que continuara el relato como deseaba.

—A diferencia de nosotros, los romanos luchaban siguiendo un orden extraordinariamente preciso. Cada legión contaba con una cifra de combatientes situada entre los cuatro mil quinientos y los seis mil, pero su éxito espectacular no derivaba tanto de su número como de su técnica de combate. Siempre iniciaba la batalla recurriendo a los *velites*, unos soldados de infantería ligera, cuyo principal cometido consistía en cubrir el avance de la infantería pesada. Ésta se hallaba formada en tres líneas, en general de seis hombres de fondo la primera y de tan sólo tres, la tercera. La primera línea recibía el nombre de *hastati* ya que originalmente iba armada con la lanza denominada *hasta*; la segunda era conocida como *principes* porque inicialmente habían sido los primeros en combatir y la tercera se denominaba *triarii*. Las dos primeras líneas iban armadas con una espada y uno o dos *pila*, una lanza corta que podía lanzarse hasta una distancia de poco menos de cien pasos y que podía desclavarse con facilidad de los objetivos alcanzados permitiendo su reutilización. Una vez entablada la lucha, tanto los *hastati* como los *principes* habían sido entrenados para retirarse tras combatir durante un tiempo siendo relevados inmediatamente por los *triarii*. Esta forma de luchar tenía consecuencias directas sobre la capacidad militar del enemigo. El recambio continuado de las líneas romanas servía para agotar a los adversarios que no contaban con una estructura similar. Cuando se llegaba a ese punto del combate, se procedía a realizar una carga de los *hastati* que lanzaban una o dos nubes de *pila* para quebrar la resistencia de un enemigo ya muy cansado. En la lucha a espada que venía a continuación, las líneas de la legión seguían turnándose para desgastar a un adversario que no pocas veces se hallaba a punto de caer exhausto.

No pronuncié una sola palabra, pero reconozco que me sentí abrumado por la manera tan librescamente prolija en que aquel hombre conocía la táctica de las legiones romanas. ¿Dónde habría estudiado todo aquello? ¿Por qué tenía un judío tanto interés por Roma? ¿Se trataba quizá de un profesor de historia clásica? Por supuesto, me resultaba imposible saberlo, pero no cabía duda de que su exposición había resultado impecable aunque un tanto exagerada y fuera de lugar.

—Tuve ocasión de contemplar aquella extraordinaria mole militar. Incluso combatí contra ella.

—Perdón —le interrumpí—. ¿Cómo dice? ¿Que combatió? Pero por aquel entonces debería andar usted por los setenta años sobre poco más o menos…

—Sobre poco más o menos, pero ya presentaba el estado que tengo ahora y ¿verdad que no parezco tan viejo?

No, no lo parecía y, por otro lado, si estaba dispuesto a creer el inverosímil disparate de que tenía dos milenios de vida, ¿por qué no iba a creer que con setenta había luchado contra los romanos?

—Pues sí, como le decía, combatí en un contingente que salió de Jerusalén. No deseo entrar en detalles sobre aquello. Puedo decirle, sin embargo, que de la misma manera que las olas se estrellan contra el litoral, nuestras unidades chocaban con las diferentes líneas de combate romanas y se deshacían. Sin embargo, a diferencia de lo que sucede con la costa que permanece inmóvil, en un momento dado los romanos avanzaron contra nosotros, que ya estábamos agotados, y nos pulverizaron. Los que no estábamos heridos o tuvimos la fortuna de no caer prisioneros, nos desbandamos. Mientras huía apresuradamente hacia Jerusalén con los escasos restos supervivientes, mi corazón sólo abrigaba una seguridad: la de que sólo una intervención directa de Dios podría conseguir que nos alzáramos con la victoria. Y entonces…

Hizo una pausa y apuró el cigarrillo. Por un instante, lo sujetó entre el corazón y el pulgar, y luego lo dejó caer al suelo y lo aplastó con la punta del pie derecho.

—No puede usted ni imaginarse la situación en la que se encontraba entonces Jerusalén —continuó—. Cuando llegué, la ciudad se hallaba repleta de refugiados procedentes de todas las tierras. A esas alturas estaban convencidos de que sólo tenían dos alternativas: o entregarse a merced de los romanos o refugiarse tras los muros de Jerusalén a la espera de que todo terminara de la mejor manera. Entre aquella masa de gente atemorizada, sucia y hambrienta se encontraba lo que quedaba de mi familia. Esther no entendía nada de lo que sucedía a su alrededor y ya había contemplado los suficientes horrores como para no sentir el entusiasmo de la guerra. No sólo eso. Deseaba que todo concluyera para poder conservar a los dos hijos que aún le quedaban con vida. No era poco porque entre nosotros, entre los judíos, entre el pueblo de Israel, las disensiones no resultaban escasas. A decir verdad, seguramente, no podía ser de otra manera. ¡A cuántos de nuestros hermanos no habían robado o incluso asesinado los que también eran nuestros hermanos! Porque, para ser sinceros, todo se reducía a decidir quién mandaba y para qué. Ahora les gusta decir que todos nos alzamos ansiosos de libertad contra Roma. No los crea. Yo estuve allí y sé lo que sucedió. Cuando llegó el verano y con él las legiones se situaron ante las murallas de Jerusalén, llevábamos ya meses matándonos entre nosotros... ¿Me da fuego?

8

—Todo lo que le puedan decir sobre las legiones romanas es poco —dijo tras expulsar el humo azulado del cigarrillo por las ventanas de la nariz—. Las legiones romanas constituían un adversario excepcional en el campo de batalla, pero también eran el mejor ejército de la época a la hora de sitiar una población. No sé si lo sabrá, pero unos mil años antes, el rey David había elegido Jerusalén como capital de su imperio por dos razones. La primera era su posición geográfica, que le permitía controlar de manera centralizada el gobierno de la nación; la segunda era su capacidad para resistir un asedio. Como puede ver desde aquí, al estar situada en lo alto del monte Sión y encontrarse rodeada por elevados y fuertes muros, Jerusalén resultaba inexpugnable. De hecho, a lo largo de aquel milenio tan sólo una vez había caído en manos enemigas, las del babilonio Nabucodonosor, y aun en ese caso, los judíos siempre hemos atribuido la derrota al castigo de Dios por nuestra infidelidad y nuestros pecados y no a la especial capacidad militar de nuestros adversarios.

—Quizá ambas circunstancias no sean incompatibles… —me atreví a sugerir.

—Sí, quizá tenga usted razón —me concedió el judío—. En cualquier caso, se estuviera o no de acuerdo con esa interpretación, lo que admitía pocas discusiones era el hecho de que ningún ejército como el romano había llegado jamás hasta la cercanía de la

Ciudad Santa. Tendría que haberlos visto. Parecían un enjambre, un banco de peces, una infinita bandada de aves que conociera a la perfección su tarea. Los legionarios fueron levantando en torno a Jerusalén su propia ciudad, una urbe cuya única finalidad era estrangular cualquier forma de vida y resistencia que pudiéramos utilizar para enfrentarnos con ellos. Ahora conozco el latín con cierta soltura... *Beati quorum remissae sunt iniquitates et quorum tecta sunt pecata*... Debo decirle, sin embargo, que mi aprendizaje de la lengua de Virgilio fue algo posterior. En aquella época, se trataba todavía para mí de una lengua extraña que rara vez había escuchado, pero cuyos términos comenzaron ahora a resultarme angustiosamente familiares. Me enteré de que las cubiertas utilizadas por los legionarios para acercarse hasta la murallas recibían nombres tan malsonantes como *cattus*, *pluteus* y *vinea* o que la formación de escudos que los protegía de manera prácticamente total recibía el nombre de *testudo arietaria* o tortuga. Asimismo descubrí con ansiedad creciente que aquellos bárbaros poseían un artefacto tan alto como una torre al que llamaban *exostra* y que les podría permitir lanzar el asalto contra Jerusalén que, previamente, había sido batida por máquinas de guerra como las catapultas. Recuerdo una mañana, cuando me acercaba a relevar a otro joven revolucionario, y descubrí que los romanos habían desaparecido. Parpadeé una, dos, tres, cuatro veces para asegurarme de que no estaba soñando. Incluso me pellizqué. Sí, no existía la menor duda. Las legiones habían levantado el campamento durante la noche, de manera sigilosa y subrepticia. No puede usted imaginarse lo que fueron las horas siguientes. Al principio, todo era sorpresa y estupor, pero pronto, muy pronto, nos embargó un torrente de entusiasmo al saber que los romanos se retiraban porque el césar, el maldito Nerón al que Dios, sin duda, castigaría en las profundidades de la Guehenna, acababa de morir de manera sangrienta. ¿Podía existir una prueba mayor de que Dios respaldaba nuestra causa? ¿Acaso eran necesarias más demostraciones de que contábamos con la ayuda del Todopoderoso?

—¿También los seguidores de Jesús veían así las cosas? —le interrumpí.

El ceño del judío se frunció, pero fue sólo un instante.

—No —respondió con frialdad—. No las veían así. Creían de todo corazón que Jerusalén sería objeto del juicio de Dios. Cuando Cestio Galo se retiró, aprovecharon para abandonar no sólo Jerusalén sino también toda Judea. A decir verdad, cruzaron el Jordán y se establecieron en una ciudad llamada Petra. Pero por aquel entonces no le vimos sentido alguno a ese comportamiento. Incluso llegamos a pensar que como resultaba obvio que la grandeza de Israel no estaba unida al Nazareno, a su mesías, se marchaban para ocultar la vergüenza que sentían. Una mañana, vi a uno de aquellos grupos de seguidores de Jesús que abandonaba la ciudad. No pude evitarlo. Pasaban por delante de mi taller. Estaban a punto de perderse de vista, cuando, de repente, uno de ellos se separó del grupo y me dijo: «El Hijo viene».

—¿El Hijo viene? —pregunté con la duda de si lo había entendido correctamente.

—Sí. Sólo dijo eso. El Hijo viene. Luego inclinó la cabeza, se reunió con sus compañeros y todos desaparecieron de la vista. No le di mayor importancia. Lo reconozco. A esas alturas, como creo que ya le he dicho, el Nazareno sólo constituía un recuerdo borroso, ni mejor ni peor que muchos otros y además todo parecía ir tan bien… Unos seis meses después, Simón bar Giora llevó a cabo su entrada en Jerusalén, y el sumo sacerdote Matías se apresuró a anunciar que se trataba del mesías prometido.

—¿Cómo era Bar Giora? —pregunté no porque creyera que aquel hombre lo hubiera conocido sino porque tenía curiosidad por comprobar hasta dónde llegaba la imaginación de su desvarío.

—¿Bar Giora? —repitió el judío con la misma calma con que hubiera respondido a una pregunta mía sobre la hora o sobre una dirección de Jerusalén—. La verdad es que no se puede negar la fuerza que irradiaba su mirada, y los gestos grandilocuentes con que acompañaba sus palabras eran impresionantes, pero… no es que quiera presentarme ante usted de una manera especialmente favorable, pero, bueno, se lo diré con claridad: yo no fui de los que creyeron que fuera el mesías. Los profetas habían anunciado que el ungido del Señor devolvería la vista a los ciegos, lograría que los cojos caminaran y otorgaría el habla a los mudos. Sin embargo, Simón bar Giora parecía empeñado en realizar acciones totalmente distintas. Durante su gobierno, muchos que habrían deseado hablar callaron; muchos que habrían ansiado huir se quedaron inmóviles en Jerusalén y no pocos se convirtieron en seres que sólo veían por los ojos del autoproclamado mesías. Sé que a muchos no les gustaría lo que voy a decir, pero… ¿usted sabe lo que es una sica?

—¿Una sica?

—Sí —insistió el judío.

—¿Se refiere a ese cuchillo curvo capaz de seccionar un gaznate de un solo tajo?

—¡Exacto! —respondió el judío a la vez que inclinaba la cabeza en gesto de aprobación—. Pues bien, se suponía que aquella arma especialmente letal debía ser empleada sobre el cuello de los ocupantes romanos, pero hacía ya varios meses que habían abandonado la tierra de Israel y las sicas caían únicamente sobre los judíos poco sumisos al mesías Bar Giora. Las cosas como son. A lo largo de las semanas siguientes, lo que vi fue cómo el entusiasmo y la fe desaparecían del rostro de mis correligionarios para verse sustituidos por el temor y la ansiedad. Las cosas como son. El enemigo ya no era el romano sino el judío que no estaba dispuesto a aceptar las proclamas de Bar Giora y para someterlo era lícita cualquier forma de terror. Si usted hubiera visto los letreros injuriosos en los muros exteriores de las casas, los incendios de hogares y comercios, las palizas al amparo de la oscuridad nocturna, la muerte incluso, se habría dado cuenta de cuál era la triste realidad cotidiana de los judíos que vivíamos en Jerusalén.

—Supongo que los partidarios de los zelotes… —comencé a decir, pero mi acompañante no me dejó concluir la frase.

—¡Ah! ¡Los zelotes! ¡Héroes! ¡Le dirán que son héroes! Hágame caso y no se lo crea. Eran revolucionarios que se comportaban como suelen comportarse la gente de su clase. Ni más ni menos. Mire, en aquellos días, y a pesar de que la ciudad ya no sufría el asedio de las legiones de Roma, no eran pocos los comerciantes que procedían a acaparar bienes. En algunos casos, buscaban realizar los negocios más pingües que imaginarse pueda; en otros, sólo pretendían garantizar que sus hijos dispondrían de un pedazo de pan en caso de que los romanos regresaran y la guerra estallara de nuevo. Pero, fueran cuales fuesen sus razones, Simón bar Giora, el mesías de Israel, no estaba dispuesto a tolerar semejantes comportamientos. Bajo el lema de garantizar la paz, los judíos descubiertos cometiendo acciones de ese tipo eran degollados de manera inmediata sin ningún tipo de proceso. Y a aquellos de los que se sospechaba, pero a los que no se podía acusar con pruebas, se les propinaba palizas, se les incendiaba las pertenencias o se les reclutaba a los hijos aunque fueran meras criaturas. Créame si le digo que la causa de la independencia justificaba a ojos de los seguidores de Bar Giora esas conductas y otras peores. Podría contarle muchos casos, pero… no, carece de sentido detenerse en ellos. Fueron muchos. Bástele lo que ha escuchado. Durante semanas, como le digo, aquella gente continuó proclamando a voces que ya había llegado la independencia y que Israel poseía la paz que había ansiado durante siglos. Lo hicieron degollando a los opositores, incendiando las casas de los sospechosos de tibieza y aterrando incluso a no pocos de los que compartían su fe. Seguramente por eso no podía extrañar que muchos pensaran con el corazón rebosante de amargura que ni siquiera los peores gobernadores romanos habían sido tan despiadadamente sanguinarios como el ungido Bar Giora. Y entonces, mientras los seguidores del mesías repetían su entusiasmo con sus voces y sus espadas y la población temblaba de temor, los romanos volvieron a hacer acto de presencia con el mismo sigilo con que habían desaparecido.

El judío hizo una pausa y volvió a sacar un cigarrillo del paquete de Camel. Estuve a punto de regalarle el mechero, pero resistí la tentación y me limité a ofrecerle lumbre.

—Durante aquellos meses —prosiguió—, el imperio había vivido también tiempos convulsos. En apenas unos meses, el césar Nerón había sido sucedido por Galba, Otón y Vitelio, emperadores débiles que dejaron de manifiesto el cáncer que podía corroer el edificio del poder romano. Finalmente, Vespasiano, sí, Vespasiano, un militar experimentado y enérgico, se ciñó la diadema imperial y decidió acabar con el desorden. Nosotros, los judíos, formábamos parte de ese desajuste y para aplastarnos envió a Jerusalén un ejército a las órdenes de su hijo Tito. La verdad es que la llegada de las legiones a las inmediaciones de Jerusalén no pudo acontecer en mejor momento para los romanos. Nuestras disensiones crecían a cada día que pasaba y además la cercanía de la fiesta de la Pascua había concentrado en el interior de la ciudad a decenas de miles de personas que esperaban la liberación definitiva del pueblo de Israel. Tito, que era un zorro, esperó pacientemente a que Jerusalén se encontrara abarrotada de peregrinos y entonces, con la misma rapidez con que el cazador tapona la madriguera de su presa, cerró el cerco. De la noche a la mañana, al quedar embotellados en aquella ratonera, nos vimos enfrentados con la horrible perspectiva del hambre más absoluta. No crea. Los romanos estaban dispuestos a negociar las condiciones de paz. Sí, como lo oye. La situación resultaba tan desesperada que Tito nos ofreció la rendición convencido de que la aceptaríamos. Pero si muchos habrían deseado acabar de una vez con aquella guerra, desde luego ésa no era la posición de Simón bar Giora y sus seguidores. No sólo rechazaron la capitulación sino que procedieron a asesinar abiertamente a cualquiera que se atreviera a intentar abandonar la Ciudad Santa o que expresara la más mínima duda sobre la victoria final. Algunos pocos lograron burlar el bloqueo que habían establecido y salir de Jerusalén, pero los romanos los atraparon y los condenaron a la muerte en la cruz. Por cierto, ¿tiene usted algo de comer a mano? Cualquier cosa… no sé. Unas patatas fritas, unas almendras…

Tardé unos instantes en darme cuenta de lo que acababa de decirme mi interlocutor. Pero, una vez captado el mensaje, comencé a rebuscar en mi bolsa de viaje.

—Tengo unos chicles… —dije sin sacar la cabeza de la bolsa.

—No… el chicle no me apetece. Tampoco es que me desagrade del todo, pero…

—Ah, mire, mire… una bolsa de cacahuetes —exclamé alborozado a la vez que me preguntaba desde cuándo estarían aquellos frutos secos en mi poder. Desde luego, no recordaba ni por aproximación el momento en que los había adquirido.

—Bien. Pues démela, si tiene la bondad.

Se la entregué y contemplé sorprendido cómo la agarraba con la misma premura con que un niño se habría lanzado sobre un juguete nuevo y deseado.

—El inicio del cerco —dijo mientras abría la bolsita— nos pilló totalmente por sorpresa y tuvo unos efectos… bueno, ¿qué le voy a decir? En días, qué digo en días, ¡en horas! no quedó en Jerusalén comida que llevarse a la boca. Primero, como era de esperar, desaparecieron los alimentos *kosher*, aquellos que, como usted sabrá, permite consumir la Ley de Moisés. Después engullimos cualquier ser, por inmundo que pudiera resultar. Ratas, serpientes, incluso insectos devoramos porque nos moríamos literalmente de hambre.

El judío dejó de comer los frutos secos, miró por un instante la bolsita, plegó la boca para evitar que se perdiera algo de su contenido y se la guardó en el bolsillo de la camisa.

—Una noche, me encontraba realizando funciones de centinela cuando me llegó hasta la nariz un humo no por raro en aquel entonces difícil de confundir. Olí y olí hasta que no me quedó ninguna duda de que se trataba del aroma que sólo surge de la carne asada. No puede usted imaginarse lo que aquello significó para mí. No se trataba sólo del hambre, sino, sobre todo, de la cólera que me provocaba el sospechar que alguien podía disfrutar de un bien tan precioso. Verdaderamente furioso, me encaminé hacia el domicilio de donde procedía aquel olor. No avisé de mi llegada ni quise brindarles la menor oportunidad de huir. Con todas mis fuerzas di una patada contra la puerta. Yo era mayor, claro que sí, pero el golpazo abrió el recinto. Descubrí un par de rostros apenas iluminados por la luz débil que despedía una bujía de sebo. No le exagero si le digo que se volvieron aterrados. Han pasado casi dos mil años y recuerdo a la perfección sus caras... Las cuencas de los ojos bordeadas de negro, los rasgos macilentos, la piel pegada a los huesos del cráneo... debían llevar mucho tiempo pasando hambre, pero ¿de dónde habían sacado la carne?

Sentí una punzada de malestar, pero no me atreví a interrumpir el relato.

—Me acerqué al asado. Se trataba de un cuerpecillo pequeño, pero de muslos y alas grandes y rollizas. ¿Qué ave era aquélla?, me pregunté y entonces, mientras intentaba dar con la respuesta lo comprendí todo. Lo que estaban asando, no era un ave, ni un cuadrúpedo ni siquiera un reptil. Era un niño.

Reprimí una sensación mezcla de piedad y de asco.

—Sí. Créame. Era un bebé de pocos meses que había sido sacrificado por sus padres para poder garantizar su supervivencia física por unos días. En otro momento, se lo aseguro, creo que habría matado a aquel hombre y a aquella mujer dispuestos a devorar a un vástago procedente de su carne y su sangre. Sin embargo, al verlos ahora tan hambrientos, tan aterrados, tan reducidos a un estado que se acercaba más al de las fieras que al de los seres humanos, sólo sentí repugnancia. Lleno de asco, abandoné la casa y eché a correr. Me detuve a un centenar de pasos y, sin poderlo evitar, comencé a vomitar. Sólo eché bilis. ¿Podía haber sido de otra manera si no había manera de llevarnos nada al estómago? Sí, bilis. Una bilis amarilla y amarga y con ella salió la repugnancia que sentía hacia aquellos que habían prometido a mi pueblo la independencia y la gloria y lo estaban llevando a la aniquilación. No quiero aburrirle con lo que fueron las semanas siguientes. La primera en morir fue Esther, mi dulce y buena Esther. Se consumió como una tea desgastada por el uso. Luego cayó Sara. Su marido había sido abatido por una flecha romana y sus hijitos habían muerto de hambre tiempo atrás. No consiguió reponerse. Sus ojos se volvieron ausentes y vidriosos, y con esa misma mirada, ya inmóvil, amaneció sin vida una mañana.

—¿Y su hijo?

—Lo aplastó una piedra… —respondió con aquel tono frío de voz que tanta desazón me provocaba.

—¿Una… piedra?

—Sí —respondió el judío—. Pesaban casi un talento y los romanos las lanzaban con catapultas.

—Entiendo.

—¿Está usted seguro? —me dijo con una mirada que me intimidó.

Dudé por un instante. Sí, por supuesto que sabía lo que eran las catapultas y el papel que habían tenido en el asedio de Jerusalén, pero quien, supuestamente, al menos, había perdido un hijo con ellas era mi interlocutor y no yo.

—Le escucho —respondí de la manera más neutra que pude.

—Caían sobre nosotros a todas horas y destruían todo con su impacto. Lo mismo techumbres que personas. Y para colmo… para colmo…

Calló un instante.

—Verá. Hay unos momentos —prosiguió— en los que se puede ver venir la piedra. Son suficientes para contemplarla, pero, por regla general, no para librarse de ella. Por razones que se me escapan, alguien comenzó a gritar «¡El Hijo viene!» mientras aquella piedra cargada de muerte describía su parábola en el cielo antes de aplastar a alguien en su caída. Durante días, me harté de oír aquel chillido de pavor. «¡El Hijo viene!» Así fue como murió el mío.

Me mantuve en silencio, mientras pensaba si el judío había realizado alguna conexión entre aquellas palabras y las que había pronunciado aquel seguidor de Jesús con el que se había encontrado cuando abandonaba Jerusalén.

—Sé lo que está pensando —dijo el judío—. Yo también me pregunté si Dios estaba ejecutando su juicio sobre nosotros a causa de aquel que se había detenido a la puerta de mi taller. No deseo ocultárselo. Me negué a considerar semejante posibilidad. Si lo hubiera hecho, habría tenido que aceptar que el Nazareno era el mesías, que había predicado la verdad y que la mayoría de nosotros estábamos equivocados.

—¿Y eso hubiera resultado tan grave? —indagué.

—A un soldado se le puede pedir que muera, pero no que se sacrifique por algo que sabe que es falso —respondió el judío—. Si el Nazareno había sido quien había pretendido ser, quien anunciaban sus seguidores, ¿qué sentido tenía seguir combatiendo?

—Pero Bar Giora no era el mesías… —me atreví a señalar.

—Algo en mi interior se rompió cuando murió mi último hijo —dijo el judío como si no hubiera escuchado mis palabras—. Pude aceptar, con dolor, pero como algo natural, que muriera mi pobre Esther. Incluso no me resultó extraño que Sara, una madre que había dado a luz varias veces, se consumiera. Hasta acepté que Dios se llevara a uno de mis varones, pero que también lo hiciera con el que todavía se encontraba vivo… Mi descendencia había quedado borrada de la faz de la tierra. ¿Quién me acompañaría en mis últimos días? ¿Quién me sepultaría? ¿Quién pronunciaría las oraciones cuando yo hubiera muerto? Mi estirpe quedaría aniquilada una vez que yo falleciera. ¡Ay! Me resistía a creer en las palabras que Jesús había pronunciado…

—Pero usted no murió…

—No. A la vista está. Sobreviví. Comí hierbas, roí raíces, chupé trozos de madera, pero me prometí que seguiría con vida cuando aquella matanza concluyera, y a medida que los árboles fueron desapareciendo de las cercanías de Jerusalén para convertirse en cruces de las que pendían los judíos atrapados por Roma, me afirmé todavía más en mi decisión. Por supuesto, el mesías Bar Giora y no digamos sus seguidores insistían en que Dios vendría a salvarnos, pero cuando llegó el mes de Ab y los romanos comenzaron a ganar posiciones en el interior de Jerusalén cualquiera que no fuera un fanático se daba cuenta de lo que nos esperaba. El 8 de Ab, los soldados de Tito, que eran despiadados, pero a los que no se podía negar la eficacia, consiguieron llegar hasta las inmediaciones del Templo. Sé que muchos insisten en que el general romano había adoptado la decisión de respetarlo. ¿Quién puede asegurarlo? Lo cierto es que el día 10 recibimos órdenes de concentrarnos en el atrio del Templo. A esas alturas del asedio, la mayoría de los combatientes éramos ancianos movilizados en el curso de los últimos días o jóvenes que apenas habían salido de la infancia y que se enfrentaban con no pocas dificultades a la hora de sujetar una lanza o un escudo. El jefe que mandaba el destacamento pronunció una arenga acerca de la necesidad de recuperar la parte del Templo que estaba en manos de los perros romanos. No es que aquel hombre hablara mal y, desde luego, parecía rebosar fe en Dios, pero bastaba echar un vistazo al rostro de los que estábamos allí para percatarse de los cambios que se habían producido en los espíritus como consecuencia de la guerra. Los niños no tenían ojos brillantes de entusiasmo sino apagadas cuencas marcadas por la huella de las necesidades y del hambre. Por lo que se refería a los ancianos, eran meros esqueletos vivientes apenas capaces de continuar respirando. Dio lo mismo. Nuestro oficial que, seguramente, estaba ansioso por provocar la intervención divina que no había tenido lugar hasta entonces, ordenó lanzar un violento contraataque en la zona del Templo. Usted me disculpará si no me entretengo en darle detalles de lo que sucedió. Basta con que sepa que la primera oleada de dardos romanos aniquiló nuestra vanguardia y luego se produjo el pánico. Los niños —eran niños, se lo aseguro— intentaron retroceder todo lo deprisa que pudieron, pero únicamente consiguieron que los legionarios los hirieran por la espalda con la misma facilidad que si hubieran disparado sobre una inerme bandada de patos. Tan sólo algunos ancianos, que tuvimos el buen juicio de arrojar la impedimenta militar al suelo, logramos sobrevivir y reagruparnos ya en las líneas judías. Aun descansamos un tiempo (aquellos viejos podían haberse ahogado de cansancio si no se les hubiera permitido reposar un poco) antes de lanzarnos al nuevo contraataque. La guerra es horrible, eso resulta una obviedad, pero la lucha cuerpo a cuerpo supera a cualquier otro tipo de enfrentamiento. Como si sus miembros ya no les pertenecieran, los combatientes se convierten en una especie de testigos mudos de cómo sus brazos, sus puños y sus piernas actúan en una desesperada agonía en medio de la que buscan únicamente sobrevivir.

Calló un instante y se llevó la mano al bolsillo del pecho de donde extrajo la bolsita de frutos secos. Sin embargo, no comenzó a comer. La sujetó con la punta de los dedos y clavó la vista en el horizonte, precisamente en el lugar donde se recortaba la silueta de la explanada del Templo.

—Vi con absoluta nitidez cómo un tizón encendido volaba por el aire —dijo sin apartar un instante la mirada—. Mientras los soldados romanos rechazaban nuestro segundo contraataque, un legionario lo había lanzado al interior de la cámara del Templo. En un abrir y cerrar de ojos, antes de que pudiera darme cuenta de lo que sucedía, aquel fuego cayó sobre el recinto. Debió de ser la mezcla del calor, del aire abrasador y de la naturaleza específica de los materiales, pero el caso es que el incendio se convirtió en incontrolable. No quiero que me tome usted por un cínico, pero aquel desastre me salvó la vida. Los romanos dejaron de perseguirnos y como si estuvieran poseídos por demonios comenzaron a arrojar antorchas encendidas sobre el Templo. Había conseguido apartarme algunos pasos cuando me detuve para recuperar el aliento. Volví la vista atrás. Algunos zelotes combatían en las cercanías del Templo con los legionarios, pero ¿quién hubiera podido negar que se trataba de una lucha suicida? Mientras el santuario ardía por los cuatro costados, las tropas del general Tito comenzaron su avance por las calles. Mujeres, niños, ancianos… caían a filo de espada mientras los romanos aplicaban las teas incendiarias a todos los edificios. En apenas unos instantes los archivos, la cámara del consejo y la ciudad baja hasta Siloé se convirtieron en una gigantesca pavesa de la que surgían alaridos indescriptibles. Vi todo aquello y, por un instante, acudió a mi mente la descripción que había escuchado en cierta ocasión sobre la Guehenna, el recinto donde las almas de los réprobos son sometidas eternamente al castigo de Dios. Difícilmente podía tratarse de un lugar peor que aquél.

—¿Cómo logró escapar? —pregunté más por aliviar la amargura que se había dibujado, dolorosa y profunda, en su frente que por interés real en lo que le había sucedido.

—Todo estaba invadido por el humo. Comencé a toser porque me ahogaba y entonces me di media vuelta con la intención de seguir huyendo. Lo que vi entonces a escasos pasos de mí fue a tres legionarios romanos que me apuntaban con sus *pila*. Por un instante, los cuatro nos observamos como aves de presa. Comprendí inmediatamente que no podía vencer en un enfrentamiento con aquellos guerreros. Quizá mataría a alguno, pero, a continuación, sus compañeros me acribillarían con aquellas lanzas extrañas y eficaces con que iban armados. A decir verdad, mi única preocupación era saber si tenían intención de matarme allí mismo o si pensaban convertirme en prisionero. Sabía que en ese último caso me esperaba la cruz o la esclavitud de por vida, pero después de aquella terrible revolución, de aquella guerra espantosa, de aquella catástrofe inenarrable, ¿acaso no era mejor la supervivencia de un siervo que la muerte de un rey? Y además, ¿cuánto podría quedarme de vida siendo ya un viejo? Solté el arma y me rendí.

9

Abrió la bolsita de cacahuetes y se puso a comer sosegadamente. Parecía tan absorto en aquella ocupación que, por respeto, no me atreví a distraerlo y, por otra parte, ¿quién sabía si había dado por concluido su extraño relato, la narración de alguien que pretendía haber vivido de manera ininterrumpida desde el siglo I de nuestra era? Observé cómo terminaba con los escasos frutos secos que quedaban, cómo miraba en el interior de la bolsa para asegurarse de que no había nada y cómo la doblaba cuidadosamente, como si se tratara de una sábana o de una servilleta, para luego dejarla caer al suelo.

—Usted no puede imaginarse lo que era el Templo de Jerusalén —comenzó a hablar de nuevo—. No, con seguridad, no se lo puede imaginar. No me estoy refiriendo a la grandeza del edificio o a la afluencia de gentes. Eso también era impresionante, pero... mire, el templo era absolutamente indispensable para obtener el perdón de los pecados. Me consta que hoy en día la idea de pecado no es muy popular. Eso explica, por supuesto, cómo va el mundo, pero no era así en aquel entonces. Todos sabían en Israel lo que estaba bien y lo que estaba mal y, sobre todo, eran conscientes de que Dios ejecutaría Su justicia sobre los que hubieran quebrantado su santa ley. Me consta que hay gente que no lo entiende, pero pocas ideas se me pueden antojar más lógicas. Si los tribunales humanos castigan al que viola la ley,

¿cómo no va a hacerlo Dios cuando la Suya arranca de nuestra propia naturaleza y no de los caprichos de los políticos? Y además no cabe engañarse. Todos sabemos que esa ley no admite discusión. ¿Acaso no sabemos todos en lo más hondo de nuestro corazón que mentir, robar, injuriar a los padres o desear la mujer del prójimo, no le digo ya acostarse con ella, está mal? ¿Por qué debería sorprendernos entonces que Dios juzgue esas conductas? Por supuesto, ahora hay muchos que se resisten a verlo, pero por aquel entonces todos estábamos convencidos de que la destrucción del Templo era una consecuencia innegable de nuestros pecados. Algunos apuntaban a un difuso incumplimiento de la Torah; otros al asesinato de Jacob, el hermano del Nazareno, linchado por expreso deseo de las autoridades del Templo apenas unos años antes de la catástrofe y, por supuesto, los que creían que el Nazareno era el mesías insistían en que, como él había profetizado, antes de que concluyera la generación que había visto su crucifixión, Dios había ejecutado Su juicio sobre la Ciudad Santa y su Templo. Bien, no nos desviemos. Se pensara lo que se pensase de las causas de aquel desastre, lo cierto es que nos dejaba a todos los judíos sin medio de expiación. ¿Me comprende?

—Creo que sí.

—Lo celebro —dijo el judío—. Todos los que seguíamos la Torah de Moisés sabíamos entonces (cualquiera se atrevería a decir lo que sabemos ahora) que la única manera de poder evitar ese justo castigo que Dios debía descargar sobre nosotros a causa de nuestras transgresiones era los sacrificios expiatorios; en otras palabras, el ofrecimiento de animales sin mancha ni tacha que nos sustituyeran a nosotros los pecadores cargando con nuestros pecados. Cualquier judío sabía que «sin derramamiento de sangre no hay remisión de pecados». Vamos, así lo afirma la Torah de la manera más tajante. ¿Dónde se llevaba a cabo esa ceremonia de expiación?

—En el Templo de Jerusalén —respondí aunque me resultaba obvio que su pregunta no dejaba de ser retórica.

—Efectivamente, en el Templo de Jerusalén, luego, desaparecido el Templo…

—… no había posibilidad de expiación de los pecados —concluí su razonamiento.

—Así es —subrayó con un gesto de asentimiento el judío.

—Reconozco que no es poco problema…

—Cómo que no lo es —remachó el judío con un brillo especial en sus pupilas—. ¿Se imagina lo que es vivir sujeto a una norma moral siendo consciente de que no existe forma de hallar el perdón para cualquier quebrantamiento en que incurra? Sí, la verdad es que las cosas cambiaron mucho tras la destrucción del Templo. Sólo aquellos judíos que creían que Jesús era el mesías, que había muerto ofreciendo su vida como sacrificio expiatorio y que esperaban el perdón por la fe en su muerte en la cruz tenían certeza de perdón. Los demás… los demás nos consolábamos pensando que el Templo sería reconstruido cuanto antes y que Dios no tendría en cuenta la manera en que nos comportábamos mientras tanto.

—La verdad es que escuchándolo su tono resulta apocalíptico —pensé en voz alta.

—Sí —reconoció el judío—. Nunca se ha utilizado la expresión con más propiedad. Verá. Yo no creía que Jesús fuera el mesías. Ni podía ni quería creerlo, pero… bueno, creo que antes debo referirle lo que pasó conmigo al caer Jerusalén.

—Se lo ruego.

—Los romanos no mostraron la menor compasión para con nosotros. Habían tenido bajas considerables, algo lógico porque se habían encontrado con una resistencia encarnizada, pero ninguna de esas circunstancias los llevó a mostrarnos el respeto que, en ocasiones, se otorgan entre sí los combatientes. Por el contrario, creo que nos contemplaban como a un parásito que se resiste a desaparecer a pesar de los esfuerzos denodados de aquellos que desean erradicarlo. Habían arrasado la tierra de Israel, nos habían derrotado, habían crucificado y esclavizado a buena parte de nosotros. ¡Habían muerto no menos de las dos terceras partes de nuestro pueblo! Y ahí seguíamos. De hecho, los habíamos obligado a tomar la Ciudad Santa palmo a palmo. Y ahora nos tenían en sus manos… No recuerdo que hubiera muchas violaciones, quizá porque nuestras mujeres tenían un aspecto penoso después de tanta hambre, pero se hartaron de matar. Podían habernos vendido como esclavos, pero prefirieron vernos colgar de cruces. Gritábamos, gemíamos, llorábamos, aullábamos de dolor, pero no les importaba. En realidad, creo que nos hubieran matado a todos más que a gusto y que si no lo hicieron se debió a que no quedaron árboles en los alrededores de Jerusalén. ¿Se imagina? ¡Salvados por falta de materia prima para exterminarnos!

—Pero usted…

—Yo no las tenía todas conmigo. Es cierto que mi edad era muy avanzada. Es cierto que seguía vivo mientras que decenas de miles de hombres jóvenes y fuertes habían muerto. Es cierto que me sentía, dentro de lo que cabe, bien. Pero ¿qué significaba aquello? ¿Que las palabras del Nazareno se iban a cumplir? Eso lo sé ahora. Vaya si lo sé, pero entonces… entonces sólo veía aquel bosque de cruces que rodeaba Jerusalén y me decía que iba a morir de la misma manera que aquel que me había anunciado que vagaría hasta su regreso. Sería una muerte horrible, dolorosa, prolongada, en la que el acompañamiento de millares de cuerpos agonizantes en otras cruces semejantes a la mía no me haría sentirme menos solo.

—Pero usted sigue vivo…

—Sí… eso es cierto —dijo el judío como si en ese momento se hubiera percatado de tal circunstancia—. Sigo vivo, pero… verá, nos habían reunido en una especie de corral de donde nos sacaban para darnos muerte. Ya ni nos clavaban a la cruz. Simplemente nos maltrataban y dejaban que el hambre, la sed, el calor y las moscas se ocuparan de echarnos de este mundo, lenta, pero eficazmente. No sé el tiempo que llevaríamos sin comer ni beber.

Dos días como mínimo, pero la verdad es que nos hallábamos sumidos en una sensación tal de anonadamiento, de desolación, de final sin esperanza que no recuerdo que experimentara aquellas necesidades de manera especial. Puede también que el desgaste físico hubiera amortiguado mi capacidad de sentir. Y entonces fue cuando me morí.

—¿Perdón? —dije sorprendido.

El judío sonrió y en su rictus me pareció percibir un tono de ternura, como el que nos aparece en la cara cuando escuchamos a un niño aplicar su lógica infantil y llegar a resultados absurdos y cargados de comicidad.

—Sí. Creo que merece usted una explicación. Como le digo, llevábamos sin comer ni beber varios días. Incluso varios de mis compañeros de cautiverio murieron con la lengua convertida en una bola negruzca que les llenaba la cara. Y entonces yo mismo sentí que había entrado en la agonía. Fue una sensación… no sé muy bien cómo explicársela. Se trató de algo similar a esas bajadas de tensión en medio de las que vamos perdiendo la fuerza, la capacidad de respirar e incluso bordeamos la inconsciencia. Yo sentí cómo la debilidad se apoderaba de mí, como una masa de calor que fuera desapareciendo de mi cuerpo a la vez que me sumía en un sopor frío y pesado. Y entonces… entonces…

El judío guardó silencio por un instante a la vez que los ojos se le humedecían.

—Primero, ante mi empezaron a pasar imágenes de mi existencia. No era como una película, sino más bien como una sucesión de diapositivas, de instantáneas, que me mostraban retazos de juegos infantiles, de besos, de caricias… luego apareció mi padre enseñándome el oficio, y mi boda, y la noche nupcial, y la circuncisión de mi primer hijo… y entonces, al cabo de más y más pedazos de mi vida, sentí cómo si me absorbieran…

—¿Como… si le absorbieran?

— Sí. Exactamente, como si me absorbieran, como si me

succionaran, como si una fuerza superior me aspirara y arrancara mi alma del interior del cuerpo.

—¡Dios santo! —apenas acerté a decir.

—Entonces fue como si cruzara un túnel oscuro a una velocidad imposible de calcular y, de repente, de la manera más inesperada, vi una luz. Sí, no me mire así. Fue una luz blanca, cálida, casi… casi me atrevería a decir que dulce.

Era la primera vez que escuchaba adjetivar de esa manera la luz, pero no consideré oportuno realizar ningún comentario.

—Me pareció entonces ver algunos rostros familiares. No podría decirle exactamente de quién se trataba. Quizá amigos de la infancia olvidados tiempo atrás, rabinos, artesanos… no podría decírselo con seguridad. Dudaba entre dirigirme a ellos o esperar a que fueran a mi encuentro, cuando… cuando lo vi.

—¿A quién?

—Al Nazareno.

—¿Está usted seguro? —pregunté sobrecogido.

—Sin el menor género de dudas —contestó con firmeza—. Era el mismo que se había dirigido a mí el día de la crucifixión. Bueno, no exactamente…

—¿A qué se refiere?

—Me refiero a que las facciones eran idénticas, eso no se puede negar, pero, al mismo tiempo, de su cuerpo parecía brotar ahora una luminosidad especial, como… como si estuviera entretejida de la gloria que desprenden los astros, como si irradiara…

—¿Le dijo algo?

El judío bajó la mirada.

—Sí —respondió—. Me miró con aquellos ojos que parecían estar forjados en bronce bruñido y dijo: «Tu camino no ha concluido. Deberás continuarlo hasta que yo regrese. Vuelve a tu cuerpo».

—¿Eso le dijo?

Asintió con la cabeza un par de veces sin levantar la mirada del suelo.

—Lo que sucedió entonces... Volví a sentirme absorbido, pero esta vez, fue en la dirección inversa. Cuando abrí los ojos, me encontré de nuevo en el interior del cuerpo y supe entonces que no moriría, que lo que me había dicho el Nazareno era cierto, que tendría que seguir existiendo indefinidamente. Y entonces perdí el miedo a la muerte y sólo me quedó la angustia, no continua sino intermitente, de vivir por los siglos de los siglos.

—¿Y qué sucedió entonces?

El caso es que cuando nos dieron orden de salir ni me resistí ni se me pasó por la cabeza hacerlo. Con la cabeza baja, arrastrando los pies, dejé que me condujeran al lugar de la matanza y entonces... ¿cómo... cómo explicárselo? Entonces, sin observar, ni mirar, mis ojos dieron con un oficial romano que hablaba con un soldado y se señalaba un anillo que tenía en el dedo. Capté enseguida cuál era su problema. Algún objeto, una espada, una piedra, un proyectil, se lo había rayado hasta el punto de casi partirlo y ahora, como es natural, se dolía.

—¿Era una joya valiosa?

—Mucho más de lo que usted se imagina —señaló el judío—. En ese momento, de manera maquinal, como... como si alguien me empujara salí de la fila y le dije al oficial romano: «Puedo arreglar su anillo». Me lanzó una mirada desconcertada. Me había dirigido a él en griego y era obvio que no había entendido mis palabras. Yo entonces le indiqué el anillo y le hice señas de que podía repararlo. Debió de sospechar lo que quería decirle porque le hizo un gesto al soldado con el que hablaba y éste pronunció unas palabras en latín. Entonces el oficial me miró con interés, como si hubiera descubierto algo que le interesaba y tiró de mí para apartarme de la fila.

—¿No dijeron nada sus guardianes?

—Por supuesto. Sí, uno de ellos vino a protestar, pero el oficial le dio cuatro gritos y el legionario se apartó amedrentado. Aquél era un ejército verdaderamente disciplinado. Las órdenes de un superior no se discutían. Simplemente, se obedecían. Bueno, el caso es que el oficial me apartó de aquel lugar y, en compañía del soldado que estaba hablando con él me llevó hasta algo que parecía un acuartelamiento. No quiero aburrirle diciendo cómo eran los campamentos de los romanos, pero la verdad es que impresionaban. Había un orden, una pulcritud, incluso una simetría que, tras contemplarlos, a nadie podía sorprender que nos hubieran aplastado militarmente. El caso es que me ordenó sentarme, me dio un trozo de pan, un cubilete con vino y me dijo que comiera y bebiera. Ya puede usted imaginarse que en dos mil años he comido pan infinidad de veces, pero creo que muy pocas me supo tan sabroso como aquél. Era una verdadera delicia. Por lo que se refiere al vino... me limité a mojarme los labios. Me sabía débil y no deseaba que el alcohol me privara de la pericia necesaria para ocuparme del anillo. Resultó muy fácil.

—¿Arreglar la joya?

—Todo. Sí, todo. Reparar aquel corte, que era muy feo, pero que resultaba más aparatoso que difícil, granjearme la gratitud del romano... Bueno, no deseo prodigarme en detalles. Salvé la vida. Tenía que haber muerto. Debía haberme convertido en un montón de huesos resecos cuyo único futuro es deshacerse transformados en un polvo blanquecino. Sí, eso era lo que tenía que haber sucedido, pero me salvé. ¿Comprende usted? En medio de centenares de miles de cadáveres, incluidos los de gente más sana y más joven, yo sobreviví.

—Como había dicho Jesús... —pensé en voz alta—. Tuvo usted mucha suerte.

—Según se mire —me dijo con tono molesto—. De lo que yo había amado no quedaba nada y, por añadidura, me convertí en un esclavo. Ah, bien, sí, todo hay que decirlo, no fui un esclavo cualquiera, sino uno de primera categoría.

—¿Y había tanta diferencia?

—Puede usted apostar el cuello a que sí y, la verdad sea dicha, no me costó adaptarme a la nueva situación. Acabé aceptando no sé si la inmortalidad, pero, desde luego, sí la continuación de la vida a pesar de todo. Y además… comía bien, descansaba, me vestía decentemente… En ocasiones, he pensado que vivía incluso mejor que cuando tenía asalariados y dos negocios. Bueno, el caso es que la vida pasa y pasa. Por resumir las cosas, el oficial envejeció, murió y me dejó a uno de sus hijos, un perfecto botarate.

—¿A qué se refiere usted?

—Verá. Se trataba de uno de esos paganos supersticiosos que no tenían moral alguna, pero que luego intentaban obtener la protección sobrenatural hincándose de rodillas ante la imagen de un dios o yendo en la procesión de una diosa. Es como si dijera: a fin de cuentas, no está tan mal que mienta, que robe o que cometa adulterio y además la diosa, clemente y misericordiosa como son las mujeres, se las arreglará para ayudarme. De gente con esas ideas se puede esperar cualquier atrocidad, no se lo oculto, pero también las mayores ridiculeces. Por ejemplo, este sujeto comenzó a decir que yo no envejecía.

—¿Cómo dice?

—Lo que acaba de escuchar. Una mañana se quedó mirándome y dijo: «Judío, tú no envejeces».

—No puedo creerlo —le dije escéptico.

—Pues fue así y el colmo es que se dedicó a vigilarme cada vez más obsesionado. Por ejemplo, recuerdo una vez en que se acercó a mí, comenzó a tocarme la cabeza y a decir que no me salían nuevas canas.

—Se burla usted de mí —comenté sonriendo.

—Le estoy diciendo la pura verdad. Le confieso que llegó un momento en que comenzó a asustarme. Un día… bueno, es que es increíble, un día me despierto por la mañana y, al abrir los ojos, le veo de pie, a mi lado, observándome con los ojos entornados. No pude evitar dar un respingo al descubrirlo y entonces me lanzó: «Si tú posees el secreto para no envejecer, ¿por qué no se lo diste a mi padre, que era tu señor?». Al escuchar aquellas palabras, se me cortó la respiración. Temí que quisiera arrancar de mí una fórmula inexistente y que para conseguirlo estuviera dispuesto a someterme a tormento. ¿Y qué hubiera podido yo decirle? ¿Que el Nazareno me había maldecido condenándome a vivir hasta que él regresara? ¿Cómo iba a creer que alguien ajusticiado por un gobernador romano pudiera tener semejante poder y que además convirtiera en beneficiario a un miserable como yo?

—¿Y le dijo algo?

—No. Nada. Durante una semana, más o menos, no dejó de mirarme furtivamente, y crea que no le exagero si le digo que en todas y cada una de las ocasiones percibí en sus pupilas el miedo, un pánico cerval, terrible, insoportable. Al final, me vendió a un griego que se dedicaba también a las joyas y que me llevó a Éfeso. Imagino que el hijo de mi antiguo dueño se sintió extraordinariamente aliviado al perderme de vista. Lo más seguro es que pensara que yo era portador de un poder maléfico y que cuanto más alejado me encontrara de él resultaría mejor. Bueno, fuera como fuese, yo me vi en Éfeso y allí… prométame que no se va a reír. ¿De acuerdo? Allí me enteré de que el Apocalipsis, ese libro que ha dado lugar a tanta novela mala y a tanta película absurda no era una profecía del futuro sino que se había cumplido décadas antes.

10

Por un instante, me pareció que el lugar en el que me encontraba había cobrado vida. Hubiera asegurado que la Cúpula de la Roca, empeñada en no dejarse calcinar por los rayos del sol, había temblado como si respirara. Sin duda, había debido tratarse de un efecto óptico relacionado con el calor. Respiré hondo y me dirigí al judío.

—Perdón —dije desconcertado—. No sé si lo he entendido correctamente. ¿Pretende usted decirme que el Apocalipsis y todo lo que cuenta sobre… sobre la Bestia salvaje, y Babilonia la grande y… y todo lo demás es algo del pasado?

—Sí —respondió el judío con una sonrisa—. Así es. En su inmensa mayoría.

—La verdad… no sé qué decirle. Cuesta creerlo. Tenga en cuenta que durante casi dos mil años…

—Durante casi dos mil años —me interrumpió el judío, algo irritado— exegetas que no estuvieron allí, pasan por alto lo que cuenta ese libro para dedicarse a escribir fantasías sobre un futuro que no resulta jamás como ellos han anunciado. Fíjese tan sólo en las personas que, con seguridad, iban a ser el Anticristo. A ver… Atila, por supuesto… Mahoma, claro está, Napoleón, sin duda… y luego Mussolini, Hitler, Stalin… No. Se equivocan al interpretar así el libro. Créame.

—Le escucho —dije y crucé los brazos con resignación.

—Verá. Cuando llegué a Éfeso, ya tenía prácticamente reunido el peculio suficiente como para comprar mi emancipación. La esclavitud… bueno, la esclavitud era muy variada en el Imperio romano. Había, por supuesto, pobres infelices que iban a parar a las minas de azufre y que podían darse por afortunados si sobrevivían más de un trimestre y, por supuesto, también estaba el caso de aquellas desgraciadas a las que convertían en meretrices hasta que se les caía el cuerpo a pedazos de tanto ser usadas como un trapo cuya única misión fuera la de limpiar inmundicias. Pero, sí, existía un gran pero: la ley también permitía recuperar la libertad si se reunía el dinero suficiente para pagarla. Un esclavo avispado, con un buen oficio, con habilidad suficiente tenía muchas posibilidades de acabar siendo libre y eso fue, precisamente, lo que pasó conmigo. No puede usted imaginarse ni de lejos lo que significa verse libre después de décadas de esclavitud. De repente, descubres que lo que habías tenido hasta ese momento no es nada comparado con saber que puedes pasear, levantarte, sentarte o reírte cuando te apetece y entonces hasta los actos más triviales se ven cubiertos de un halo de belleza que nunca hubieras podido imaginar.

Miré con atención al judío. No me cabía duda de que se trataba de un loco y en aquellos momentos su trastorno mental le estaba llevando a experimentar una alegría enorme, inmensa, desbordante que se filtraba por los ojos y por los labios, y que no consideré prudente interrumpir.

—Éfeso era una ciudad… ¿cómo le diría yo? Extraordinaria, incomparable, casi prodigiosa. Es verdad que la idolatría impregnaba casi todo y que todos andaban rindiendo culto a la diosa virgen.

—¿A Artemisa?

—Sí. A Artemisa. Pero, a pesar de todo, la ciudad habría aguantado muy bien la comparación con Londres, con París o con Viena. Además, había muchos judíos. Ya lo creo que los había, y se habría quedado usted de una pieza al ver cuántos de ellos habían combatido en la guerra contra Roma, se habían visto reducidos a la esclavitud y ahora habían recuperado la libertad. Me consta que la gente piensa que los judíos somos como un bloque de granito. Unido, sólido y sin fisuras. Puedo asegurarle que no existe nada más alejado de la realidad. A decir verdad, siempre que se producen graves crisis nos dividimos, pero esto no debería sorprender a nadie porque es lo que sucede con todos los grupos humanos. Bien. La experiencia de la derrota y de la esclavitud y de Éfeso también nos había fragmentado. Algunos habían decidido diluirse en medio de aquel océano de *goyim*, resentidos con un Dios que no los había ayudado a salir antes de sus angustias y amarguras; otros, por el contrario, se habían vuelto más religiosos y acudían con frecuencia a la sinagoga. Incluso estaban los que sumaban a la religión el ocultismo y se cargaban de amuletos y fórmulas mágicas para sobrevivir en aquel mundo que había demostrado sobradamente su crueldad; por supuesto, no podían faltar los que intentaban hallar alivio a su ansiedad confiando en el mesías. En Éfeso, no pocos de los nuestros habían terminado incluso por engrosar las filas de los seguidores del Nazareno. Estaban convencidos de que tanto desastre no era sino una prueba de que era el mesías verdadero y de que no nos quedaba sino esperar desgracias sin cuento hasta que nos percatáramos de ello y actuáramos en consecuencia. Uno de ellos era un personaje llamado Yohanan. Ante todo, debo decirle que era un hombre bueno y piadoso. Cumplía con los preceptos de la Torah con una fidelidad realmente intachable y nadie hubiera podido afirmar lo contrario, pero, como ya le he dicho, tenía una peculiaridad: la de creer, nada más y nada menos, que el Nazareno era el mesías. Mantenía yo cierta relación con él y, quiero insistir en ello, salvo esa circunstancia, nunca pude señalar algo indigno en su conducta. Pero un día se me presentó con un texto escrito en griego. Quería que lo leyera y le diera mi opinión. Le pregunté, naturalmente, de qué se trataba y me dijo que era una obra compuesta unos años antes de la guerra que habíamos librado contra Roma. No me ocultó, todo hay que decirlo, que su autor era uno de los nuestros que creía en el Nazareno. No le sorprenderá a usted que no me apeteciera mucho entregarme a aquella lectura. Por aquel entonces todavía no me había aficionado a ese hábito y la idea de tragarme aquel texto no me tentaba, pero el hombre era tan suave en sus maneras, tan correcto en su trato y tan persuasivo en sus palabras que lo acepté. Se trataba, como usted habrá sospechado ya, del Apocalipsis.

—Sí —reconocí—. Pensaba en algo así.

—Bien —prosiguió el judío—. El caso es que el inicio del libro, que se refería a un tal Juan que estaba en la isla de Patmos recluido por seguir al Nazareno, no me pareció muy sugestivo, pero no tardé en darme cuenta de que su estructura estaba magníficamente trabada. Primero, una presentación en la que Juan recibía la revelación como si fuera uno de los profetas; luego, venían unos mensajes entregados a las comunidades de los seguidores del Nazareno en Asia Menor y luego se iniciaba la revelación sobre acontecimientos que debían suceder en breve. Subrayo lo de en breve, porque, obviamente, el autor del texto no podía considerar como tal lo que llegara a acontecer en el siglo XXI. Pero a lo que íbamos, pasado ese preámbulo, el texto comenzaba a mencionar al Nazareno, al que se presentaba como mesías. Claro que eso era lo de menos. Lo impresionante era que el Nazareno aparecía como un mesías descrito bajo el aspecto de un cordero sacrificado. Aquel mesías extraño abría los siete sellos y la historia comenzaba un devenir que, insisto, debía tener lugar dentro de poco. Me consta que las referencias a sellos, a copas, a plagas no resulta fácil de entender para muchos, pero, poco a poco, el mensaje contenido en ese texto me resultó claro, diáfano, incluso obvio.

—¿Y cuál era, a su juicio? —pregunté nada convencido de que lo que acababa de escuchar.

—Es fácil —respondió el judío—. El mesías había muerto

inmolado como un animal inocente con la intención de que su sangre, como antaño la de los sacrificios del Templo, limpiara nuestros pecados. Eso era innegable. Sin embargo, la narración no terminaba ahí. Satanás, el adversario de Dios, había lanzado contra los seguidores del mesías dos fuerzas claramente definidas. Una era una mujer con apariencia de prostituta que se apoyaba sobre siete colinas y la otra era una bestia con siete cabezas que simbolizaban a siete reyes.

—Sí, la Gran Ramera y la Bestia —reconocí el simbolismo.

—Naturalmente, mi primer interés fue identificar a aquellos seres simbólicos. ¿Quién podía ser la prostituta? El texto decía que se trataba de una ciudad, de una ciudad grande, por más señas, pero ¿cuál? En un primer momento, pensé en Roma. Ya sabe, el color escarlata, apoyada en siete colinas..., pero no tardé en percatarme de que me equivocaba.

—¿No era Roma? —pregunté sorprendido.

—Ni por aproximación —zanjó tajante el judío— y además el propio texto lo aclaraba al decir que en esa gran ciudad habían dado muerte al mesías. Tenía, por lo tanto, que ser Jerusalén.

—¿Y las siete colinas? —pregunté no del todo convencido.

—Las siete colinas no son la ciudad —me dijo el judío gesticulando con las manos como si me estuviera revelando un secreto trascendental— sino el apoyo sobre el que se sustenta la prostituta para cometer sus fechorías incluida la muerte del mesías. Ahora bien, piense usted y dígame, ¿a quién entregaron las autoridades de Jerusalén al Nazareno para que lo crucificaran? ¿Quién fue su ayuda esencial?

—Poncio Pilato —exclamé sorprendido.

—Exacto. Para dar muerte al Nazareno se apoyaron en el gobernador enviado por Roma, es decir, por la ciudad que se sustenta en las siete colinas. Una vez que me di cuenta de que Jerusalén, o si usted lo prefiere, las autoridades de Jerusalén, eran la gran ramera comprendí el símil a la perfección. Siguiendo las imágenes ya utilizadas por los profetas como Oseas o Ezequiel, el autor del Apocalipsis estaba diciendo que en lugar de ser fieles a Dios, se habían comportado como una mujer adúltera, como una prostituta. Precisamente por eso, la gran ramera, es decir, Jerusalén, iba a ser castigada y ¿por quién?

—Según el Apocalipsis, por la Bestia.

—Vuelve usted a acertar. La Bestia se volvería contra la Gran Ramera y la desolaría. Pero ¿quién era la Bestia? Aquí debo confesarle que me resultó muy fácil dar con la respuesta porque, obviamente, sabía que Roma era la nación que había arrasado mi ciudad. Pero además, el autor daba todo tipo de detalles para cualquiera que tuviera un poco de perspicacia. ¿Cuál era el número de la Bestia? El 666. No hacía falta ser un genio para percatarse de que si se sumaban los contenidos numéricos de las letras de Nerón César, el emperador que reinaba cuando se había iniciado la guerra, el resultado era precisamente 666. En otras palabras, los romanos se iban a lanzar sobre Jerusalén cuando reinara Nerón. Pero ahí no quedaba todo. Fíjese. Si uno lee el Apocalipsis, inmediatamente se percata de que la lucha contra Jerusalén se produciría en etapas. En un primer momento, se llegaría a cercar la ciudad; luego, los enemigos se aproximarían al Templo, pero sin tomarlo; y, por último, el santuario sería hollado por los *goyim*. En paralelo, mientras esas desgracias se precipitaran sobre nosotros, nuestra ciudad se iría dividiendo hasta que llegara un momento en que cuatro facciones distintas combatieran entre sí en lugar de enfrentarse con la Bestia. Pues bien, yo había vivido todo aquello. Yo había sido testigo de cómo Roma había caído sobre nosotros y de la manera en que nos habíamos dividido en lugar de plantar cara adecuadamente a sus legiones. Por lo que se refería a la manera en que habían ido ganando palmo a palmo la ciudad hasta arrasar el Templo… bueno, eso prefería no recordarlo, pero lo había sufrido como tantos otros habitantes de Jerusalén. Y todo aquello, según me había dicho aquel hombre, había sido escrito poco antes del estallido de la guerra. Aquellos seguidores del Nazareno habían sido advertidos

94

de que, dentro de poco, en breve, *enseguida*, la ciudad a la que nos volvíamos a orar cada día iba a ser arrasada y con ella el Templo que cobijaba. No sólo eso. Además se les había anunciado que sería Roma, la Roma gobernada por Nerón, la Roma que había desencadenado su ira poco antes contra los seguidores del Nazareno, el instrumento de la destrucción.

—¿Y usted cree que todo aquello se escribió antes de la guerra del Templo?

—No puedo asegurarlo, por supuesto —respondió el judío encogiéndose de hombros—, pero de lo que no me cabe la menor duda es de que aquellas líneas no hablaban de un futuro lejano, situado a veinte siglos de distancia, sino de un porvenir muy cercano, tan cercano que, apenas unos años después, ya se había convertido en pasado, un pasado que yo había conocido y que podía identificar a la perfección porque los símbolos y las imágenes apenas velaban lo sucedido. Y además…

—¿Sí?

—Además aquel libro nos llamaba a los judíos a salir de la obediencia a la Babilonia que sería destruida. Se nos instaba a abandonar a las autoridades del Templo, las que se habían apoyado en Roma para lograr la muerte del Nazareno. Sólo así lograríamos salvarnos. ¿Se da cuenta? Todo aquello tenía sentido, ¡y qué sentido!, antes de la destrucción del Templo, pero después… después ¿de qué desastre se nos podía ya salvar? Bueno, el caso es que aquella lectura me turbó profundamente. Podía tratarse de un texto escrito a posteriori, por supuesto, pero si no era así, si la obra se había escrito cuando pretendía… ah, entonces habíamos tenido una advertencia clara de lo que iba a desencadenarse sobre Jerusalén y el Templo y no habíamos sabido aprovecharla a decir verdad, ni siquiera la habíamos conocido.

11

—Veo que no le convence lo que le cuento… —señaló el judío.

—En realidad, no sé qué decirle —comenté dubitativo—. Su interpretación del Apocalipsis es tan… tan…

—¿Tan novedosa?

—Sí, imagino que así se puede decir. Tan novedosa.

—Pues se equivoca. Puede ser cualquier cosa menos novedosa. Yo la sostengo desde hace casi dos mil años. Novedosos, en todo caso, serán los demás.

—Sí —le concedí sonriendo—. Tiene razón. Si es cierto lo que usted cuenta de sí mismo, los novedosos son ellos.

—Por supuesto que lo es —dijo irritado—. Tan cierto como el tiempo que pasé en Éfeso y que resultó magnífico. Sé que le costará creerlo, pero a medida que iban pasando las décadas yo me iba sintiendo mejor. Era como si no dejara de aprender, de fortalecerme, de decantarme y, al mismo tiempo, conservara todas mis facultades.

—Debió de ser una magnífica sensación.

—No le quepa la menor duda —reconoció el judío—. Lo fue. Tanto que me enamoré.

Por un instante, tuve la sensación de que no había captado bien las últimas palabras pronunciadas por mi acompañante. Sin embargo, no formulé el menor comentario.

—Le extraña, ¿verdad? —dijo como si hubiera leído mis pensamientos—. Pues me ha escuchado a la perfección. Me enamoré. Por primera vez.

—Pero... pero... Esther. Sí. Esther. ¿No estuvo usted enamorado de ella?

—Estuve casado con ella. Casado, que no es lo mismo —matizó el judío—. Quise mucho a Esther. Muchísimo. Fue buena, fiel, cuidó de mí, me dio hijos... Creo que nunca podré agradecerle lo suficiente sus desvelos, sus preocupaciones, su abnegación y, sí, por supuesto, sufrí lo indecible cuando tanto ella como nuestros hijos desaparecieron de este mundo. Todo eso es cierto, pero, para hablarle con toda sinceridad, nunca estuve enamorado de ella. Ah, ¿se extraña? Claro, ahora la gente tiene unas ideas muy peculiares sobre las relaciones entre un hombre y una mujer y, por añadidura, consideran que sus disparatadas concepciones constituyen un signo de progreso. Déjeme decirle que se equivocan de medio a medio. Sólo están ayudando a destruir lo que han ido logrando varios milenios de sabiduría humana y...

—Y... ¿de esta mujer sí se enamoró? —interrumpí su discurso.

El judío me sonrió con el gesto más parecido a lo risueño desde que habíamos iniciado, varias horas antes, nuestra conversación.

—Sí —dijo con un tono de voz suave, casi dulce—. Sería un embustero si le dijera que fue fácil. No lo fue, pero... Verá. Yo había llegado a la conclusión de que una esposa y unos hijos eran ya algo del pasado. Todavía, y no se ría, en la época en que fui esclavo del oficial romano tenía a veces un sueño peculiar.

—¿A qué se refiere?

—Verá. En mi sueño, yo regresaba del trabajo. Paseaba por una calle ancha y grata a la vista. Me dirigía a mi hogar y entonces, de repente, cruzaba al otro lado de la calzada y unos niños pequeños, varón y hembra, de no más de dos o tres años, salían de una casa y se abrazaban a mis piernas. Yo sabía que eran mis

97

hijos. No es que lo descubriera entonces en el sueño. No. Lo sabía. Y en ese momento dirigía la mirada hacia la puerta y aparecía una mujer, mi esposa, que se secaba las manos en un delantal. Durante años, los años en que iba reuniendo el dinero para comprar mi libertad, tuve ese sueño una y otra vez. Siempre era la misma calle, siempre eran los mismos niños y siempre era la misma mujer. Y, de repente, un día, cuando estaba dando forma a un pesado collar de plata, capté que aquellas imágenes carecían de sentido.

—No estoy seguro de comprenderlo.

—Verá. Mientras seguía siendo un esclavo, lo que había deseado era rehacer la vida que había conocido con anterioridad. Por supuesto, con otra esposa y otros hijos porque los que había tenido habían muerto todos en la guerra. No es que pensara que un ser humano se puede sustituir como pasa con un mueble o cualquier otra posesión, no. Pero yo, a diferencia de ellos, seguía vivo y deseaba que me devolvieran al menos algo de lo que me habían quitado. ¿No fue eso lo que pasó con Job tras sufrir sus terribles pruebas? ¿Acaso no dice la Biblia que tuvo una nueva esposa y siete hijos y tres hijas? ¿Por qué iba a ser mi caso diferente? Yo no aspiraba a tanto como Job. Sólo soñaba con la llegada a casa después del trabajo, el abrazo de los niños, la comida preparada por una mujer… En todo eso soñaba de manera continuada, inagotable, incansable y, sin embargo, ese tiempo había pasado para mí. No podía yo saberlo entonces, pero, para que usted me entienda, era como si el tren hubiera partido unas horas antes y yo apareciera ahora por el andén.

—¿Y qué pasó cuando llegó a esa conclusión?

—Para serle sincero, nada de particular. Quiero decir que no experimenté resentimiento ni amargura ni ira. No. Fue como percatarse de que uno ya no puede saltar las vallas de los campos porque ha llegado a la edad adulta y pensar que no puede ser de otra manera. Esa parte de mi existencia había terminado y no tenía sentido seguir esperando que volviera algo que sustituyera ahora a lo perdido tiempo atrás. Fíjese la tranquilidad con que sucedió todo que, nada más comprenderlo, los sueños desaparecieron para no regresar jamás.

—Pero sí regresaron…

—No. Los sueños nunca volvieron. Lo que apareció fue una mujer. Verá. Yo había trabajado en unas ajorcas de oro para un comerciante de ganado de la zona. Se trataba de un sujeto muy acomodado, inmensamente acaudalado, que era capaz de sacar todo de cualquier cuadrúpedo. La lana, el cuero, la carne, la leche, hasta los excrementos, todo lo procesaba y lo vendía. Andaba a la sazón engatusado con una cortesana de lujo y deseaba agradecerle de alguna manera los favores que le dispensaba. La mujer había hecho referencia a una joya que había contemplado cierta vez exhibida por una compañera de quehaceres y el ganadero decidió complacerla obsequiándole una igual. Ahí entré yo. La cortesana era… ¿cómo decirle? Impertinente, grosera, desagradable y codiciosa.

—No está mal… —pensé en voz alta.

—Sí, sobre todo, codiciosa —dijo el judío como si no me hubiera oído—. Creo que no le importaba en sí la calidad del trabajo ni la delicadeza de la forja sino la cantidad, el peso de oro. A decir verdad, es muy posible que se hubiera sentido más contenta si le hubieran colgado del pescuezo un lingote. Sin embargo, era de una hermosura que suele atraer a la mayoría de los hombres y el ganadero la deseaba a todas horas. Bueno, a lo que iba. El caso es que, tras muchas idas y venidas, me puse a trabajar en las ajorcas y una mañana, cuando me encontraba a punto de rematarlas, apareció por mi taller. Les echó un vistazo y comenzó a protestar. Que si eran pequeñas, que si resultaban demasiado finas, que si no estaría escatimando metal, que si tal que si cual… el caso es que me descompuso los nervios y cuando se despidió yo estaba tan irritado que, mientras trabajaba, me corté en la mano.

—Vaya…

—No le di importancia, pero se trataba de una herida muy fea que me cruzaba una buena parte de la palma. Mire. Desde aquí hasta… aquí. La lavé, la vendé, pero, al día siguiente, descubrí que no sólo no había mejorado sino que me dolía mucho más y que además me costaba mover la mano. Me asusté. Lo reconozco. Yo sabía ganarme la vida con aquel trabajo y ya no estaba para aprender un oficio que exigiera mayor esfuerzo físico y mucho menos para realizar las tareas de aguador o mandadero. Tras pasarme toda la mañana pensando en lo que debía hacer, opté por visitar a un físico del que había escuchado referencias a uno de mis clientes. El hombre puso mala cara al ver la herida, pero me atendió de la mejor manera. Ya se imagina usted. La volvió a abrir, sacó el pus, la lavó… en fin todas esas cosas. Para colmo, yo le había dicho que me había hablado muy bien de él un amigo común y entonces se negó a que le pagara por sus servicios. Todo aquello me hizo sentirme muy contento no sólo por lo bien que había realizado su trabajo, sino, sobre todo, por la manera en que se había comportado conmigo. Al día siguiente, terminé las ajorcas de oro, y con algunos restos de plata que guardaba en el taller labré unas muy parecidas, aunque más pequeñas, para regalárselas al físico. Pensaba yo que se las entregaría a su mujer y todos quedaríamos satisfechos, pero no fue así.

—Fueron a parar a una cortesana… —me atreví a adelantar.

—No, por supuesto que no —negó el judío un tanto irritado por lo que acababa de escuchar—. Como le estaba diciendo, realicé las ajorcas de plata y se las envié a través de uno de mis asalariados. Luego me olvidé de todo. Pasaron dos o tres días y una mañana, muy temprano, cuando apenas acababa de levantarme, escuché que llamaban. Sorprendido, me dirigí a la entrada y miré por la puerta entreabierta. Al otro lado del umbral, se encontraba una muchacha que sujetaba una especie de bandeja de madera. Le pregunté qué deseaba y me respondió que traía un obsequio de parte del médico. Me sorprendió aquello, pero decidí franquearle la entrada. La joven entró en la casa y buscó con la mirada dónde dejar el regalo, de manera que le indiqué una mesa cercana. Depositó la bandeja con cuidado, casi me atrevería a decir que con reverencia y, acto seguido, retiró un paño de lino blanco que la tapaba. Entonces pude ver una colección de comida especialmente atractiva. Había algunas frutas, leche, miel...

—No está mal.

—Desde luego que no lo estaba. Pedí entonces a la muchacha que esperara un momento, lo justo para pasar todo aquello a los recipientes que yo tenía en casa, pero me indicó que también eran un regalo del médico. «A mi padre —dijo— le han gustado mucho sus ajorcas.»

—Así que era la hija del médico... —observé.

—Le supliqué que esperara —continuó el judío sin hacerme caso—, le ofrecí compartir parte de aquella comida, pero la muchacha bajó la mirada y negó con la cabeza. «No. Es para usted, me dijo y, antes de dirigirse hacia la salida, añadió: Buen desayuno.» Apenas tardó un instante en llegar a la puerta y entonces, después de abrirla, volvió el rostro hacia mí. Debo decirle que lo llevaba cubierto, algo bastante común entre nuestras mujeres siquiera para evitar encuentros desagradables por las calles, pero entonces, como si hubiera estado esperando a que saliera de mi casa, una ráfaga de viento sopló con una fuerza inesperada y el extremo del velo se desprendió dejando al descubierto su rostro.

—A eso se le llama un golpe de suerte.

—No lo sabe usted bien —reconoció el judío mientras sus palabras se teñían de una suave melancolía—. No se lo puede siquiera imaginar porque aquella muchacha era extraordinariamente hermosa. Su piel era un poco más oscura que la de las mujeres de Éfeso y se asemejaba mucho a la de mi gente en la tierra de Israel. Pero se habría quedado usted admirado de la delicadeza de sus facciones. La nariz ligeramente aguileña contaba con las proporciones justas, el mentón parecía modelado con una gracia especial y la boca... ah, mi buen amigo, he tenido ocasión de ver muchas bocas hermosas a lo largo de los siglos, pero puedo asegurarle que nunca me he encontrado con otra semejante. Era... era... ¿cómo le diría yo? Como una fruta madura que uno deseara morder, como una copa que invitara a ser bebida hasta el final, como la corola de una flor que albergara el aroma más delicado. Sí, no se sonría. Aquellos labios estaban dotados de una belleza incitante, carnosa, sensual que justificaba de sobra que se ocultaran de las miradas de la gente. Debo decirle, además, que todo aquello transcurrió apenas en unos segundos porque la joven, azorada al percibir que su cara había quedado al descubierto, se apresuró a tapársela inmediatamente y dio media vuelta con la intención de desaparecer de mi vista.

—¿La siguió usted?

—Lo intenté —reconoció el judío mientras se encogía de hombros—. Corrí hacia la puerta, pero ya la había franqueado. Logré entonces verla caminando calle abajo. Me pareció que además había adoptado un paso rápido, grácil, acelerado, pero no estaba dispuesto a dejarla escapar. Le grité para que se detuviera, pero o no me escuchó o la amedrenté. Lo cierto es que, al final, no me quedó más remedio que correr tras ella. Sorteé a los que subían la calle y conseguí alcanzarla cuando estaba a punto de doblar la esquina. «Muchacha», le dije y se detuvo finalmente. Llevaba la cara tapada como creo que ya le he comentado, pero a mí me pareció que sus labios se dibujaban por debajo del velo y, en cualquier caso, los ojos, unos ojos negros, almendrados y profundos, parecían iluminar aquella calle con más fuerza que la luz del día. «Muchacha, le repetí, ¿cómo... cómo te llamas?» La joven pareció dudar durante un momento. No fue más que un momento. Estoy seguro, pero a mí me pareció largo, prolongado, casi eterno. Al final, me pareció que sonreía debajo de aquel trozo de tela que hurtaba su cara de miradas indebidas y me respondió: «María».

12

—¿María? ¿No Miriam?

—Sí, María. Pensará usted que es lo mismo, pero no lo es. Imagino que si su padre hubiera vivido en Judea o Galilea, el nombre habría sido Miriam, pero viviendo en una tierra donde la lengua era el griego…

—Entiendo. Es como los judíos que se llamaban Andrés o…

—… o Pedro. Uno intenta adaptarse siquiera en los nombres para no llamar mucho la atención. ¡La de judíos que se llaman ahora Maurice cuando los padres les pusieron Moisés!

—Sí, es verdad —reconocí yo que conocía a más de uno en esas circunstancias.

—Como le he dicho, yo había descartado totalmente la idea de casarme, de tener hijos, de formar una familia. Ya había pasado por la experiencia de tener una y el hecho de perderla me había causado un dolor indecible. Luego, una vez establecido en Éfeso, no habían faltado algunas mujeres que aparecían por acá o por allá. No me refiero a cortesanas, no. Estoy hablando de viudas, incluso de casadas, que se me acercaban. No me malinterprete. Yo no andaba buscando aventuras. Nada más lejos de mis intenciones. Simplemente, se presentaban. Yo que pensaba que ésa era una situación del pasado, por supuesto, las rechazaba. Pero entonces, como le decía, el ver el rostro de aquella mujer removió algo en mi interior. Regresé a casa como…

como envuelto en una nube. No le digo más que me senté y por un buen rato me olvidé no sólo de que debía comenzar mi trabajo cotidiano, sino incluso de que aquella joven me había traído comida para desayunar. ¿Usted sabe qué puede hacerse en un caso así?

—No tengo la menor idea —reconocí.

—Tampoco lo sabía yo. A fin de cuentas, mi matrimonio anterior había sido concertado. Lo pienso ahora y la verdad es que me da sonrojo, pero… bueno, me dediqué a hacer averiguaciones sobre la muchacha.

—¿Cómo dice?

—Lo que acaba de oír. Me comportaba de manera discreta, pero lo más eficaz posible. Llegaba un cliente a mi taller y le comentaba lo contento que había quedado por la cura que me había practicado el físico. Por supuesto, en la mayoría de los casos, la gente se limitaba a celebrarlo y a darle gracias a Dios. Pero en otros… ah, en otros, se daba la circunstancia de que conocían al físico y entonces todo era coser y cantar. «Se le ve un buen hombre, decía yo, señal de que tiene una vida feliz en su familia.» «Sí, claro, me respondían, sus dos hijos mayores son varones y tiene una hija pequeña.» «¿Una hija pequeña?, seguía yo hablando de la manera más inocente, el día menos pensado se le casa…» Y así, poco a poco, retazo a retazo, fui recogiendo toda la información que necesitaba. Y…

—Y… —intenté ayudarle a seguir porque el judío, inesperadamente, había guardado silencio.

—Y supe que estaba ya comprometida.

—Mala suerte —comenté lamentando de verdad lo que acababa de escuchar.

—Sí, puede verse de esa manera, pero yo… no sé cómo decirle. Cuando escuché aquello supe que aquel compromiso no llegaría a buen puerto.

—¿Cómo dice?

—Lo que acaba de oír. Sé que es difícil de entender. A decir verdad ni siquiera sé si puede comprenderse, pero yo sentí, sí, lo sentí, que aquel matrimonio nunca tendría lugar.

—¿Y qué fue lo que pasó?

—Pues verá. Aquel verano había sido yo invitado a Filadelfia, otra de las ciudades de Asia Menor en la que existía una presencia judía notable. Tenía allí a un buen amigo que no dejaba de insistirme para que visitara la ciudad y me estableciera en ella. Supuestamente, era no menos prometedora que Éfeso y además no estaba tan cargada de idolatría. Salí hacia Filadelfia una o dos semanas antes de que María debiera ser entregada en matrimonio. Pero créame si le digo que salí tranquilo, en la absoluta convicción de que el enlace no se consumaría. Bueno, el caso es que partí para Filadelfia, estuve allí en torno a un mes y regresé convencido de que mi sitio estaba en Éfeso por lo menos para una buena temporada. Nada más llegar comencé a indagar sobre la situación de María y ¿a que no sabe lo que había sucedido?

—Ni la menor idea.

—Las bodas no se habían celebrado.

—¿Y eso? —dije sorprendido.

—El padre de María había muerto. Fue algo repentino, inesperado, casi increíble. Se encontraba bien, ésa es la verdad, pero, de pronto, empezó a perder el uso de los miembros y antes de que pudiera darse cuenta se desplomó y expiró. Por supuesto, no puedo asegurarlo, pero con las cosas que he visto después se me ocurre que quizá se trató de algo cerebral. Fuera como fuese, aquella desgraciada muerte, porque le aseguro que el físico era un hombre bueno, significó el inicio del período de luto y la suspensión de la boda. Le confieso que mis sentimientos estaban muy mezclados por aquel entonces. Por un lado, me sentía inmensamente dichoso pensando que María seguía siendo libre, que era soltera, que existía siquiera una posibilidad de casarme con ella; por otro, me apesadumbraba el percatarme de que si era así se debía al fallecimiento del físico que tan diestramente me había curado.

—Comprendo.

—Fui a visitar la casa. Deseaba rendir mis últimos respetos al difunto y, lo reconozco, intentar ver a María.

—¿Lo consiguió?

—Por supuesto. Claro que sí. Allí estaba, acompañada de familiares a los que no había visto nunca y de su prometido. Se daba la circunstancia de que lo conocía. Sí. Algún pariente suyo había pasado por mi taller tiempo atrás y en alguna ocasión lo hizo acompañado por él. Era un muchacho formal, serio, quizá demasiado serio. Le confieso que incluso sentí una migaja de compasión hacia él porque yo estaba dispuesto a que María fuera mi mujer. Durante los días siguientes, multipliqué las visitas a la casa para ver cómo se encontraba María. Las excusas eran mil y una y no me costaba encontrarlas a cada paso. Pasaba por allí, venía del mercado, deseaba saber cómo estaba, le traía algunas frutas… Daba lo mismo. El caso era poder saludarla y verla durante unos instantes. Por supuesto, la muchacha se sentía azorada. Estaba comprometida y tenía miedo de que la vieran con otro hombre y dieran rienda suelta a la lengua. Sin embargo, al mismo tiempo, empecé a percatarme de que se sentía atraída por mí. Notaba cómo sonreía bajo el velo, cómo alargaba con cualquier pretexto mis visitas que, al principio, sólo duraban unos instantes en la puerta y cómo, poco a poco, me fue haciendo partícipe de sus inquietudes.

—Jugaba usted sucio —le dije.

—No. No es verdad. Verá. Cuando existe tanta diferencia de edad, siempre se cuenta con cierta ventaja. Por supuesto, se pierde si uno se deja llevar por el sexo, por la codicia, por el odio, pero si sabe controlar esos impulsos… Y además yo amaba mucho a María. La amaba tanto que usted no podría creerlo si se lo explicara y, por añadidura, sólo deseaba que ella también me amara.

—¿Y lo consiguió?

El judío guardó silencio por un instante, como si necesitara meditar la respuesta antes de dármela. Luego se pasó la diestra por la boca, como si deseara arrancarse algo de los labios y respondió:

—Sí, por supuesto que lo conseguí. Verá. Una tarde acudí a visitar a María. Supuestamente, le llevaba algo de comida, pero, no voy a ocultárselo, lo único que deseaba era charlar un rato con ella, sentirla sentada frente a mí, escuchar su voz. Iba a ser un encuentro normal, pero se prolongó durante horas y horas y cuando nos quisimos dar cuenta estaba amaneciendo. No, no me interprete mal. No hubo sexo, ni besos, ni caricias, ni siquiera le cogí la mano. De hecho, sólo una vez intenté retirarle un mechón de pelo que le caía sobre la frente y María se apartó como movida por un resorte, como si temiera algún comportamiento incorrecto.

—Debió de ser una noche muy larga para que no sucediera nada… —pensé en voz alta.

—Oh, no sea estúpido. Y además, ¿qué es eso de que no sucedió nada? Por supuesto que sucedió. María supo que la amaba, que la amaba como nadie la había amado ni podría amarla y yo supe que también ella me amaba a mí.

—O sea «happy end» —ironicé.

—No fue tan sencillo —dijo el judío, con tono irritado—. Verá. Existía un compromiso matrimonial y María sabía que tenía que cumplirlo. Su honor, o lo que era más importante, el honor de su familia, estaba comprometido en todo aquello. Sí, no ponga esa cara. En este siglo XXI todo eso suena arcaico, sin sentido, atrasado, pero ella creía, nosotros creíamos, en la palabra dada.

—Pero no estaba casada… —observé—. Quiero decir que no era igual que si ya tuviera un marido y lo abandonara.

—Es cierto, pero el compromiso, aunque fuera menor, existía y María no quería traicionarlo. ¿Cree usted que se la puede culpar por ello?

—No, imagino que no —reconocí—, pero…

—Al final, nos escapamos —dijo el judío con la misma sencillez con que podría haberme dado la hora o comentado el estado del tiempo—. Fue una mañana fría, pero soleada. Quizá no se lo crea usted, pero desde aquel día es el tipo de tiempo que más me gusta. Fresco y con sol. Yo había liquidado mi negocio, quizá no todo lo bien que hubiera deseado, pero ¿qué más daba? Lo único que ansiaba era vivir con ella, estar a su lado, criar a los hijos que me diera.

—¿Adónde fueron?

—Regresamos a Israel. Sí. Sé que no era lo más sensato, pero ahora pienso que necesitaba mostrarme a mí mismo que era posible tener una vida feliz donde había sufrido otra tan desgraciada. Apenas encontré cambios, ¿sabe? Los caminos de Galilea, de Judea, de Perea eran muy similares a los que yo había conocido. Por lo que se refiere a Jerusalén… sí, Jerusalén era muy diferente. Del Templo no quedaban más que los cimientos y esa explanada que, por supuesto, no tenía las dos mezquitas que se pueden ver ahora. Al contemplarlo todo, tras casi un siglo de ausencia, estuve a punto de echarme a llorar. Si logré contenerme fue porque María estaba a mi lado. Nos habíamos casado cerca de Tiberíades. Fue una boda solitaria, porque ni ella ni yo teníamos familiares cerca de nosotros y, sin embargo… sin embargo, tengo que decirle que no fue triste. No, en su inmensa sencillez, tuvo la misma belleza de una luna colgada en toda su desnudez de un firmamento sin estrellas o de una palmera que se cimbrea en la playa movida por una brisa suave. Aquella misma noche dormimos juntos. Ya sabe usted que no era la primera vez que estaba con una mujer, pero aquella… bueno, crea si le digo que fue muy especial. María no era alta, pero su cuerpo estaba dotado de unas proporciones muy hermosas. Creo que me he referido a su boca, pues bien, esa misma belleza inundaba, como si fuera el rocío que corre por una flor, sus manos, sus pies, sus senos… ¡Ah! Sus senos, sus caderas, sus muslos… Ha pasado mucho más de milenio y medio, pero, como si ahora la estuviera viendo, recuerdo a la perfección a María a la mañana siguiente. La cubría una sábana blanca, casi resplandeciente, y sólo asomaba por encima de ella su brazo izquierdo, sus hombros y su rostro medio adormilado sobre el que caía su cabello revuelto. Era hermosa, tan hermosa que en aquellos instantes de mi corazón salieron todos los horrores que había vivido antes. La familia que había perdido, las cruces con que los romanos cercaron Jerusalén, la destrucción del Templo, los pavores de la cautividad, los tributos de la esclavitud, las penurias del liberto, todo se disolvió viendo a María, la mujer a la que amaba y que me amaba.

El judío calló y yo me percaté de que sus ojos presentaban un aspecto desconsoladamente acuoso. Tuve incluso la sensación de que respiraba con dificultad como si temiera que una inspiración demasiado profunda llenara sus mejillas de lágrimas.

—Fuimos felices, muy felices. Tanto que yo decidí olvidar que no podía morir y resolví creer que envejecería como todos y un día, tras una vida plena al lado de María, mi espíritu regresaría al Creador que me lo había entregado. Sí, en ocasiones, para alcanzar la dicha hay que olvidar y no pensar. A mí me ayudaba el tacto de aquellas manos delicadamente pequeñas y hermosas; el contacto con una piel extraordinariamente suave; los besos de los labios más dulces que hubiera conocido... Y, sin embargo, fue todo tan efímero... Tan sólo siete años. ¿Se da cuenta? Siete años. Los mismos que duró la abundancia en la tierra de Egipto según reveló José al faraón.

—No está mal el símil —observé.

—En realidad, resulta totalmente inadecuado —dijo el judío—. Sí, totalmente. Por muy dichosos que pudieran sentirse los egipcios con las andorgas rebosantes, nunca habrían llegado a experimentar la bienaventuranza que yo tuve con aquella mujer. Me despertaba y sólo deseaba verla, me dormía y esperaba contemplarla al iniciarse el nuevo día... le diré que incluso pensé en enseñarle mi oficio tan sólo para tenerla cerca incluso en las horas de trabajo. ¡Dios! ¡Cómo la amaba!

—¿Tuvieron hijos?

—No… no los tuvimos. Quisimos tenerlos, pero… bueno, es igual.

—¿Qué pasó después de esos siete años? —pregunté apartando la conversación de un terreno que sospechaba ingrato.

—¡Oh! Después de esos siete años… ¿No lo sospecha?

—Sinceramente, no.

—Pues llegó el mesías.

13

—No estoy seguro de entender…

—¡Oh, vamos! —dijo el judío mientras alzaba las manos al aire—. ¿No creerá usted que el Nazareno es el único judío que ha pretendido ser el mesías?

—No. Por supuesto, no lo creo, pero déjeme pensar… Si estamos en el siglo II… Usted se refiere a…

—Sí. A ese mismo —cortó el judío—. La verdad es que hay ocasiones en que la historia se tuerce y da la sensación de que nada puede hacerse para enderezarla, pero, sobre todo, de que no había ninguna necesidad de que cambiara de rumbo cuando todo parecía ir bien. He vivido momentos como ése en infinidad de ocasiones. Se lo aseguro, pero entonces…

—Entonces tenía a María.

—Sí. Entonces tenía a María, pero no se trataba sólo de eso. Verá. Antes de conocerla yo era feliz. Sí, lo era. La paz había regresado a mi corazón, mi trabajo iba razonablemente bien e incluso contaba con cierta posición. Pero al convertirla en mi esposa, descubrí hasta qué punto todo aquello era pobre, pequeño, insuficiente. Fue como el salto del sosiego sereno y tranquilo al gozo no menos sereno, pero rezumante de dicha. Incluso… fíjese, incluso se hablaba de que el emperador de aquel entonces…

—Adriano, sospecho.

—Y sospecha bien. Sí, era Adriano. Pues bien de él se afirmaba que iba a reconstruir el Templo de Jerusalén.

—¡Ja!

—Sí, puede usted reírse todo lo que quiera —observó el judío, algo amostazado—, pero entonces se decía y, lo que es peor, se creía. Mire, ahora han pasado casi dos milenios desde que el Templo fue arrasado, pero en aquel entonces… bueno, ni siquiera habían pasado setenta años desde su destrucción, ¿por qué no iba a suceder lo mismo que con el Primer Templo? A fin de cuentas entonces hubo un Ciro que nos permitió regresar a nuestra tierra y nos consintió reconstruir el Templo. Ahora ya estábamos en nuestro solar patrio, ¿era tan difícil creer que viviríamos lo suficiente para ver cómo se alzaba de nuevo el único lugar donde se podía ofrecer sacrificios al Dios verdadero? No lo creo, la verdad.

—Pero eso no fue lo que sucedió.

—Sé de sobra que no sucedió, pero habría sido tan hermoso… Entiéndame, a mí sólo me faltaba ver cómo volverían a alzarse aquellos muros, cómo cantarían los sacerdotes, cómo se ofrecerían de nuevo sacrificios al único Dios verdadero y entonces… entonces todo se… se torció, se alteró, se cambió de rumbo. Adriano, el emperador en el que habíamos puesto toda nuestra esperanza, al que veíamos como a un nuevo Ciro que restauraría la grandeza de Jerusalén, decidió que no tenía el menor interés por reconstruir el Templo. Ni el más mínimo. No sólo eso. En realidad, lo que deseaba era que fuéramos un pedazo más de su imperio, uno más, otro más.

—¿Acaso no lo eran ya? —pregunté sorprendido.

—Sin duda. Sí. Lo éramos, pero ¿resulta tan extraño que aspiráramos a ser algo distinto?

El judío guardó silencio y bajó la cabeza como si sobre sus hombros se hubiera descargado una pesada losa de mármol y no supiera si sacudírsela o comenzar a caminar con ella.

—Entonces —dijo al cabo de unos instantes— tuve la sensación de que todo iba a repetirse.

—¿A qué se refiere?

—A la guerra contra Roma —respondió el judío y tuve la sensación de que su frase estaba cubierta de ceniza—. Sí, a la guerra del Templo, a la guerra que se había llevado a mi familia y a la guerra que había aniquilado mi vida. Por supuesto, el Templo era ahora una ruina y ya no había zelotes, pero… oh, se trataba de la misma locura. En apenas unas semanas, quizá fueron tan sólo unos días, a la amargura de saber que Adriano no iba a ser un nuevo Ciro se sumó un anuncio sensacional. Esta vez, todo giraba en torno a un hombre que se llamaba Simón. Simón bar Kosiba, para ser exactos, aunque el rabino Akiva, un sabio que entonces estaba de moda, le cambió el nombre por el de Bar Kojba. Bar Kojba. ¡El hijo de la estrella!

—El mesías.

—Sí. El mesías. Bar Kojba. ¡Un guerrero descerebrado era el mesías! —exclamó el judío con amargura—. Y lo creyeron, vaya si lo creyeron. Enseguida a la voz de Akiva se unió la de multitud de rabinos. ¡Sí! ¡Es el mesías! ¡Ha llegado! ¡Vencerá a los *goyim* y reconstruirá el Templo! Se ha cumplido la profecía…

Pronunció la última frase de manera casi ininteligible. Como si, de repente, se hubiera quedado sin aire para concluirla.

—Bueno. Todo el mundo sabe que Bar Kojba no era el mesías —me permití decir.

—Sí, claro. Ahora lo sabe todo el mundo. A buenas horas…

—¿Usted creyó…?

—¿Que fuera el mesías? No. Ni por un solo instante. Como le he dicho, ya había vivido todo aquello. Una vez más, el mesías de turno, los fanáticos de turno, los locos de turno irrumpían en mi existencia y en ese entonces yo tenía a María y no quería… no quería que le pasara lo mismo que a Esther. La verdad es que no sé cómo llegué a la conclusión de lo que debía hacer. Cuando vi cómo Bar Kojba se alzaba en armas y comenzaba a tomar una guarnición tras otra, tuve la sensación de que estaba viviendo una vez más los primeros meses de la revuelta del Templo y temí por María. Pero cuando acuñaron una moneda en la que aparecía una leyenda que decía «La libertad de Israel» supe que me quedaría a luchar a su lado aunque antes tenía que sacar a María de aquel país para que no se viera sumergida en un baño de sangre.

—Era su esposa… —intenté argumentar.

—Por eso, precisamente —respondió el judío—. Por eso. Porque era mi esposa, porque la amaba y porque sabía lo que iba a suceder, decidí que María tendría que abandonar aquella tierra.

—¿Y ella qué dijo?

—Ella no dijo nada. Sí, no se extrañe. No dijo nada porque no sabía nada. Temía yo que, si le informaba de mis planes, insistiera en permanecer a mi lado. Puede que hubiera llorado para que la acompañara de regreso a Éfeso o puede que se hubiera empeñado en esperar conmigo la llegada de las legiones. No le di esa oportunidad. No. No diga nada. Hice lo que debía. Le dije que lo más adecuado sería regresar a Éfeso. Podríamos ver a su familia de la que no teníamos noticias hacía tiempo, podríamos pedirles perdón por lo sucedido, podríamos cambiar de aires e incluso podríamos recorrer aquellos lugares que habíamos visitado en nuestra huida siete años antes. Todo eso podríamos hacerlo al mismo tiempo que nos prodigábamos besos, caricias, abrazos… No fue fácil convencerla. De verdad, no fue nada fácil. Y no era por lo que pudiera decir su familia después de aquella ruptura de compromiso. No. Era porque amaba aquella tierra y amaba lo que habíamos vivido juntos y amaba la idea de prolongar aquella existencia hasta que el Ángel de la Muerte viniera a recoger nuestras almas. Pero yo no me dejé convencer. Dulce, pero persistentemente le dije que debíamos hacerlo. «Qué bueno eres y qué testarudo», me dijo un día después de una de nuestras conversaciones, sí, conversaciones, porque nunca, nunca, nunca llegamos a discutir. Y así partimos para la costa. La noche anterior, la amé convencido de que podía ser la última vez que la tendría entre mis brazos. Se durmió pegada a mí, como si tuviera mucho frío y necesitara absorber el calor que salía de mí. De buena gana, lo reconozco, hubiera roto a llorar durante aquellas horas. Si no lo hice fue porque no deseaba despertarla. Así fueron pasando las horas que conducían hasta el alba sin que yo pudiera liberar mi pecho de la carga que tenía acumulada y que temía que lo hiciera reventar en cualquier momento.

Guardó silencio un instante mientras intentaba atrapar una lágrima que había logrado escaparse de su ojo derecho.

—Aquella mañana, antes de dirigirnos al puerto, desayunamos juntos. Mientras masticaba sin ganas aquel pan y bebía la leche, todo me supo amargo, muy amargo. Recordaba aquella primera vez en que había llegado María hasta mi casa y me había deseado un buen desayuno…

—No es necesario…

El judío extendió la mano para que no le impidiera continuar su relato.

—El muelle hormigueaba de gente. Los muy inconscientes creían que de verdad Bar Kojba era el mesías y que les garantizaría la libertad. A mí toda aquella algarabía sólo me sirvió para acentuar el pesar que me desgarraba el corazón como si fuera un garfio de hierro. Sin embargo, fingí que también compartía aquella alegría ajena y no dejé de prodigar sonrisas a María. Así, llegamos al pie de la pasarela. María comenzó a subirla y, de repente, se dio cuenta de que no la seguía. Volvió el rostro, como si quisiera decirme: «Vamos. Date prisa», pero debió de captar algo en mi mirada y, de repente, su rostro se ensombreció. «No voy contigo», le dije. Han pasado… han pasado más de dieciocho siglos y me parece que puedo ver la manera en que sus ojos se llenaron de lágrimas al escucharme. «Pero…», intentó empezar a hablar y yo entonces le puse la punta de los dedos sobre los labios y le dije: «María, ahora no puedo explicártelo. Sólo te pido que confíes en mí. Yo debo quedarme, pero tú… tú tienes que marcharte». María apartó mi mano dulce, suavemente, casi como si no la tocara y sus labios se entreabrieron para decir: «Pero ¿por qué?». Estuve a punto de romper a llorar, se lo aseguro, pero supe contenerme. Le sonreí, deslicé mi diestra por su mejilla e incliné mi rostro para encontrar sus labios. La besé. La besé y luego la estreché contra mí. Con fuerza. Con todo mi corazón. Con más amor del que nunca había sentido por nadie.

Se detuvo un instante y respiró hondo, como si necesitara el resuello que le permitiera llegar hasta el final del relato.

—La separé de mí, pero se aferró con su mano a la mía. Me la llevé entonces a la boca, la besé y me di la vuelta. No quise mirar hacia atrás mientras caminaba hacia la salida del muelle. Sólo cuando la alcancé, me atreví a dirigir los ojos hacia el barco. María había subido a bordo y oteaba desde la nave. Acababa de ver que me había vuelto y su rostro se iluminó como el de un niño perdido que, de repente, descubre a su madre entre la multitud. Entonces alzó la mano y se la llevó a los labios para lanzarme un beso y luego la agitó despidiéndose de mí. Para siempre.

14

—Según me dice, usted sabía que todo aquello se parecía demasiado a lo que había sucedido en la guerra del Templo —le dije—. ¿Por qué decidió alejar a María y quedarse? Quiero decir que se trataba de una lucha a la desesperada, sin oportunidad de victoria.

—¿Quién sabe por qué se sigue luchando cuando la derrota es segura? —me respondió el judío con una sonrisa débil y cansada—. Supongo que algunos lo hacen porque, de verdad, creen que es posible alzarse con la victoria. Otros, quizá, se mueven por la desesperación que ocasiona el pensar que una derrota resultaría peor que la muerte. En mi caso, me decidió el tener la convicción de que no podía dejar solo a mi pueblo. No me había comportado así siete décadas antes y no iba a hacerlo ahora, pero esta vez no estaba dispuesto a cometer los mismos errores. Por eso, puse a salvo a María y, por eso, estaba dispuesto a retirarme antes de que los romanos entraran en Jerusalén aniquilando todo a su paso. Ésas eran las únicas condiciones.

—¿Conoció a Bar Kojba?

—Sí, por supuesto que lo conocí. Como ya le he dicho, era un perfecto idiota.

—No puedo creerlo —señalé escéptico.

—Pues créalo. Era un sujeto grandullón y belicoso que se había creído que era el mesías.

—Pero por algo sería… —intenté defenderlo.

—Sí, por supuesto. Se lo creía porque era un soberbio y un estúpido. Entiéndame. Aquel hombre ni conocía bien la Torah, ni era un ejemplo de piedad, ni nada de nada. Y, por supuesto, ni Elías lo había precedido predicando en el desierto ni había tenido una revelación de Dios ni cosa que se le pareciera. Tan sólo algunos rabinos tan soberbios y tan necios como él le habían calentado la cabeza con ese disparate y él lo había aceptado sin parpadear. Por supuesto, a medida que sus éxitos se multiplicaban, empezaron a engrosarse por millares las filas de sus partidarios. «Tiene que ser el mesías —decían—, Dios lo bendice con la victoria.» ¡Paparruchas! Una y mil veces deseé gritarles que sólo estaban repitiendo un error que yo había presenciado tiempo atrás, pero ¿quién me hubiera creído? Nadie. Cuando la masa enloquece, nadie escucha y así nuestro pueblo se extravió en su inmensa mayoría yendo en pos de un falso mesías.

—Falso mesías al que todavía consideran un héroe nacional —me atreví a decir.

—Eso no va a cambiar la historia. Bar Kojba se limitó a rodearse de rabinos que lo adulaban continuamente infundiéndole una confianza de la que no era digno, pero, créame, no tenía la menor idea de cómo conducir una guerra. Exactamente todo lo contrario de lo que sucedía con los romanos. Adriano envió a combatirnos a Julio Severo, un militar avezado que había sido gobernador en Britania. Severo, que se libró muy mucho de rodearse de gente como la que continuamente estaba a la vera de Bar Kojba, comprendió a la perfección cómo debía actuar. Rehuyó el combate en campo abierto, sometió a asedio a algunos de nuestros enclaves más importantes y se preocupó de que no nos llegara un solo pedazo de pan. ¡Ah! ¡Cómo eran esos romanos! Al cabo de unos meses, no teníamos qué comer.

Las palabras del judío salían ahora de su boca como un pedazo de metal martilleado por la mano enfurecida de un herrero.

Me invadió la sensación de que tenía dificultades para contener la ira que lo invadía.

—Y entonces, cuando ya no había qué llevarse a la boca, Severo atacó. ¿Tiene usted idea de los lugares que arrasó en aquella campaña contra el mesías Bar Kojba? No, ¿verdad? Pues fueron cincuenta fortalezas y novecientas ochenta y cinco poblaciones. ¿Se da cuenta? ¡Cincuenta fortalezas y novecientas ochenta y cinco poblaciones! Eso es eficacia militar y no la torpeza de Bar Kojba. Por supuesto, cuando se llegó a ese punto, decidí salir de Israel.

—Esta vez no defendió Jerusalén… —pensé en voz alta.

—Esta vez Jerusalén no se defendió —me corrigió el judío—. Imagino que su población sabía que no serviría de nada. Lo cierto es que Adriano entró con sus tropas y demolió todo lo que encontró a su paso. Profanó, por supuesto, nuestros lugares sagrados, pero también los de aquellos que seguían al Nazareno. Imagino que debió de pensar que eran tan judíos como nosotros y que no tenía sentido llevar a cabo distingos. Luego decidió que Jerusalén había dejado de existir para convertirse en Aelia Capitolina. Por supuesto, yo no me quedé a ver la nueva ciudad levantada sobre la que yo había amado tanto. Antes de que comenzaran las obras, había cruzado el Jordán con la idea de llegar a Petra.

—Donde se escondieron los seguidores del Nazareno en la guerra del Templo —apunté.

—Sí. No me avergüenza decir que ésa fue la razón. La experiencia me había enseñado que a ellos les había servido años atrás y ahora yo me aproveché de su experiencia.

—Entiendo que favorablemente.

—Entiende bien. Por supuesto, no podía correr el riesgo de que me detuvieran por el camino, de manera que cambié mis vestimentas con un mercader de Tiro que pensaba regresar a su tierra y, por añadidura, le di una cantidad generosa de dinero y algunas joyas. Con lo que me quedaba, me adentré en el desierto y llegué a Petra. Fue allí donde me llegaron las noticias del final de la guerra. En las últimas semanas, desde el Sanhedrín a los jefes militares de Bar Kojba pasando por millares de los nuestros, se habían refugiado en una fortaleza situada en Betar. El lugar no estaba mal escogido porque dominaba el camino hacia Jerusalén y se hallaba situado en lo alto de una elevación que permitía controlar el valle de Sorek. Pero dio igual. Adriano sometió a sitio la ciudad con toda la capacidad extraordinaria que tenían los ingenieros de sus legiones. El 9 del mes de Av, justo el día en que los judíos ayunamos para conmemorar con pesar la caída y destrucción del Primero y del Segundo Templo, Betar fue tomada por los romanos.

—Parece simbólico —me atreví a decir.

—Sí. Supongo que lo es, pero no creo que los míos estuvieran para muchas interpretaciones en aquellos momentos. Por lo que llegué a saber, los romanos ejecutaron a todos los que cayeron en sus manos y luego dejaron que los cadáveres se pudrieran al sol por espacio de seis días. Claro que eso no fue lo peor. Adriano estaba harto de nosotros. Llegó a la conclusión de que lo mejor que podía hacer era borrar nuestra presencia de la faz de la tierra. En la ciudad pagana, en la Aelia Capitolina, que sustituía a Jerusalén, sólo se nos permitía la entrada el 9 de Av, justo para que pudiéramos llorar nuestras derrotas a manos de los *goyim* y además… además prohibió que circuncidáramos a nuestros hijos, que leyéramos la Torah, que celebráramos nuestras fiestas…

—Les salió muy caro el creer en un falso mesías —sentencié y, al instante, lamenté haberlo dicho.

—Es cierto —reconoció el judío— y yo puedo decirlo porque nunca creí en él, pero, créame, no puedo reprochar a la gente que lo siguiera. Los rabinos, los maestros de la Torah, los miembros del Sanhedrín lo aclamaban. Y encima obtuvo algunos éxitos al principio… Además, aunque jamás acepté que fuera el mesías, aunque me resultaba inverosímil…

La voz del judío se quebró como si le resultara imposible seguir hablando. Respiró hondo, se pasó la mano por la frente y, al final, dijo:

—Verá, después de la destrucción del Templo por primera vez, pasaron unas décadas y Dios permitió que volviera a alzarse ofreciendo a nuestro pueblo la posibilidad de expiar las faltas. ¿Le parece tan disparatado que la gente pensara que Dios iba a otorgarles ese don por segunda vez? A fin de cuentas, ¿cómo iban si no a ser perdonados sus pecados? No. Yo no pensé que Bar Kojba fuera el mesías, pero la idea de que el Templo fuera restaurado… ésa no me parecía tan absurda.

—Bueno, según se mire —comencé a decir encantado de repente con la idea de jugar por un rato al abogado del Diablo—. Durante el período del Primer Templo no vino ningún mesías que muriera por los pecados del pueblo…

—No sé si lo entiendo —dijo el judío mientras fruncía los ojos.

—Sí, verá. El Primer Templo tenía que ser reconstruido porque, efectivamente, Dios no había dispuesto otra vía para perdonar los pecados aparte de aquellos sacrificios expiatorios. Pero supongamos, tan sólo supongamos, que Jesús hubiera sido el mesías; que él, como el Siervo de Adonai profetizado por el profeta Isaías hubiera muerto por los pecados de todo el pueblo; que ahora bastara creer en él para recibir un perdón mucho más perfecto que el que proporcionaban los sacrificios de expiación del Templo. Si así fuera, insisto, se lo digo sólo como hipótesis, no tendría ningún sentido que el Templo volviera a levantarse. Es más. Lo que habría que esperar es que semejantes empeños fracasaran una y otra vez.

El judío me miró de hito en hito. Un par de veces abrió la boca como si estuviera a punto de pronunciar alguna frase, pero en ninguna de las ocasiones llegó a articular una sola palabra.

15

—Quizá tenga usted razón… —acertó a decir al final el judío—. Desde luego, le confieso que nunca se me había ocurrido.

—Es posible que sea así porque no cree en el Nazareno —me atreví a sugerir.

—Sí, es posible —concedió sin mucha convicción.

Por unos instantes permanecimos en silencio. Una nube se había situado entre el sol y nosotros oscureciendo la atmósfera. A pesar de que veía peor, me pareció obvio que mi acompañante no dejaba de dar vueltas a lo que acababa de escuchar sin que las diferentes piezas le encajaran de una manera que pudiera resultarle satisfactoria.

—Pensaré en ello —dijo al fin y añadió inmediatamente—: ¿Dónde nos habíamos quedado?

—Supongo que en lo que sucedió después de la toma de Betar y de su salida de Israel.

—Ah, sí, claro… claro… —dijo como si se desperezara de un sueño—. Es verdad que ahí es donde nos habíamos quedado. ¿Tiene algo de beber?

—No… no… espere.

Me puse en pie y me acerqué al puestecillo de refrescos que se encontraba tan sólo a unos pasos. Lo atendía un árabe con un bigote a lo Pancho Villa y una sonrisa que le discurría afable de una oreja a la otra. Como era de esperar, me pidió una cantidad exorbitante por dos latas de refresco. Seguramente no deseaba estafarme. Tan sólo daba por supuesto que yo entraría en el trámite obligado del regateo antes de pagarle. Pero yo, a esas alturas del día y tras escuchar durante varias horas a un hombre que pretendía ser el judío errante, no sentía la menor disposición a discutir por el equivalente a unos céntimos de euro. Para sorpresa, y quizá desilusión, del vendedor, le pagué lo que me pedía sin rechistar.

—Espero que esto… —comencé a decir a la vez que alargaba el recipiente al judío.

—Sí. Está bien. Claro —dijo mientras tendía la mano y agarraba la bebida.

Abrió la lata con un solo movimiento. Como si tuviera una enorme práctica, aunque, bien pensado, ¿por qué no iba a ser así? A fin de cuentas, por las apariencias y hasta donde yo podía imaginar, aquel hombre no había alcanzado la séptima década de su existencia.

Se llevó el refresco a la boca y bebió un trago largo, generoso y placentero. Calculé que debía haber vaciado no menos de la mitad cuando despegó los labios, chasqueó la lengua y me sonrió.

—Ha escogido usted bien. Está muy bueno. De verdad.

—Me alegro —dije a la vez que me disponía también a refrescarme la garganta.

Durante unos minutos, no dijimos una sola palabra entregados al disfrute inocente de aplacar la sed. La verdad es que se estaba bien allí. Hacía calor, era cierto, pero, a la vez, una brisa suave y fresca dulcificaba la temperatura convirtiéndola en placentera. Sin duda, era una de las ventajas de encontrarnos en las cercanías de la cuenca del Mediterráneo. En otra parte del mundo, incluidas las dos costas de Estados Unidos, en esos momentos habríamos tenido que huir del sol para buscar refugio en algún lugar cerrado y bien provisto de aire acondicionado.

Eché ahora una mirada furtiva sobre el judío. No cabía la

menor duda de que estaba disfrutando. Consumió lo que aún había en la lata, le dio la vuelta para asegurarse, seguramente, de que no desperdiciaba una sola gota y la depositó cuidadosamente en el suelo, casi como si se tratara de un objeto de cristal.

—¿Le apetece otra?

—No. De momento, no —me dijo con una sonrisa y añadió—: Parece mentira lo agradable que puede resultar una bebida fresca en medio del calor.

—Sin duda —corroboré.

—¿Sabe? En la vida también hay refrescos que aparecen de vez en cuando. Un rato jugando con los hijos, una tarde de amor, un concierto memorable, una lectura sustanciosa… incluso una conversación como ésta.

—Me abruma —dije sinceramente.

—No. Lo digo en serio. De verdad. De todo corazón. Le agradezco mucho la atención con que me escucha.

Pensé que mi atención se debía más al temor a las reacciones inesperadas de un loco y a la ausencia de Shai —pero ¿dónde estaba Shai, Dios santo?— que a mi cortesía, pero decidí que no tenía ningún sentido desilusionar al judío.

—En buena medida, el tiempo que viví con María fue también como llevarse a los labios una bebida fresca y dulce. Bueno, no. Es injusto, muy injusto lo que acabo de decir. Mi matrimonio con María resultó más bien un oasis entre extensiones desérticas. Antes de ella, había sufrido la pérdida de mi familia, de la ciudad en que había pasado toda mi vida y del Templo. Después de ella, volví a encontrarme con un desierto aún más prolongado porque había contemplado la incompetencia escandalosa de un falso mesías, había previsto, sin poderlo evitar, que Jerusalén volvería a ser arrasada por los *goyim* y además había perdido la esperanza de que se reconstruyera el Templo, el lugar que Dios había designado para que nuestros pecados pudieran ser expiados. Sí, créame, aquél era un páramo mayor si cabe y lo único que lo separaba del otro eran los siete años de dicha al lado de María.

—¿Por qué no intentó buscarla?

—¿Quién le ha dicho que no lo hice?

—Entonces, ¿la buscó? —pregunté al darme cuenta de que me había precipitado en mis conclusiones.

—No pensé en otra cosa desde que la acompañé hasta el puerto y la engañé para que abandonara la tierra de Israel sin mí —respondió el judío—. No creía que nada fuera a salir bien, pero estaba decidido a que si se daba tan inverosímil eventualidad, la haría traer a Jerusalén a cualquier precio y si, por el contrario, tal y como preveía, aquel levantamiento terminaba en un desastre, procuraría también reunirme con ella. Como le dije, llegué hasta Petra y allí me enteré de todo lo que había sucedido en Jerusalén. Adriano escupía fuego contra nosotros e intentar moverse por una temporada me parecía una imprudencia. No me costó mucho establecerme en Petra y lograr un cierto sosiego. De hecho, ya estaba a punto de abandonar aquel lugar cuando uno de los régulos de la zona se encaprichó con mi trabajo. Tenía cierta lógica, a decir verdad. Había tenido ocasión de ver un par de joyas que había realizado y se empeñó en que fabricara algunas para una de sus hijas que iba a contraer matrimonio. Le aseguro que de muy buena gana habría declinado aquellos ofrecimientos y me hubiera puesto en camino hacia Éfeso, pero, sinceramente, no deseaba correr riesgo alguno con aquella gente que lo mismo parecía civilizada que se entregaba a las peores manifestaciones de barbarie que usted pueda imaginar. Me sometí, por lo tanto, a sus deseos y me entregué al trabajo. Aquel *goy*, un sujeto de grandes barbas y risa estridente, quedó muy contento con el resultado, pero, en lugar de dejarme marchar, me pidió que me ocupara de su hijo mayor y, sobre todo, de su esposa y así mi permanencia en Petra se prolongó y después cuando concluí su último encargo, volvió a quedarse tan satisfecho que…

—¿Cuánto tiempo necesitó para salir de Petra? —le interrumpí.

—Casi tres años —respondió casi como si expulsara la respuesta envuelta en su aliento—. Casi tres años de mi vida se fueron en un intento frustrado una y otra vez de escapar de aquella parte del mundo y reunirme con María. Y no crea que fue fácil. Sólo lo conseguí después de asegurarle que regresaría cuanto antes y que sólo me ponía en viaje para ver unas piedras de especial valor cuya noticia había llegado hasta mis oídos. Le mentí. No estuvo bien. Lo sé, pero, sinceramente, no me sentía vinculado a un déspota que lo único que deseaba era anudar un trabajo con otro para tenerme siempre en su corte.

—Y llegó a Éfeso…

El judío levantó la palma de la mano derecha pidiéndome paciencia.

—Tardé casi cuatro meses. Sí, créame. Casi cuatro meses, pero llegué. Noche tras noche, fantaseé con el momento en que me encontraría con María, con la alegría que se apoderaría de nosotros, con la manera en que nos besaríamos y nos abrazaríamos cuando estuviéramos juntos y solos… Había imaginado tantas veces todo que puedo asegurarle que no abrigaba ninguna duda de que hasta el menor detalle se desarrollaría como lo había soñado. Me encontraba tan sólo a un día de camino cuando, de repente, me asaltó la idea de dar una sorpresa a María. Lo pienso ahora y me parece pueril, digno de un niño de diez años, pero entonces tuve la sensación de que era una ocurrencia extraordinaria, maravillosa, incluso bellísima. Decidí que me disfrazaría al llegar a Éfeso, buscaría a mi esposa y, sólo cuando estuviera delante de ella, descubriría la treta y los dos nos reiríamos antes de abrazarnos y devorarnos a besos.

La respiración del judío había comenzado a acelerarse como si su relato lo estuviera desgranando mientras corría. Él mismo debió percatarse de la dificultad que experimentaba porque calló por unos instantes e inhaló hondo un par de veces. Luego se frotó el pecho y reanudó la narración.

—No me resultó difícil ocultar mi aspecto. A fin de cuentas, desde que había cambiado mis atuendos años atrás con el fenicio, siempre había procurado vestir de manera que no se me identificara con un judío. A decir verdad, sólo tuve que cubrirme el rostro y, tras dejar mi equipaje en el alojamiento que ocupaba, encaminarme hacia la casa en que vivíamos. No estaba allí. La vivienda la ocupaba una familia de judíos que eran originarios de Armenia. Por lo visto, la zona se había vuelto inestable y habían decidido salir de allí y establecerse en Éfeso. Sin embargo, a pesar de esas circunstancias, cuando les pregunté por María, la identificaron enseguida. Vivía con su familia, me dijeron, en una casita localizada en el otro extremo del barrio judío. ¿Cómo se lo diría yo? Me encaminé hacia aquella calle con toda la rapidez de que fui capaz. Hubiera deseado echar a volar, elevarme sobre aquellas calles interminables, atravesar el aire con la rapidez de un halcón para encontrarme con María. Pero, como puede suponerse, no lo conseguí y además fue como si todos los niños, todos los ancianos, todos los animales de Éfeso hubieran salido a la calle para retrasar mi caminar impaciente. ¡Ah, qué terrible es intentar llegar a un sitio donde nos espera la dicha! Sudé, trasudé, perdí el resuello, estuve a punto de caerme un par de veces y, de repente, sí… allí… en una esquina de la calle, alcancé a verla.

—Menos mal —pensé en voz alta.

—No puedo expresarle el mar de sensaciones que atravesó mi cuerpo al distinguir su silueta —continuó el judío nuevamente presa de la emoción—. Sí. Era María. Caminaba charlando con otra mujer y, al volverse hacia ella, permitía que pudiera contemplar su rostro. Habían pasado los años, pero su cara era exactamente la misma. Morena, con algunos lunares, con una boca de incomparable hermosura… algo debió de decirle la mujer con la que iba hablando porque se detuvo y rió. Tendría usted que haber contemplado aquella risa… Estuve a punto de echar a correr, de descubrir a María quién era, de abrazarla allí mismo. Había adelantado mi pie izquierdo para alcanzarla cuando… cuando… verá, las dos mujeres se despidieron y, para hacerlo, se volvieron la una hacia la otra y se abrazaron. Me pareció entonces… me pareció que… que María…

Los ojos del judío se cubrieron de una película acuosa al mismo tiempo que se le quebraba la voz. Me sentí intrigado. ¿Qué podía haber visto para que el recuerdo le siguiera afectando tan profundamente después de tanto tiempo?

—La vi… la vi con toda claridad. A la perfección. Sentí entonces que el suelo se abría para tragarme, que el cielo se hendía para caer en pedazos sobre mi cabeza, que el sol podía desplomarse de un momento a otro…

—Pero ¿qué vio usted? —pregunté confuso.

—¿No lo imagina? —me dijo el judío con una voz que casi me pareció suplicante.

—Pues no… no. Ni siquiera se me ocurre —le respondí.

—¿No? ¿De verdad?

No contesté. Por más vueltas que le daba no se me alcanzaba lo que podía haber contemplado aquel hombre. Sin despegar los labios, negué con la cabeza.

—María… María estaba embarazada.

16

Hubiera deseado decir algunas palabras, pronunciar alguna frase oportuna, estar a la altura de lo que acababa de escuchar, pero tuve la sensación de que algo había pasado por mi mente de la misma manera que un trapo húmedo que, al discurrir sobre el encerado, borra todo lo escrito.

—Intenté no creerlo —continuó el judío—. Me dije que había visto mal, que quizá era una mala postura, que el viento había inflado aquella vestimenta, pero no conseguí engañarme ni siquiera por unos instantes. Estaba encinta, vaya si lo estaba. Seguramente, le faltaban no más de dos o tres semanas para dar a luz. Hubiera deseado en aquel momento que un rayo descendiera del firmamento y me redujera a cenizas, pero Dios no me concedió ese favor. Regresé a mi alojamiento como si me hubiera quedado convertido en un pedazo de corcho seco e inerte. Caminaba a trompicones y la gente que pasaba tropezaba conmigo, me empujaba, me golpeaba sin que yo le diera la menor importancia. Al final, después de vagar no sé cuántas horas, acabé llegando a la posada. Aquella noche, la pasé llorando sin un solo momento de reposo.

—Pero usted había tenido ya otras pérdidas…

—Es que aquello no era una pérdida —me respondió el judío.

—No sé si lo entiendo…

—Verá. Lo que hasta ese momento se me había ido de las

manos sí podía calificarse de pérdidas. Había perdido mi ciudad, mi familia, mi vida pasada, mi asistencia al Templo… Todo eso había sido arrancado de mi vida, pero lo de María… No, lo de María no era una pérdida. Era una usurpación. Sí. No me mire así. Alguien se había apoderado de aquella mujer a la que amaba y que era mía, y la había poseído y la había dejado encinta… Aquello era un robo, un saqueo, un expolio… Por supuesto, decidí enterarme de cómo había sucedido todo… Me dije que María no había podido traicionarme, pero si no lo había hecho ¿cómo se había llegado a esa situación? Durante los días siguientes me dediqué a indagar lo sucedido. No fue difícil porque la gente era locuaz y porque yo pagaba generosamente cualquier información disfrazando mi interés con la excusa de que deseaba cerrar unos negocios con la familia de María y, lógicamente, necesitaba saber antes si eran dignos de confianza. Fue así como acabé escuchando a un par de comerciantes, a un funcionario e incluso a un rabino que, por cierto, resultó especialmente locuaz cuando le conté lo que había pasado con Bar Kojba en la Tierra de Israel. Se trataba de un hombre sabio y, seguramente, debió de pensar que tan sólo intercambiábamos conocimientos que eran útiles para ambos. Supe así que, efectivamente, María había regresado en aquel barco procedente de la Tierra de Israel y que había corrido a refugiarse al lado de su familia. Contaba con que mi regreso no se dilataría e incluso me defendía de todos aquellos que ponían en cuestión mi comportamiento como esposo. Así pasó un año y luego otro y a continuación otro más. A esas alturas, los parientes de María y buena parte de la comunidad abogaban porque contrajera un nuevo matrimonio en la convicción de que, dada la diferencia de edad, es decir, que yo era un viejo, lo más seguro es que hubiera entregado el espíritu hacía tiempo y eso si mis huesos no estaban blanqueándose en algún campo de batalla.

—No era una suposición tan disparatada…

—Cierto. Lo reconozco, pero, fíjese, a pesar de todo, María se negó a creerlo. Siempre había dicho que yo no era un viejo, que la diferencia de edad no tenía importancia y ahora volvió a mantenerlo. Su familia la presionaba cada vez más, pero ella se resistió. Según me dijo el rabino, lo hizo de manera «encarnizada». Sí. Ése fue el término que utilizó. *Encarnizada*. Se aferraba a la idea de que yo seguía vivo y ni siquiera cuando llegaron las noticias de que Jerusalén había caído en manos de Adriano o de que Betar estaba controlada por los romanos su ánimo se vino abajo. Todo lo contrario. Entonces más que nunca insistió en que, acabada la guerra, yo no tardaría en llegar. Sería cuestión de meses. Quizá únicamente de semanas.

—Tiene cierta lógica —me atreví a comentar.

—Sí, es cierto, pero, como usted sabe, yo no pude regresar en ese tiempo. Marché a Petra y allí…

—Lo recuerdo —le corté deseoso de que el judío no se entregara a divagación alguna que retrasara el final de la historia.

—María… bueno, por lo que me contó el rabino, su salud había comenzado a flaquear. Soñaba con mi regreso, pero, poco a poco, en su ánimo se iba abriendo camino la idea de que quizá yo había muerto. Nadie sabe cuánto habría podido soportar aquella tensión. En cualquier caso, acabó sucediendo algo inesperado.

—¿A qué se refiere?

—Verá, un día, mientras acudía al mercado, mi esposa vio a un comerciante que llevaba en el dedo anular una joya que reconoció al instante. La había trabajado yo en aquella época en que María llenaba de dicha mis días y no le costó identificarla. Al parecer muy azorada, preguntó al hombre por el origen del anillo. Lejos de incomodarse por la pregunta, le dijo que la había adquirido a su paso por la ciudad de Damasco. Pensó entonces María que aquello era una prueba de que yo seguía vivo, de que me estaba acercando a Éfeso, de que pronto estaría con ella y le preguntó qué había sucedido con el antiguo dueño de la joya. «Murió, le dijo el comerciante. Unas semanas después, contrajo unas fiebres y murió.» Al escuchar aquellas palabras del rabino, capté a la perfección lo que había sucedido. El fenicio había llegado a Damasco y había comenzado a deshacerse de los bienes que yo le había entregado. No le había aprovechado de mucho porque había fallecido poco después. Sin embargo, María no podía haber imaginado lo sucedido. Había identificado al fenicio conmigo y había llegado a la conclusión de que yo había muerto.

—Un error fatal, sin duda.

—Sin duda. Al parecer, María estuvo a punto de desmayarse bajo el peso del dolor. Había esperado durante años mi regreso y ahora todas sus ilusiones se habían visto reducidas a añicos por algo tan tangible como un anillo. Durante meses, lloró de manera incansable, a todas horas, de día y de noche, en fiestas y en días de trabajo, y luego, de la manera más inesperada, cerca de la fiesta de Pascua, cuando salía de purificarse, su comportamiento comenzó a cambiar. Según el rabino, había aparecido por Éfeso un comerciante en paños que se fijó en ella inmediatamente. Se trataba de un hombre de cierta edad, sin mujer ni hijos, y deseoso, tras reunir algunos posibles, de hallar una esposa. No deseaba a una jovencita y no le importaba que se tratara o no de una virgen, pero sí quería que fuera alguien con cierta experiencia en llevar un hogar. María encajaba a la perfección en sus deseos. La boda se celebró catorce meses después.

—De ahí el embarazo… —pensé en voz alta.

—A veces he pensado que María consintió en aquella boda porque aquel hombre le recordaba mi persona. Era un varón bastante mayor que ella, con sensatez, que podía tratarla con benevolencia y comprensión… No lo sé… Quizá es sólo una manera de consolarme… en cualquier caso, ¿qué más da?

—¿No intentó hablar con ella?

—Lo pensé. Sí, es cierto que lo pensé, pero… pero ¿qué hubiera sacado en limpio? Si aún abrigaba algún sentimiento hacia mí, algún recuerdo entrañable, ahora se vería sometida a un desgarro intolerable. Por un lado, tirarían de ella los últimos años vividos con su segundo esposo, el hijo que estaba a punto de nacer; en suma, una vida ordenada, serena y quizá incluso feliz. Por el otro, estaría el recuerdo de unos años dichosos, sí, extraordinariamente felices, pero ya pasados. Pasados hacía demasiado tiempo. Tanto como si hubieran tenido lugar en otra vida. No. Yo no podía obligarla a decidirse entre aquellos dos extremos. Aquella misma noche salí de Éfeso decidido a no regresar jamás.

—¿No volvió a saber de ella?

—Por supuesto que sí, pero… pero no deseo hablar de ello. Ya no era mi esposa ni su destino estaba unido al mío. Al final, siguió el camino de toda carne y su espíritu regresó al Dios que se lo había dado. Por lo que a mí se refiere… cuando abandoné la ciudad de Éfeso supe no sólo que no volvería a amar de aquella manera sino que además mi destino hasta que regresara el Nazareno estaría marcado por la soledad. Después de Esther, yo podía volver a enamorarme, a amar, a casarme. Después de María estaba convencido de que no existía la menor posibilidad de que todo aquello volviera a aparecer en mi vida. En la vida, por larga que sea, sólo se ama así una única vez.

17

—Lo que vino después de aquello fue, como ya le he dicho antes, un desierto. Sé que muchos de los míos diferirían de mi juicio y le hablarían de cómo se recopiló, primero, la Mishnah y luego el Talmud y cómo así quedó recogida la ley oral que Moisés recibió en el Sinaí del mismo Dios. Yo no soy tan optimista. En el siglo en el que yo vi mi primera luz, esa ley oral no existía o, más bien, debería decirle que había varias y que muchos judíos no seguían ninguna de ellas. Lo que pasó con la Mishnah, primero, y el Talmud después fue únicamente que un sector de nuestro pueblo impuso sus puntos de vista sobre los demás y los demás, que habíamos contemplado cómo pasaban las generaciones y el Templo seguía en ruinas, lo aceptamos como una tabla de salvación a la que aferrarnos en medio del caos. Eso es todo. Por cierto, ahora sí le aceptaría otro refresco.

Tardé unos instantes en percatarme de la petición que acababa de formularme el judío.

—Una bebida… —repetí—. Ah, sí, sí… claro.

Estuve a punto de entrar en el pesado juego del regateo al contemplar la manera en que me miraba el árabe del puestecillo. Al final, sin embargo, resistí la tentación. Lo único que me faltaba a esas alturas era ponerme a perder el tiempo con otro habitante de aquella parte del mundo. No pude evitar, no obstante, su mirada molesta ante mi pertinacia.

—Gracias —dijo el judío antes de llevarse la bebida a la boca y concederse unos instantes de placer líquido.

»Como habrá visto, yo no acepto la versión oficial sobre el Talmud. No se trata sólo de que no crea en su inspiración divina o en que Moisés lo recibiera de Dios. De la… *inexactitud* de ambas afirmaciones, estoy más que seguro. Sin embargo, sí creo que en el Talmud se recogían los retazos de nuestra supervivencia como pueblo. No todo el legado de nuestros padres, pero sí lo que quedaba tras la guerra del Templo y el fracaso estrepitoso de Bar Kojba, ese mesías que fue apoyado calurosamente justamente por alguno de los sabios del Talmud…

Me pareció percibir en las últimas palabras del judío una ironía amarga, pero no quise formular ninguna observación.

—Yo conocí un judaísmo en el que había no sólo fariseos sino saduceos y esenios… e incluso gente que creía en el Nazareno como mesías igual que otros creyeron después en Bar Kojba. El Talmud acabó con todo eso, pero ¿cómo no aferró a sus páginas cuando era lo único que nos quedaba? Usted no puede imaginarse lo que fueron los siguientes siglos… Hubo un intento de reconstrucción del Templo totalmente fallido con el emperador Juliano, un personaje desequilibrado que había decidido regresar a la idolatría y perseguir a los discípulos del Nazareno.

—Intento que fracasó…

—Por supuesto, ¿a quién le podía caber en la cabeza que Dios permitiría que un *goy* como aquél, empeñado en rendirse ante las imágenes de piedra y metal, pusiera las piedras del nuevo Templo? Como sucedió con Bar Kojba, mucha de mi gente se sintió frustrada, dolida, azotada, pero, insisto en ello, Juliano no podía ser un personaje elegido por Dios para otorgarnos un lugar de expiación de nuestros pecados.

El judío guardó silencio por unos instantes y me lanzó una mirada amargamente irónica.

—Imagino que ese episodio debe de abonar su tesis de que

si el Nazareno era el mesías, no tenemos la menor posibilidad de que el Templo vuelva a alzarse como instrumento de expiación.

No comenté lo que acababa de decir el judío. Aún se percibía en sus rasgos restos del pesar derivado de la historia de María y entrar en una discusión teológica en un momento así no me parecía lo más adecuado.

—Luego vino el final del Imperio romano —continuó—. No pocos de los nuestros se regocijaron pensando que se cumplía el juicio de Dios sobre aquellos *goyim* que habían arrasado el Templo. Bueno, seguramente fue así, pero no por ello mejoró nuestra situación. Los seguidores del Nazareno… ésos sí se encontraron en mejores circunstancias. Dejaron de ser perseguidos. Incluso la gente se volvió hacia ellos buscándolos como el refugio al que podrían acogerse para conseguir un futuro civilizado, pero nosotros… si me apura un poco me atrevería a decir que nuestra situación empeoró. Era como si los *goyim* que se habían inclinado durante milenios ante imágenes humanas, rindiéndoles culto, ofreciéndoles honra y gloria, ahora hubieran visto la luz y se enardecieran contra nosotros pensando que nos negábamos a verla. Tengo la sensación de que se decían: «Nosotros fuimos idólatras y ahora seguimos al mesías que os fue prometido. ¿Cómo es posible que vosotros os resistáis a aceptarlo cuando os estaba destinado desde hacía siglos?». Y así nuestra vida se fue amargando como el acíbar en todo el territorio del antiguo imperio romano de Occidente. Claro que lo peor estaba por llegar.

—¿A qué se refiere?

—Me refiero al islam, amigo mío. Me refiero al islam. Yo aún vivía en Asia Menor cuando llegaron los ejércitos de los seguidores de Mahoma. ¡Mahoma! ¿Ha leído usted el Corán?

—Sí —respondí—. Varias veces.

—¿Varias veces? Caramba. ¿Se interesa usted por la religión o por la política?

—Por ambas —contesté lacónicamente, nada deseoso de darle explicaciones.

—Mejor. Entonces iré al grano. Mahoma empezó predicando la existencia de un solo dios, o quizá ni siquiera eso. Sea como fuere, nos cortejó durante un tiempo seguramente pensando que lo aceptaríamos como a un profeta. Por supuesto, no lo hicimos. Mahoma no tenía ni idea de la Torah. Confundía los personajes. ¡Creía que la María hermana de Moisés era la madre de Jesús! Y se liaba entre Gedeón y Saúl... Como usted puede imaginarse, los judíos que vivían en Arabia no tardaron en burlarse de él y considerarlo un impostor ignorante. Pagaron ese comportamiento con la vida. Es terrible reconocerlo, pero mientras Arabia fue gobernada por idólatras, mis hermanos no tuvieron problemas. Cuando Mahoma se convirtió en el amo, todos tuvieron que escoger entre la conversión al islam o la muerte. Ni que decir tiene que murieron por millares. No le oculto que durante años pensamos que aquello no pasaba de ser un episodio local de persecución. Terrible, sanguinario, despiadado, pero local. Incluso cuando Mahoma murió, respiramos con alivio pensando que todo había terminado, que con él iba a desaparecer la persecución desencadenada sobre nuestro pueblo. Huelga decir que nos equivocamos. Lo que sucedió después... bueno, ¿a qué podría compararlo? Fue como un incendio que se extendiera pisándonos los talones y que nos obligara a huir a toda velocidad para salvar la vida a menos que deseáramos vernos consumidos entre sus llamas. Durante los años siguientes, mi vida fue una continua zozobra. Apenas lograba asentarme en un lugar, cuando los ejércitos del islam llegaban aniquilando todo a su paso. De Asia Menor salté a Egipto; después de Egipto vino el norte de África; tras el norte de África llegó España. ¡Ah, España!

El judío terminó de beber el refresco y dejó el recipiente en el suelo. Lo hizo más con un gesto de agotamiento que con cuidado, como si acabara de recorrer en apenas unos segundos el itinerario al que acababa de hacer referencia.

—Llegar a España, nuestra Sefarad, fue como salir del fuego para caer en las brasas —continuó el judío—. Llevaba años huyendo de una gente que sólo aceptaba la disyuntiva de morir o convertirse, y fui a parar a una nación en la que la monarquía goda llevaba siglos añadiendo una ley antijudía a otra. Los monarcas godos habían decidido que lo mejor que podía suceder en la católica España es que desapareciéramos o que nos convirtiéramos. Imagínese hasta qué punto resultaba desesperada la situación que muchos de los míos soñaban con la llegada de los guerreros de Mahoma. ¡Creían que así encontrarían la libertad!

—¿Y no fue así?

—No diga estupideces, por favor —replicó airado el judío—. No existe ninguna posibilidad de vivir libremente bajo un régimen islámico y no tiene usted más que mirar las naciones de alrededor para darse cuenta de ello. La monarquía española podría haber contenido a los musulmanes al otro lado del estrecho de Gibraltar con enorme facilidad. Los podría haber derrotado como luego haría Carlos Martel en Poitiers, pero… pero los políticos españoles ya tenían bastante con luchar entre ellos. Un sector de la nobleza decidió hacerse con el poder y para conseguirlo llamó en su ayuda a los musulmanes. Estaban convencidos de que, una vez realizado su trabajo, una vez hubieran dado muerte a unos centenares o a unos miles de españoles, los musulmanes volverían a cruzar el estrecho y les dejarían a ellos disfrutar tranquilamente del gobierno de España. Por supuesto, no fue así. Una vez que entraron en la Península, los musulmanes decidieron quedarse, pero aquellos invasores eran… bueno, no deseo que me malinterprete, pero no pasaban de ser unos guerreros que, en su mayoría, procedían del norte de África. ¿Cómo iba esa gente a regir España? Para el saqueo, el pillaje o la muerte, no tenían rival, pero ¿cómo mantener en pie todo el edificio de aquella monarquía que era la más avanzada de Occidente?

—Utilizando a los judíos —aventuré.

—Exactamente —me respondió—. La mayoría de aquellos bárbaros no sabía leer, escribir, ni casi contar. Nosotros sí. No le oculto que muchos de los míos vieron en aquello como…

como un acto de justicia cósmica. Los godos los habían maltratado durante siglos y ahora se veían sometidos a una gestión cotidiana bajo su control. No se percataron de que, de esa manera, sólo íbamos acumulando el odio. Para los godos, éramos meros colaboracionistas.

—Tampoco había muchas alternativas —pensé en voz alta.

—Quizá. Quizá sea así, pero todo aquello nos colocó en una situación extremadamente delicada. Para los musulmanes, sólo éramos colaboradores prescindibles. Servíamos hasta que lograran educar a los suyos en la administración de un Estado moderno. Luego…

—Luego su situación no sería mejor que la de los cristianos —concluí su frase.

—Así fue —reconoció, apesadumbrado, el judío— y así lo dije una y otra vez, pero nadie quiso hacerme caso al principio. No se les puede reprochar del todo. De acuerdo. Bien, la culpa era de los reyes godos. Todo lo que usted quiera. Pero aquel error nos costó ríos de sangre y lágrimas en los tiempos siguientes. Usted… usted no puede imaginarse lo que fueron los siglos de dominio islámico en España. Piense en los peores tiranos de las naciones árabes de la actualidad. Al-Asad, Sadam Husein, Hasan II, incluso el ayatollah Jomeini han sido niños de pecho en comparación con aquellos invasores. Para conseguir el poder, luchaban entre ellos aun con mayor ferocidad que la que habían puesto de manifiesto los godos durante siglos. Por debajo de todos los musulmanes, estaban los pobres españoles convertidos al islam a los que contemplaban como advenedizos y seres inferiores, pero no hermanos. Los musulmanes norteafricanos y los musulmanes sirios querían que los musulmanes árabes les permitieran ascender en la escala social. Por supuesto, no lo conseguían, pero en el intento la sangre corría a raudales. Ni siquiera los musulmanes árabes se toleraban entre sí. Continuamente se estaban matando, un partido contra otro, una familia contra otra, para mantener las riendas del poder en sus manos. Y en medio de todas aquellas matanzas y golpes de estado y alzamientos, ya puede imaginarse que los que pagábamos los platos rotos éramos los judíos. Por cierto, para identificarnos con facilidad, los musulmanes nos obligaron a llevar una señal distintiva, nos prohibieron ir a caballo y limitaron nuestras ocupaciones.

—Me suena familiar —pensé en voz alta.

—Y con razón —reconoció el judío—. Los nacionalsocialistas de Hitler pudieron inventar la estrella amarilla, pero no la idea de colocarnos en la ropa una marca que permitiera identificarnos a primera vista. Eso se lo debemos a los seguidores de Mahoma.

—No olvide a los mozárabes —le dije—. Me refiero a los cristianos que quedaron en territorio dominado por el islam.

—Sí —aceptó el judío—. Tiene usted razón. Durante varios siglos, su suerte resultó aún peor que la nuestra. Los musulmanes convirtieron sus iglesias en mezquitas, quemaron sus libros sagrados, les impidieron utilizar su lengua forzándolos a hablar en árabe… En algunas ocasiones, nos unimos a ellos, e incluso a algunos de los musulmanes españoles, los más despreciados, para lograr un resquicio de libertad. Mínimo quizá, pero que nos permitiera respirar. Nunca sacamos nada en limpio. Nunca. Absolutamente nunca. En fin, no deseo aburrirle. Además no quiero que piense que le cuento todo esto porque desde su fundación Israel está cercado por naciones islámicas.

—¿Vivió usted en el califato?

—No —respondió el judío—. Huí de al-Andalus antes de que, a inicios del siglo X, tuviera lugar la proclamación del califato. Fue una de las cosas más sensatas que he llevado a cabo en mi vida. Abderramán era un enfermo mental. Imagínese. Ese sujeto era hijo de una vascona y había nacido pelirrojo y con ojos azules. Esa circunstancia lo acomplejaba terriblemente y, por eso, se empeñaba en teñirse la barba y el pelo de negro. Aquel loco era un ciclotímico que, para intentar compensar sus desequilibrios, tenía que lanzar continuamente campañas militares contra los territorios del norte donde vivían los cristianos. Sí, amplió la mezquita. Sí, construyó un palacio en Medina Azahara que, por lo visto, era extraordinario. Sí, gastó a manos llenas en objetos de una belleza extraordinaria. Todo eso es cierto, pero ¿cuántos fueron degollados para aliviar sus complejos? ¿Cuántos fueron reducidos a esclavitud para poder mantener sus lujos absurdos y disparatados? ¿Cuántos vieron aniquilada su existencia para que él pudiera clamar a los cuatro vientos que era un califa superior al que vivía en Bagdad?

Clavó los ojos en los míos buscando unas respuestas que yo no podía darle. Así permaneció un instante y luego, con voz desgarrada, prosiguió su relato.

—Claro que lo que vino después fue peor. O eran incompetentes que permitían que al-Andalus se convirtiera en un lugar invisible o eran perpetradores del terror sistemático como fue el caso de Almanzor, que durante décadas no dejó de destruir, matar y arrasar para no dejar nada tras de sí.

—¿Dónde se estableció usted? —pregunté un tanto cansado de aquella diatriba contra el islam español.

—En Castilla —respondió el judío—. Acabé echando raíces en Castilla. Allí había un régimen de libertad. Justo el que no existía en Navarra ni tampoco en terrenos de la Corona de Aragón como era el reino de Aragón o los condados de lo que más tarde sería Cataluña. Se trataba del que no había conocido ni la monarquía goda ni el reino de León. Allí me quedé y allí viví durante un tiempo con relativa paz.

—¿Qué quiere decir con eso de… relativa paz?

—Quiero decir que había ocasiones en que nos dejaban ir a la sinagoga, trabajar, educar a nuestros hijos, respirar. No siempre, por supuesto, pero sí más que en otros lugares. Algunos, que teníamos experiencia de dramas anteriores, sabíamos que podía ser peor y pensábamos que era cuestión de adaptarse convenientemente a los tiempos y los lugares. Otros se dedicaron a pensar en un futuro mejor y se empeñaron en reconocer a un mesías tras otro, o se dedicaron a escribir disparates que entretuvieran y distrajeran la mente de los nuestros.

—¿A qué se refiere? —pregunté un tanto perdido.

—Me refiero a ese fraude extraordinario, incomparable, colosal que todavía conocemos con el nombre de Cábala.

18

Las últimas palabras pronunciadas por el judío me causaron una enorme sorpresa. ¿Un fraude la Cábala? Por un instante, desvié la mirada y me pareció que la Cúpula de la Roca se inclinaba hacia uno y otro lado. Era… sí, semejante a un flan sacado del molde y colocado sobre un plato. Por supuesto, no se iba a desplomar, pero temblaba. ¿Con ira? Por una fracción de segundo así lo pensé.

—Como ya le he dicho antes —continuó mi acompañante sin apreciar mi estado de ánimo—, el Talmud no contenía la tradición que yo había vivido cuando el Templo aún estaba en pie. Por ejemplo, no sé si usted sabe que la Torah prohíbe cocer el cabrito en la leche de la madre…

—Conozco el precepto.

—Lo celebro. Verá, el mandato de Moisés únicamente veda consumir la carne de la cría con la leche de la madre. Lo más posible es que se tratara de una práctica pagana, absurda y bárbara, en la que Israel no debía incurrir y que, por eso mismo, quedaba vedada. Punto y final. Cuando yo era niño, mi madre se cuidaba muy mucho de servir cabrito con leche de cabra y hasta ahí llegaba todo. Pues bien, los fariseos empezaron a estirar la norma y a estirarla y a estirarla y, al final, acabaron por considerar prohibido el que una persona comiera carne, cualquier carne, con un producto lácteo, cualquier producto lácteo. En otras palabras, el Talmud sobrepasaba holgadamente no sólo la Torah que Moisés había recibido en el Sinaí sino también la práctica que yo llegué a conocer y seguir antes de la destrucción del Templo. Sin embargo... sin embargo, aunque el Talmud iba mucho más allá, era nuestra única tabla de salvación en medio de un océano que continuamente encontraba nuevas formas para anegarnos. A fin de cuentas, es verdad que no había sido entregado por Dios en el Sinaí, pero, debo insistir en ello, sí era el fruto de la sabiduría de aquellos que habían continuado enseñando a nuestro pueblo para que no se apartara de la Torah. ¿Me comprende?

—Le comprendo, pero aquello no era exactamente el cumplimiento de la Torah que usted había conocido.

—Sí, es verdad, es verdad. Lo reconozco como ya le he dicho. Pero ¿cuál era la alternativa? ¿Quién aparte de aquellos sabios se aferraba a la herencia de Israel aun con una transmisión defectuosa? No me diga que los seguidores del Nazareno, porque a ésos los habían expulsado tiempo atrás de las sinagogas y no habían hecho nada por salir al encuentro de Israel. Créame. Yo conocía a la perfección las limitaciones, numerosas y repetidas, que habían quedado recogidas en el Talmud, pero, aun así, su mérito me parecía mayor que sus defectos. Pero, claro está, una cosa era el Talmud y otra muy diferente, la Cábala.

—No sé si consigo entenderlo...

—Es muy sencillo. La Cábala... Por cierto, ¿sabe usted qué significa la palabra cábala?

—Tradición —respondí.

—Sí. Eso es. La Cábala, supuestamente, es la tradición o, por decirlo de manera más sencilla, es la enseñanza que se ha transmitido a lo largo de los siglos relacionada con la interpretación de la Torah. Le adelanto que no hay un átomo de verdad en esas pretensiones. Sólo un deseo de proporcionar un consuelo sin base a gente ansiosa de contar con un futuro mejor.

—Me parece usted muy riguroso...

—¿Riguroso? Verá, poco antes de que concluyera el siglo XIII, comenzaron a aparecer escritos que se referían a la próxima liberación de Israel, una liberación que debía tener lugar en el año 1300 de esta era.

—No se puede decir que acertaran... —pensé en voz alta.

—Por supuesto que no, pero eso es fácil de decir cuando ya han pasado los años y no cuando todavía se encuentran en el futuro. Y por aquel entonces el 1300 se hallaba cerca, pero aún incrustado en el porvenir. Incluso, para complicar más las cosas, cinco o seis años antes apareció un sujeto que pretendía ser un profeta y que anunciaba un futuro de prosperidad y liberación. Fue entonces cuando Isaac ben Samuel de Acre, uno de los nuestros que había llegado a España procedente de Israel y con el que yo había trabado cierta amistad, me habló de un libro extraordinario, escrito más de un milenio antes, que parecía proporcionar una luz excepcional no sólo para entender la Torah sino también el momento en que vivíamos. Reconozco que en un principio escuché a Isaac con bastante escepticismo. De entrada, yo no tenía la menor noticia de esa obra. Por supuesto, yo no pretendía haber leído todo lo que se hubiera escrito en el seno de mi pueblo, pero me chocaba un tanto que después de haber recorrido desde Asia Menor hasta Castilla en los siglos anteriores jamás hubiera escuchado ni la menor referencia a texto semejante. De buena gana me hubiera negado a examinar aquel libro, pero algún bocazas le había comentado a Isaac que yo conocía bien el arameo y me pedía como un favor que le ayudara en la evaluación del texto. Porque, sépalo usted, yo hacía lo posible y lo imposible porque nadie me identificara, porque nadie sospechara mi edad, porque nadie intuyera lo más mínimo quién era, pero no siempre resulta fácil ocultar todo. Un descuido y se te escapa una referencia a tiempos pasados; otro desliz y mencionas en calidad de conocido a un personaje que falleció siglos antes. Y lo peor, lo más difícil, era ocultar los conocimientos. De repente, quedaba al descubierto que conocías una manera de trabajar el metal que aquellos atrasados castellanos desconocían porque el atraso en que los habían arrojado los musulmanes había borrado cualquier vestigio de conocimiento. O, cuando menos lo pensabas, dejabas de manifiesto que dominabas una lengua de cuya existencia, como mucho, habían oído hablar. Eso fue lo que pasó con el arameo y disculpe si no entro en más detalles sobre mi torpeza. Bástele saber que Samuel, como ya le he comentado, estaba empeñado en que le ayudara a leer aquel libro peregrino, prodigioso y peculiar.

—¿Puedo saber cómo se titulaba el libro? —le pregunté cada vez más picado por la curiosidad.

—Ah, por supuesto, claro, claro —respondió el judío como si acabara de reparar en un error involuntario y desprovisto de malicia—. Era el *Zohar*.

—¿El *Zohar*? —repetí sorprendido—. ¿El libro del Resplandor? ¿Se refiere al texto clave de la Cábala?

—Sí. A ese mismo —respondió el judío—. Y debo decirle que, tras tanta insistencia de Isaac, me entregué a la lectura del *Zohar*, del *Libro del Resplandor,* como usted dice, con verdadero interés. Ansiaba conocer las enseñanzas secretas que, según me decían, había recogido por escrito nada menos que Simeón ben Yohai, uno de nuestros sabios del siglo posterior a la destrucción del Templo. No tardé en descubrir que se trataba de un completo fraude.

—¿Cómo dice? —pregunté sorprendido—. ¿El *Zohar* es un fraude?

—Sin ningún género de dudas —respondió rebosante de aplomo el judío—. Podría estar hablándole durante horas del tema, pero creo que con algunos ejemplos se percatará de que no hablo porque sí. De entrada, el arameo de las dieciocho secciones del libro no era ni lejanamente el que se hablaba en el siglo II de la era común en la Tierra de Israel. Si lo sabría yo... Era arameo, sí, pero... ¿cómo le diría? Se trataba de un arameo artificial, falso, sin apenas punto de contacto con el que yo había hablado o con el que hubiera podido conocer Simeón ben

Yohai. Y no era todo. Mire, el vocabulario era tan pobre, tan limitado, tan escaso que ni siquiera un pescador o un artesano lo habría tenido tan reducido. No se trataba sólo de eso. Yo no soy un especialista en gramática y además no pretendo pasar por ello, pero aquel arameo estaba cuajadito de verbos equivocados. Por ejemplo, su autor mezclaba el tiempo Kal con el Pael o el Afel; utilizaba formas erróneas del Ezpael; se confundía con las desinencias; utilizaba las conjunciones y las preposiciones de una manera disparatada. Mire, le voy a dar un ejemplo. La expresión *im kol da* aparecía una y otra vez como si fuera «no obstante» o «a pesar de».

—¿Y? —pregunté totalmente perdido en medio de aquellas referencias gramaticales.

—Pues que eso es imposible —respondió el judío con una sonrisa de complicidad— y además es una expresión tomada del árabe por algunos de mis correligionarios de la época. De la época. De aquélla, no del siglo segundo de *esta* era.

—Ya… —dije yo, no del todo seguro de haberlo comprendido.

—Y además todo resultaba muy burdo. Fíjese que incluso aparecían tomados términos del castellano como *gardina* por guardián. Eso sin contar con palabras supuestamente arameas que el autor había inventado totalmente porque nunca existieron en arameo o nunca tuvieron ese sentido. No le digo más que el término para «árabe» era utilizado como un jinete de asnos judío o que la palabra para «barco» se usaba como el edificio donde se guarda el tesoro. Y ahora dígame y dígamelo sinceramente: ¿Usted cree que un rabino del siglo II se habría valido del castellano o de préstamos del árabe?

—Si las cosas son como usted dice —señalé prudentemente— pues no. Imagino que no.

—Son como yo digo —protestó el judío— y hay todavía muchísimas más. Porque no sólo es que aquello se parecía bien poco al arameo o que los errores gramaticales y de léxico eran extraordinarios, es que además… además… bueno, ¿cómo decirlo? Lo que se describía, lo que se narraba, tenía bien poco que ver con la realidad. Mire, la Tierra de Israel descrita en ese libro del *Zohar* no existió nunca. Nunca. ¡NUNCA! No se parecía en lo más mínimo a los lugares donde yo había vivido cerca de dos siglos. Aquel sujeto podía haber nacido en cualquier lugar, pero de lo que no me cabía la menor duda es de que jamás había puesto un pie en Palestina. Por si fuera poco confundía los lugares. Por ejemplo, en varias ocasiones menciona un enclave llamado Kapotkia, pero como el autor era un ignorante en lugar de comprender que se trataba de una referencia a Capadocia, en Asia Menor, se empeña en decir que es una población de Galilea. ¡Una población de Galilea! Y eso por no hablarle de las montañas de la Tierra de Israel. ¡Ni el menor parecido con ellas! ¡Ni el más mínimo! A decir verdad, a lo único que se parecían esas descripciones eran a las montañas que uno podía ver por aquel entonces en las tierras de Castilla. Y eso por no referirme al personaje supuestamente protagonista del que el *Zohar* no conoce ni a los parientes.

—¿Está usted seguro de…?

—¿Seguro? No tengo la menor duda. Fíjese. Fineas ben Yair aparece en el Talmud como el yerno de Simeón ben Yohai.

—El supuesto autor del *Zohar*.

—Efectivamente, el supuesto autor del *Zohar*. Pues bien, el autor verdadero, lo subrayo, el verdadero, como no era Simeón ben Yohai, dice que Fineas ben Yair era su suegro.

—No puedo creerlo…

—Créalo —me dijo el judío asintiendo con la cabeza—. Y ahí no acaban las cosas. Fíjese que el nombre del suegro de Eleazar, el hijo de Rabí Simeón, también aparece cambiado. Y eso por no entrar en la cronología… bueno, lo de la cronología en el *Zohar* es verdaderamente de delirio. Por ejemplo, cuando menciona a los discípulos de Simeón ben Yohai que se sentaban a su alrededor… ¡cita a gente que no nacería hasta varios siglos después! ¡Gente que conocemos por el Talmud!

—Lo que usted dice me parece muy grave —musité cada vez más sorprendido por lo que estaba escuchando.

—Lo que yo le digo es la pura verdad —dijo el judío mientras sus ojos adoptaban aquella expresión de dureza que me causaba desazón—. Ni idea de arameo, ni idea del Talmud, ni idea de gramática, ni idea de geografía, ni idea de historia y, eso sí, un cierto talento novelístico. Fíjese que Rabí Rehumai, que nunca existió, dicho sea de paso y que aparece en el *Libro del Bahir*, también circula por el *Zohar* como un amiguete de Simeón ben Yohai. Un fraude. Créame. Se trata de un verdadero fraude. Y además… además… bueno, sostenía doctrinas que no son aceptables para un judío que crea en el Talmud. Por ejemplo, la de la Trinidad.

—¿Cómo ha dicho? —pregunté ahora más confuso que sorprendido.

—Lo que ha escuchado. El autor del *Zohar* era un trinitario. Sí, no me mire de esa manera. Para él, la Divinidad se manifiesta en las diez esferas, pero también en la Trinidad y en esa Trinidad existe en el Padre que es Adonai, en el Hijo que es el mesías y en el Espíritu Santo.

—Le ha faltado decir que Jesús es el mesías e Hijo de Dios… —pensé en voz alta.

—¿Se da cuenta? ¿Se da cuenta? Aquel libro era nefasto. No sólo se basaba en un embuste fácil de detectar sino que por añadidura estaba repleto de inexactitudes e incluso entraba en el terreno de la herejía. Aquello era una mentira indecente y decidí informar inmediatamente a Isaac ben Samuel de Acre de lo que sucedía. Tendría usted que haber visto su cara. ¡Pobre! ¡Qué desilusión! «El autor es un charlatán, le dije, un charlatán que ha decidido enriquecerse a costa de la ingenuidad de los demás. Eso es todo.»

—¿Y le creyó?

—Le costó creerme. Es lógico. A fin de cuentas, ¿quién no desea profundizar en un conocimiento que le es negado a otros? Pero además… además había un problema muy grave, un problema de índole… digamos… familiar. Sí. Eso es, familiar.

19

—No sé si comprendo… —comencé a decir, pero el judío no me dejó concluir la frase.

—No. No puede comprender porque, dispénseme, no he terminado de explicarle todo. Isaac ben Samuel había nacido en Acre y allí había vivido hasta que los musulmanes se apoderaron de la ciudad.

—Eso fue… —intenté recordar—. Más o menos en torno a 1291.

—Más o menos, sí —aceptó el judío, pero no logré saber si lo decía de verdad o tan sólo pretendía que dejara de interrumpirle—. Cuando se produjo ese desastre, Isaac era un estudiante joven. Joven, pero no estúpido, porque, inmediatamente, se marchó de Acre y puso rumbo a tierra de cristianos. No es que se fiara mucho de ellos, todo hay que decirlo, pero sabía de sobra que le iría mejor que con los seguidores de Mahoma. Tras dar algunos tumbos, fue a parar a Italia. Allí escuchó las referencias al profeta, o como demonios se le quiera llamar, que anunciaba desde Ávila nuestra liberación. Entusiasmado con la idea de que el mesías pudiera estar cerca se vino a España y esperó. Bueno, esperó, esperó y esperó hasta que pasó el año 1300 y no pasó nada. Mientras dudaba sobre lo que debía hacer, conoció en Ávila a uno de los nuestros que se llamaba José. Era un hombre muy acomodado. Bueno, en realidad, habría que decir que era muy rico y además de rico le había dado por el misticismo. Sé que algunas personas tienen dificultad para entenderlo, pero lo cierto es que hay estúpidos en todos los estamentos sociales y el hecho de que hayan sido capaces de labrarse una fortuna no quiere decir mucho al respecto. Significa que pueden ser verdaderos genios para vender y comprar, invertir y ahorrar, pero nada más. Nada más. En serio. Aquel José andaba a la busca de un conocimiento secreto que, supuestamente, le permitiera entender los arcanos del universo y busca que te busca dio con un sujeto que se llamaba Moisés de León.

—Moisés de León… —repetí yo porque el nombre me sonaba de algo, pero no acertaba a saber de qué.

—El tal Moisés de León captó a la perfección el carácter de José y un día le habló del *Zohar*. Por lo que me contó Isaac, Moisés de León se resistió al principio a hablarle del libro, pero, al final, acabó revelándole que existía y que poseía una copia original escrita por el propio Simeón ben Yohai. Escuchar aquello y que José enloqueciera fue todo uno. Ansiaba poseer el libro, acariciar sus páginas, acercarse el texto hasta la nariz para percibir su aroma y, sobre todo, leer aquellas enseñanzas extrañas que permitían acceder a los arcanos de la Torah. A tanto llegó el ansia que sentía por el *Zohar* que comenzó, como si se tratara de una subasta, a ofrecerle a Moisés de León cantidades cada vez más elevadas a cambio de aquel libro. Por lo que me contó Isaac, el regateo fue encarnizado. El acaudalado José no deseaba soltar lo que se le antojaba una envidiable presa y Moisés no estaba dispuesto a desaprovechar la posibilidad de enriquecerse que se le presentaba en el tramo final de su existencia. Al final, tras un forcejeo que debió de ser titánico, el riquísimo José ofreció a Moisés que su hijo y heredero contraería matrimonio con su hija a cambio de que le hiciera entrega del original del *Zohar*. Moisés de León no cupo en sí de gozo al escuchar aquella última propuesta. Llevaba años, al parecer, intentando mejorar de fortuna y ahora ante él se abría la posibilidad de que, al menos, su hija alcanzara esa meta con una relativa facilidad. Sospecho que la alegría, el gozo y quizá el ansia debieron de apoderarse de él con tal fuerza que, bueno, el caso es que se murió.

—¿Cómo? —exclamé sorprendido.

—Lo que acaba de escuchar. No se lo puedo asegurar, por supuesto, pero tengo la impresión de que Moisés de León no pudo soportar tanta alegría. No crea, sucede muchas más veces de lo que la gente se cree…

—Ya… —dije nada convencido.

—Pero claro, una cosa era que Moisés de León se muriera pletórico de alegría y otra que José se conformara. A decir verdad, procuró aprovechar la situación para conseguir el *Zohar*. Intentó que la viuda y la huérfana comprendieran lo beneficioso que les resultaría concluir la transacción que, por muy poco, no había consumado el difunto esposo y padre. Recurrió a todas las armas de la oratoria, de la retórica, de la persuasión y para sorpresa y desaliento suyos, aquellas dos mujeres le dijeron que no tenían ningún interés en entregarle el libro aunque fuera a costa de perder un partido excelente.

—Qué extraño…

—Y tanto. Y cuando el pobre José se mesaba las barbas intentado dar con la clave para conseguir el ansiado *Zohar*, apareció Isaac. No tardaron en trabar amistad, esa amistad que nace de tener aficiones comunes, y, al cabo de algunas conversaciones, el recién llegado se ofreció a mediar en la empresa.

—¿Y tuvo éxito? —pregunté cada vez más intrigado por el giro que adoptaba la historia.

—Ni el más mínimo. Isaac insistió apelando a todo tipo de argumentos. Lo mismo se refería al futuro de la viuda que al porvenir maravilloso de la hija, lo mismo descendía a detalles extraordinarios sobre el gran legado que aquello significaba para Israel que se dedicaba a honrar en los tonos más elogiosos posibles a un difunto al que no había conocido.

—¿Sacó algo en limpio de todo eso? —pregunté.

—Un desconcierto cada vez mayor —me respondió con una sonrisa burlona—. Reconocerá usted que perder una tras otra semejantes oportunidades…

—Sí —acepté—. Normal no parece, la verdad.

—El caso es que, al final, Isaac comenzó a sospechar que sucedía algo extraño. No podía decir, por supuesto, de qué se trataba, pero era lógico pensar que había gato encerrado. Tras muchas vueltas y revueltas, acabó logrando que la mujer le permitiera copiar una parte del libro, precisamente los capítulos que me entregó a mí.

—Ahora entiendo la manera en que reaccionó cuando usted le dijo lo que sucedía.

—No quería creerlo. Supongo que la verdad era demasiado dolorosa y quizá temía también que, al fin y a la postre, iba a quedarse sin la recompensa que pudiera corresponderle por mediar en aquella peregrina transacción. Le confieso que me sentí tentado de olvidar todo, devolverle aquellas páginas y olvidarme del asunto, pero entonces en mí pudo más la curiosidad.

—¿La… curiosidad?

—Sí, la curiosidad. Hay gente que la pierde con treinta años y más si tiene que mantener una familia y pagar los plazos del automóvil o la vivienda, pero yo la he conservado durante todos estos siglos. Quizá ésa sea la clave de muchas cosas, ahora que lo pienso.

—¿Y qué le aconsejó la curiosidad? —le corté temeroso de que se perdiera en divagaciones.

—Isaac había decidido visitar a la viuda en un último intento de persuadirla. Le supliqué, como pago de mi colaboración, que me permitiera acompañarlo. Se quedó un tanto extrañado de que me conformara con tan poco después de aquella labor de escrutinio, pero acabó aceptando y así nos dirigimos a la casa de Moisés de León.

El judío detuvo el relato mientras su rostro se iluminaba con una sonrisa divertida. A pesar de su edad, la real y no la que afirmaba, en aquellos momentos me pareció distinguir en el fondo de sus ojos un brillo muy especial, como el del que sabe que está a punto de contar un chiste que arrancará las carcajadas de los presentes o el del niño a punto de cometer una divertida travesura.

—No vivía mal el tal Moisés —prosiguió sin que el rictus risueño hubiera desaparecido de sus labios—, lo que no era poco decir si se tiene en cuenta que no se le conocía ninguna actividad lucrativa. La viuda dio un respingo cuando descubrió que al lado de Isaac iba un desconocido que, por supuesto, era yo. Comenzó a decir que no andaba bien de tiempo, que no iba a poder atendernos; en fin, excusas y excusas, todas ellas poco convincentes y además un tanto estúpidas. Entonces, mientras bajaba la mirada y sacudía la cabeza e intentaba echarnos, me planté delante de ella y le espeté: «Mujer, ¿sabes la responsabilidad en que incurres por amparar este fraude? ¿No te da vergüenza decir que lo que fue obra de tu marido lo escribió un erudito?».

—¿Y usted cómo sabía eso? —pregunté sorprendido.

—No lo sabía —reconoció el judío—. A decir verdad, estaba jugando de farol.

—¿Y resultó?

—Como si hubiera tenido en la mano una escalera de color. La mujer comenzó a temblar y cuando le digo temblar, me refiero a que parecía que estaba a punto de sufrir un ataque de epilepsia. Se movía como si una fuerza superior pugnara por salir de ella y la infeliz intentara mantenerla en su interior temerosa de las consecuencias. Y entonces la agarré de los brazos y sacudiéndola, no mucho, sólo lo suficiente como para que reaccionara, le dije: «Confiesa y no te pasará nada».

Me pareció obvio que el judío estaba disfrutando con aquella historia. De hecho, temí que, de un momento a otro, comenzara a reírse a carcajadas.

—Y entonces, como salida de las profundidades del Sheol, apareció la hija. Era una muchacha de cierta gracia. Quiero decir que hubiera merecido la pena casarse con ella incluso aunque no se recibiera a cambio el libro del *Zohar*, pero imagino que José no estaba para ese tipo de consideraciones. Bueno, como le iba contando, la muchacha se presentó casi como salida de la tierra y gritó: «Madre, cuéntales todo. Diles la verdad». No le exagero lo más mínimo si le digo que escuchar aquellas palabras y ponerse a llorar como una criatura fue todo uno. La pobre viuda comenzó a sollozar, primero, de manera silenciosa, tanto que sólo podía saberse por los lagrimones que le caían por las mejillas y la manera, casi convulsa, en que le subía y le bajaba el pecho. Pero, luego, de repente, estalló en un llanto cada vez más ruidoso. No le digo más que antes de que pudiéramos darnos cuenta de lo que estaba sucediendo había comenzado a gritar. «¡Yo no quería! ¡Yo no quería! Yo le decía: Moisés, no lo hagas; Moisés, que te van a descubrir, pero no me hacía caso, no me hacía caso. Me decía: no te preocupes. Con esto ganaremos fortuna para nosotros y nuestra hija y yo le contestaba: Pero ¿qué más fortuna queremos? Pero ¿para qué más?»

—O sea que se trataba de una estafa… —reconocí no libre todavía de la sorpresa.

—Pero si llevo un buen rato diciéndoselo… Por supuesto, hombre, por supuesto —señaló el judío mientras reprimía a duras penas las carcajadas—. Aquel Moisés de León era un farsante total y absoluto. Fíjese que leyendo el libro yo he llegado a sospechar que incluso podía ser un cristiano secreto… por lo que ya le he dicho de la Trinidad. Bueno, el caso es que ni la viuda ni la hija de Moisés de León querían proseguir con aquel engaño, pero José, con su insistencia, les había impedido librarse de todo aquello.

—La verdad es que dan pena esas mujeres.

—Es cierto. Daban pena, mucha pena, pero… bueno, yo, en un deseo de quitarles de encima aquella carga, les aconsejé que quemaran el libro.

—Un poco drástico, ¿no le parece?

—Ahora puede parecer así porque se ha llegado a encontrar su encanto incluso a las falsificaciones, pero entonces… bueno, era el recurso ideal. Total que le dije a la viuda: «Mire, buena mujer, lo mejor que puede hacer es deshacerse de ese libro. Tanto usted como nosotros sabemos que está lleno de mentiras. Vamos a quemarlo y nadie volverá a molestarla ni a usted ni a su hija». Bueno, pues apenas acababa de pronunciar la última frase cuando Isaac dijo: «¡Magnífica idea! Sí, deme el libro que yo me encargaré de todo».

—No puedo creer… —comencé a decir impulsado por la peor sospecha.

—Créalo —dijo el judío mientras asentía con la cabeza—. En apenas unos instantes, Isaac tenía en sus manos el libro y abandonábamos la casa. «Mira, me dijo apenas nos hubimos apartado unos metros del lugar en el que había vivido Moisés de León. Te propongo un trato. No le contamos ni una palabra a José, le vendemos el libro por la cantidad más alta que podamos y nos repartimos las ganancias. Yo llevo mucho trabajando en todo esto de modo que, si no tienes inconveniente, podía dividir la suma que le saquemos en un setenta por ciento para mí y un treinta para ti.»

—¡Por Dios…!

—Fue tal y como se lo cuento. Imagínese usted la cantidad de cosas que yo había visto a aquellas alturas con casi trece siglos a mis espaldas. Bueno, el caso es que me sorprendió. Sí, como lo oye. Me quedé pasmado. No sólo es que estaba dispuesto a perpetuar un fraude sino que además pretendía que yo colaborara en él. Mediante un precio, eso sí.

—¿Y qué le dijo?

—Pues por hacerle el cuento corto… bueno, primero, intenté persuadirle para que no engañara así a un viejo que, por añadidura, era judío como nosotros. Pero Isaac no pareció conmoverse con mis palabras. Entonces comencé a recordarle su deber para con nuestro pueblo y la necesidad de no enredarlo con falsas esperanzas y… Debí apelar a todo. La supervivencia de Israel, el juicio ante el que todos compareceremos, el respeto por la Torah…

El judío realizó una pausa y lanzó un suspiro, pero no me pareció que en aquella expresión anidara la tristeza o el pesar.

—No sirvió de nada —dijo y luego añadió con una sonrisa pícara—: Pero al menos, Isaac prosperó no mucho después. No fue el último que se ganó la vida con eso de la Cábala.

20

—¡Ay, aquel siglo XIV! No deseo entretenerle mucho, pero lo empezamos mal con la difusión de la Cábala y no lo terminamos mucho mejor. Cuanto más empeoraban nuestras condiciones de vida parecía que más se empeñaban no pocos de mis hermanos en buscar salidas que nada aprovechaban como la entrega a esa especulación esotérica absurda o el oportunismo político más descarnado.

—No eran buenos tiempos… —intenté alegar.

—Razón de más para comportarse con sensatez —zanjó el judío con un súbito tono de aspereza—. Con Pedro I de Castilla…

—El Cruel —me atreví a precisar.

—Sí, el Cruel —reconoció a regañadientes—. Con ese rey, nuestra situación fue aceptable. Don Pedro era un hombre maniático, de carácter áspero, de rencores arraigados en el alma, pero, al menos, no nos odiaba. No es que nos favoreciera de manera especial como, en ocasiones, se ha dicho, pero sí es cierto que nos trataba de manera digna. Cuando su hermano bastardo, Enrique de Trastámara, le disputó el trono de Castilla e inició la guerra contra él, la situación no tardó en empeorar para nosotros de manera angustiosa. Enrique nos perseguía y Pedro se acabó desilusionando de nosotros. Seguramente, se había creído todas esas patrañas sobre nuestro inmenso poder y al comprobar que no teníamos tanto como para cambiar el resultado del conflicto, se sintió decepcionado. Quizá incluso engañado. Pero créame si le digo que no podíamos hacer más. Al final de la guerra, cuando parecía que las tornas se volvían en contra de Pedro, en alguna ocasión, algunos de los nuestros se sumaron al bando de don Enrique con la confianza de mejorar una situación empeorada de manera casi súbita. Desde luego, los antecedentes de Enrique no eran para esperar un futuro mejor. Enrique, que era un bastardo —y entienda usted esto como una descripción familiar y no como un insulto— captó inmediatamente la fuerza política que podía sacar de perseguirnos. Nosotros éramos la causa de todos los males. Nosotros éramos el motivo de que la gente no pudiera hacer frente a sus deudas. Nosotros éramos la razón de todas las desdichas. ¡Llegó incluso a asaltar alguna de nuestras aljamas para demostrar hasta qué punto estaba dispuesto a convertir en realidad sus consignas! Pero no se engañe, amigo, Enrique el bastardo no creía más en lo que decía que usted o yo en que la tierra sea plana. Simplemente, había descubierto lo útil que resulta tener un chivo expiatorio. No soy tan estúpido como para pensar que el único hemos sido nosotros. No. Los revolucionarios franceses tuvieron a sus aristócratas, los socialistas cargaron contra los burgueses, los comunistas contra cualquiera que no se sometiera llamándolo además fascista, pero debe usted reconocer que el chivo expiatorio más frecuente de los últimos siglos hemos sido nosotros.

El judío guardó silencio por un instante mientras se pasaba la mano por delante de la boca, como si deseara silenciarla o quizá limpiarse de la maldad evocada que pudiera haber manchado sus labios.

—Como le he dicho —continuó—, Enrique se valió del antisemitismo durante los años que había combatido a Pedro I, en la convicción de que podía resultar un instrumento privilegiado para captar las voluntades del pueblo llano. Déjeme ver... debió de ser hacia 1354... no, en 1355, Enrique llegó hasta Toledo. Su propósito era el de apoderarse de la judería principal. Se hallaba, eso es cierto, fuertemente protegida por murallas, pero nosotros no éramos un pueblo guerrero y Enrique estaba más que decidido a granjearse la voluntad popular a nuestra costa. Como primer paso, Enrique asaltó la judería pequeña que no contaba con defensas. No pudo quejarse de la falta de éxito. Mil doscientos judíos, incluyendo mujeres y niños, fueron degollados por sus soldados.

—¡Dios santo! —exclamé horrorizado.

—Dios no impidió aquella matanza —dijo el judío— aunque… aunque quizá sí lo hizo en la judería grande. Lo cierto es que el ejército de Pedro I llegó a Toledo y Enrique se vio obligado a retirarse.

—Menos mal que no se salió con la suya… —observé.

—Según se mire. Es cierto que no pudo arrasar la judería grande, pero asesinó a más de un millar de inocentes y además, y esto es lo más grave, se ganó una aureola de enemigo de los judíos que le fue muy beneficiosa. Ante buena parte del pueblo llano podía presentarse como su protector frente a las exacciones de los odiados hebreos. Supongo que hoy alguno diría que practicaba la discriminación positiva, aunque no a favor de las mujeres o de los homosexuales sino de los que no eran judíos. Ah, sí, y era bastante más drástico. Para impedir que ocuparas un trabajo prefería recurrir al cuchillo en lugar de a la ley.

El comentario del judío me pareció un tanto cínico, pero no quise interrumpirle. Lo menos que podía permitir a una persona que acababa de narrar el asesinato de más de un millar de personas era que recurriera al sarcasmo.

—Aquella demagogia no terminó con la matanza de Toledo. Como ya le he comentado, tuvo sus consecuencias. Unos cinco años después, encantado de la popularidad que le granjeaban aquellas medidas, Enrique animó a la gente de Nájera y Miranda de Ebro a que degollara a todos los vecinos judíos sin excepción. No hace falta que le diga que los habitantes de esas poblaciones estuvieron encantados de aprovechar el «permiso» que les daba Enrique. Supongo que, en parte, no fueron pocos los que se libraron de las deudas y lo mismo hasta pensaban que realizaban un acto de justicia. Reflexione usted en esto porque la suma del robo de la propiedad ajena con la envidia y la violencia se halla en la base de algunas de las ideologías de mayor éxito a lo largo de la Historia. ¡Ahí es nada! ¡Robar, asesinar y que encima te digan que haces un bien! ¡Menuda ganga!

Observé el rostro del judío. Era obvio que el asco se había ido apoderando de sus facciones hasta el punto de difuminar casi por completo la cólera que lo embargaba.

—Seis años después, debió de ser sobre 1366, los verdugos fueron los mercenarios franceses de Enrique —continuó el judío—. Se trataba de unos canallas sin freno moral alguno a los que mandaba un tal Beltrán Du Guesclin. Asesinaron a todos los judíos de Briviesca. Claro que no creo que éstos pensaran que estaban realizando una obra social. Se limitaban a matar, robar y violar que eran actividades que les complacían en grado sumo. Por cierto que ese mismo año, Enrique fue coronado rey de Castilla y Pedro se vio obligado a marchar a Inglaterra en busca de ayuda. Los españoles son gente verdaderamente peculiar. Resultan bastante distintos de otros pueblos, y no siempre por motivos negativos, pero se empeñan en asesinarse entre sí y cuando llegan a ese estado gustan de llamar en su apoyo a los extranjeros. En este caso concreto, entraron en los dos bandos de un conflicto europeo, la guerra de los Cien Años nada menos. Enrique el Bastardo estaba aliado con Francia, mientras Pedro se apoyaba en Inglaterra.

—Cae usted en el tópico al hablar de España —le reprendí un tanto molesto.

El judío me miró y creo que pensó en responderme, pero si ese fue el caso, venció la tentación y continuó con su relato.

—Algunos antisemitas han sido peores tras llegar al poder y es lógico que así resulte porque cuentan entonces con el aparato del Estado para llevar a cabo su política. No fue el caso de Enrique. Una vez en el trono, no vio motivo para continuar con una política contraria a nosotros. Su antisemitismo, y usted comprenderá que no me fatigue citando paralelos con otros episodios históricos, era meramente instrumental. Conseguido el objetivo de sentarse en el trono, no le vio sentido a continuar con todo aquello. A decir verdad, lo que ahora necesitaba era la colaboración de financieros que le ayudaran a enfrentarse con los problemas económicos del reino y decidió que nadie podía cumplir con esa función como nosotros.

—¿Y lo ayudaron?

—Tampoco se podía hacer otra cosa —respondió el judío encogiéndose de hombros—. Si el que nos había golpeado durante años ahora decidía que podía ofrecernos sosiego y seguridad… ¿qué íbamos a hacer? Pues ofrecerle nuestra colaboración a la espera de que hiciera buenas sus promesas. Sí. A usted le será difícil comprenderlo, pero es que nunca ha pertenecido a una minoría perseguida.

—Eso usted no lo sabe —me apresuré a corregirlo.

—Pues si ése es el caso no se le escapará que lo que digo se corresponde con la realidad —dijo el judío—. Hasta el día anterior te han hecho la vida imposible, te han impedido ocupar puestos de trabajo que por merecimientos justos deberían haber sido tuyos, te han apartado de la vida civil sólo guiados por los prejuicios… Todo eso si es que además no han estado atizándote una y otra vez sin importarles que seas hombre, mujer, niño o anciano. Y entonces, de la manera más inesperada, como si Dios hubiera escuchado al final alguna de las oraciones que le dirigiste completamente empapadas en lágrimas, el perseguidor decide que se ha terminado el acoso, que ya no vas a tener que mirar asustado a uno y otro lado cuando sales de casa, que no debes temer por tu vida o tu hacienda, ni tampoco por las existencias de los tuyos. ¿Qué se hace en un caso así?

—No confiarse —respondí espontáneamente.

El judío sonrió al escuchar mis palabras.

—Sí —reconoció—. Supongo que no le falta a usted razón. Lo más sensato es no dejarse llevar por el optimismo, pero eso… eso no es tan fácil de ver cuando se es joven y parece que la vida se extiende, prolongada y feliz delante de nosotros, y cuando, sobre todo, parece que nos está suplicando que nos apoderemos de ella de la misma manera que si fuera una mujer que nos pidiera que la tomáramos. Lo normal en una situación así es aferrarse a la oportunidad. Eso fue lo que pasó con José Pichón.

—¿Con quién? —pregunté sorprendido.

—Con José Pichón —me respondió—. Nunca ha oído usted hablar de él, ¿no es cierto?

—La verdad es que no —reconocí dubitativo.

—Es lógico. Pichón seguramente nació ya con un destino que lo marcaba para no ser recordado jamás y, sin embargo… sin embargo, hubo una época en que no existió un judío más poderoso en Castilla. ¡Qué digo en Castilla! ¡En el mundo entero! Hacía siglos que no pisaba este mundo uno de los nuestros que tuviera tanta influencia y pasó mucho tiempo hasta que apareció otro semejante.

—Me choca no saber nada de él —comenté cada vez más sorprendido por lo que estaba escuchando.

—Lo entiendo —aceptó el judío—, pero tendrá ocasión de comprender el porqué de su ignorancia. Verá. Cuando Enrique decidió cambiar de opinión acerca de los beneficios que podía conseguir de los judíos, cuando llegó a la conclusión de que obtendría más rendimientos si seguíamos vivos que si estábamos muertos, no faltaron los que vieron la posibilidad de aprovechar aquella prodigiosa mutación para ascender. Ése fue el caso de José Pichón. Vaya por delante que se trataba de un personaje de talla excepcional aunque, eso sí, su origen no se encontraba en ninguna de las familias de la aristocracia judía tradicional. No sólo eso. Tampoco había obtenido su posición gracias al peso de que hubiera podido disfrutar en el seno de alguna de nuestras comunidades. No. En absoluto. No debía nada a otros. En realidad, Pichón era un hombre que había prosperado gracias a su... ¿cómo diría yo? A su espíritu empresarial. Sí, a su espíritu empresarial y, por supuesto, a su talento. Eso fue lo que llamó la atención de Enrique. Además se daba una circunstancia que no podía olvidarse. Aquel faraón sí que había conocido a los Josés del rey Pedro, pero no deseaba recordarlos.

—No sé si lo entiendo —comenté.

—Es muy sencillo. El rey Enrique no estaba dispuesto a rehabilitar a los judíos que habían servido a su hermano. Demasiado era para él perdonarles la vida. No. Iba a dejarnos vivir, incluso podía portarse bien con alguno de nosotros, pero no era de recibo que sus gracias, que sus mercedes, que sus dones recayeran sobre los que habían apoyado a Pedro. Tenía que tratarse de alguien nuevo, que además resultara un administrador competente. El resultado de esa selección fue que Pichón se convirtió en el jefe de los recaudadores del rey, aunque, eso sí, sin recibir un título oficial.

—¿Y cómo se lo tomaron los demás judíos? Me refiero a los que se vieron apartados del poder.

—No voy a engañarle —dijo con pesar—. El nombramiento de Pichón tuvo como consecuencia la división de nuestras comunidades.

—Perdón, ¿cómo dice? —pregunté sorprendido.

—Me ha oído usted a la perfección —respondió molesto el judío—. Como creo haberle dicho ya, los antisemitas de todas las épocas se han hartado de propalar ese cuento de que los judíos somos un bloque sólidamente unido para hacer la vida imposible a los gentiles. A estas alturas, usted sabe que no nos hemos dividido menos que cualquier otro colectivo humano. Yo asistí antes de la destrucción de Jerusalén a los enfrentamientos entre saduceos y fariseos; durante el asedio de la ciudad a la lucha entre los zelotes y los que no se sentían nada entusiasmados con su revolución; después de que los romanos arrasaron el Templo, a la rivalidad entre las distintas facciones de sabios por hacerse con las riendas espirituales del pueblo y eso sólo en el tiempo que debía haber vivido de manera natural… luego… bueno, sabe usted de sobra que no he dejado de contemplar divisiones y más divisiones en el seno de mi pueblo. El caso de Pichón fue uno más aunque, eso sí, especialmente trágico. Los judíos que habían medrado a la sombra de Pedro I contemplaron con horror su ascenso y no se conformaron. No, tenga usted por seguro que no se conformaron. La envidia los movía, los reconcomía, los abrasaba y, al final, decidieron provocar su caída. Para lograrlo, se dedicaron a calumniarlo y a negarle cualquier apoyo.

—Me parece muy injusto —dije con pesar.

—La gente reacciona de manera muy diversa frente a la envidia —continuó hablando el judío—. Algunos se dejan destruir por ella abrumados por el hecho de que los suyos, en lugar de sentirse felices con su triunfo, busquen su perdición. Otros reaccionan apartándose asqueados ante su mezquindad. Los hay, finalmente, que reaccionan como Pichón. No se arredran y continúan luchando. José, desde luego, no era hombre que se dejara vencer por las dificultades y tampoco tenía la menor intención de abandonar a su pueblo o de permitir que lo aislaran. Una noche vino a verme. Me contó cómo era su situación, las canalladas de que era objeto, las vilezas que se decían sobre él… Yo, lo confieso sinceramente, no entendía a qué venía aquel descargo de conciencia ante mí que, a fin de cuentas, no formaba parte de ninguna de las familias relevantes. «Vos, me dijo al final, sois un hombre como yo. Vuestra fortuna la habéis amasado con vuestro esfuerzo y vuestra industria. No se la debéis a un padre acomodado ni a un tío con influencias ni a un abuelo rabino. Vos podéis entenderme y sabéis que en nosotros se encuentra el futuro de este pueblo.» Como se puede imaginar, no estaba yo nada convencido de que lo que afirmaba fuera cierto y además, todo hay que decirlo, mi fortuna arrancaba no de un especial talento, a pesar de que algo tengo, sino más bien del simple paso del tiempo. Pero ¿qué iba a hacer? Pichón me caía bien. Era un hombre honrado, inteligente y, sobre todo, muy trabajador. Además no me cabía la menor duda de que lo que decían en su contra era simplemente porque no soportaban que hubiera sido él y no ellos quien había ascendido hasta situarse en las cercanías del rey.

—¿Entonces lo ayudó?

El judío bajó la cabeza como si de manera inesperada y repentina hubieran arrojado sobre su cerviz un oneroso fardo. Luego, con voz apenas audible, susurró:

—Sí, lo ayudé.

21

—Lo que Pichón pretendía era que, valiéndome de mis relaciones, buscara el apoyo de otros judíos adinerados, pero… y esto es lo importante, que se tratara de gente que se habían labrado una fortuna por sus propios medios y no apoyándose en la aristocracia de nuestras comunidades. A José no se le escapaba que si los suyos lo envidiaban, los *goyim* no iban a ser menos y deseaba forjar un grupo de gente eficaz y competente que sirviera a la Corona y, a cambio de sus logros, pudiera exigir protección del rey.

—Sospecho que no se equivocaba… —pensé en voz alta.

—Ni lo más mínimo. La diligencia de Pichón y de la gente a la que convirtió en sus colaboradores dio unos resultados muy positivos y, lo que es casi más importante, inmediatos. Como había supuesto, todo aquello sirvió para llenar de satisfacción al rey Enrique II, pero… pero los *goyim*… bueno, primero se quedaron desconcertados y luego no quisieron reprimir la cólera que experimentaban. Para que se haga usted una idea, en 1367, las Cortes de Burgos, donde se daban cita los representantes no sólo de la nobleza y del clero sino, de manera muy especial, del pueblo, lanzaron un ataque en toda regla contra nosotros. Su finalidad no era asegurar la pureza de la fe o librar a los más humildes de una imaginaria opresión. No, ¡qué va!, lo que solicitaron del rey fue que nos apartara de cualquier función pública.

¿Se da usted cuenta? Ni siquiera se plantearon si Pichón y su gente, toda muy eficaz, por cierto, estaba sirviendo dignamente al reino. No, lo que a ellos les interesaba era que se quitara a los judíos de sus puestos para ocuparlos ellos. Eso era todo.

—¿Y qué hizo el rey?

—El rey admitió, y tampoco sé cómo hubiera podido negarlo, que había judíos en la corte y que desempeñaban cargos. Sin embargo, rehusó prescindir de ellos y articuló la excusa de que no competían con sus súbditos católicos ni tampoco les causaban daño alguno.

—¿Y los convenció?

—No. Por otra parte, si deseamos ser justos, no sé cómo hubiera conseguido hacerlo. Tenga usted en cuenta que aquella gente se ocupaba de la recaudación de impuestos en una época en que los gastos bélicos exigían esfuerzos especiales.

—Sí —reconocí—. Es muy difícil pensar bien del que viene a tu casa a quedarse con el producto de tu trabajo.

—El caso es que poco después la suerte pareció volverse en contra de Pichón. Al año siguiente de aquellas cortes, Pedro I volvió a entrar en Castilla apoyado por Inglaterra y Enrique II partió hacia Francia. Pichón y sus colaboradores, entre los que me veía incluido muy a mi pesar, tuvimos que huir. Fueron unos meses bien desagradables lo que pasamos en Aragón. No voy a extenderme, pero puedo asegurarle que nada más llegar nos odiaron por partida doble. Por supuesto, porque éramos judíos, pero además porque suponían que, para ganarnos el pan, íbamos a competir con la gente de la tierra. Yo, desde luego, decidí no trabajar allí y confiar más bien en que el dinero me durara el tiempo que tuviera que quedarme.

—¿Tan mal vio la situación? —pregunté un tanto sorprendido.

—La vi peor. Por un lado, yo sospechaba que la guerra no podría durar mucho, pero, por otro, me decía que no podía vivir indefinidamente en Aragón a la espera de que se solcionaran los asuntos de Castilla. Le aseguro que había empezado a pensar en la posibilidad de trasladarme a Francia o a alguna ciudad italiana cuando las cosas cambiaron. ¡Ah, la vida es así! Estás convencido de que todo anda fatal y, de repente, se produce un cambio. Es… ¿cómo le diría yo? Como la rueda de una noria. Sí, eso es. Estás arriba, crees que vas a tocar el cielo y, de repente, te precipitas hacia abajo, hasta caer en lo más hondo. En aquella ocasión, nos sucedió, sin embargo, lo contrario. Al año siguiente de su regreso a Castilla, Pedro I fue derrotado en Montiel. Bueno, a decir verdad, lo asesinaron vilmente. Según me dijeron, se estaba entrevistando con su hermano Enrique cuando la discusión se caldeó y Pedro acabó mencionando a la madre del bastardo en los términos que se puede usted imaginar. Enrique era ilegítimo, sin duda, pero una cosa es serlo y otra que te guste que te lo recuerden. El caso es que sacó la daga y se dirigió hacia Pedro. Antes de que nadie pudiera impedirlo, se habían enzarzado en una lucha cuerpo a cuerpo en la que acabaron rodando por el suelo y donde pronto pareció que iba a prevalecer don Pedro, pero, justo en ese momento, intervino Du Guesclin, el mercenario francés, y dio la vuelta a los combatientes.

—Ni quito ni pongo rey, pero ayudo a mi señor —musité.

—¿Cómo dice?

—Que mientras Du Guesclin daba la vuelta a los dos hermanos para que Enrique pudiera matar a Pedro dijo: «Ni pongo ni quito rey, pero ayudo a mi señor».

—Sí… —reconoció el judío pasajeramente desconcertado por mis palabras—. Sí… eso era lo que contaban.

—No deseo interrumpirle —señalé temiendo que detuviera su relato.

El judío respiró hondo, como si hubiera llevado a cabo una pausa en el camino y se dispusiera a seguir andando.

—Sí, claro, claro. Bueno, como era fácil imaginar, el asesinato de Pedro I en Montiel abrió la puerta para nuestro regreso. ¿Se da usted cuenta de la ironía? Pedro fue, primero, un amigo; lue-

go, tuvimos que salir de Castilla porque Pichón se había acercado a Enrique y, finalmente, con su muerte, regresamos. Debo
decirle que no pocos de los nuestros nos vieron volver con muy
malos ojos. A fin de cuentas, habían apoyado al rey asesinado,
habían tratado pésimamente a Pichón y se temían que ahora José
descargara sobre ellos una venganza terrible. Me temo que lo
pensaron fundamentalmente porque ellos sí que se habrían comportado de una manera tan miserable. Pichón, sin embargo, no
era como ellos. No conocía lo que era el rencor y, sobre todo,
no estaba dispuesto a consentir que las mezquindades de los que
se sentían desplazados dividieran a nuestro pueblo. Recuerdo
una noche en que cenamos juntos y me dijo que su tarea principal iba a ser la de cerrar las heridas abiertas en las juderías. A mí,
que llevo siglos dando vueltas por el mundo, aquellas palabras
me parecieron nobles, pero, a la vez, necias. Sé que hay gente que
acepta el perdón y la cercanía, pero también me consta que no
pocas veces la clemencia sirve tan sólo para colocar un puñal en
manos de los que desean degollarnos. Intenté mostrárselo así
aquella noche. Le insistí en que no todos éramos iguales, en que,
por supuesto, podría atraerse a algunos si no por sensatez sí por
interés, pero, al mismo tiempo, machaqué una y otra vez la idea
de que otros debían ser apartados lo más lejos posible porque no
cejarían hasta librarse de él. No lo convencí. Estaba demasiado
entusiasmado con su regreso, con las distinciones que Enrique le
había devuelto, con la recepción calurosa que se le había dispensado en no pocas juderías. Y entonces José cometió un error, un
error muy grave. Me separó de su lado.

—¿Quiere decir que dejó de ser su amigo? —pregunté sorprendido.

—Quiero decir que muchos hombres poderosos confunden
la lealtad con el servilismo. Aprecian la colaboración de los demás, incluso buscan a los mejores para tenerlos cerca, pero no
están dispuestos a escuchar la menor crítica. Es más. Interpretan
los consejos que no coinciden con sus deseos como una desleal-

tad. ¡Deslealtad! Pero ¿acaso existe una lealtad mayor que la de no ocultar la verdad, que la de presentar los hechos con veracidad por muy desagradables que puedan resultar?

—Sí, creo que tiene usted razón —reconocí.

—Pichón no escuchó con agrado lo que le dije y no lo hizo porque no coincidía con sus deseos de unir a todos… ¡Como si todos fueran iguales! Al final, me apartó de su lado y pidió la colaboración de Samuel Abarbanel. ¡Ah, Samuel! Seguro que hay algunos eruditos que se pasarían horas hablando de él y con toda certeza no les faltarían motivos, pero, ay, le gustaba mucho la cercanía del poder. Apoyó a Pichón porque vio una oportunidad de medrar, de ascender, de colocarse por encima de otros. Y así José y Samuel y algunos otros de los nuestros subieron en la noria hasta casi tocar las nubes y quedaron convencidos de que nada se resistía ya a lo que pudieran planear y acometer. ¡Pobres!

El judío calló por un instante. Hubiera esperado yo encontrar en su rostro pesar, quizá incluso compasión, pero lo único que descubrí fue una ira reprimida, embridada, sujeta, pero innegable.

—El éxito de Pichón —dijo al fin— y el de los judíos sumados a él sólo sirvió para provocar envidias aún mayores.

—Sí, el éxito contribuye a labrar mucho el camino del antisemita —añadí yo.

—No sea usted ingenuo —me respondió el judío—. Los envidiosos no se hallaban sólo en el campo de los católicos. A decir verdad, los enemigos más encarnizados de Pichón eran otros judíos. Los años siguientes no fueron fáciles. Tenga en cuenta, por ejemplo, que las Cortes de Toro, déjeme ver…, sí, debió de ser sobre 1371… bueno, como le iba diciendo, las Cortes de Toro aprobaron por primera vez la obligación de que los judíos lleváramos una divisa distintiva que permitiera a la población reconocernos y, dicho sea de paso, atizarnos con más facilidad si llegaba el caso. Habían tardado más de setecientos años, pero, al final, habían adoptado la misma práctica que los musulmanes. En una situación así lo normal habría sido que nos hubiéramos unido todos frente a la amenaza común, que hubiéramos visto la manera de parar los golpes y que incluso hubiéramos aprovechado la influencia de Pichón para conseguirlo. No fue así. Los enemigos que Pichón tenía entre nosotros no cejaron a la hora de sembrar insidias sobre su gestión y sobre sus relaciones hasta que lograron que el rey lo destituyera y lo encarcelara.

—¿Eso hicieron los propios judíos?

—Así es y disculpe si no entro en detalles. Me da demasiado asco.

—Pero era una estupidez… —alegué.

—Pocas cosas hay tan estúpidas como la maldad —respondió el judío—. Es cierto que esa realidad queda a veces oculta, pero resulta difícil de negar. Aquellas gentes lo único que llegaban a ver era que habían sido importantes en otro tiempo y que ahora un hombre que no había salido de ninguna de sus familias los había pasado por delante. Todos y cada uno de ellos hubieran dado cualquier cosa por ser el judío del rey, llevaban generaciones ambicionándolo y ahora un personaje que no estaba emparentado con ellos alcanzaba esa posición simplemente porque tenía el talento del que ellos carecían. Tenía usted que haber visto la alegría con que acogieron las noticias del prendimiento de José. Créame si le digo que esperaban con todo su corazón que Enrique II ordenara su ejecución o, como mínimo, lo enviara al destierro. Sí, lo único que ansiaban era que desapareciera de su vista y que no volviera a hacer acto de presencia en Castilla.

—¿Y qué hizo Pichón?

—José era un combatiente nato. Por supuesto, no se dio por vencido. Con una firmeza y una seguridad que causaban pasmo, rebatió uno tras otro los cargos presentados contra él y, pásmese usted, recuperó las funciones de contador mayor. Es cierto que se vio obligado a entregar cuarenta mil doblas, pero no cabe engañarse al respecto. Los funcionarios del rey, que tampoco destacaban por verlo con simpatía, no lo consideraron un estafador porque, de haber sido así, no hubiera salido tan bien parado del episodio. Fíjese. El rey Enrique II falleció no mucho después. Debió de ser… en 1378. No, no…. en 1379. Sí, seguro, en 1379. Bueno, pues cuando el príncipe Juan fue coronado como su sucesor en el verano de ese mismo año, no apartó a Pichón del favor regio.

—Resulta significativo.

—Sin duda lo es. Sí, sin duda. Sin embargo, los enemigos de Pichón, los que eran de entre los nuestros, los que afirmaban obedecer la Torah, consideraron que ahora sí que había llegado el momento de derribarlo. No sólo eso. Después de ver cómo José había logrado librarse de sus asechanzas previas, llegaron a la conclusión de que la solución debía ser definitiva. Final.

—¿A qué se refiere? —indagué inquieto.

—¿No lo entiende?

Sacudí la cabeza en señal de negación.

—¿De verdad que no lo imagina?

Volví a repetir el movimiento.

—Pues es bien sencillo. Decidieron darle muerte.

22

—Por supuesto —continuó el judío—. El asesinato de Pichón resultaba impensable y hubiera tenido terribles consecuencias. Si no haciendo nada malo podían arremeter contra nosotros, imagínese lo que hubiera sucedido si hubieran encontrado a algún judío culpable de homicidio. Precisamente por eso decidieron recurrir a la ley para acabar con la vida de José. Verá, las comunidades judías que había en Castilla, y también las de Aragón, dicho sea de paso, disfrutaban por aquella época del privilegio de dar muerte a los judíos *malshinim* o malsines, es decir, a aquellos que hubieran delatado falsamente a sus correligionarios. Ahora se puede pensar lo que se quiera de aquel privilegio legal, pero lo cierto es que la institución había nacido de la necesidad que tenían las juderías de defenderse de las amenazas externas y de mantener una cierta cohesión interna frente a los agresores. Bueno, a lo que iba… varios judíos de la corte, entre los que se hallaban personajes como don Zulema, don Zag y don Mayr, se las arreglaron para que algunos rabinos condenaran a Pichón como malsín.

—¿Pichón un malsín? —pregunté sorprendido—. Pero… pero ¿cómo?

—No fue difícil de conseguir por increíble que parezca —respondió el judío—. No citaron a Pichón para que pudiera defenderse y además se basaron únicamente en las pruebas suministradas por sus enemigos.

—Pero… pero ¿cómo pudieron encontrar rabinos que se prestaran a esa burla? —insistí, incrédulo.

—¡Qué más da! ¿Variaría mucho si se comportaron así por codicia, por envidia o por estupidez? El caso es que lo hicieron y las demás discusiones son… inútiles. Mire, es obvio que aquel procedimiento constituyó una flagrante violación de nuestra Torah. A decir verdad, se trataba de un asesinato apenas encubierto con los ropajes de la legalidad. El problema mayor era que los judíos no podíamos ejecutar la sentencia de muerte por nosotros mismos. Si deseábamos la muerte de alguien, teníamos que recurrir al rey.

—¿Y el rey? —pregunté con una sensación incómoda de angustia.

—Oh, el rey andaba absorto en los festejos de su coronación. Cuando los enemigos de Pichón se le acercaron solicitando el privilegio de ejecutar las sentencias contra los malsines sin necesidad de que él las sancionara, Juan accedió.

—¡Valiente estúpido!

—Quizá. No lo niego, pero dígame, ¿quién hubiera podido pensar que los judíos, que supuestamente formamos un todo monolítico, un grupo erizado de púas apuntadas contra los *goyim*, iban a utilizar aquella concesión para dar muerte a inocentes? A inocentes… de los suyos. No. Tampoco hay que extrañarse de que el rey Juan firmara aquel documento que, en realidad, dejaba el camino despejado para la ejecución final de sus planes.

—Me parece espantoso —confesé sobrecogido.

—Nada más tener el documento en su mano —prosiguió el judío como si no me hubiera escuchado— los enemigos de Pichón se precipitaron en busca de un alguacil. Lo encontraron sin dificultad y entonces, exhibiendo aquel texto conseguido mediante el engaño, le exigieron que cumpliera con su deber dando muerte a Pichón. Por lo que yo sé, el alguacil no les planteó ningún problema. Seguramente, hasta pensó que el judío Pichón debía de ser un verdadero miserable cuando sus propios correligionarios exigían su muerte. El caso es que llegaron a la casa de José muy de mañana, cuando todavía estaba durmiendo. No hace falta que le diga que no se esperaba nada de aquello. Lo despertaron, no sé qué le dijeron exactamente, pero el caso es que lograron convencerle para que abandonara su domicilio.

—¡Dios santo!

—Muchas veces he reflexionado en cómo debió sentirse José en aquellos instantes. ¿Se imaginó lo que le esperaba y decidió no ofrecer resistencia porque lo consideraba inverosímil? ¿Comprendió lo que se le venía encima y, asqueado de la vida, optó por entregarse a la muerte? ¿Rechazó la idea de que otros judíos pudieran querer su desgracia y salió de su casa sin sospechar nada? Sólo Dios lo sabe. En cualquier caso, lo cierto es que, apenas cruzó José el umbral, el alguacil lo detuvo y procedió a decapitarlo allí mismo.

—Se habían salido con la suya…

—En apariencia. Sí, en apariencia, su éxito había resultado completo, pero la reacción no se hizo esperar. Era cierto que todos los trámites legales se habían respetado formalmente, pero nadie tuvo la menor duda de que la ejecución de Pichón no había pasado de ser un simple asesinato. Cuando el rey Juan tuvo noticia de lo sucedido, se sintió, y es comprensible que así fuera, burlado. Como es lógico, ordenó inmediatamente el castigo de los culpables. No deseo entrar en detalles, pero sepa que los judíos que estaban implicados en la conjura fueron ejecutados e incluso el alguacil, que, a fin de cuentas, se había limitado a cumplir una orden regia que le habían entregado, perdió una mano.

—No puede decirse que fuera una injusticia —comenté.

—No, la verdad es que no puede decirse, pero, por desgracia, ahí no quedó todo. El impacto que aquel episodio canallesco tuvo sobre nuestra imagen pública fue terrible, destructivo, verdaderamente devastador. La gente se preguntaba qué clase de gente éramos cuando no teníamos reparos en mentir al rey y en cometer un fraude de ley para arrancar la vida a un inocente que, para colmo, era de los nuestros. Se decían que si éramos capaces de llegar a tanto con uno de nuestros hermanos, ¿qué mal no estaríamos dispuestos a perpetrar contra un cristiano? Por supuesto, podrían haber pensado que los culpables eran unos pocos miserables movidos por la envidia y la ambición, y que lo verdaderamente injusto era culparnos a todos de aquella felonía. Pero no creo que ese tipo de matiz, totalmente obligado, les preocupara mucho. Las energías las guardaban para insistir en que nos debían apartar de los cargos públicos porque éramos gente no sólo indigna de confianza sino dispuesta a los peores crímenes.

—¿Y el rey qué hizo?

—Para ser justos, hay que decir que Juan intentó protegernos de aquella oleada de antijudaísmo. Cómo llegaría a ser el peligro que, en las Cortes de 1379, dictó motu proprio una ley que colocaba las juderías visitadas por su corte bajo la protección de los monteros de Espinosa. Se trataba de un acto de buena voluntad que le agradecimos, pero ¿de qué podía servir? ¿Acaso se puede cambiar por decreto lo que anida en el corazón de las personas? Sinceramente, no lo creo. Recuerdo cómo en aquellos días la gente nos miraba por la calle con unos ojos en los que se transparentaban la repugnancia y el temor. Sí, les dábamos asco porque parecíamos capaces de cualquier vileza con tal de lograr nuestros propósitos y les inspirábamos un pánico irracional porque estaban seguros de que ellos serían nuestras próximas víctimas. Y así quedamos absolutamente expuestos al capricho violento de cualquiera. Era fácil identificarnos con la divisa que nos veíamos obligados a llevar y todavía más fácil resultaba lanzarnos una piedra, dejar ante la puerta de nuestras casas excrementos o desperdicios o incluso propinarnos una paliza en una esquina. No le exagero si le digo que nuestra gente comenzó a recluirse en sus hogares apenas el sol comenzaba a caer y que sobre todo las mujeres y los niños apenas salían del hogar. Y aun así… Bueno, por si fuera poco, a finales del año siguiente, las Cortes de Soria propusieron al rey Juan que dictara una serie de medidas contra nosotros.

—Eso era injusto. Muy injusto.

—Sin duda, sin duda, pero la justicia suele doblegarse ante el miedo y aquella gente nos tenía pavor. Y no crea, hay que reconocer que el rey insistió en dispensarnos su protección. Sabedor de que nos asaltaban al distinguir la divisa que llevábamos, el monarca dispuso que se penara con la multa de seis mil maravedíes a las poblaciones en cuyos términos se hubiera cometido el crimen. Dimos gracias a Dios por todo aquello, pero… no, no deseo engañarlo, la presión no cedió lo más mínimo. En 1385, tras muchas quejas y lamentaciones, las Cortes de Valladolid obtuvieron la exclusión de los hebreos de la administración de las rentas públicas.

—De modo que el rey Juan se cansó de proteger a sus súbditos… —comenté apesadumbrado.

—No —respondió el judío—. No creo que se tratara de cansancio. Lo que acabó pesando enormemente en el ánimo del rey Juan fue el enterarse de que los párrocos se negaban a administrar los auxilios espirituales, en caso de enfermedad o muerte, a los cristianos que servían o vivían con judíos.

—¿Lo dice en serio? Quiero decir, ¿qué más daba que hubiera o no cristianos sirviendo a judíos para que se los retirara de los altos cargos? A decir verdad, casi sería mejor que tuvieran muchos ingresos para que pudieran pagar mejor a sus sirvientes…

—Verdaderamente es usted un ingenuo —dijo el judío mientras levantaba los ojos al cielo como si me considerara un caso desesperado—. Lo que los clérigos querían era sustituir a los judíos en la recaudación de impuestos.

—Me parece que entiendo…

—No lo creo. Porque los procuradores pensaban seguramente que la gestión de los impuestos, si era ejercida por prelados y clérigos, resultaría menos onerosa y más compasiva.

—Tiene sentido.

—Todo el que usted desee, pero no se correspondía, en absoluto, con la realidad. Vamos, dicho claramente, se equivocaron de lleno. Los hombres de Iglesia demostraron ser menos eficaces en su labor, pero, desde luego, no más misericordiosos.

—¡Qué desastre!

—Bueno, siempre es malo tener a recaudadores de impuestos incompetentes y rapaces, pero no, el desastre no fue ése. El desastre verdadero, el real, el innegable, fue el que cayó sobre nosotros... De repente... de repente, descubrimos que también entre nuestra gente, la que era perseguida, acosada, señalada con la divisa y expulsada de los puestos regios, podían darse cita también los asesinos y los fratricidas. Ése fue el gran drama. ¿Qué podía justificar o disculpar o disminuir el pecado de haber asesinado a un hombre como Pichón cuya falta había sido la de ascender socialmente por caminos distintos de los de nuestros aristócratas y haber tratado a todos con generosidad? Nada. ¡Nada! ¡NADA! Y ese pecado... sí, porque fue eso, un pecado horrible, a ese pecado le siguió una calamidad tras otra y no me refiero sólo a lo que le he contado. Es que además muchos de los nuestros dejaron de creer en el pueblo de Israel. Sí. Como se lo estoy diciendo. Fue... fue como si amaras mucho a una mujer, como si estuvieras dispuesto a todo tipo de sacrificios para ser digno de ella y, de pronto, un día descubrieras que es capaz de cometer las mismas indecencias que una ramera. Sin que nadie dijera una palabra, todos, todos nosotros sin excepción, llegamos a un vergonzoso pacto de silencio. Nunca hablaríamos del asesinato de Pichón porque era lo suficientemente miserable, lacerante, revelador como para permitir que nuestros hijos lo conocieran. Sin embargo... sin embargo, no era posible que aquel recurso funcionara. Era igual que intentar esconder un cadáver debajo de una alfombra.

El judío se detuvo y una mueca de dolor cubrió su rostro como si se tratara de un velo. Pensé que quizá se había percatado de lo inoportuno de su último comentario y, sin embargo, pocos hubieran podido resultar más gráficos.

—Dejamos de creer en nosotros. Quizá no todos, es cierto,

pero sí muchos. En poco tiempo, a la vergüenza y al malestar se sumaron las apostasías. Personajes de tanta relevancia como Abarbanel, que había estado muy unido a Pichón, optaron por la conversión al catolicismo. Sé que es muy fácil decir que actuaban movidos por el mero interés de vivir tranquilos en medio de una sociedad que cada vez era más hostil con nosotros. Sin embargo, afirmar eso no pasaría de ser una enorme injusticia. En sus espíritus pesó, sobre todo, quizá de manera definitiva, la convicción de que la religión de nuestros mayores se hallaba moralmente corrompida. Sí. Debía de estar lo suficientemente podrida como para consentir episodios como el de Pichón, asesinado no por católicos envidiosos, sino por personajes especialmente relevantes de nuestras juderías.

—Supongo que no fue su caso.

—Debo reconocerle que yo también lo pensé. Hasta entonces había visto a revolucionarios enloquecidos, a farsantes, a charlatanes, a hipócritas, incluso a falsos mesías, pero siempre había tenido la sensación de que aún seguía existiendo gente justa entre nuestro pueblo. Incluso había tenido ocasión de observar una y otra vez que, precisamente, esa gente era la que terminaba alzándose por encima de los demás e indicándoles por dónde seguir el camino que nos seguía uniendo con el Dios de Abraham, de Isaac y de Jacob. No eran los más acaudalados, ni los mejor relacionados, ni los procedentes de las familias más importantes, pero sí los mejores y más sabios. Ahora, de repente, llegué a la conclusión de que todo eso resultaba cosa del pasado. Habíamos estado tan ocupados en alcanzar un lugar cerca del rey, en conservar lo ganado con el esfuerzo de décadas, en mantener lo conseguido, que habíamos perdido algo tan esencial como nuestra verdadera conciencia de pueblo. No nos habíamos percatado de ello, pero ésa era la realidad y, cuando surgió un hombre como Pichón, pocos supieron apreciarlo y nadie impidió que las calumnias que se vertían sobre él acabaran desembocando en un asesinato. La pregunta que yo me hacía —que se hicieron miles y se respondieron— era si el cuerpo estaba ya muerto y sólo cabía que algunos miembros, no del todo agónicos, acabaran injertados en otro organismo o si, por el contrario, alentaba en su seno un hálito de vida.

—¿Y a qué conclusión llegó?

—A decir verdad a ninguna.

—No sé si lo entiendo.

—No llegué a ninguna conclusión. Fueron otros los que decidieron por mí.

23

—Mucha gente piensa que el gran drama que los judíos sufrimos en Sefarad fue la expulsión del año 1492, la que decretaron Isabel y Fernando. Debo decirle que se equivocan.

—No sé si le comprendo. ¿Pretende usted decirme que no fue una tragedia terrible para ustedes?

—No. —El judío sacudió la cabeza—. Eso resulta innegable, pero la calamidad empezó poco más de cien años antes, en las cercanías del asesinato de José Pichón. Los años finales del siglo xiv constituyeron una etapa de especial dificultad para nosotros. Sé que se puede alegar que la revuelta historia de las Coronas de Castilla, Aragón y Navarra no constituía un contexto propicio para la paz y el sosiego. Pero no se deje engañar. A ese factor se unieron otros mucho más importantes. Por un lado, las disposiciones papales dirigidas contra nosotros se endurecieron extraordinariamente. Durante el siglo anterior, monarcas de la talla de los castellanos Fernando III el Santo o Alfonso X el Sabio no hicieron el menor caso a los pontífices, pero ahora, por primera vez en la historia española, los reyes aceptaron que lleváramos divisas distintivas, una medida que, como ya le he indicado, era de origen islámico y la Iglesia católica había tardado siglos en adoptar. Luego vino la proliferación de leyendas contra nosotros. Se nos culpaba lo mismo de la propagación de la peste que del envenenamiento de fuentes y pozos. Siglos después dirían eso mismo de los frailes, pero en aquel entonces los chivos expiatorios éramos nosotros. Pero lo que nos colocó en la situación peor que pudiéramos imaginar fue la entrada del pueblo llano en el terreno de las decisiones políticas. Sí, no me mire así. Ya sé que no había convocatorias electorales ni campañas para captar el voto, pero aquella gente de a pie comenzó a pesar mucho. El pueblo llano, ese pueblo que ahora tanto gustan de adular y halagar los políticos, especialmente en época de elecciones, se convirtió en el sujeto activo de no pocos acontecimientos. No se me ocurriría decir que algunos de ellos no fueran buenas personas, pero otros… bueno, fue ese pueblo el que exigió la promulgación de no pocas medidas contra nosotros, convencido de que éramos los culpables de sus desdichas.

—Habla usted del pueblo… no sé… como si los regímenes de la época fueran democracias modernas… Me temo que el rey, la aristocracia, incluso la Iglesia católica tenían mucho más poder que ese pueblo al que usted ve de manera tan negativa.

—No niego que el rey y la Iglesia católica podían haber actuado embridando a aquellas masas de palurdos convencidos de que todo les iría bien simplemente rompiéndonos la cabeza. De acuerdo, pero, mire, no pocas veces los monarcas decidieron que era más conveniente plegarse a las presiones populares capeando posibles revueltas o incluso, como en el caso de Enrique II, aprovechando la demagogia dirigida contra nosotros. Por supuesto, no se me oculta que se trataba de un cálculo frío y desprovisto de decencia, pero estoy convencido de hubieran actuado de otra manera de no ser conscientes de que el pueblo nos odiaba.

—¿Y la Iglesia católica? Quiero decir… no todos los clérigos podían aspirar a hacerse con un puesto de recaudadores…

—No. Es cierto. No todos actuaron por ambición. A decir verdad, no me cabe la menor duda de que no faltaron los prelados y los clérigos que creyeron, de manera sincera, defender los intereses del pueblo, ¡otra vez el pueblo!, y, a la vez, obedecer las normas dictadas por el Papa. Le ruego que intente imaginar lo que esto significaba. El pueblo, ¡el pueblo!, convencido de que su vida miserable acabaría si nos borraban del mapa; los pontífices, los supuestos sucesores de un pescador judío llamado Pedro, apretándonos las tuercas; los clérigos dispuestos a obedecer militarmente a los papas y los reyes… ¡ah, los reyes!, decididos a canalizar los bajos instintos del pueblo, a granjearse el apoyo del clero y a someterse a los pontífices en lugar de a resistirlos. Y nosotros… ¿qué hacíamos nosotros? Pues no pocos abandonar al pueblo de sus padres convencidos de que era un ente ya más muerto que vivo. Quizá si nosotros hubiéramos mantenido la dignidad, quizá si los reyes hubieran sido más fuertes, quizá si el pueblo nos hubiera contemplado como a personas dignas de respeto… puede ser, puede ser… ¡bah! ¡Qué más da! Aquello era un montón de paja seca colocada bajo el sol ardiente del verano y sólo faltaba que alguien se acercara con lumbre en la mano para que todo ardiera. Ese incendiario llegó.

—¿A quién se refiere? —indagué desconcertado.

—Me refiero a un personaje que fue canónigo de Santa María, arcediano de Écija y provisor del arzobispado de Sevilla. Se llamaba Ferrán Martínez. Verá. Don Ferrán no había ocultado nunca su parcialidad en contra de nosotros los judíos. De hecho, en su calidad de provisor había actuado como juez delegado del arzobispo en distintos pleitos donde tenía por costumbre fallar en contra nuestra. No digo yo que en alguna situación no tuviera razones para ello, pero es que no era ése el caso. Veía entrar a un judío en la sala del tribunal y el rostro se le retorcía en un gesto de asco, como… como si estuviera oliendo excrementos.

—¿Llegó usted a conocerlo o se lo contaron? —pregunté movido por lo gráfico de su descripción.

—Lo vi personalmente en dos ocasiones. Gracias a Dios, no tuvo nada que ver con asuntos míos. No. Se trató de gente relativamente… cercana. La primera vez fue el caso de un pobre hombre llamado Isaac Toledano. Era tío de uno de mis clientes, un anciano cargado de años y de achaques que necesitaba cobrar una deuda desesperadamente. A decir verdad, si no lo conseguía lo más seguro es que acabaran por embargar sus posesiones. Por eso había pedido a su sobrino que le ayudara en este trance. Sabía que tenía la razón, pero temía quedarse sin ánimo ni fuerzas ante un tribunal. Mi cliente comenzó a narrarme todo de pasada, pero, poco a poco, la angustia fue apoderándose de él. Vino a confesarme que se temía lo peor. Sí, su tío poseía un documento de reconocimiento de deuda, pero… Bueno, el caso es que tanto se lamentó, tanto se quejó, tanto me imploró que acabé aceptando la idea de desplazarme a Sevilla para acompañarle.

El judío respiró hondo y, a continuación, se frotó los ojos con gesto cansado.

—Decidí realizar algunas averiguaciones antes de partir y las cosas de las que me enteré no se puede decir que me tranquilizaran. Todavía en vida de Enrique II, el bastardo, la judería de Sevilla se había visto obligada a quejarse ante el rey por las injusticias cometidas por el tal Ferrán. Como ya le he contado, Enrique no se caracterizó nunca por apreciarnos, pero las acusaciones se correspondían de tal manera con la triste realidad que durante el verano de 1377, el rey dictó un albalá en virtud del cual privaba a don Ferrán de la capacidad para conocer los pleitos de los judíos.

—No termino de entender —dije yo—. Si el rey le privó de la autoridad para juzgar causas en las que estaban implicados judíos, ¿cómo…

—…iba a juzgar aquella causa? —concluyó mi pregunta el judío—. Buena observación. La decisión de Enrique debería haber solucionado el problema, pero don Ferrán no estaba dispuesto a darse por vencido. Se abocó a las causas relacionadas con los judíos con total tranquilidad de conciencia y además siguió comportándose con nosotros de la manera más parcial. Cómo sería su conducta que, cuatro años después, la judería de Sevilla tuvo que elevar sus quejas nuevamente ante el monarca.

El rey Juan nos escuchó, y a inicios de 1382 le exigió a don Ferrán el cumplimiento del albalá. Por si todo lo anterior fuera poco, también le ordenó que los pleitos de judíos pasaran directamente a ser conocidos por el arzobispo, a la vez que insistía en que nos hallábamos bajo la protección regia. Fue, una vez más, inútil y, al año siguiente, de nuevo la judería tuvo que presentar sus protestas ante el monarca. Por cierto, fue precisamente por esa época, sobre poco más o menos, cuando yo acompañé a mi cliente a visitar a su tío.

—¿Y cómo resultó todo?

—Verdaderamente bochornoso —respondió el judío al tiempo que movía la cabeza a uno y otro lado como si estuviera negando algo—. Como ya le he dicho antes, cuando nos vio entrar en la sala nos miró con el mismo asco con que habría contemplado un pedazo de carroña. Escuchó primero al tío de mi cliente exponer cómo le debían dinero y cómo contaba con un documento que atestiguaba el reconocimiento de deuda. Luego ofreció la palabra al demandado.

—Todo eso parece razonable.

—Déjeme concluir —me reconvino el judío—. El demandado debería haber aceptado que, efectivamente, tenía una deuda con el anciano y luego se podría haber llegado a un acuerdo; de ello era partidario mi cliente, para que la saldara de una manera razonable. Bueno, pues nada de eso sucedió. Se plantó ante el arcediano como si fuera un caballero, ataviado de punta en blanco, y dijo que aquella firma no era suya. Vamos, que el documento era falso.

—Qué descaro…

—Y tanto. Ya puede imaginarse la cara que se le puso al pobre viejo. Abrió los ojos como platos, abrió los labios como un pez y abrió hasta el manto que llevaba como si así pudiera facilitar al juez el que escudriñara su corazón. Entonces don Ferrán le miró y le dijo: «Judío, ¿qué dices de la acusación de falsedad que este hombre pronuncia en tu contra?».

—No puedo creerlo.

—Pues créalo. Aquel infeliz se había convertido en apenas unos instantes de deudor en presunto malhechor. Bueno, el caso es que le miró y le dijo: «Mi señor, al pie del documento están las firmas de los testigos».

—¿Y qué dijo el juez?

—Se quedó mirándolo y le espetó: «¿Son judíos los testigos?». El anciano comenzó a temblar al escuchar aquellas palabras y yo temí en ese momento por su salud, tanto que me acerqué a él y lo sujeté del brazo, temeroso de que se desvaneciera. Pero el hombre me apartó la mano, llenó el pecho de aire como si así pudiera darse fuerzas y le respondió con una voz que pretendía ser digna: «Uno es judío y el otro es cristiano». Al escucharlo, pensé que el hombre había actuado con perspicacia, pero reprimí mi esperanza de que todo concluyera como es debido. Por su parte, el arcediano torció el gesto y le dijo: «No puedo aceptar el testimonio del judío y más si es contra un cristiano».

—¿Fue capaz de decirle eso?

El judío levantó la mano imponiéndome silencio.

—Esta vez el anciano sí estuvo a punto de desplomarse, pero volvió a respirar hondo y sacando fuerzas de flaqueza dijo con un hilo de voz: «Pero hay un cristiano…». Pero hay un cristiano… ¿Se da usted cuenta? Se aferraba a esa circunstancia como a un clavo ardiendo porque sabía que de ella dependía su ruina o su supervivencia. Pero el arcediano no se dejó impresionar. Adoptó, por el contrario, un tono de dignidad, sí, de dignidad, y le dijo: «Judío, ¿acaso no has aprendido de tu ley que no puede condenarse a un hombre con un solo testigo?».

—O sea que el arcediano aplicaba la ley judía…

—El arcediano era capaz de aplicar la ley del mismísimo Diablo para hacernos daño —me respondió—. El caso es que el pobre hombre no supo qué responder. ¿Qué le vas a decir a un juez que te lanza a la cara que no puedes cobrar un crédito que te resulta indispensable y que además, para adoptar esa decisión, pretende apoyarse en tus propias normas? Recuerdo que mi cliente me echó la típica mirada del que no puede creer lo que está sucediendo, pero a esas alturas yo estaba más que seguro de que su familiar no tenía nada que hacer. ¡Desdichado! Dio un par de pasos, estiró las manos como si fuera un pedigüeño a la puerta de una iglesia y le dijo: «Pero, mi señor, me deben ese dinero…». ¡Como si no lo supiera el juez! ¡Vamos! ¡No tenía la menor duda! Yo estaba por tirar de la manga al hombre y sacarlo de allí cuanto antes, cuando la cara del arcediano pareció rasgarse con una sonrisa pegajosa. ¡Sonrisa pegajosa! La de veces que habré escuchado esa expresión. Pues bien, puedo decirle que si ha existido alguna vez un ejemplo de esa clase de mueca fue en aquellos momentos en el rostro de don Ferrán. Era un personaje repugnante, de ojillos pequeños y barba negra y recortada en la que la boca sólo hacía acto de presencia cuando hablaba. Parecía como si los labios hubieran quedado engullidos por el pelo. Pero ahora se descorrieron y dijo: «Judío, no tienes prueba alguna sobre la que basarte para que acepte tus pretensiones. Sin embargo…». Se detuvo en aquel «sin embargo» como si deseara dotar de solemnidad a las palabras que iba a pronunciar, como si pretendiera subrayarlas, como si hubiera lanzado un clarinazo que indicara su trascendencia. «Sin embargo, volvió a repetir, estaría dispuesto a creerte si prestas juramento.» El anciano dio una sacudida al escucharlo. Fue como si le hubieran inyectado esperanza, pero yo, sí, lo reconozco, sentí una punzada de temor, de un temor que hacía mucho tiempo que no experimentaba. ¿Qué preparaba el arcediano? Me lo preguntaba cuando aquel hombrecillo aplastado por el peso de los años y de las contrariedades dijo: «Mi señor, estoy dispuesto a prestar juramento». La sonrisa del arcediano se hizo ahora mayor. Parecía como una raja roja que atravesara la cabeza de un gorila. «Bien, judío, bien. Así me gusta, dijo y entonces extendiendo la mano ordenó: Jura por el crucifijo.» Sé que cuesta creerlo, pero puedo asegurarle que la sangre del anciano desapareció de su rostro como si le hubieran seccionado la garganta y llevara horas perdiendo la vida por la herida. Usted comprenderá seguramente la disyuntiva que el arcediano había colocado ante aquel hombre. Al final de sus días, cuando más se necesita el sosiego espiritual justo antes de cruzar el umbral de la muerte, aquel malvado le decía: «Elige». ¡Sí, elige! Elige entre el dinero que te permitirá arrastrar sin apreturas tus últimos días o entre la fe en el único Dios verdadero que prohíbe rendir culto a una imagen. Ambas cosas no puedes tenerlas.

—¿Qué eligió? —pregunté conmovido.

—Lo que multitud de judíos en ocasiones como ésa. Decidió perder el dinero antes que perpetrar un acto de idolatría. Salió de la sala arrastrando los pies apenas sostenido por su sobrino y por mí. Aquella misma noche murió. Estoy convencido de que el corazón terminó de partírsele mientras estaba durmiendo.

—Me parece bochornoso —musité con una insoportable sensación de vergüenza ajena.

—La segunda vez que vi al arcediano fue mucho peor —dijo el judío.

—¿Peor? Cuesta imaginárselo.

—Obviamente, la imaginación no es su fuerte —respondió el judío en un tono que me pareció desagradablemente despectivo—. Sí. Hay cosas mucho peores que perder el dinero, incluso que perder la vida. Ése fue el caso de Sara…

La frase se quebró como si unas manos invisibles la hubieran quebrado en el aire y el pedazo que faltaba hubiera caído en un lugar que no podía ver ni escuchar. Dirigí la mirada hacia el rostro del judío y vi que se habían llenado de lágrimas, de unas lágrimas grandes, redondas, brillantes que sólo a duras penas se mantenían dentro del límite que le marcaban los párpados.

24

—Aunque su tío había muerto —dijo el judío—, mi cliente me quedó muy agradecido por el hecho de que le hubiera dispensado mi compañía y apoyo en aquella farsa de proceso presidido por el arcediano. Así pasaron unos meses. Es difícil explicarle cómo fueron, pero basta con que le diga que mientras que algunos de nosotros nos íbamos temiendo que en cualquier momento se produciría una catástrofe, otros seguían empeñados en que no sucedería nada. Nada de nada. Absolutamente nada de nada. Por supuesto de lo que había sucedido con Pichón y de si semejante vileza no acabaría provocando el juicio de la Providencia sobre nosotros, nadie hablaba. Bien, no nos desviemos. El caso es que, como le decía, no habían transcurrido más que unos pocos meses cuando aquel cliente mío volvió a hacer acto de presencia para suplicarme otra vez que le acompañara a Sevilla donde un primo tenía que vérselas de nuevo con el arcediano. Por supuesto, mi primer impulso fue el de decirle que aquel viaje no tenía el menor sentido, que ya habíamos comprobado de manera bien triste cómo se comportaba aquel sujeto y que no cabía esperar un resultado mejor. Sin embargo, por esas cosas de la vida, en lugar de plantearle todas estas cuestiones, le escuché antes. Y entonces me empezó a hablar de que su primo tenía una hija.

—¿La tal Sara?

—Sí, la misma. La historia era muy triste y creo que usted comprenderá que no entre en detalles escabrosos, pero… bueno, por decirlo simplemente, Sara era una muchacha de la judería de Sevilla. Un día salió de casa acompañada de una sirvienta con destino al hogar de unos familiares. No llegó. Claro, al principio nadie le dio importancia, pero, a medida que pasaban las horas y no regresaba, los padres se inquietaron y mandaron a un criado en busca de ella y de su acompañante. El siervo se alarmó sobremanera al tener noticia de que nunca había llegado a su destino. Con el alma en la boca, desanduvo corriendo el camino y comunicó a la familia lo sucedido. Por supuesto, nadie quiso ponerlo de manifiesto entonces, pero todos se temieron lo peor y lo peor, créame usted, podía tener muchas manifestaciones distintas. Un homicidio, un secuestro, una violación…

—¿Y qué fue lo que sucedió?

—Originalmente, sólo pretendían abusar de la muchacha. No creo que llegaran a tener ni siquiera una idea clara de su aspecto, oculto como iba, bajo montañas de ropa. Pero es que no se trataba de la atracción del sexo ni de la fuerza que desencadena la lujuria. En realidad, lo que querían dejar de manifiesto es que podían hacer lo que les viniera en gana con aquellos personajes marcados por la divisa. Humillarlos o pegarles una paliza era algo que resultaba trivial y seguramente para muchos no representaba aliciente alguno. Secuestrar a una chica y hacerla sufrir un rato… bueno, eso era otro cantar. Después de pensarlo mucho, tengo la sensación de que, en un primer momento, quizá sólo pensaron en practicar un deporte llamado asustar a la judía.

—Un deporte asqueroso.

—Luego —prosiguió como si no me hubiera oído— alguno de los secuestradores debió de pensar que quizá podían obtener algún placer más que el de reírse de una criatura aterrorizada. Es posible que sólo pensaran en desnudarla, pero, al final, la violaron.

—Por Dios…

—La muchacha no pudo precisar ni cuántos fueron ni cuántas veces sucedió. A decir verdad, perdió el conocimiento en el curso de alguna de las violaciones y así es como la encontraron.

—Luego, no podía identificar a nadie.

—No, ahí se equivoca usted. Sí que podía identificarlos. Por lo menos a dos. Uno era una bestia parda de espesa barba negra llamado Enrique y el otro un muchacho de pelo rojo al que los otros se dirigían como Diego. Atraparon, primero, a Enrique y uno o dos días después a Diego. En circunstancias normales, aquellos dos canallas hubieran pagado con la vida su felonía, pero en ese preciso instante intervino el arcediano.

—No puedo creerlo —dije mientras se me posaba una incómoda sensación de malestar en la boca del estómago.

—Pues créalo. Se hizo cargo de la causa con enorme interés. Imagino que no le extrañará si le digo que cuando lo supe, me temí lo peor, pero, a la vez que lo pensaba, intentaba convencerme de que no llegaría a perpetrar una injusticia en un caso como ése. Por supuesto, lo que yo había contemplado con mis propios ojos era una indignidad, pero no puede compararse el cobro de una deuda con el hecho de ultrajar a una muchacha una y otra vez. Además… bueno, una violación siempre es una desgracia, pero en aquella época… mire, si el violador hubiera sido un judío, nuestra ley le hubiera obligado a contraer matrimonio con la muchacha y a mantenerla de por vida como su esposa. No se hubiera quedado sola ni desamparada. Sin embargo, los delincuentes habían sido *goyim*. Ninguno de ellos se iba a casar con esa muchacha y ninguno iba a reparar, siquiera en parte, el mal causado. Lo único que cabía esperar era que la justicia los castigara.

—Entiendo —no del todo convencido de la justicia de sus razonamientos.

—El proceso fue vergonzoso —prosiguió el judío con la mirada clavada en el suelo—. Verdaderamente vergonzoso. Los muchachos proclamaron con descaro que no conocían de nada

a la pobre criatura y que el hecho de que se los juzgara constituía una ofensa intolerable. El arcediano los escuchó con gesto
benevolente. Casi como si sufriera al ver a dos buenos y piadosos
jóvenes padeciendo las insidias de una perversa judía. Finalmente, decidió interrogarla. Comprenda que pase por alto la manera
escabrosa en que entró en detalles que por decencia debería
haber obviado.

—Sí. No hace falta que se detenga en ellos —le dije deseando que no cambiara de opinión.

—Bueno, el caso es que la chica fue respondiendo con seguridad. Le temblaba la voz, era obvio que estaba pasando por un
auténtico tormento, pero se mantuvo firme en lo que decía. Sí,
la habían asaltado. Sí, la habían golpeado mientras se reían de ella.
Sí, la habían desnudado. Sí, la habían tocado todos. Sí, la habían
violado varias veces. No, no podía precisar cuántas porque se
había desmayado por el dolor. Sí, por supuesto, sin ningún género de dudas, reconocía a aquellos dos muchachos como parte del
grupo que había abusado de ella. El arcediano estaba irritado. Sí,
no piense que exagero lo más mínimo. Es posible que esperara
que la muchacha acabara desmoronándose o que incurriera en
alguna contradicción que invalidara su testimonio. No fue así.

—Debía de tener mucho temple —observé.

—Sin duda, pero el arcediano no estaba por la labor de otor-
garle justicia. Recuerdo que acababa de pronunciar una frase
más que inculpaba a aquellos canallas, cuando don Ferrán intervino y le preguntó si se daba cuenta de que era la palabra de los
muchachos contra la suya. Creo recordar que su tono de voz fue
casi neutro. Entiéndame, ni la agobiaba ni la animaba. Se limitó
a indicarle que…

—… que la palabra de aquellos miserables tenía el mismo
valor que la suya.

—Sí —reconoció el judío—. Con todo, hasta ahí su comportamiento con la muchacha podía ser considerado carente de
compasión, pero no tachado de incorrecto. Sólo que entonces…

bueno, la muchacha aceptó que se trataba de una palabra contra otra y había empezado a exponer por qué pensaba que la suya era más digna de ser creída cuando don Ferrán la interrumpió y le preguntó: «¿Estaríais dispuesta a prestar juramento?». La pregunta era inocente, lo reconozco, pero yo había contemplado con mis propios ojos la manera en que el arcediano se había valido de una argucia parecida para humillar a uno de los nuestros y negarle la justicia que merecía. Al escucharlo ahora me entró un temblor por todo el cuerpo a la vez que notaba cómo se me enroscaba el calor en las orejas. ¿Sería posible que estuviera dispuesto a repetir aquella vileza con una pobre muchacha a la que habían arrancado su posesión más valiosa? ¿Iba a descender hasta ese grado de indecencia una vez más? Me dije que no podía ser, que era inconcebible que pudiera causarle tanto daño, que no sería capaz de reincidir en una bajeza semejante. Me lo repetía mentalmente una y otra vez ansioso de convencerme cuando escuché a la joven decir: «Sí, mi señor. Por supuesto que prestaré juramento». Y entonces la boca del arcediano, aquellos labios que cuando se abrían parecían una desgarradura roja en un coco peludo, pronunció las palabras fatales: «Jurad ante el crucifijo».

Respiré hondo. Me sentía mal desde hacía un buen rato y ahora una náusea seca se me había aferrado a las paredes del estómago pugnando por salir.

—La disyuntiva con la que se enfrentaba aquella infeliz era mucho peor que la que había tenido que afrontar el anciano tío de mi cliente —continuó relatando el judío—. No se trataba de perder el dinero y la seguridad. Ahora lo que estaba en juego era la destrucción absoluta. Si no juraba, quedaría como una ramera, como una calumniadora contra la que podrían dirigirse incluso acciones judiciales por denuncia falsa; si, por el contrario, juraba, a su deshonra, a su imposibilidad para contraer matrimonio, sumaría la exclusión de su comunidad. Clavé la mirada en la muchacha. En un primer momento, el arrebol tiñó las mejillas de manera que se habría dicho que estallarían esparciendo su sangre por la sala, pero, de repente, se tornaron de un color pálido, tan blanco que recordaban el nácar. Todo ello al mismo tiempo que sus ojos se llenaban de lágrimas. El arcediano captó a la perfección el sufrimiento de la joven y decidió no darle la menor tregua. Emitió una tosecilla y dijo: «¿Y bien?».

—¿Qué hizo Sara?

—Bajó la cabeza y yo me dije que, una vez más, el arcediano había perpetrado una injusticia terrible por la que tendría que rendir cuentas en el otro mundo. Apretaba los puños para contenerme, cuando, de la manera más inesperada, la muchacha levantó la cabeza. Fue un respingo similar al de aquel que sale de un sueño agitado y descubre que está despierto. Clavó entonces su mirada en el arcediano, la dirigió a los dos acusados y, dando un paso el frente, se colocó a un palmo escaso del crucifijo. Extendió entonces la mano y dijo con voz firme: «Juro por este santo crucifijo que estos dos hombres me secuestraron y luego me vejaron y me arrancaron la honra y en compañía de otros rufianes siguieron abusando de mí hasta que, vencida por el dolor, perdí el conocimiento».

—Pobrecilla…

—Tenía que haber visto cómo aquellas palabras cayeron sobre la sala. El arcediano, pálido por la sorpresa, parecía un coco que enseñara, a la vez, la blanca pulpa y el repugnante pelo. Sin duda, no se esperaba aquella reacción y había quedado paralizado. Por su parte, los violadores estaban inmóviles, como si por primera vez hubieran llegado a la conclusión de que la mano de la justicia podía caer sobre ellos pulverizándolos. Por lo que a nosotros se refería, nos sentimos hundidos. La muchacha se había rendido y de esa manera, aquella pobre familia había quedado deshecha por el dolor y la deshonra.

—¿Los condenó al final? —pregunté deseando que, a pesar de todo, aquellos canallas hubieran recibido su castigo.

—¿Condenarlos? Por supuesto que no.

25

—¿Cómo ha dicho usted? —pregunté entre la sorpresa y el escándalo.

—Que no los condenó. Eso es lo que he dicho.

—Pero… pero eso no es posible… si la pobre había prestado juramento ante un crucifijo…

—Sí. Eso es cierto. Lo habíamos visto todos. Pero el arcediano no era hombre que se diera por vencido. Cuando la muchacha terminó de hablar ordenó al escribano que tomara nota de todo lo dicho y luego se las arregló para desvirtuar aquel testimonio de una manera… ¿cómo diría yo? Especiosa. Sí, especiosa es la palabra. Indicó que el juramento carecía de valor porque lo había dado una judía ante un crucifijo y de todos es sabido que los judíos no otorgan ningún valor positivo a las imágenes. No, no, espere, no terminó todo ahí. Concluyó además que, incluso en el caso de que el juramento hubiera sido válido, que no lo era, el testimonio de una persona, que por añadidura era judía, no podía ser más considerado por el tribunal que el de dos que, por si fuera poco, eran hijos de la Santa Madre Iglesia.

Reprimí los insultos que pugnaban por salir de mi corazón. Escaso valor podían tener a más de seiscientos años de distancia y, por otro lado, no deseaba perder el control de mis sentimientos.

—¿Qué fue de la muchacha? —acabé preguntando.

—Se quitó la vida… —respondió el judío con un hilo de voz.

—¿Qué… qué ha dicho? —pregunté incrédulo.

—Supongo que se percató de que no había sitio en este mundo para ella. El arcediano le había negado una justicia que no le hubiera escatimado ni siquiera una tribu de salvajes y nosotros… nosotros no podíamos perdonar a una pobre criatura sobre la que se había cebado la desgracia. Sí, es cierto. Había caído de manera pública y notoria en el pecado de idolatría, pero ¿cuántos de los nuestros no lo hicieron a lo largo de los siglos para salvar la vida o el patrimonio? ¿Cree usted que la existencia con seguridad económica es un bien más importante que el honor sin el cual no se puede continuar viviendo?

—No. Creo que no —respondí con toda sinceridad.

—Pues supongo que eso es lo mismo que pensó aquella desgraciada. Sabía que los suyos ahora le cerrarían las puertas y… bueno, lo cierto es que cuando salimos de la sala del juicio, ya no iba con nosotros. Pero no parecía apesadumbrada. Se había quitado el velo que le cubría la cabeza y comenzó a caminar con el mentón erguido. Era… era como si se sintiera muy por encima de los que estábamos allí. Aquella misma tarde se lanzó al Guadalquivir y a la mañana siguiente se encontró su cuerpo muerto. Yo mismo vi el cadáver. Quizá le costará creerlo, pero tenía en la boca una expresión de… de triunfo. Sí. De verdad. Como si, al fin y a la postre, hubiera podido alzarse con alguna victoria que no lográbamos entender.

—Pero el arcediano…

—Siempre he pensado que este proceso fue la gota que colmó el vaso y que llevó a las gentes decentes a rogarle al obispo que lo destituyera de una vez. Pero su apartamiento del poder duró muy poco.

—Resulta sorprendente…

—Quizá, pero en 1388, creo que nunca olvidaré la fecha, a instancias del papa Clemente VII, se reunieron en Palencia tres metropolitanos y veinticinco obispos para proceder a la reforma de las costumbres. Espero que no considere usted un sarcasmo si le digo que resulta más que dudoso que lo consiguieran. Sí, no sonría. Las costumbres no se pueden reformar por decreto. Si acaso, en los estados totalitarios pueden intentar someter a los ciudadanos a una educación oficial, pero nadie puede garantizar el éxito, al menos no por mucho tiempo. Bueno, a lo que iba. Insisto en que las costumbres no se reformaron, pero los prelados, eso sí, establecieron que judíos y cristianos debían vivir separados. Ya se puede imaginar que al arcediano sevillano le faltó tiempo para interpretar las decisiones del sínodo como una muestra irrefutable de que se hallaba en posesión total de la verdad. Pero ahí no quedó todo. No se trató sólo de que don Ferrán continuara desobedeciendo las repetidas órdenes regias, sino que además se dedicó a utilizar sus sermones como un arma propagandística arrojada contra nosotros. En el colmo del descaro, afirmaba, por ejemplo, que le constaba, ¡que le constaba!, que tanto el rey como la reina verían con buenos ojos a todo aquel que matase o hiriese de gravedad a judíos.

—Verdaderamente intolerable.

—Sí, sin duda. Aquel comportamiento excedía con mucho lo que se podía consentir y, finalmente, el propio cabildo metropolitano acabó por tomar cartas en el asunto. Adoptando el punto de vista papal que no contemplaba favorablemente el que se utilizara la violencia contra nosotros, a mediados de 1388 enviaron una delegación al rey para informarle de la intolerable conducta de don Ferrán. Debo decir que no sólo eso. El propio arzobispo de Sevilla, don Pedro Gómez Barroso, convocó una junta de letrados y teólogos para juzgar la conducta y las afirmaciones del arcediano.

—¿Y sacaron algo en limpio?

—Depende de lo que entienda usted por sacar algo en limpio. Don Ferrán, convencido de la justicia de su comportamiento, no tuvo el menor inconveniente en reconocer que las acusaciones eran ciertas e incluso se permitió afirmar que el pontífice no tenía ningún derecho a tolerar que los judíos dispusieran de sinagogas y se reunieran en ellas. Cuando la junta interrogó al arcediano acerca de las razones sobre las que se apoyaba para llegar a esa conclusión, don Ferrán apeló «a los oficiales e gente del pueblo».

—Un papista que pretendía estar por encima del Papa…

—Me he encontrado con muchos más de los que se puede imaginar… Bueno, el caso es que, al enterarse de lo que había dicho don Ferrán, el arzobispo de Sevilla actuó de manera fulminante. Durante el verano de 1389, prohibió al arcediano que siguiera predicando e incluso se le amenazó con la pena de excomunión si desobedecía.

—Pues tardaron en adoptar una medida razonable…

—Razonable y de escasa vida.

—¿Qué quiere decir?

—Pues que parecía que el problema había quedado solucionado, pero que se trató de una apariencia temporal. Mire. Con un arzobispo sensato y un rey razonable, los judíos no podíamos esperar ni igualdad ni justicia, pero sí una intolerancia llevadera. Sí, no sonría. Era eso mismo. Nos toleraban mal, pero se podía convivir, lo que no es poco. Ah, pero los humanos son seres frágiles que no tienen la capacidad de dejar atado nada tras de sí. Antes de que pasara un año, en el verano de 1390, falleció el arzobispo, y tres o cuatro meses después, el rey Juan. Fue entonces cuando don Ferrán consideró que había llegado el momento adecuado para acabar con nosotros.

—¿Y qué hizo el nuevo rey?

—¡El nuevo rey! Bueno, la verdad es que nadie se esperaba el fallecimiento de Juan y como nadie había pensado nada y tampoco nadie había previsto nada, se produjo una crisis institucional de unas dimensiones que no puede usted ni imaginarse. Bueno, a fin de cuentas es lo que sucede siempre que los que gobiernan se niegan a mirar hacia el futuro y se ocupan de otras cuestiones más… llamémoslas cercanas. Por resumirle la cuestión, le diré que la corona fue a dar en la testa de un príncipe de once años.

—Mal panorama… —pensé en voz alta.

—Y tanto —aceptó el judío—. Además, como una criatura de esa edad difícilmente puede defenderse, no fueron pocos los que se frotaron las manos pensando en lo que podrían sacar de beneficio aprovechándose de un rey débil. De esa manera, en contra de lo establecido en las Partidas, el monarca instituyó, por supuesto, por presiones externas, un consejo de tutores y gobernadores formado por seis prelados y magnates, y seis ciudadanos elegidos por las ciudades de Burgos, Toledo, León… déjeme ver, sí, sí… Sevilla, Córdoba y Murcia.

—No veo qué tiene eso de malo…

—No me extraña. Por regla general, la gente de tradición europea rara vez se percata de que cuanto más crece un Estado es peor para los ciudadanos. Nosotros los judíos lo hemos tenido claro desde la época de la instauración de la monarquía, cuando el profeta Samuel nos advirtió que el aparato del poder iría creciendo y creciendo y que los principales perjudicados seríamos nosotros, pero no quiero desviarme. Verá. A finales de 1390 tuvo lugar la destrucción de las sinagogas que se encontraban situadas en el territorio del arzobispado de Sevilla. No resulta extraño porque, a fin de cuentas, el arcediano llevaba mucho tiempo predicando que a los reyes les encantaría nuestra muerte y ahora ya no había un arzobispo que pusiera freno a su maldad. No voy a entrar en detalles, pero le adelanto que ni una sola de las sinagogas se salvó de quedar inservible. Ni una sola. Se dice pronto porque Sevilla no era un poblacho de zafios sino una ciudad magnífica. Aterrados, como es lógico, por lo que había sucedido, nuestros hermanos de Sevilla acudieron a presentar sus protestas al consejo.

—¿Y qué hizo el consejo?

—De momento, actuar conforme a la legalidad —respondió el judío—. De hecho, enviaron a Córdoba y Sevilla a dos caballeros para que detuvieran aquellos desmanes. Se temían, y no les faltaba razón, que todo aquello derivara en un tumulto generalizado. El caso es que los legados del consejo llegaron a la ciudad del Guadalquivir y vieron el panorama. Hay quien me cuenta que todavía se podía percibir el olor a quemado de nuestras sinagogas. Ignoro si efectivamente fue así, lo que si puedo asegurarle es que los caballeros descubrieron que las autoridades no se habían atrevido a detener al responsable de lo sucedido.

—¿Y qué hicieron entonces?

—Depende de quien lo cuente, por supuesto. Para algunos, imagino que se trató únicamente de un ejemplo de prudencia que tan sólo pretendía detener de la manera más sensata la marea. Para mí, no pasó de ser un acto de cobardía y además de ese tipo de cobardía que se acaba pagando muy caro porque espolea, de forma especial, la maldad de los inicuos. Si un delincuente sabe que puede obligar a recular a los que deben imponer la justicia, ¿qué sucede?

—Que todo va a peor —respondí.

—Por supuesto. Llega a la conclusión de que es invulnerable y de que todos sus actos quedarán impunes. La consecuencia es que su comportamiento se encanalla por completo. Fue lo que pasó entonces. El 6 de junio de 1391 (recuerdo la fecha exacta a la perfección), los sevillanos, a los que el arcediano don Ferrán venía agitando desde hacía tiempo, asaltaron la judería. ¡Ah! No debo olvidarlo. Don Ferrán en persona dirigió aquel ataque.

—¡Qué locura! —exclamé sobrecogido.

—No. No fue una locura. No se equivoque. Fue una maldad, una maldad indescriptible que, de forma demoníaca, se disfrazaba bajo el nombre de Dios. ¿Sabe cuántos inocentes pagaron aquello? Más de cuatro mil. Sí, me ha oído usted bien, más de cuatro mil judíos fueron asesinados. A decir verdad, los únicos habitantes de la judería que consiguieron salvar la vida fueron unos pocos que se hincaron de rodillas suplicando que los bautizaran. Los edificios no podían recibir el bautismo de manera que todos fueron saqueados y arrasados. Pero se trataba únicamente del principio.

—¿Del principio?

—Sí. ¿No me cree? Lo entiendo. Se supone que cuatro mil muertos después de la quema de las sinagogas y de la destrucción de toda la judería debería ser bastante para satisfacer incluso al antisemita más repugnante. La verdad es que la historia demuestra que una vez que han comenzado a derramar la sangre de los judíos nunca se sienten satisfechos. Aquella matanza de la ciudad de Sevilla se convirtió en la chispa que encendió una hoguera en toda la provincia. Durante los días siguientes, gentuza como aquélla atacó las juderías de Alcalá de Guadaira, de Carmona, de Écija, de Santa Olalla, de Cazalla, de Fregenal… En todas partes se produjo el mismo espectáculo: palizas, violaciones, saqueos, incendios y, por supuesto, asesinatos. Pero tampoco se detuvo ahí el horror. De Sevilla, el incendio pasó a Córdoba. En la capital fueron asesinados más de dos mil judíos y, por supuesto, no se hizo excepción alguna con los ancianos, las mujeres o los niños. Y luego se repitió lo de Sevilla. De la ciudad, las matanzas pasaron a localidades como Montoro y Andújar, llegando a Jaén… y luego se propagaron a Úbeda y Baeza, y alcanzaron Villa Real… creo que la ciudad se llama ahora Ciudad Real…

—Sí, así es —dije abrumado por la exposición que llevaba a cabo mi interlocutor.

—Entonces, como ya le he dicho, se llamaba Villa Real. Bueno de allí saltó a Cuenca. Creo que fue más o menos por aquel entonces cuando me llegaron las primeras noticias de lo que estaba sucediendo. Nos lo contó todo un muchacho de Baeza que había podido escapar a la desesperada. Regresaba de un viaje de negocios y vio subir las humaredas de la zona donde había estado la judería. Imagino que una persona normal hubiera corrido a enterarse de cómo se encontraban sus parientes, a cerciorarse de si alguien había sobrevivido o simplemente a comprobar si podía ayudar. Pero aquel muchacho era un cobarde y lo único que se le ocurrió fue salvar la vida y no, no crea que lo censuro; gracias a su miedo, algunos pudieron salvar la vida. Fue recorriendo todas las juderías que se cruzaban en su camino anunciando el desastre. No hace falta que le diga que la mayoría de los nuestros no lo creyeron. Palizas, robos, incluso violaciones o algún asesinato… bueno, eso se podía aceptar como verosímil, pero que estuvieran asesinando a la gente en masa… no, eso no podía ser. No hace falta que le diga que sólo los que aceptaron la realidad tuvieron alguna posibilidad de escapar. Yo fui uno de ellos.

El judío guardó silencio un instante. Bajó la cabeza, respiró hondo y luego se volvió hacia mí clavando sus ojos en los míos.

—Yo sabía de sobra que no podían darme muerte. El Nazareno me lo había anunciado y yo había recibido pruebas más que sobradas a lo largo de más de trece siglos de que no me había mentido. Pero, créame, también era consciente de que podían causarme un enorme dolor antes de dejarme por muerto y no estaba dispuesto a consentírselo. Mientras el resto de los habitantes de la judería gritaba como cluecas que temen por sus polluelos, pero a las que inmoviliza el terror, intenté imponerles silencio. No fue fácil, pero lo conseguí y entonces les dije lo que pensaba y que lo mejor que podíamos hacer era ponernos a salvo cuanto antes. Le ahorro detalles sobre la reacción de aquellas pobres gentes. La muerte se acercaba a pasos agigantados ¡y ellos se lamentaban por la pérdida de un negocio o el abandono de una casa o unas tierras! Parece mentira lo necio que puede resultar el ser humano cuando da un valor a las cosas materiales que éstas ni lejanamente poseen. Insistí, grité, incluso creo que llegué a llorar, pero no me hicieron caso. Se empecinaron en que eran gente inocente y sin culpa, y en que no podían perder el fruto del trabajo de toda una vida. Me convencieron, desde luego, pero no para que me quedara con ellos, sino para marcharme cuanto antes. Abandoné apresuradamente la sinagoga en la que nos habíamos reunido y me dirigí a casa. Le confieso que no dejé de suspirar al ver los libros que había ido reuniendo con los años. Sabía con certeza que serían pasto de las llamas, pero prefería que ardieran ellos a que me prendieran fuego a mí. Escogí una muda, una navaja de afeitar, jabón, calzado adecuado y, sí, era indispensable, los diamantes mejores, justo los que podían esconderse en el interior de un bastón y debajo de la silla de la mula sin que el animal se sintiera molesto. Apenas perdí unos minutos en todo aquello. Luego aparejé a la bestia y salí de la casa. Lo hice con sosiego, como si me dirigiera a dar un paseo. Llegué a pasar por delante de la sinagoga y distinguí los gritos de confusión que salían de su interior. Luego, poco a poco, fui dejando atrás las calles de la ciudad vacías a causa del sol abrasador que las calcinaba. Crucé el puente del Tajo y aun, a lo lejos, le dirigí una última mirada, intensa, pero rápida. Entonces monté la mula y me alejé a toda la velocidad que pude. Por el camino, sin detener al animal, di un tirón de la divisa que llevaba cosida en la ropa y la arrojé contra el suelo. Al día siguiente, me afeité en un arroyo la barba para despojarme de un aspecto que llevara a cualquiera a pensar que era un judío. Ahora sólo me quedaba salir de Castilla.

26

—Yo no lo sabía y no recuerdo si entonces lo sospeché siquiera, pero a esas alturas, a la corriente homicida desencadenada por el arcediano y abrazada con entusiasmo por el pueblo ya se habían sumado los propios funcionarios de los concejos, precisamente aquellos que debían haber servido de mecanismo de contención contra la barbarie. Como ve usted, cuando la locura homicida se apodera de una sociedad no suele haber muchas excepciones y más si los primeros que predican el odio son aquellos que deberían dar ejemplo. Como le he dicho, mi intención era salir cuanto antes de Castilla y ver desde fuera y a cubierto lo que sucedía.

—¿Y su gente? Quiero decir… ¿los otros judíos no le preocupaban?

—Por supuesto que me preocupaban, pero ya le he contado lo que habían dado de sí. Todos ellos estaban empeñados en no creer lo que estaba sucediendo y en salvar cosas que, en momentos como éstos, queda de manifiesto que carecen de valor real. Les había advertido. Pero yo no era un profeta y no tenía ninguna obligación de permanecer a su lado para contemplar cómo caía sobre ellos la catástrofe que les había anunciado. Ahora sólo me quedaba ponerme a salvo.

No le repliqué. Se le podía acusar de pragmatismo, pero, difícilmente, era refutable su punto de vista.

—Por desgracia —continuó—, la oleada de sangre cruzó las fronteras de la Corona de Castilla para adentrarse en el territorio de la de Aragón. A inicios de julio, se produjo la primera matanza que tuvo como escenario la ciudad de Valencia. Por lo que me refirieron, la carnicería fue, en verdad, escalofriante. Con todo, algunos se salvaron porque un fraile dominico llamado Vicente Ferrer detuvo la matanza. Eso sí, para que aquellos pobres judíos pudieran salvar la vida, tuvieron que apostatar de la fe de sus padres y pedir el bautismo.

—Cuando se refiere usted a que la matanza pasó a Aragón, ¿quiere decir que se detuvo en Castilla?

—No hubiera resultado poco avance en medio de aquel mar de sangre, pero no fue así. Mire. El 5 de agosto fue arrasada la judería de Toledo, la de más rancio abolengo de España, la que conocía yo mejor. Pues bien, ese mismo día destruyeron la de Barcelona. Por cierto, que en esta ciudad de la Corona de Aragón, se repitió lo sucedido en Valencia. Sólo salvaron la vida aquellos de los nuestros que suplicaron ser bautizados.

El judío frunció las cejas y clavó la mirada en algún punto perdido en lontananza. Daba la impresión de que deseaba percibir con más claridad algo que se escapaba de mi visión seguramente porque se hallaba situado en un lugar perdido varios siglos antes.

—Aquel mes de agosto fue terrible. Las matanzas no se limitaron a Toledo y Barcelona. Volvieron a repetirse en Lérida, en Gerona…, déjeme ver… sí, también en Mallorca y Burgos, y Logroño y Zaragoza y Huesca y Teruel, y sí, también, Palencia y León. Todo ello antes de mediados de mes. Cuando se detuvieron, ya no quedaban apenas juderías. Todo duró tan sólo unas semanas, pero el resultado fue similar al anunciado por el profeta. Una tercera parte de los nuestros había sido sacrificada como ovejas, no, no arrastrada hasta el matadero, sino degollada en cualquier lugar. Otro tercio se había convertido al catolicismo. En otras palabras, dos terceras partes de nosotros, en uno o en otro sentido, habían desaparecido en apenas unas semanas.

—Estamos hablando de…

—De unos cincuenta mil muertos. Sí, no ponga esa cara. En números redondos, ésos fueron los asesinados. Otros cincuenta mil más se convirtieron por miedo a la muerte. Y, por supuesto, no le hablo de las pérdidas materiales… los negocios, la industria, la cultura… todo se transformó en humo. Literalmente en humo. Claro que, al final, los que lo hicieron también lo pagaron…

—¿A qué se refiere?

—Es bastante sencillo. El pueblo había decidido acabar con todos sus males asesinando a los judíos. Sí, por supuesto, hubo demagogos como el arcediano de Sevilla que los había instigado, pero don Ferrán no estuvo en Valencia, ni en Barcelona, ni en Palma. Era el pueblo el que había llevado a cabo todo aquello y cuando se dedicó a matar a la gente, hasta los funcionarios regios se sumaron a la degollina. Pero… pero, al fin y a la postre, el pueblo llano fue el sector más perjudicado por su propia y cruel necedad.

—No sé si lo entiendo…

—Verá. Los judíos desaparecieron. ¿Hasta ahí me sigue?

—Sí —respondí un poco molesto por el tono con que me había formulado la última pregunta.

—Bieeeen. Pues se da la circunstancia de que éramos nosotros, NOSOTROS, los que proporcionábamos una parte bien generosa de los ingresos de no pocas instituciones benéficas que estaban relacionadas con la Iglesia católica. Los frailes daban la sopa, sí, pero el dinero para pagarla venía de los judíos. No pocos obispos disfrutaban de un privilegio especial para obligarnos a pagarles impuestos. ¿Me sigue?

—Creo que sí —dije conteniéndome.

—Lo celebro. Pues bien, de la noche a la mañana, aquellas instituciones que se dedicaban a practicar la caridad con los más necesitados se quedaron sin dinero porque esos fondos salían de nuestros bolsillos. En buena parte de los casos, se vieron obligadas a reducir sus servicios. En otros, y no fueron pocos, incluso desaparecieron por falta de recursos. Así que el pueblo, que, de vez en cuando, se vuelve loco y echa mano de la tea y del hierro, recogió lo que había sembrado. Pero ahí no acabó todo. Algunas iglesias, catedrales y obispados dependían para el desarrollo normal de sus actividades de las rentas judiegas, las que pagábamos los judíos. Como éstas habían desaparecido, para sobrevivir a la consunción sólo les quedaba el recurso de acudir a los monarcas. Y ahora yo le pregunto: ¿de quién cree usted que sacaron el dinero los reyes?

—Del pueblo.

—Exactamente. Del pueblo. Insisto en ello. No deseo parecer despiadado, pero fue ese pueblo el que asesinó, violó y saqueó. ¿Le parece injusto que recibiera siquiera una parte de las consecuencias de lo que había perpetrado con tanta injusticia y con tanta saña?

Guardé silencio. Las palabras del judío estaban llenas de razón, pero se me hacía difícil aceptarlas. Me resultaba antipática y difícil de digerir la idea de que el pueblo pudiera ser cruel, asesino y estúpido y de que, al final, acabarán recayendo sobre él las consecuencias de sus actos.

—Le cuesta tragarlo, ¿verdad? —dijo el judío como si hubiera podido adivinar mis pensamientos—. Pues es la verdad objetiva. Destruyeron y mataron y pagaron, por lo menos en parte, lo que habían arrasado. Porque no crea usted que nadie se arrepintió de aquellas atrocidades. Durante los años siguientes, no se escuchó una sola condena oficial de lo sucedido. Desde luego, no entre los representantes elegidos por el pueblo. Ni las Cortes de Madrid de 1393, ni las de Segovia de 1396, ni las de Tordesillas de 1401 condenaron los hechos o protestaron contra ellos.

—Pero a alguien culparían...

—Culpar, culpar... La gente de aquel entonces atribuyó la

responsabilidad al arcediano Ferrán Martínez, pero eso era una verdad a medias. Por supuesto, la culpa de don Ferrán era innegable, pero su ejemplo fue seguido con entusiasmo por el pueblo, por algunos sectores del clero, especialmente los más cercanos al pueblo, y por los funcionarios de los concejos, institución tan del pueblo. Todos ellos comulgaban con las tesis de don Ferrán y estaban convencidos de que sus males concluirían con el exterminio de los judíos o con su conversión al catolicismo. Dado que sus males no desaparecieron y además surgieron otros no menores, el convertir a Ferrán Martínez en el único responsable resultaba tentador. Era el chivo expiatorio, no inocente, pero sí conveniente, de un mal que aquejaba a toda una sociedad comenzando por sus estamentos más humildes. Y no crea, a pesar de todo lo que le he dicho, hubo que esperar todavía cuatro años para que Enrique III ordenara detener a don Ferrán por «alborotador del pueblo».

—¿Lo castigaron?

—Por supuesto que no. Sobre aquel océano de sangre se las arregló para sobrenadar y emerger de la mejor manera. Apenas unos años después fundó, *con el respaldo del cabildo sevillano*, el hospital de Santa María. Acabó sus días venerado como un santo…

—No está mal… —dije con amargura.

—No, desde luego.

—Al menos, los judíos superaron el desastre.

—Yo no estaría tan seguro.

—¿A qué se refiere? —pregunté sorprendido por su afirmación.

—Mire, en enero de 1396, el rey, lejos de intentar restituir a sus legítimos propietarios sus bienes y derechos, donó a sus magnates y favoritos todas las sinagogas, tierras y casas de los judíos sevillanos. La regla de siempre. El pueblo se mancha las manos de sangre y, al final, unos pocos se benefician de su sanguinaria estulticia.

—¿Y en la Corona de Aragón?

—¿En la Corona de Aragón? Bueno, a decir verdad, su rey no fue más justo y, si me apura, la situación incluso resultó peor. En 1403 se concedió un indulto general por todos los crímenes cometidos contra nosotros. Pero además… además aquel clérigo del que le hablé, Vicente Ferrer, quedó entusiasmado por los resultados que había obtenido en Valencia y se dedicó a desatar una oleada de predicaciones entre nosotros. Se convirtieron a millares, incluyendo a rabinos ilustres como Salomón ha-Leví que se bautizó con el nombre de Pablo de Santa María.

El judío hizo una pausa.

—Sé que muchos no estarán de acuerdo, pero después de aquellas matanzas, los judíos en España entramos en una situación agónica. Nuestra desaparición ya estaba más que decidida. Fíjese que en las Cortes de Valladolid de 1405, se anunció que podíamos quedarnos en los reinos de la Corona de Castilla, pero, según declaración expresa, porque así lo mandaba la Santa Iglesia y teníamos que volvernos a la fe. A la suya, por supuesto. Insisto. Nuestro futuro había quedado más que determinado en España. La cuestión era qué iba a ser de aquellos que tardaran en aceptar semejante destino.

27

—A decir verdad, que haya judíos que creen en el Nazareno como mesías no es nada nuevo —dijo con la misma frialdad con la que hubiera podido señalarme la hora—. Él mismo era un judío. Lo eran sus discípulos más cercanos. Lo era Pablo. ¡Lo fue su madre! Pero cuando los seguidores del Nazareno se convirtieron de forma mayoritaria en *goyim*, cuando prohibieron cumplir con la Torah, cuando comenzaron a acusarnos de todo tipo de males, el número de judíos descendió. Creer en el Nazareno dejó de significar seguir al mesías, fuera o no esa identificación correcta, y se transformó en una manera de negar al pueblo de Israel. Sí, sí, no ponga esa cara. Ésa es la triste realidad. En aquellos días de finales del siglo XIV, en los primeros del siglo XV, no podía caber duda alguna. Se aceptaba el bautismo para dejar de ser judío y así salvar el cuello. Estoy convencido de que muchos clérigos, por no decir los católicos de a pie, contemplaron todo aquello como un regalo de la Providencia. No se percataban, desde luego, de la amargura que les esperaba simplemente por no haber sabido respetarnos. De todas formas, lo peor estaba por llegar.

—¿Se refiere a la expulsión de 1492?

—No. Creo que ya le he dicho que la expulsión de 1492 equivalió simplemente a cortar un miembro ya medio muerto y arrojarlo lejos. En realidad, el mal se había iniciado más de un siglo antes y se prolongaría yendo cada vez a peor durante las décadas siguientes. Para empezar, estaba el problema de los que se habían bautizado. Aquella pobre gente necesitaba tener seguridad. Ansiaba aferrarse a aquella nueva tabla de salvación en la esperanza de que les permitiría conservar la vida y la hacienda. Quizá no resulte tan extraño que desearan ganarse la condescendencia de los que afirmaban ser sus nuevos hermanos. Creo que eso explica que aquellos nuevos conversos no sólo revelaran datos sobre algunos pasajes del Talmud que injuriaban al Nazareno y a su madre sino que además, ayudados por las nuevas órdenes religiosas que nacían del seno del mismo pueblo, se embarcaran en controversias cuya finalidad era expurgar el Talmud y obligarnos a reconocer nuestro error y a apostatar.

—Es verdad lo que usted dice, pero me reconocerá que el Talmud sí tiene esos pasajes en los que se insulta a Jesús y a su madre.

—¡Ah, el Talmud, el Talmud! El Talmud es una obra de rabinos vencedores. Sí, no me mire así. Como ya le he dicho, nació de aquellos que se salvaron de la destrucción del Templo y pasaron a regir a nuestra nación. Es una visión parcial. En el Talmud no se recogen los puntos de vista de los saduceos, de los esenios o de los judíos que creían en el Nazareno. Ni siquiera aparecen los de todos los fariseos. Si lo sabré yo que viví cuando el Templo aún estaba en pie… pero ¿qué esperaba aquella gente? ¿Entra en cabeza humana que el Talmud iba a hablar bien de Jesús? ¿Qué pretendían? ¿Que dijera que su madre quedó encinta virginalmente? ¡Oh, vamos! Si ése fuera el caso, aquella gente habría seguido al Nazareno y no a Hillel y a otros rabinos… Sí, las matanzas de 1391 fueron nuestro final. Por un lado, el que desaparecieran en apenas unos días, por muerte o conversión, dos terceras partes de los judíos constituía un acontecimiento verdaderamente extraordinario, terrorífico, de acuerdo, pero inusitado, sin parangón, sin igual. Por otro, aquella gentuza había asistido a conversiones masivas debidas, sin duda, a la violencia, pero que habían venido acompañadas y, desde luego, precedidas por otras que habían nacido de la convicción y que habían estado relacionadas con nuestra propia decadencia. Aquella combinación resultó letal porque no pocos personajes comenzaron a plantearse que, en efecto, nuestra asimilación podía ser una meta relativamente fácil de alcanzar… por primera vez en la historia.

—Hay que reconocer que tenía cierta verosimilitud…

—*Cierta* verosimilitud… usted lo ha dicho. Porque la cuestión, sin embargo, no era tan fácil como podían pensar algunos. En primer lugar, tenga usted en cuenta que los judíos que aún seguíamos siéndolo, estábamos más convencidos que nunca. No, no me mire así. ¿Podía ser de otra manera después de sobrevivir a la tormenta? Eso fortaleció nuestra resolución. Además, no pocos de los conversos al catolicismo, una vez que les habían apartado el cuchillo del cuello, lamentaban de todo corazón su debilidad y volvían a sus prácticas, eso sí, en secreto. Así surgió un judaísmo secreto, un criptojudaísmo, del que iba a brotar una enorme amargura y que dejaría de manifiesto hasta qué punto el uso de la fuerza, lejos de solucionar un problema, había terminado por provocar otros peores. Pero, dígame usted llevándose la mano al corazón, el problema de los judíos ocultos ¿era culpa nuestra, de aquellos de mis correligionarios que habían tenido que elegir entre el bautismo y la vida, o lo era más bien de los que no les habían dado otra alternativa?

—Lo que llama la atención es que esperaran que aquello diera buenos resultados…

—Tampoco todos fueron tan ingenuos —respondió el judío—. Verá. Vicente Ferrer, que, como ya le conté, fue uno de los personajes clave en las conversiones masivas, no había sido tan optimista, o tan inocente, como para creerse que todas eran sinceras o iban a perdurar. No. Era mucho más inteligente que eso. Ya sabe. Ves a un primo, a una hermana, a tu madre y te recuerdan que ellos siguen siendo judíos y tú has renegado de todos. Sin un peligro de muerte inminente o sin una convicción muy firme, resulta muy difícil mantenerse en la nueva fe. Temeroso de las consecuencias de episodios así, Vicente Ferrer había defendido que los conversos debían estar separados de sus antiguos correligionarios. Así, dos años después de las matanzas, el rey de Aragón ordenó la separación de judíos y conversos, y prohibió que rezaran o comieran juntos. Y si al menos los conversos hubieran podido tratarse con sus hermanos católicos… Pero tampoco. Los habían sacado a golpes de un lugar y ahora no les permitían entrar del todo en otro. Las ordenanzas de Valladolid de 1412 prohibían, por ejemplo, que tuvieran cargos o que vivieran en el mismo lugar que los católicos. Para remate, ese mismo año, el papa Benedicto XIII, un aragonés cabezón que acabó excomulgado por otro Papa rival, decidió que los judíos tuvieran que discutir en Tortosa con algunos de sus teólogos. No es que la idea fuera original porque ya se habían producido encuentros semejantes en París y Barcelona, pero en esta ocasión la disputa duró casi dos años.

—No está mal para ser una discusión teológica… —pensé en voz alta.

—No, si, efectivamente, se hubiera tratado de eso. Verá, por la parte católica, habló, sobre todo, un judío de Alcañiz que se presentaba como Jerónimo de Santa Fe, pero que, antes de su bautismo, se había llamado Yehoshua ha-Lorqui. Por la judía, había doce rabinos y personalidades judías de Aragón.

—Parece un poco desequilibrado…

—Sí, lo parece, pero, en la práctica, no lo fue tanto. Entiéndame. Yo no niego la sinceridad de Yeho… de Jerónimo. Había dedicado unas dos décadas a estudiar comparativamente ambas religiones y había llegado a la conclusión de que el cristianismo era la verdad. ¿Cómo logró conciliar, por ejemplo, el precepto de no rendir culto a las imágenes con las que abarrotaban las iglesias? Lo ignoro. ¿Cómo logró conciliar el mandato de rendir culto sólo a Dios con las prácticas entusiastas de culto a María y a infinidad de santos? Lo ignoro. ¿Cómo logró conciliar las promesas formuladas por el único Dios a Israel con aquella sañuda persecución que habíamos sufrido a manos del clero y de los fieles? Lo ignoro. Pero, a pesar de todo, concedamos que creía en lo que decía y que estaba convencido de que el Talmud contenía errores y que le parecía que había algo de bueno en sacar a sus antiguos correligionarios de la religión de sus padres... sí, concedamos todo eso y mucho más. Pues bien, con todo eso, los rabinos no podían ganar la disputa. No, no porque no tuvieran razón, que en eso no entro, sino, simplemente, porque no se lo hubieran consentido. A decir verdad, demasiado buen papel hicieron los pobres... Imagínese cuando llegaron a los textos del Talmud en que se denigra al Nazareno... ¿qué juez iba a admitir siquiera por vía de hipótesis que María era una adúltera y que Jesús era un bastardo? ¿O cómo iban a entender que ésa era una opinión no necesariamente vinculante? Al final, ni Jerónimo de Santa Fe fue vencido ni los rabinos resultaron derrotados, pero el resultado para nosotros fue muy malo. Nos obligaron a expurgar los pasajes del Talmud donde se hablaba mal del Nazareno y de su madre, y, sobre todo... me duele decirlo, pero...

—Pero ¿qué? —pregunté, sorprendido por la inseguridad que parecía haberse apoderado del judío.

—Pues... bueno, Jerónimo se había pasado dos décadas estudiando las dos religiones y le sobraban argumentos para creer que el Nazareno era el mesías. El resultado fue que no pocos de mis correligionarios se sintieron persuadidos al escucharlo y solicitaron recibir el bautismo...

—¿Cree usted que lo hicieron forzados?

El judío movió la cabeza en sentido negativo, pero no despegó los labios.

—Yo no estaba entonces en España —dijo al fin—. Me libré de aquellas disputas, de la oleada de obras escritas para vapulearnos, de las nuevas medidas para hacer la vida imposible no sólo a mis correligionarios sino también a los conversos, de las acusaciones terribles como la de que nuestros rabinos sacrificaban niños cristianos para utilizar la sangre en ritos repugnantes...

Eran dramas terribles que sólo servían para allanar el camino hacia el destierro de 1492. Cuando tuvo lugar hacía ya tiempo que habían dejado de expulsarnos de otras naciones y mis hermanos de España creían que no podría producirse otro drama semejante, pero, si se observa con cierta perspectiva, no se puede negar que aquello se venía anunciando y cualquiera con sentido común se percataba de que iba a suceder más tarde o más temprano. El pueblo lo pedía y el clero, especialmente el más relacionado con el pueblo, lo respaldaba. Fernando e Isabel, los reyes, sólo aceptaron el veredicto popular sin discutirlo. Claro que, gracias a Dios, hacía mucho que yo me encontraba lejos.

—Comprendo que no estuviera en España.

—Por supuesto. ¿A usted le parecería razonable quedarse en aquellas tierras después de lo que había pasado en 1391?

—Millares de judíos lo hicieron…

—Sí. Es verdad, pero se equivocaron. Se equivocaron muy gravemente. Creían que todo pasaría, que allí acabarían sus días ellos y sus hijos, que volverían los años dorados de Sefarad… ¡Pobres! Yo, yo sabía que los años, buenos o malos, nunca regresan. Simplemente pasan. Y eso fue lo que sucedió. Consciente de que lo más sensato era poner tierra por medio, lo hice. Llegué a Francia con relativa facilidad. A fin de cuentas, ni llevaba divisa de judío ni iba ataviado como un judío ni tenía aspecto de judío o, por lo menos, de lo que la gente pensaba que era la apariencia de un judío. Una vez allí, pude moverme con más sosiego. No me puse en contacto con nuestras comunidades. En realidad, si el salvajismo había pasado de Andalucía a Castilla y de Castilla a Aragón, ¿qué me aseguraba que no sucedería lo mismo con los Pirineos? Creo recordar que el campo tenía un hermoso aspecto en esa época, pero no podría asegurarlo. Viajaba deprisa, muy deprisa, como para poder detenerme a ver el paisaje.

—Y al final, ¿dónde se quedó? ¿En Francia?

—Continué hasta llegar a los Países Bajos. Sé de sobra los inconvenientes que tienen esas tierras. Están situadas por debajo del nivel del mar, hace frío, llueve, la luz es variable… sí, todo eso es más que cierto, pero… bueno, cuando yo llegué, los pintores estaban descubriendo todo y cuando digo todo, quiero decir todo. El óleo, la luz, la perspectiva… créame si le afirmo que lo que luego llevaron a cabo los italianos… bueno, no era mucho en comparación con lo que ejecutaban ya entonces los flamencos.

—No habla usted en serio… —señalé incrédulo.

—Por supuesto que sí. Claro que sí —protestó el judío—. ¡Ah! Tendría usted que haber conocido todo aquello… ¡Qué gente! Los Van Eyck… El Bosco, que fue un gran amigo mío…

—¿El Bosco fue un amigo suyo?

—Por supuesto que lo fue —respondió el judío asintiendo con la cabeza—. De hecho, yo aparezco en uno de sus cuadros y… bueno, no nos distraigamos… Llegué a los Países Bajos. Me establecí allí. Viví la revuelta contra los españoles. Celebré el triunfo de los rebeldes porque sabía que los protestantes nos concederían libertad de religión a todos, sin excluir ni a católicos ni a judíos. Y lo hicieron. Vaya si lo hicieron. ¡Ah! ¡Aquellos reformados…! Eran… ¿cómo le diría yo? Bueno, creo que se parecían mucho a algunos de los estadounidenses actuales. Desconfiaban del poder, creían en la iniciativa privada y el espíritu de empresa, eran celosos de sus libertades, trabajaban con la convicción de que su labor tenía una impronta sagrada y, sobre todo, rezumaban fe. Creían todas y cada una de las palabras contenidas en la Biblia. Precisamente por eso nos trataban bien a los judíos y nos permitían incluso disfrutar de un régimen especial. Sabían, ¿lo entiende bien?, *sabían* que las Escrituras estaban repletas de anuncios de bendición dirigidos a nosotros. A los judíos. Bueno, imagino que no le costará entender por qué me sentía mejor, muchísimo mejor en aquella Holanda reformada, que en la España que había asesinado en masa a los judíos en 1391 para expulsarnos un siglo después.

—No. Supongo que no —acepté.

—Fui feliz —continuó—. Fui muy feliz en aquella época.

Podía ser judío, totalmente judío, y, a la vez, tener amigos que creían en el Nazareno como pasaba con Rembrandt.

—¿También fue amigo de Rembrandt?

—Por supuesto, pero no me distraiga —dijo el judío agitando la mano para imponerme silencio—. El caso es que era muy dichoso y, por primera vez en mucho tiempo, creí que todo terminaría. Entiéndame. Llegué casi a convencerme de que, tras aquellos años, no tendría que esperar al Nazareno para descansar en paz. Era… era como si me hubiera sacudido de encima la terrible carga que llevaban aquellas palabras pronunciadas en una calle de Jerusalén más de milenio y medio atrás. ¿Y si todo había concluido? ¿Y si se había vuelto a entrelazar mi vida con la del resto de los seres humanos? ¿Y si mi sentencia había sido anulada en algún desconocido tribunal de casación y se me permitía morir? Le confieso que casi se trató de una sensación tan fuerte, tan intensa, tan cercana a la convicción como la que experimenté en la época en que estuve enamorado de María. Sí, ya sé que es absurdo. De verdad, crea que lo pensé, pero entonces todo cambió…

28

—Durante siglos, los judíos habíamos creído que todos los seguidores del Nazareno eran, más o menos, iguales. Entiéndame, no es que no fuéramos capaces de distinguir a un fraile de un noble. No, no me refiero a eso. Quiero decir que a los dos o tres siglos de la crucifixión del Nazareno, ya habían perdido el interés por nosotros y nos consideraban, como mucho, una molestia. Cuando el imperio se desintegró con la llegada de los bárbaros, nuestra situación empeoró porque aquellos guerreros altos y rubios que miraban con desdén a los romanos no podían contemplarnos a nosotros de mejor manera. En buena medida, aquellos siglos de lo que los historiadores llaman la Edad Media transcurrieron divididos en períodos en los que los reyes, e incluso los papas, nos brindaban su protección y nos dejaban vivir en paz y en otros en los que nos hacían la vida verdaderamente imposible si es que no decidían expoliarnos y darnos muerte. Con un poco de buena suerte, te tocaba una buena época y con un poco de mala, te robaban, te violaban o te quemaban. Pero entonces los seguidores del Nazareno se dividieron. Naturalmente, sobre esto hay opiniones, pero yo creo que la cosa comenzó a pudrirse cuando en pleno siglo xv hubo dos papas a la vez que se excomulgaban recíprocamente y que pretendían, de manera bastante lógica, ser el verdadero sucesor de Pedro. La situación se complicó de tal manera que, al final de la crisis, hubo cuatro papas fulminando condenas entre sí. Algunos judíos encontraron aquello divertido. A fin de cuentas, resultaba casi una confirmación de que los seguidores del Nazareno eran unos bárbaros sumidos en el desconcierto y en la superstición. Pero yo no lo veía así. Temía que si aquel proceso de descomposición proseguía, al final, como casi siempre, lo acabaríamos pagando nosotros. ¿Se imagina usted lo que habría pasado si de pronto dos papas a la vez nos hubieran pedido ayuda? ¿Qué hubiéramos podido hacer? Ayudáramos al que ayudáramos, el otro se habría sentido mal dispuesto hacia nosotros… No. A mí aquella crisis de la Iglesia católica ni me divirtió ni me gustó. Y se trató sólo del principio. Muy pronto en Bohemia se desató la rebelión de un grupo que pretendía seguir las enseñanzas del Nazareno y que abogaba por separarse de una Iglesia a la que consideraba apartada de la Verdad. Antes de que acabara el siglo XV a los griegos, los rusos, los búlgaros y tantos otros que se negaban a reconocer la supremacía del obispo de Roma se sumaron los checos. Al poco estalló la Reforma. Como usted se imaginará, aquella disputa entre cristianos a nosotros los judíos nos pillaba muy a trasmano, pero al cabo de unos años, pocos, nos dimos cuenta de que no nos daba lo mismo vivir en un sitio que en otro. En la mayoría de las naciones católicas, o habíamos sufrido la expulsión o nos miraban con suspicacia pensando que podíamos ser agentes enemigos, pero en aquellas donde triunfó la Reforma… no, no es que fuéramos iguales, pero aquellos hombres se habían puesto a leer la Biblia y habían descubierto, fíjese usted, que éramos protagonistas de buena parte de las Escrituras. Sí. Sé que parece una ridiculez, pero así era. De repente, se encontraron con que David y Moisés y Salomón eran de los nuestros y hasta descubrieron esa promesa de Dios a Abraham en la que anuncia que bendecirá a los que bendigan a los judíos y maldecirá a los que los maldigan. Sí, así era. Habían descubierto lo que sabe cualquiera que se moleste en leer las primeras páginas de la Biblia.

El judío sonrió aunque, esta vez, no me pareció descubrir en su sonrisa ni el menor indicio de sarcasmo.

—Aquella gente no creía en autoridades humanas sino en la autoridad divina de la Biblia —prosiguió—. Fíjese. Cuando Lutero, un Lutero a punto de morirse, propuso que se nos expulsara siguiendo el ejemplo de Isabel y Fernando en España, nadie le hizo el menor caso empezando por su príncipe y siguiendo por sus discípulos. *No* nos expulsaron. De ningún sitio.

Los ojos del judío brillaban de una manera extraordinariamente viva, como si en lo más profundo de las cuencas se hubiera encendido una luz que se filtraba a través de las pupilas.

—Habían vuelto a leer la Biblia y eso... bueno, eso produjo un cambio radical. En Holanda, donde había triunfado una forma de protestantismo que creía que la soberanía de Dios se expresaba fundamentalmente mediante una elección realizada según Sus designios, decidieron que resultaría una bendición para la nación, por cierto, recientemente independizada de España, el acogernos. Aquélla fue una época maravillosa de libertad. Ahora puede parecer que no tiene mayor relevancia, pero entonces... ah, que en un mismo lugar pudieran convivir católicos, protestantes de todo tipo, judíos... era sinceramente increíble. ¡Constituía un verdadero milagro! No puedo describirle lo que fue aquella Holanda, pero sí puedo decirle que yo, personalmente, no recordaba haber disfrutado de una libertad semejante en mi vida. Ni siquiera cuando existía el Templo y Jerusalén no había sido arrasada por los romanos.

—Me llama la atención lo que usted dice —le comenté sorprendido ante aquel retrato idílico de la Holanda calvinista.

—Creo que no exagero en absoluto —dijo el judío—. Pero el ser humano, y nosotros los judíos no somos una excepción, tiende a no estar a gusto con lo que posee. Ambiciona más. Sueña con más. Ansía más. Algunos comenzaron a pensar que cabía mejorar nuestra suerte si nos trasladábamos de aquella Holanda calvinista a la Inglaterra de los puritanos.

—Pero los puritanos eran también calvinistas… —me atreví a comentar.

—Pues por eso mismo —me dijo el judío mientras me miraba con cierta suficiencia—. Holanda, de repente, se nos había quedado pequeña. Cierto, cierto, en ningún sitio estábamos mejor, pero Inglaterra… ah, Inglaterra ya comenzaba a apoderarse de los mares. De allí nos habían expulsado antes que de España. ¿Se imagina usted lo que podía ser para nosotros conseguir que nos dejaran entrar de nuevo en aquella isla? Durante años, no pensamos en otra cosa y, de repente, uno de los nuestros que se llamaba Menasseh ben Israel escribió un libro donde suplicaba que se permitiera a los judíos asentarse en Inglaterra. A la nueva potencia puritana, podíamos aportarle laboriosidad, conocimiento especializado, talento para el comercio… vamos, si casi parecía que iban a salir más beneficiados los ingleses que nosotros. Por un tiempo pudo parecer que nuestras esperanzas eran vanas, que nos habíamos excedido en nuestros sueños, que una cosa eran los calvinistas holandeses y otra los que ahora gobernaban en Inglaterra, por cierto, tras decapitar al rey. Y entonces, no sé si lo va a creer, pero en el momento menos esperado, Menasseh recibió una carta invitándole a visitar Inglaterra, y ¿a qué no sabe usted quién la firmaba?

—No —reconocí un tanto perdido en medio de aquel relato vertiginoso en el que la vida de los judíos se entrecruzaba con la de los puritanos.

—El mismísimo Cromwell —respondió el judío con satisfacción.

—¿Oliver Cromwell? —pregunté escéptico.

—Exactamente. El lord protector. El parlamentario que había derrotado a los ejércitos regios de Carlos I y después, al saber que planeaba traicionar a sus súbditos aliándose con las potencias extranjeras, había logrado que el Parlamento lo condenara a muerte.

—¿Y Cromwell tenía interés en hablar con los judíos holandeses?

—Cromwell... Ah, Cromwell era un personaje muy especial —me dijo el judío como si lo tuviera ante sus ojos en ese mismo momento—. Sé que lo han criticado mucho y que los irlandeses lo aborrecen, pero... pero créame, hombres como ése nacen uno cada dos o tres siglos y es muy difícil no ver en ellos la mano de Dios.

—No era judío... —me atreví a decir.

—No lo era. Es cierto, pero conocía las Escrituras mejor que la mayoría de los judíos que he visto a lo largo de mi más que dilatada vida. Además sus ideas no podían ser más claras. Estaba a favor de la libertad religiosa; es más, consideraba que era el primer derecho que los gobiernos debían respetar, pero no tenía la menor intención de consentir que ninguna Iglesia fuera oficial ni tampoco que intentara acabar con la libertad de otros. De ahí derivaba su oposición al catolicismo. Por supuesto, aborrecía muchos de sus dogmas, especialmente los que no se encontraban en las Escrituras cristianas, pero, por encima de todo, lo que no podía soportar era que se tratara de una potencia política dispuesta a controlar el mundo y a levantar las hogueras de la Inquisición para imponerse. Cromwell ansiaba ayudar a los protestantes de Italia, de Francia, de Holanda, a todos los que buscaran defender su libertad de conciencia, pero, a la vez, soñaba con extender ese apoyo a otros que desearan simplemente adorar a Dios conforme a sus convicciones personales como era nuestro caso.

—Creo que entiendo.

—Mire, los puritanos tienen ahora muy mala prensa. La misma palabra se ha convertido en una especie de insulto que parece definir a gente de mentalidad estrecha y corazón fanático. Pero eso no pasa de ser una caricatura injusta e interesada. Los puritanos, a decir verdad, se parecían mucho a nosotros. Deseaban obedecer la ley de Dios con todo el corazón, con toda el alma y con toda la mente. Incluso respetaban el sabat aunque lo guardaran, como buenos cristianos, el día primero de la semana, el domingo. Eran trabajadores, austeros, ahorrativos. Su palabra valía su peso en oro y no le temían a nadie salvo a Dios y, por supuesto, no se arrodillaban ante una imagen de madera o de metal.

—¡Dios santo! Parece usted un converso… —dije en tono jocoso.

—Bien sabe usted que no lo soy, pero no puedo cerrar los ojos ante aquella gente que, por primera vez, en muchos siglos no consideraba que éramos réprobos a los que había que perseguir. Bueno, no deseo desviarme. Menasseh mantenía una relación de amistad conmigo. En Holanda había comenzado a surgir una fructífera industria del diamante y esa circunstancia me había permitido desde hacía algún tiempo mantener relaciones con los ingleses. El caso es que me pidió que lo acompañara y accedí.

—¿Así? ¿Sin más?

—No creo que fuera necesario más —respondió el judío con un tono que parecía dejar de manifiesto que mi pregunta parecía sorprenderle—. Como le he dicho, conocía algo a los ingleses; me lo pidió como un favor y acepté. Bueno, sí, y además me había indicado que, en caso de que nos permitieran regresar a Inglaterra, yo sería de los primeros que podría establecerme en la isla.

—No era mal plan. Lo reconozco.

—No. No lo era. Pero créame si le digo que me movía más la curiosidad que otra circunstancia. En fin, a lo que iba, el cruce del Canal resultó verdaderamente terrible. Yo había navegado en otras ocasiones, pero no recuerdo un viaje tan espantoso. Las olas se levantaban y parecían dispuestas a tragarnos; la espuma nos llenaba la cara impidiéndonos respirar; la nave cabeceaba y daba la sensación de que se hundiría en el abismo en cualquier momento… La verdad es que tengo la sensación de que la boca se me seca y me sabe a sal tan sólo de recordar todo aquello. Y eso sin tener en cuenta que no dejé de vomitar. Hubiera deseado entregarme a la oración, como otros que venían con nosotros, pero no, ¡qué va!, la bilis que salía en unas madejas que iban de aquí hasta allí no me dejaba articular una sola frase. Desde luego, parece mentira lo que puede acumular la vesícula… En fin, no deseo perderme en detalles. Cuando ya no podía creer que en mi interior quedara el menor líquido, la niebla comenzó a disiparse y vimos la costa.

—Supongo que sería un consuelo…

—No sé qué decirle. Creo que el único alivio habría sido el de morirme y reposar, pero aquello resultaba impensable. Bien, sigamos. La Inglaterra que vimos entonces era como una mezcla de cuartel e iglesia. Había soldados del Parlamento por todas partes. Se trataba de hombres vestidos de negro o de castaño, austeros, como espartanos o como monjes, que continuamente cantaban sobrios y conmovedores himnos religiosos y que nunca rondaban por las tabernas o los burdeles. Los llamaban el Ejército santo y debo decirle que, si alguna vez existió una tropa que mereciera ese apelativo fue la de Cromwell. Aquella gente no robaba, no juraba, no mentía, no buscaba prostitutas. El mismo Cromwell… usted tendría que haberlo visto. Nos recibió vestido casi, casi como un mendigo. Entiéndame. Iba muy limpio y aseado, sin suciedad alguna, bien rasurado, pero… pero sus vestimentas eran impecablemente negras, casi como si se tratara de un sacerdote e insisto en lo de sacerdote porque cualquier obispo o cardenal, incluso el más modesto, hubiera parecido un potentado comparado con él. Nos dio la bienvenida de una manera muy cortés y nos preguntó en qué podía servirnos. Menasseh comenzó a hablarle de nuestro deseo de poder regresar a Inglaterra. Le señaló muy hábilmente que de esa manera el faro del protestantismo se distinguiría claramente de la negrura del catolicismo, es decir, de España, de donde habíamos sido expulsados siglo y medio atrás. El argumento puede parecer un tanto pueril, pero teniendo en cuenta el orgullo puritano de Cromwell y la manera en que temía una contraofensiva católica tenía su lógica. Cromwell nos escuchó con atención y me atrevería a decir que con enorme respeto. Esto ahora parece lo más normal, pero entonces… entonces ya podíamos dar gracias los judíos de que alguien se dignara no bajarnos de la acera de un empujón o no nos diera un codazo o una patada en el mercado por el mero gusto de divertirse. Bueno, el caso es que llevaba ya un buen rato escuchándonos, cuando, de repente, Cromwell nos dice: «¿Están ustedes seguros de que Inglaterra es el destino al que deben aspirar?». Le confieso que sentí un escalofrío, y seguro que no fui el único, cuando escuché aquellas palabras. ¿Nos había estado escuchando para respondernos ahora que no? ¿Iba a decirnos que debíamos encaminarnos hacia otro país? Me formulaba todas estas preguntas cuando Cromwell, como si hubiera adivinado nuestros pensamientos, añadió: «Por supuesto, pienso hacer todo lo que esté en mi mano para que el Parlamento revoque la expulsión y puedan ustedes regresar a Inglaterra, pero si me lo permiten, creo que debo señalarles que su tierra es la de Israel».

—¿Cromwell dijo eso? —pregunté sorprendido.

—Lo que acaba usted de oír —respondió el judío al tiempo que asentía con la cabeza—. Decir ahora que nuestra tierra es la de Israel… bueno, salvo algunos fanáticos no lo negaría nadie, pero entonces… ¡Es que ni nosotros lo pensábamos! Hacía siglos que nos conformábamos con que nos dejaran vivir en paz en tierra de los que no eran judíos. Y entonces, va ese *goy*, ese inglés, ese puritano y dispara que nuestro destino es Israel. ¿Qué era lo que pretendía con esas palabras? La verdad es que no tuvimos tiempo para preguntárselo. Cromwell se acercó a un atril que tenía en su despacho y comenzó a pasar las páginas de un libro que reposaba sobre él.

—¿Qué libro?

—¿Qué libro iba a ser? ¡La Biblia, por supuesto! Bueno, el caso es que buscó por unos instantes y comenzó a leer. Fue la primera de una serie de citas. Tendría usted que haber visto cómo conocía aquel hombre a los profetas. ¡Increíble! Comenzó leyendo la Torah y luego pasó a Josué y a los Salmos y a Isaías y a Ezequiel… Y entonces, aquel *goy*, aquel *goy*, un incircunciso nos dijo a nosotros, hijos de Israel, que no debíamos olvidar que nuestra patria estaría en la tierra que Dios había prometido a Abraham, a Isaac y a Jacob, y que había entregado a Moisés y a Josué.

—Reconozco que resulta un poco desconcertante…

—Lo fue. ¿Se da cuenta? Nosotros pedíamos un sitio al sol. Nada más. Sólo que nos dejaran vivir en un pedazo de tierra, aunque no fuera nuestro y Cromwell nos señaló cuál era nuestro destino. No le oculto que hubo un momento en que nos sentimos abrumados. ¿Hablaba en serio o se burlaba de nosotros? ¿Deseaba ayudarnos o sólo librarse de unos judíos molestos como nosotros? Y entonces, una vez más, como si hubiera vuelto a leer en nuestro corazón, dijo: «Inglaterra se sentiría muy orgullosa de ser la nación que, como antaño Ciro, ayude al pueblo judío a regresar a su tierra». Todo eso… todo eso más de un cuarto de milenio antes de la Declaración Balfour, de la declaración británica que abrió el camino a la fundación de Israel, de este Estado. Y falta… falta…

—¿El qué?

—Bueno, Cromwell se manifestaba con tanta vehemencia, con tanta convicción, con tanta elocuencia que en un momento determinado no pude contenerme y le dije: «Milord Protector, disculpad mi atrevimiento, pero desearía saber a qué debemos atribuir vuestro interés por nosotros los judíos». Y entonces aquel hombre me miró y dijo: «A dos razones. La primera es que la Palabra de Dios señala que Dios bendecirá a aquellos que bendigan a los descendientes de Abraham». Yo conocía aquel argumento, lo había escuchado a los reformados de Holanda, pero nunca, al menos hasta donde recordaba, lo había asociado nadie con ayudarnos en el empeño de regresar a nuestro solar patrio. Y entonces Cromwell añadió: «La segunda, y más importante, es que antes de que Jesús, mi Señor y Salvador, regrese a este mundo, los judíos tendrán que volver a su tierra».

—¿Eso le dijo?

—Como lo oye. Y entonces... bueno, entonces yo sentí como un fogonazo de luz, uno de esos fogonazos de luz que sólo tenemos una o dos veces en la vida y que, sin esperarlo, proporcionan sentido a las situaciones más horribles y dolorosas que hayamos podido vivir. De repente, me di cuenta de que llevábamos siglos, muchos siglos, huyendo de nuestra tierra, cuando nuestro destino era volver a establecernos en ella. Y también contemplé algo que hasta entonces no había podido ver, igual que si un velo tupido hubiera estado colocado hasta entonces sobre los ojos de mi espíritu. Ese regreso constituía una doble liberación para mí: primero, porque implicaría establecernos de nuevo en Israel, pero también, por añadidura, porque tendría lugar antes de que llegara el Nazareno y me liberara del destino que llevaba arrastrando hacía más de milenio y medio. Aquel día yo salí de la presencia de Cromwell con el corazón ardiéndome. Créame si le digo que fue uno de los momentos más importantes de mi vida. Mientras nos dirigíamos hacia nuestro alojamiento, me parecía que todo cobraba sentido, que en la destrucción del Templo había existido alguna causa, aunque yo no la entendiera; que era lógico que hubieran fracasado «mesías» como Bar Giora o Bar Kojba; que Juliano nunca había tenido la menor posibilidad de levantar el santuario; que... que incluso el Nazareno podía tener un papel importante en todo aquel proceso que se había extendido durante siglos, aunque para mí sólo fuera el que me había ordenado seguir vagando a la espera de su regreso. Todo eso lo sentí entonces, con nitidez, con transparencia, con claridad, pero... pero, al poco tiempo, todo se torció.

29

—La historia es muy extraña. En ocasiones, parece que avanza, que se acelera, que se dirige hacia su consumación y, de repente, cuando menos se espera, cuando nadie lo diría, sufre un frenazo extraordinario, brutal, incluso cruel. Lo peor es que, por regla general, esas paradas se suelen interpretar como un avance...

—¿Está usted filosofando? —pregunté con cierta ironía.

—Ya me gustaría —respondió el judío con un dejo de tristeza—. Verá. Sitúese en la época. Menasseh ben Israel y algunos judíos llegamos a Inglaterra para ver a Cromwell. Nuestros objetivos no pueden ser más modestos. Lo que deseamos es simplemente que nos dejen establecernos allí, y ¿con qué nos encontramos? Con que un *goy* nos recuerda lo que debemos hacer. No sólo eso. Además nos dice que está dispuesto a ayudarnos, que para Inglaterra será un honor y un privilegio actuar como lo hizo Ciro en la Antigüedad, etc., etc. ¿No le parece que se trata de un gran salto en la historia?

—Sí, lo reconozco. Sin duda.

—Pues entonces todo se frustró. Se tronchó de la misma manera que la rama arrancada del árbol por efecto del temporal. ¿Y por qué? Pues porque apareció otro mesías, otro de los nuestros que proclamaba que nuestra desgracia se había terminado. Se llamaba Sabbatai Zvi.

—Me suena quién era —dije mientras recordaba algunas lecturas al respecto—. ¿Usted lo conoció?

—Gracias a Dios, no —respondió el judío—, pero sí tuve relación con gente que lo conocía a él y a su familia porque trabajaban para casas inglesas.

—¿Para casas inglesas? —exclamé sorprendido—. ¿Qué tenían que ver los ingleses con gente como Sabbatai Zvi?

—Más de lo que puede parecer a primera vista; la familia de Sabbatai vivía en Esmirna. De hecho, él mismo nació allí. Pues bien, cuando estalló la guerra entre el imperio turco y Venecia, Esmirna se convirtió en un emporio de primer orden. Prácticamente, puede decirse que controlaba el comercio de Oriente Medio y, de la manera más lógica, los ingleses abrieron varias sucursales en la ciudad.

—Entiendo —dije—, y supongo que la familia de Sabbatai comenzó a trabajar para ellos.

—Supone usted bien. Todo eso, así de entrada, era bastante normal. Supongo que miles de judíos han nacido en la diáspora y han comenzado a trabajar en el comercio y han tenido relación con las potencias económicas de la época. Pero es que Sabbatai era un tanto… ¿cómo diría yo? Rarito.

—¿A qué se refiere usted? —pregunté sin imaginarme lo que deseaba dar a entender el judío.

—Desde muy joven, Sabbatai se empeñó en estudiar la Cábala. Ya se imaginará usted que, después de saber de primera mano el valor de obras cabalísticas como el *Zohar*, mi opinión al respecto no es positiva, pero no se trata sólo de eso. Sabbatai no sólo se entregaba a perder el tiempo con tonterías como ésa. Además le dio por aislarse y cuando la familia decidió casarlo a ver si sentaba la cabeza y se comportaba como un judío normal, Sabbatai se negó a mantener relaciones sexuales con su esposa. La buena mujer pidió el divorcio, como no podía ser menos, y Sabbatai se lo concedió encantado. En fin, no es que esa conducta resultara normal, pero tampoco era tan extraño que un matrimonio no saliera bien y concluyera en divorcio. Ya es menos habitual que con la segunda esposa le pasara lo mismo. No había cumplido los veinte años y ya tenía dos divorcios a sus espaldas por la razón que le he dicho. ¿Comprende usted ahora por qué digo que era un tanto raro?

—Sí —reconocí—. Su comportamiento no parece… normal.

—En cualquier familia judía que no hubiera perdido la cabeza, se hubieran puesto a intentar corregir aquella conducta patológica, pero, amigo mío, el padre de Sabbatai lo quería con locura. Es más. Estaba convencido de que en su hijo había algo que, además de muy positivo, era ideal, maravilloso, incomparable. Y entonces Sabbatai, el bueno, el inocente, el ejemplar Sabbatai que no había hecho nada de provecho salvo estudiar el Talmud, comenzó a leer el *Zohar*. Sí, señor. Eso mismo. El *Zohar*. De semejante disparate no podía salir nada bueno y, efectivamente, no salió. Sabbatai se dedicó a aislarse todavía más y a calentarse los cascos con el libro que había escrito Moisés de León. Así llegó a una conclusión extraordinaria: el mesías se revelaría a Israel en 1648.

—Y ese mesías sería Sabbatai Zvi… —completé.

—Por supuesto, ¿quién si no?

—Hombre… ¿qué quiere que le diga? Un muchacho de poco más de veinte años, que ya se ha divorciado dos veces y además se había negado a mantener relaciones sexuales con sus esposas… no parece el más adecuado para ser el mesías… Claro que teniendo en cuenta los precedentes de Bar Giora o de Bar Kojba…

—No le falta a usted razón, pero, amigo mío, no olvide que semejante sujeto sustentaba sus pretensiones en el *Zohar* y ya recordará usted…

—Lo recuerdo —dije, temeroso de que se me perdiera en una digresión.

—Bien. Lo celebro. Como le iba contando, el mayor atractivo de Sabbatai era su supuesto conocimiento del *Zohar* y la manera en que el libro apuntaba hacia él. De una forma que no termino de entender, Sabbatai logró convencer de la justicia de sus pretensiones a dos rabinos llamados Silveira y Piñero. ¡Piñero! ¿Cómo puede ser un maestro de las Escrituras alguien que se llame así? ¡Piñero! ¡Piñero! Bueno, el caso es que los dos decidieron apoyarlo y en 1648 lo reconocieron como mesías.

—¿Y los demás?

—Los demás no eran ni tan soberbios ni tan ignorantes ni tan necios como el tal Piñero. Los sabios de la ciudad de Esmirna se reunieron y decretaron el *jerem* contra él y contra sus seguidores.

—O sea que los excomulgaron…

—Sí, puede usted utilizar ese término si lo prefiere.

—Carrera breve entonces…

—Inicio de carrera más bien. Durante unos años no se supo nada de Sabbatai, todo parecía haber caído en el olvido y entonces mire usted por dónde, al cabo de un lustro más o menos apareció en Constantinopla.

—¿En Constantinopla? Un sitio un poco raro para un mesías…

—Pues ahora que lo dice… Sí, no era un lugar ideal, pero allí Sabbatai se encontró con un sujeto que se llamaba Abraham ha-Yakini. No sé mucho sobre este personaje, pero lo cierto es que el tal Abraham dijo que poseía un manuscrito de notable antigüedad y que en él se indicaba que Sabbatai era el mesías. Total nada.

—Ya es casualidad…

—¿Casualidad? No sea ingenuo. Se trataba de una falsificación como el *Zohar*. Abraham debió de olfatear el negocio y decidió apoyar a Sabbatai. A fin de cuentas, no todos los días se tiene la posibilidad de entrar en el séquito del mesías. Y entonces la situación se disparó. Durante años, Sabbatai había sido casi un desconocido, pero ahora se trasladó a Salónica y comenzó a enseñar la Cábala. ¿Resultado? Pues consiguió más discípulos y los rabinos acabaron por echarlo de nuevo. Pero, una vez más, distó mucho de dejarse vencer por el desaliento. Por el contrario, decidió partir hacia El Cairo donde coincidió con un hombre llamado Rafael José Halabi. El tal Rafael José era rico, muy rico, pero, por encima de todo, sentía un enorme interés…

—… por la Cábala —me adelanté.

—Sí —dijo el judío—. ¿Cómo lo ha sabido? ¿Había oído hablar de él antes?

—Intuición —respondí.

—Pues ha intuido bien. Sí, aquel hombre era un apasionado de la Cábala. Por lo que me han contado, llevaba una vida de asceta, pero, al mismo tiempo, siempre tenía a cabalistas comiendo a su mesa.

—Y Sabbatai pasó a ser uno de ellos… —pensé en voz alta.

—Sabbatai pasó a ser *el* cabalista —respondió el judío—. Se las arregló, aunque es posible que no tuviera que esforzarse mucho, para convertirse en el mentor espiritual de aquel hombre de mucho caudal y poco seso. Ignoro exactamente los métodos que utilizó, pero lo cierto es que consiguió sacarle bastante dinero; bueno, al menos, el suficiente como para poder trasladarse a Jerusalén con sus discípulos que, dicho sea de paso, cada vez eran más. Como usted puede ver, todos los mesías, aunque sean falsos, acaban por recalar en Jerusalén.

—Sí. Me doy cuenta —reconocí—. ¿Y qué pasó en Jerusalén?

—Al principio nada. Sabbatai cantaba hermosas canciones originarias de Sefarad, saludaba a los niños que veía por las calles, visitaba las tumbas de hombres y mujeres con fama de santidad, lloraba emocionado… Seguramente, era algo muy parecido al comportamiento de muchos judíos piadosos que habían decidido acabar sus días en la tierra de Israel y, seguramente también por eso mismo, nadie le hacía mucho caso. ¿Quién sabe? A lo mejor, podría haber acabado sus días en medio de aquella buena gente, enseñando estupideces sobre la Cábala y visitando el Muro de las Lamentaciones. Pero entonces, cuando parecía que las cosas volvían a su cauce, sucedió lo inesperado.

30

—Como creo que ya le he dicho, nuestra situación entre los
goyim que siguen a Mahoma siempre ha resultado muy inestable.
En algunos momentos, nos explotan, pero nos dejan vivir con
relativa calma; en otros, además de explotarnos, nos hacen la vida
imposible. El gobierno turco era extraordinariamente corrupto,
pero su corrupción variaba. En situaciones normales, sus funciones exigían sobornos por todo; en las anormales, no se confor-
maban con ese comportamiento y había que abonarles una cantidad adicional, por regla general, muy crecida. Es decir, siempre
nos exprimían, pero unas veces más y otras menos. En aquellos
momentos, los turcos decidieron que los judíos de Jerusalén tenían que pagar un canon para seguir viviendo en la ciudad. O
pagaban o se marchaban. Puede usted imaginar el drama. No
eran pocos los que habían dejado todo, abandonado todo, incluso perdido todo para vivir allí y ahora que habían logrado establecerse en la ciudad donde resucitarían los primeros muertos,
los turcos les decían que o soltaban un dinero que no tenían o
ya podían ir haciendo el equipaje.

—Comprendo.

—No, no creo que pueda comprenderlo, pero da lo mismo.
El caso es que Sabbatai se ofreció para entregar ese dinero en
favor de sus hermanos.

—¿Sabbatai? ¿Y de dónde iba él a sacar el dinero?

—¿No se lo imagina? Vamos. Piense un poco.

Intenté dar con la respuesta mientras el judío me miraba con gesto divertido, con ese mismo gesto con que un adulto observa a un niño para ver si la criatura acierta o si sólo fracasa brindándole un motivo para reírse.

—¿De Rafael José? —adelanté no del todo convencido.

—¡Bingo! ¡Bingo! Sabbatai regresó a El Cairo, le contó al acaudalado aficionado a la Cábala lo que sucedía y se hizo con el dinero necesario para evitar que nuestros hermanos de Jerusalén se vieran expulsados.

—Bueno, al menos hizo algo digno…

—Sí, también se puede ver así. No cabe duda. El problema está en que en El Cairo las cosas aún se complicaron más. Verá: unos años antes, un ucraniano llamado Chmielnicki inició una serie de matanzas de judíos cuyo horror supera cualquier descripción. Como Chmielnicki se ha convertido en un héroe de la nueva patria ucraniana no se puede señalar nada malo de él, pero lo cierto es que era un asesino sanguinario. Claro que si usted me lo permite, le diré que eso suele ser habitual en los héroes de las naciones nuevas. Parece que tienen especial interés por escoger a hombres que han sembrado el terror para convertirlos en padres de la Patria. Bueno, no nos distraigamos. El caso es que, entre las víctimas de Chmielnicki, estuvo la familia de una niña llamada Sara. Sara pudo ser violada y asesinada por los cosacos, sufriendo un destino aciago similar al de millares de criaturas inocentes como ella. Sin embargo, Sara tuvo la suerte de ser ocultada por una familia cristiana que la llevó a un convento.

—¿Pretendían convertir a la niña?

—Puede ser, pero me inclino por otras razones para explicar que dieran ese paso. Seguramente, pensaron que sería más seguro para ellos y para la criatura buscarle refugio en sagrado. El caso es que Sara se quedó allí por un tiempo, hasta que, por las razones que fueran, de repente, un día se escapó.

—¿Cómo dice? ¿Que se escapó?

—No sólo se escapó. Logró además llegar a Livorno.

—¿A Livorno, Italia?

—Exactamente. A Livorno, Italia. Por allí apareció Sara y allí se entregó a la prostitución.

—Es una historia triste, pero no termino de ver…

—Espere, espere —dijo el judío a la vez que levantaba las manos para imponerme silencio—. Mientras Sabbatai estaba en El Cairo, alguien le contó la historia de Sara y entonces… cuesta creerlo, pero es la verdad, el caso es que decidió que iba a casarse con la joven.

—¿Con una prostituta? —grité sorprendido—. ¿Quería casarse con una prostituta? Pero… pero un paso así, ¿no lo desacreditó?

—Ni mucho menos. ¿Recuerda usted la historia del profeta Oseas?

—¿Se refiere usted al que tomó por esposa a una ramera?

—Sí. A ese mismo.

—No creo que el caso sea igual —intenté argumentar—. Oseas había recibido un mandato de Dios y además su matrimonio era un símbolo. Oseas había sido abandonado por su mujer que se dedicaba a prostituirse y, al volver a recibirla como esposa, se convertía en una imagen de cómo Israel, que había dejado al Señor por otros dioses, sería recibido por un Dios que era todo amor. No veo el parecido con…

—No lo ve porque, en realidad, no existe, pero eso es lo que percibimos nosotros que, a fin de cuentas, mantenemos todavía el sentido común. Sin embargo, aquella gente estaba envenenada por los disparates de la Cábala y cuando Sabbatai les dijo que el mesías debía comportarse como Oseas para rescatar al extraviado pueblo de Israel, lo aceptaron sin rechistar. Por cierto, que la boda se celebró en la casa de Halabi.

—Me lo sospechaba.

—Ahora imagínese usted la situación. Sabbatai tenía seguidores, tenía una esposa rezumante de espíritu cabalístico, tenía el dinero de Halabi y tenía la gratitud de los judíos de Jerusalén. No era poco, y más con una buena parte de nuestros hermanos que había sufrido a Chmielnicki y que esperaba desesperadamente la liberación de Israel. Con todo eso, Sabbatai se dirigió a la Ciudad Santa, pero antes... ah, antes pasó por Gaza y eso tuvo consecuencias extraordinarias.

—¿Por qué?

—No. No por qué. Más bien, por quién. En Gaza, Sabbatai Zvi se encontró con un hombre que se llamaba Natán Benjamín Leví. Este Natán proclamó que era el Elías que debía anunciar la venida del mesías, que, por supuesto, no era otro que Sabbatai.

—¡Qué disparate!

—Sin duda, pero cada vez eran más los que creían en toda aquella locura y cuando Natán anunció que el año siguiente, que, por cierto, era el 1666, iba a ser testigo de la implantación del reino del mesías Sabbatai fueron millares, que digo millares, decenas de miles los que lo creyeron. En masa se encaminaron hacia Jerusalén.

—Imagino que con la intención de consagrarse como mesías.

—Imagina usted bien, sólo que las cosas no se desarrollaron como deseaba Sabbatai. Mientras se había dedicado a cantar dulces canciones españolas, a visitar tumbas, hablar de la Cábala y a conseguir dinero para que no expulsaran a ningún judío de la Ciudad Santa, Sabbatai fue bien visto, pero la idea de que ahora regresara para ser reconocido como mesías... Bueno, la verdad es que eso desagradó a los rabinos. Hubieran deseado que todo concluyera sin ruido, sin estridencias, sin problemas, pero muy pronto se percataron de que no iba a resultar posible y entonces recurrieron a amenazar con la excomunión a los seguidores de Sabbatai.

—¿Y cómo respondió Sabbatai?

—Con inteligencia, todo hay que decirlo. Comprendió seguramente que en Jerusalén podía acabarse su carrera como mesías y decidió regresar a su Esmirna natal, donde pisaba un terreno más seguro.

—¿Y le salió bien?

—Sí, claro que le salió bien. Mientras Natán fulminaba una condena espiritual sobre aquellos que habían decidido no escuchar a Sabbatai en Jerusalén, el grupo se dirigió a Esmirna. Por lo que sé, tanto allí como en Alepo fue objeto de una recepción entusiasta por parte de los judíos de la zona. Y en esta última ciudad, a finales de año, con sonidos de trompetas y gritos de «larga vida al rey mesías», Sabbatai llevó a cabo su autoproclamación. Fue entonces cuando me enteré de su existencia.

—¿Quiere usted decir que hasta entonces no había sabido nada?

—Nada en absoluto. No se extrañe, todo aquello sucedía en una punta del mundo. ¡Esmirna! Comerciábamos con la ciudad, sí, pero tampoco es que tuviéramos un interés especial por lo que pudiera suceder. Ni siquiera entre los nuestros. Pero, claro, una cosa era un sujeto extraño dedicándose a especular con la Cábala y otra era ese mismo individuo anunciando que era el mesías y que iba a implantar su reino en unos meses. Aquella noticia corrió como un reguero de pólvora por nuestras comunidades en todo el mundo. En Italia, en Alemania, incluso en mi amada Holanda, aparecieron misioneros que predicaban la buena noticia de Sabbatai Zvi, el mesías que dominaba los secretos de la Cábala.

—Y… ¿cómo respondieron los judíos de otros países?

—Al principio con incredulidad. En Oriente se da por supuesto que acontecen cosas raras, pero aquello superaba la media normal. ¿Era todo cierto o nos encontrábamos con unos vividores que deseaban sacarle el dinero a nuestras comunidades estimulando su credulidad? Para salir de dudas, decidimos consultar a algunos cristianos dignos de confianza, ya sabe, comerciantes protestantes.

Ahogué la carcajada que estaba a punto de proferir, pero ya no pude evitar que el judío me mirara un tanto molesto.

—No tiene ninguna gracia —dijo un tanto amostazado—. Usted no puede imaginarse el enloquecimiento de la gente en aquellos momentos. Las matanzas de Chmielnicki no habían sucedido tantos años antes y muchos se debatían entre su insatisfacción por lo que se lograba en tierra de *goyim* y la falta de valor para regresar a la tierra de Israel. Ahora llegaban noticias, transmitidas, por cierto, por gente que desbordaba entusiasmo, anunciando que la liberación del mesías se encontraba a la vuelta de la esquina. ¿Cómo podíamos saber si todo aquello era cierto, si no se trataba de un gigantesco fraude, si no resultaba una estafa más? Pues teníamos que dar con gente neutral y, al tiempo sagaz; gente que pudiera entender lo que sucedía, pero que, a la vez, no se dejara arrastrar por aquel entusiasmo. Esa gente sólo podían ser algunos puritanos ingleses o algunos calvinistas holandeses.

—Lo entiendo —dije intentando no sonreír—. ¿Sacaron algo en limpio de aquellas pesquisas?

—Seguramente, todo lo posible. Nos dieron todos los detalles sobre Sabbatai que ya le he comentado. Con eso cualquiera que conservara la cabeza sobre los hombros debería haber sospechado que se encontraba ante un impostor, pero le confieso que el resultado fue muy diferente. La verdad es que se tiene que haber vivido en esa época para intentar comprenderlo. Por ejemplo, los rabinos comenzaron a afluir a las filas de Sabbatai como no había visto yo que sucediera ni siquiera con Bar Kojba. Déjeme recordar... Hayim Benveniste, Isaac Aboab de Fonseca, Moisés Rafael de Aguilar, Moisés Galante, Moisés Zacuto... Bueno, no le digo más que Dionisio Musafia Musafia, que era casi un seguidor de Spinoza, también se convirtió en discípulo de Sabbatai.

—¿Un admirador de Spinoza? —exclamé sorprendido—. Desde luego, parece increíble que le pudiera atraer Sabbatai...

—Increíble era lo que estábamos viviendo. Los relatos sobre navíos repletos de judíos que se dirigían desde los lugares más insospechados hacia Esmirna se sucedían a diario y no crea, en no pocas ocasiones se correspondían además con la realidad. Por ejemplo, nuestra comunidad en la ciudad francesa de Aviñón decidió marchar en masa al encuentro de Sabbatai.

—Parece sorprendente… —reconocí abrumado por lo que estaba escuchando.

—¿Parece? Lo era. ¡Lo era! Y además con los acontecimientos que se acumulaban… Mire, como existe una creencia bastante extendida de que el mesías introducirá cambios en la Torah, Sabbatai se puso manos a la obra y anunció que el ayuno del 10 de Tevet debía convertirse en una fiesta dedicada al disfrute y a la alegría. Pues bien, ¡fueron millares los que lo aceptaron con entusiasmo! Créame si le digo que nunca fui testigo de mayor alegría entre mi pueblo desde la época en que el Templo aún se alzaba en la Ciudad Santa de Jerusalén. No quiero ocultarle que algunos sentíamos dudas o incluso no conciliábamos en absoluto en aquello, pero la mayoría creía o ansiaba creer en Sabbatai Zvi. Y así fue como llegó el año 1666.

31

—A inicios de 1666, el año en que debía implantar su reino mesiánico, Sabbatai abandonó Esmirna y se dirigió a Constantinopla.

—¿Por qué a Constantinopla? Quiero decir que no acierto a ver qué relación podía existir entre la capital del Imperio otomano y el mesías…

—Ni usted ni nadie —respondió el judío con aspereza—. A decir verdad, creo que nunca ha estado claro. Algunos dicen que las autoridades turcas lo citaron para someterlo a una investigación que permitiera determinar lo que iban a hacer con él; otros prefieren la tesis de que Sabbatai iba simplemente a enfrentarse con el sultán y a ceñirse la corona para que quedara de manifiesto desde el principio la veracidad de sus pretensiones. Cualquiera sabe, pero lo cierto es que marchó hacia Constantinopla y entonces… entonces todo se disparó. Verá. Tan pronto como la nave que lo transportaba llegó al muelle, Sabbatai fue detenido, cargado de cadenas y arrojado a una mazmorra.

—Lo que imagino que tendría un efecto pésimo sobre el entusiasmo de sus seguidores.

—Imagina usted muy mal, amigo mío. Sabbatai se las arregló para que en la cárcel lo trataran relativamente bien. No vaya a pensar que porque creyeran en él, sino porque supo distribuir los sobornos adecuados en las manos propicias. Esa circunstancia, la de su buen trato, fue interpretada inmediatamente por sus seguidores como una prueba más de que era el mesías.

—Pues hace falta estar ciegos… —pensé en voz alta.

—No voy a negárselo, pero habían entrado en esa dinámica típica de las sectas en la que un acontecimiento o el diametralmente opuesto es interpretado siempre en clave positiva. Por ejemplo, que se cumple la profecía, el profeta ha sido enviado por Dios; que no se cumple, también ha sido enviado por Dios, que ahora somete a prueba la fe de Su pueblo. De manera que no le extrañe que toda aquella gente no sólo no se desanimara sino que además esperara contemplar de manera inmediata una manifestación mesiánica de características extraordinarias.

—Visto así… —dije no muy convencido.

—Por supuesto, visto así, porque de lo contrario hay situaciones imposibles de entender. Mire. Al cabo de un par de meses, los turcos sacaron a Sabbatai de la cárcel de Constantinopla y se lo llevaron a una prisión que tenían en un castillo de Abydos. Se puede usted hacer una idea de cómo estaban los ánimos si tiene en cuenta que los seguidores de Sabbatai decidieron llamar a aquella mazmorra Migdal Oz.

—¿Migdal Oz? —repetí incrédulo—. ¿La Torre de la Fuerza?

—Eso es. La Torre de la Fuerza. Como puede ver, optimismo no les faltaba. Pero es que no era sólo cuestión de los que estaban en el imperio turco. En Asia, en África, en Europa, nuestras comunidades eran presa de un fervor extraordinario, imposible de describir o de comprender. En casi todas las sinagogas se inscribieron las iniciales de Sabbatai e incluso comenzó a recitarse una oración que decía… déjeme pensar… quizá la recuerde… a ver, a ver… «Bendice a nuestro señor y rey… el santo y justo Sabbatai Zvi… el mesías del Dios de Jacob». Sí, así decía. Imagínese hasta dónde llegó todo que en los libros de oración que salían de las imprentas se convirtió en costumbre que apareciera un retrato de Sabbatai al lado de otro del rey David, ah, y eso sí, por añadidura sus fórmulas cabalísticas. Pero claro, cuando comienza la locura, sucede algo parecido a cuando el champán sale de una botella. Por mucho que se desee, resulta imposible devolverlo a su lugar. Sabbatai había anunciado la llegada de su reino mesiánico y entonces apareció otro profeta que también proclamaba la cercanía del mesías, aunque sin que estuviera claro que fuera Sabbatai.

—Me parece delirante.

—Todo lo que usted quiera, pero así fue. Verá, a Sabbatai venían a verlo judíos de todo el mundo y cuando digo de todo el mundo, quiero decir de todo el mundo. En cierta ocasión, hasta se le plantaron delante dos talmudistas de Lvov…

—Perdón —le interrumpí—. ¿Ha dicho usted de Lvov? ¿De… Polonia?

—Sí —respondió molesto el judío—. ¿Dónde está Lvov? ¿Conoce usted alguna ciudad de ese nombre que no esté en Polonia? Bueno, el caso es que visitaron a Sabbatai en Abydos y le comunicaron una importante noticia. Resultaba que un profeta llamado Nehemías ha-Cohen andaba anunciando la llegada del mesías, si bien no lo identificaba de entrada con Sabbatai.

—Sí que era una complicación, sí —reconocí casi divertido.

—Por supuesto que lo era y, ni corto ni perezoso, Sabbatai ordenó que el tal Nehemías compareciera ante su presencia.

—¡Qué audacia!

—A saber… quizá tan sólo esperaba que aquel sujeto molesto que vivía en Polonia se negara a presentarse en el imperio turco. Si ése fue el caso no tardó en quedar desilusionado, porque en el otoño de 1666, el tal Nehemías llegó a Abydos.

—¿Y…?

—Discutieron largo y tendido. Sin resultado alguno. Nehemías no quedó en absoluto convencido por Sabbatai y por lo que se refiere a éste cuesta creer que pudiera dar su brazo a torcer frente a un sujeto procedente de Polonia. Al final, se separaron sin haber llegado a un acuerdo. Pero, claro, esa circunstancia no era buena publicidad para el movimiento y algunos de los seguidores de Sabbatai llegaron a la conclusión de que llevarían a cabo una buena obra si asesinaban a Nehemías y disipaban cualquier duda sobre su mesianidad.

—¡Dios mío!

—Sí, hay que reconocer que los ánimos andaban un tanto caldeados a aquellas alturas. El año avanzaba, Sabbatai seguía en prisión, algunas personas comenzaban a formularse preguntas y ahora aparecía aquel polaco empeñado en que el mesías iba a ser otro. No pretendo, ni mucho menos, justificarlo, pero no es tan extraño que algunos de los seguidores de Sabbatai pretendieran cortar el problema… de raíz.

—¿Qué pasó con Nehemías?

—No estoy muy seguro de que fuera trigo limpio, pero, desde luego, tampoco era un estúpido. Seguramente, olfateó el peligro porque el caso es que huyó a Constantinopla y allí se convirtió al islam.

—¿Cómo… cómo dice?

—Lo que acaba de oír. Ignoro si era un desequilibrado, un hombre débil o un malvado. De lo que no me cabe la menor duda es de que odiaba a Sabbatai. De hecho, aprovechó su conversión para difundir informaciones en el sentido de que Sabbatai estaba tramando una conspiración contra el sultán.

—Menudo sujeto…

—Despreciable, pero eficaz. Cuando Mehmet IV, es decir, el sultán, se enteró de todo, ordenó que Sabbatai fuera sacado de Abydos y trasladado a Adrianópolis. Es posible que antes hubiera pensado que era sólo un loco con el que no resultaba adecuado ensañarse, pero, claro, una cosa es un loco y otra muy diferente un conspirador. A través de su médico, que, por cierto, era un judío convertido al islam, el sultán hizo saber a Sabbatai que lo mejor sería que olvidara todas sus pretensiones y abrazar a la fe predicada por Mahoma. Ah, dentro de esa tolerancia tan propia de los musulmanes, también se le informó de que la alternativa sería la muerte.

—¿Y qué hizo Sabbatai?

—¿De verdad no lo imagina?

—¿Se… se con…?

El judío asintió con la cabeza mientras una nube de tristeza se le posaba sobre los ojos.

—Sí, se convirtió al islam. Se despojó de su indumentaria judía y se colocó en la cabeza el turbante de los turcos.

—Me parece increíble… —musité.

—Pues nada más cierto. Claro que también hay que decir que no fue el único. Tanto Sara como muchos de sus seguidores hicieron lo mismo y abrazaron el islam. La pobre mujer no debió de pasarlo bien porque, para disipar cualquier duda sobre la sinceridad de su conversión, se ordenó a Sabbatai que tomara una segunda esposa y obedeció sin oponer la menor resistencia.

—Sí, ya veo, pero un cambio así…

—Bueno, había conservado la vida, el sultán le dio un cargo público con un buen salario, conservó a la esposa y ganó otra más…

—Pero había afirmado que era el mesías…

—Sí, lo había afirmado, pero ahora había dejado de hacerlo. Incluso, en los años siguientes, en más de una ocasión, como piadoso musulmán que era ahora, se dedicó a burlarse de la fe de sus padres.

—Me parece espantoso… sinceramente… Incluso creo que fue peor que lo que sucedió con Bar Giora o con Bar Kojba.

—Quizá… quizá tenga usted razón.

Guardé silencio unos instantes abrumado por la historia de los millares, quizá incluso decenas o centenares de miles de judíos que habían seguido a un mesías casado con una ramera y dispuesto a cambiar la Torah y que, al fin y a la postre, se había convertido al islam.

—¿Qué pasó con sus seguidores? —pregunté al fin.

—¿Sus seguidores? Me temo que aquello fue una suma interminable de desastres individuales. Por supuesto, algunos cayeron en la desilusión más absoluta y nunca se repusieron. No fueron pocos los que dejaron de creer en el judaísmo como una religión sana y viva, y, como siempre que sucede eso, menudearon las apostasías. Por millares, abrazaron el islam o el cristianismo, convencidos de que lo que habían creído y practicado durante toda su vida anterior era algo endeble, estúpido, incoherente, lo suficientemente poco digno como para no poderlos librar del estigma del fraude que habían sufrido. Otros se empeñaron en seguir creyendo en Sabbatai…

—No puedo…

—Sí, sí, créalo. Supongo que habían dado demasiado de sí mismos como para aceptar ahora que se habían comportado como estúpidos. Insistieron en que Sabbatai era el mesías y se empeñaron en explicar que su conversión al islam formaba parte de su descenso hasta el pecado más horrible para así poder redimir a Israel. Sé que parece un disparate y además lo es, pero puedo asegurarle que en la Cábala hallaron argumentos suficientes para apoyarlo.

—¿Qué fue de Sabbatai?

—Imagino que no debe de ser fácil pasar de mesías a nada de una manera tan rápida —respondió el judío, pero en sus palabras no había un ápice de ironía—. Como ya le he dicho, en más de una ocasión insistió en que el islam era superior al judaísmo y esa circunstancia impulsó a los turcos a permitirle que predicara en las sinagogas. Esperaban, y quizá él mismo se lo había prometido, que Sabbatai arrastrara a más judíos a la fe de Mahoma, pero no fue eso lo que sucedió…

—¿A qué se refiere?

—Verá. Tengo la sensación de que Sabbatai no podía estar sin gente a su alrededor que lo venerara, siquiera como un gran maestro. Al cabo de no mucho tiempo, volvió a enseñar la Cábala y esta vez no se limitó a los judíos sino que también tuvo discípulos musulmanes. Antes de que pudieran darse cuenta las autoridades, había formado un grupo de turcos y judíos que lo veneraban como a su guía espiritual. Seguramente, hoy en día habría creado su secta de la nueva era, hubiera dado seminarios de cábala y autoayuda y habría terminado sus días con mucho dinero y algo de prestigio, pero, a finales del siglo XVII…

—Entiendo.

—Al final, los turcos se cansaron de él. No convertía a ninguno de sus antiguos correligionarios al islam y además enseñaba cosas demasiado raras. Le quitaron el sueldo oficial que recibía y le ordenaron que abandonara Adrianópolis con destino a Constantinopla. Y entonces… bueno, no sé, quizá entonces se produjo un milagro.

—¿A qué se refiere?

—Pues verá, se cuenta que un día, en una aldea cerca de Constantinopla lo descubrieron recitando salmos. Lo hacía en una tienda, acompañado de otros judíos.

—¿Cree usted que regresó al judaísmo?

El judío se encogió de hombros.

—¿Quién puede saberlo? Lo cierto es que el gran visir consideró que lo más prudente era desterrarlo de Constantinopla y ordenó que lo deportaran a Dulcigno, un lugarcito de Montenegro que ahora se llama Ulcinj. Allí, cuando su recuerdo aún levantaba resentimiento y esperanza, sí, esperanza por difícil que resulte creerlo, Sabbatai Zvi acabó sus días en soledad.

32

—Como ya le he dicho antes, viví la historia de Sabbatai Zvi desde la distancia. Cuando llegaron a Amsterdam sus emisarios, los contemplé con una mezcla de incredulidad y repulsión. Me parecían insoportables aquellos judíos de aspecto oriental, atrasados, anclados en tiempos que yo había vivido y a los que no deseaba regresar y empeñados en predicar a un nuevo mesías como ya había conocido a otros, siempre con desastrosos resultados para nuestro pueblo. De todos ellos, sin embargo, creo que fue Sabbatai el más dañino, aunque, todo hay que decirlo, no esperé yo entonces que las consecuencias llegaran a tanto.

—Pero Sabbatai… quiero decir que para finales del siglo XVII… entiéndame, no quedaba nada de él.

—Ya. Bueno, reconozco que yo tampoco logré ver entonces todas las consecuencias de sus actos. Por supuesto, supe de aquellos que habían apostatado y tuve ocasión de ver a no pocos que quedaron espiritualmente deshechos, pero creí que con aquello, que no era poco, quedaría cerrada la catástrofe. Sin embargo, fue mucho, muchísimo peor. Ah, ¿no me cree? No me cree, ¿verdad? Piense usted un poco, se lo ruego. ¿Qué pasó en nuestras comunidades en Europa oriental? Enloquecieron. ¡Enloquecieron!

—¿A qué se refiere?

—Me refiero a los hasidim. Tampoco es que desee culparlos. Primero, habían sufrido a Chmielnicki, luego llegó el farsante de Sabbatai Zvi y, por supuesto, siempre estaban las presiones de los católicos y de los ortodoxos. Bien, todo eso lo entiendo, pero entonces ¿qué pasó? ¡Pues que se volvieron a los disparates de la Cábala y surgieron los hasidim! Yo sé que muchos los consideran la salvación de nuestro pueblo en Polonia, en Ucrania, en Rusia, pero ¿fue así? Lo dudo mucho. El sabio, que, dicho sea de paso, no había podido impedir que las sinagogas se entregaran a Sabbatai Zvi, ahora se vio sustituido por el *tsadik*. Cantaban, se zarandeaban, se retorcían en medio de supuestos éxtasis, pero ¿qué era todo aquello? Un simple intento de escapar de la realidad, de una realidad que no podían cambiar y que ocultaban balbuciendo estupideces que nunca han formado parte del judaísmo como, por ejemplo, la creencia en la reencarnación. ¡Qué locura! ¡Judíos polacos profesando una enseñanza propia de los arios que invadieron la India! No me mire así. Lo que estoy diciendo es la pura verdad. En lugar de reconocer que habíamos fracasado estrepitosamente en nuestra identificación del mesías, y me incluyo porque soy judío y no hice nada positivo por impedirlo, nos lanzamos a la especulación, al dislate y a la absorción de creencias extrañas. ¡Qué horror!

—Bueno —intenté calmarlo—. Tampoco hubo hasidim en tantos lugares…

—Ah, ¿no? Hasta que ese asesino llamado Hitler los borró de la faz de la tierra en los años cuarenta, eran mayoría en buena parte de Europa oriental.

—Aceptemos que así fuera. No me parece que resulte exagerado afirmar que cumplieron con la misión de preservar la vida judía en una parte del mundo.

—Si usted identifica vida judía con superstición, con el seguimiento ciego de algunos personajes indescriptibles y con el sincretismo religioso, la respuesta es afirmativa.

Decidí no continuar la discusión. Era obvio que el judío

compartía la aversión hacia los hasidim que siente buena parte de la población del Estado de Israel y seguir hablando del tema sólo serviría para encrespar los ánimos.

—En Occidente… —comencé a decir.

—En Occidente fuimos perdiendo a Dios —me respondió el judío—, y quizá es lógico que así sucediera. No sólo no habíamos contenido aquella locura sino que nos habíamos sumado a ella con entusiasmo. Nosotros, *nosotros* que habíamos visto cómo los seguidores de la Reforma habían logrado el triunfo de la libertad y habían iniciado la revolución científica; nosotros que habíamos escuchado a los puritanos ingleses anunciar que apoyarían nuestro regreso a la Tierra; nosotros… nosotros no reaccionamos mucho mejor que los pobres desgraciados del Este a los que contemplábamos con desprecio apenas oculto. Sí, sí, mucho decir que antes muertos que permitir que una de nuestras hijas se casara con alguno de aquellos cuervos, pero luego… luego no vaya usted a creer que supimos comportarnos mejor, que fuimos más sabios, que estuvimos a la altura de las circunstancias. Algunos de los nuestros se replegaron sobre nuestras tradiciones empeñados en que los preservarían de un mundo que cambiaba con demasiada rapidez como para que pudieran entenderlo; otros decidieron imitar las mutaciones no siempre felices que se sucedían entre los *goyim* sin percatarse de que si perdíamos nuestro pasado y nuestra visión de la vida no tardaríamos en disolvernos como pueblo y en quedarnos sin identidad como personas.

—¿Y usted?

—Yo decidí que lo mejor que podía hacer era atender mi negocio, mejorar mi competencia profesional, mantenerme alejado de tanto loco como pululaba ocasionalmente por nuestras comunidades. Le confieso que no creí en una Ilustración que negaba a Dios y se burlaba de nosotros incluso antes de que comenzara a hacerlo de la Iglesia católica o del cristianismo en general. Tampoco saludé con aplausos la Revolución francesa. A decir verdad, sospeché que una vez que decapitaran a Luis XVI no tardarían en lograr que rodaran decenas de miles de cabezas y no me equivoqué. Predicaban la libertad, la igualdad, la fraternidad mientras encharcaban con sangre el mapa de Europa y descuartizaban la herencia de siglos. Y además… además yo sabía que, tarde o temprano, vendrían a por nosotros. Estaba seguro. Ignoraba si antes querrían destruir nuestro cuerpo o nuestra alma, pero no abrigaba dudas de que intentarían borrarnos de la faz de la tierra. Así fue y desgraciadamente, uno de los nuestros sería decisivo para conseguir ese objetivo.

—¿A qué se refiere?

—Verá. Debió de ser en torno a 1845. Yo me encontraba en Londres. Desde hacía casi dos siglos, viajaba mucho a aquella ciudad e incluso pasaba en ella temporadas prolongadas por razones de trabajo. No es que los británicos fueran todos puritanos, pero, después de Cromwell, les quedó el suficiente poso como para ir levantando su imperio sobre valores puritanos como el trabajo, el ahorro, la educación o la honradez. Bien, no nos distraigamos. Cuando realizaba esos viajes, aprovechaba generalmente para comprar libros. Había tardado mucho en adquirir semejante afición, pero debo confesarle que desde el siglo XVII le fui cogiendo gusto. Londres ofrecía, desde luego, muchas posibilidades para adquirir obras interesantes. No era sólo aquello que se publicaba en las islas sino que además llegaban, y se editaban, libros en otros idiomas y no eran caros, ésa es la verdad. El caso es que una mañana andaba yo paseando y viendo librerías cuando di con un tomito que se titulaba *La cuestión judía*. El título me pareció sugestivo, el precio me resultó razonable y lo compré. Por supuesto, en Inglaterra siempre ha existido una tradición antisemita, como en otros lugares, pero no es menos cierto que desde la Reforma ha predominado una cierta simpatía hacia nosotros siquiera porque somos los protagonistas indiscutibles de la primera parte de la Biblia cristiana. Pensé yo, por lo tanto, que la obra intentaría ofrecer una salida a la situación por demás difícil que padecían no pocos de mis hermanos en distintas partes del globo. Le adelanto que me equivoqué totalmente.

—¿Se trataba de un escrito antisemita?

—De uno de los más asquerosos e irracionales que he tenido oportunidad de leer nunca. Sostenía que el alma del judío era la codicia; que lo único que nos importaba, que lo que deseábamos por encima de cualquier otra cosa, era el dinero.

—No me parece que fuera muy original —señalé con un dejo de ironía.

—No lo era, desde luego. Esa estupidez se ha repetido durante siglos seguramente porque los *goyim* no tienen el menor interés en el dinero y entre ellos no se dan ni la codicia ni la avaricia.

—Ahora es usted el que ironiza.

—¿Acaso me faltan razones? Llevamos arrastrando esas acusaciones desde hace milenios y, a pesar de su innegable necedad, no han dejado de repetirse. ¿Cuántos judíos son dueños de grandes bancos en su país?

—Ninguno.

—Bien. ¿Y cuántos forman parte de la lista de los, digamos, diez o quince primeros empresarios?

—Ninguno.

—Ninguno. ¿Lo ve? Pues seguro que si eso sucede en España pasará también en otras naciones menos importantes económicamente que, por cierto, son unas cuantas. Imagínese el panorama a mediados del siglo XIX. En algunas naciones, brillábamos por nuestra ausencia; en otras, no pasábamos de ser pequeñas minorías que, como mucho, poseían un comercio y aquel sujeto salía ahora con que nuestra esencia era la avaricia y la acumulación de dinero. Nosotros éramos el mal del mundo y ¿sabe usted cuál era la solución?

—¿Su desaparición? —me atreví a aventurar.

—Exactamente —asintió el judío con la cabeza—. La solución al problema judío se produciría cuando ya no existiera nuestra milenaria avaricia, nuestra secular identificación con las finanzas porque nuestro «dios secular», como decía el autor de aquel panfleto, era el dinero. Llegado ese momento, ya no seríamos judíos. Desapareceríamos como tales y con nuestra extinción también se podría anunciar que había concluido la cuestión judía. No sólo eso. Arreglada la cuestión judía, tendría lugar la «autoemancipación de nuestra época».

—Suena familiar. Lo que ya resulta más chocante es que todo se escribiera en 1845 y no un siglo más tarde.

—Es cierto, pero ¿quién podía saberlo entonces? Hasta ese momento, habíamos sufrido expulsiones, brutalidades, matanzas… pero que se buscara totalmente nuestra desaparición… fíjese, incluso los católicos más antisemitas estaban convencidos de que algunos de nosotros debíamos sobrevivir hasta el día del Juicio Final como testimonio de nuestra perfidia frente a la predicación eclesial. Aquel sujeto, sin embargo, no nos concedía ni siquiera tan mezquina posibilidad. Debíamos extinguirnos y cuando semejante eventualidad se produjera no sólo se acabaría el problema sino que el mundo habría experimentado una emancipación extraordinaria. Por un tiempo, me olvidé de aquel panfleto que, debo decírselo, me causó una ira difícil de reprimir. Supongo que pensé que era una de esas tonterías que se escriben y que se olvidan. Sin embargo, aproximadamente un año después, volví a oír hablar del autor. Uno de mis clientes, el propietario de unas fábricas se refirió a él, en el curso de una conversación. Lo hizo con aprecio. Como si se tratara de una mente verdaderamente extraordinaria, privilegiada, genial. Le confieso que lo primero que se me pasó por la cabeza fue que el número de los idiotas es mucho mayor de lo que llegamos a sospechar en nuestros peores momentos, pero aquel empresario parecía haber perdido el interés por lo que debíamos abordar y siguió insistiendo en el carácter excepcional del autor del panfleto. No sólo de eso. De la manera más inesperada, me dijo que se encontraba escribiendo ahora un manifiesto que, en su opinión, iba a cambiar la historia de una manera decisiva. No le oculto que se me puso un peso en la boca del estómago al escuchar aquellas palabras. Si aquel sujeto que había anunciado nuestra extinción como un hecho deseable, como una muestra de progreso del género humano, estaba a punto de redactar una obra que podía cambiar la historia, lo que nos esperaba... bueno, ya me entiende.

—Sí. Comprendo que no se sintiera usted muy a gusto.

—El caso es que, armándome de valor, le señalé al empresario que me gustaría conocer a aquel hombre. En un primer momento, el dueño de las fábricas pareció sorprendido por mi propuesta, pero luego, en apenas unos instantes, pareció alegrarse. Incluso me atrevería a decir que su rostro adoptó un aspecto risueño. Me dijo que su conocido, su amigo, a decir verdad, era un hombre que solía sufrir problemas económicos porque no todo el mundo sabía apreciar su genio y que, por lo tanto, de manera ocasional, él solía ayudarlo. Quizá yo mismo...

—¿... podría ayudarlo también? No puedo creerlo.

—Pues créalo porque, efectivamente, eso fue lo que me dijo.

—¿Y llegó a conocerlo?

El judío asintió con la cabeza.

—Sí. Fue un par de semanas después. Una vez más, me había olvidado de aquel sujeto distraído con mi trabajo cotidiano, pero, una mañana, recogí una nota del dueño de las fábricas. Me invitaba a cenar con el autor del libro sobre la cuestión judía. Dudé entre aceptar o rechazar la invitación. Tenga en cuenta que no me parecía tentadora la idea de estropear una comida hablando con un antisemita, pero... bueno, al final, le dije que sí.

—¡Qué estómago! —pensé en voz alta.

—Cuando un par de tardes después llegué al restaurante, ya estaba esperándome el empresario. Me saludó con cordialidad y comenzamos a hablar de cosas intrascendentes. Llevaríamos charlando dos o tres minutos, cuando, de repente, el propietario de las fábricas se puso en pie de un salto y dijo: «Ahí está, ahí está». Lo hizo con un entusiasmo… ¿cómo le diría yo? Igual que esas jovencitas que adoran a los ídolos del rock y se desmayan o chillan o saltan a su paso. Por supuesto, mi conocido no llegó a tanto, pero el brillo de sus ojos dejaba de manifiesto que su admiración no era menor. El recién llegado resultaba, desde luego, imponente. No es que fuera muy alto, eso no, pero parecía macizo, enorme, inmenso, casi como si en lugar de tórax tuviera un barril de cerveza. Contribuía a esa impresión un cabello largo, que le llegaba hasta los hombros y que daba a su enorme testuz el aspecto de una pirámide truncada, y, sobre todo, una barba muy poblada que se desplegaba en abanico cubriéndole buena parte del pecho. Por un momento, recorrió la sala con los ojos, pero nada más ver a mi acompañante, se dirigió a grandes zancadas hasta nuestra mesa. Por cierto, ¿cómo soporta usted el mal olor?

—Perdón… —dije un tanto desconcertado.

—El mal olor —insistió el judío—. Cuando una persona huele mal y se sienta a su lado, por ejemplo, en el autobús o en un restaurante, ¿cómo se lo toma?

—Pues la verdad es que me desagrada —reconocí—. Sí, me da mucho asco. No comprendo por qué algunas personas no cuidan más de su higiene personal.

—A mí me sucede lo mismo —indicó mi acompañante—. A decir verdad, los judíos siempre nos hemos tomado muy en serio la limpieza. Por razones religiosas, si usted quiere, pero nos ha parecido una cuestión muy importante. Esto tiene sus ventajas, pero también algunos inconvenientes. Por ejemplo, se es más sensible a los malos olores, te molestan más. Pues bien aquel sujeto apestaba. La ropa… bueno, llevaba una ropa arrugada como… como si hubiera dormido encima de ella… y despedía un hedor… Estoy convencido de que sus axilas no habían visto el agua desde hacía semanas, quizá meses, y las manos… ¡Qué manos más asquerosas! Llevaba las uñas con unas rayas de suciedad que… bueno, le ahorraré detalles… El caso es que el empresario nos presentó, intercambiamos saludos, se sentó, pedimos los platos… Si le digo que aquella comida fue una sucesión de olores repugnantes procedentes del escritor supongo que no le sorprenderá. Se inclinaba para coger el pan y hasta la nariz me llegaba una vaharada de debajo de su brazo; se abría la levita para rascarse la panza, sí, como lo oye, rascarse la panza, y emergía una fetidez procedente de no quiero pensar qué lugar de su cuerpo; se pasaba la mano por la entrepierna y emergía cargada de… bueno, dejemos las descripciones. El caso es que con todo lo asqueroso que resultó aquello no fue lo peor de la comida.

—Pues la verdad….

—Sí, créame. El empresario y el autor se conocían desde hacía tiempo, pero, a decir verdad, habían vuelto a reunirse durante la primavera de 1845. A esas alturas, el escritor había dado con una teoría que explicaba *todo* y que, según el empresario, era un «descubrimiento» que «iba a revolucionar la ciencia de la historia». Fíjese bien. No se trataba de filosofía sino de ciencia. Le confieso que aquello me sonó un tanto inverosímil, pero el propietario de las fábricas lo expresaba todo con el entusiasmo propio de un convencido predicador. Tan convencido estaba que iba a ayudar a aquel filósofo científico en la tarea de redactar la obra que alteraría la historia. Y en ese momento, hizo una seña al fétido invitado y éste echó mano de un cartapacio que llevaba consigo. Con aquellas manos sucias capaces de provocar arcadas en cualquiera, extrajo unos papeles que manchó de grasa y leyó: «Un fantasma recorre Europa. Todas las potencias de la vieja Europa se han coligado en una Santa Alianza para acorralarlo: el Papa y el zar, Metternich y Guizot, los radicales franceses y los policías alemanes. De aquí se desprende una enseñanza doble: Primero. Que ese fantasma es reconocido como una fuerza por todas las potencias de Europa; y Segundo. Que ha llegado la hora de que quienes lo siguen manifiesten a la faz de todo el mundo su forma de ver, sus objetivos y sus tendencias».

—Pero eso… —intenté decir, pero el judío levantó la mano imponiendo silencio.

—Tuve la sensación de que aquel inicio lo habían repasado una y otra vez porque mientras aquel cerdo lo leía, mi cliente lo había repetido en voz baja como si se tratara de una oración. Y entonces, despidiendo una nueva tufarada, aquel hombre de la poblada barba me miró y me dijo: «La historia de toda sociedad hasta el día de hoy no ha sido sino la historia de las luchas de clases. Libres y esclavos, patricios y plebeyos, nobles y siervos, maestros y aprendices, en resumen: opresores y oprimidos en lucha constante, han mantenido una guerra que no se ha interrumpido, manifiesta en algunas ocasiones, disimulada en otras; una guerra que siempre concluye mediante una transformación revolucionaria de la sociedad o mediante la aniquilación de las dos clases antagónicas». Reconozco que al llegar a ese punto, temí que hiciera referencia a nosotros y, en armonía con el panfleto que yo había leído unos meses atrás, me anunciara que para lograr la emancipación de la sociedad los judíos debíamos desaparecer.

—Pero no se lo dijo…

—No. No lo hizo. Me miró con unos ojos que parecía que iban a desprender fuego y soltó, entre una nueva vaharada de sus axilas: «La sociedad burguesa moderna, erigida sobre las ruinas de la sociedad feudal, no ha derogado los antagonismos de clases. Sólo ha sustituido a las antiguas con nuevas, creando nuevas condiciones de opresión, nuevas formas de lucha. Donde ha conquistado el poder… ha deshecho sin consideración todos los lazos y ha establecido una explotación abierta, directa, brutal y descarada. Todo lo que resultaba sólido y estable es aniquilado. La burguesía ha sometido el campo a la ciudad… Ha hacinado a la población, centralizado los medios de producción y concentrado la propiedad en un reducido número de manos». Confieso que cuando llegó a ese punto de su exposición, pensé que ahora arremetería contra nosotros. De un momento a otro, pensé yo, iba a decir que las escasas manos que se aprovechaban de todo eran judías. Pero no, precisamente en ese momento, dio un quiebro a su perorata y me espetó: «Ah, pero la burguesía ha forjado las armas que deben ocasionar su muerte e incluso ha creado los hombres que esgrimirán esas armas: los obreros modernos, los proletarios... la situación de esa gente sólo puede empeorar en el futuro en manos de la burguesía capitalista». ¿Se da usted cuenta? ¡En manos de la burguesía capitalista! ¡Y todo eso lo decía delante de mi cliente que era propietario de varias fábricas aparte de un admirador ciego! Durante una buena media hora, aquel sujeto maloliente anduvo contándome cómo la gente cada vez viviría peor en Inglaterra, en Francia, en Alemania y, de esa manera, el ejército de proletarios se incrementaría con miembros de todas las clases sociales. Pero esa situación tendría una salida. El proletariado acabaría armándose y alzándose en armas contra la burguesía. Cuanto peor lo pasaran los proletarios, más solidarios serían entre ellos. No hace falta que le diga que he visto los suficientes desastres a lo largo de mi vida como para saber que las grandes desgracias no crean, precisamente, vínculos de mayor solidaridad sino todo lo contrario, pero, en fin... seguí escuchándolo con paciencia. Hasta ese momento, los proletarios de los que hablaba parecían actuar de manera espontánea, instintiva, casi natural, pero entonces volvió a introducir un nuevo elemento. Se refirió a los socialistas.

—¿Está usted seguro de que habló de socialistas?

—Sin la menor duda —respondió el judío—. Ahora resulta atrasado, antiguo, casi me atrevería a decir que rancio, pero a mediados del siglo XIX, el socialismo era una moda. Como todas las modas, todo hay que decirlo, presentaba una enorme variedad de colores y estilos, pero se había extendido enormemente. La cuestión era saber qué tipo de socialismo propugnaba aquel hombre y yo mucho me temía que, de un momento a otro, se refiriera a que su socialismo necesitaba llevarse por delante a los judíos. De manera retórica y tras echarse al coleto el enésimo vaso de vino, volvió a clavarme la mirada y me espetó:

«¿En qué se diferencian los socialistas de los demás partidos obreros?». Lo ignoraba yo, pero, de todas formas, creo que de haber intentado responderle no me lo hubiera permitido, entregado como estaba a la tarea de adoctrinarme. De manera inmediata, sin dejarme abrir la boca, dijo: «Los socialistas sólo se distinguen de los demás partidos obreros en dos puntos: En las distintas luchas nacionales de los proletarios anteponen y defienden los intereses independientes de la nacionalidad y comunes a todo el proletariado y en las distintas fases de la lucha entre proletarios y burgueses representan siempre y en todas partes los intereses de todo el movimiento».

—Como consigna política no está mal —me atreví a decir—, pero no parece especialmente concreta.

—No lo parece porque no lo es —dijo el judío a la vez que se encogía de hombros—. También fue eso lo que pensé entonces, pero a esas alturas ya había llegado a la conclusión de que mi interlocutor ni siquiera pretendía convencerme. A decir verdad, estaba entregado a la mucho más gratificante tarea de escucharse a sí mismo. Parecía que miraba a lo lejos, a un futuro que ni el empresario ni yo podíamos otear, mientras decía: «En la práctica, los socialistas son la fracción más resuelta de los partidos obreros de todos los países, la fracción que arrastra a las demás. Y ¿por qué? Porque cuentan con la ventaja sobre el resto del proletariado de tener un concepto claro de las condiciones, el desarrollo y las metas generales del movimiento proletario. El propósito inmediato de los socialistas es la constitución de los proletarios en clases, la destrucción de la supremacía burguesa y la conquista del poder público por el proletariado». Le confieso que, al escuchar aquello, estaba más que harto del sujeto. Olía mal, tenía unos modales intolerables en la mesa y no paraba de trasegar vino, aparte de, por supuesto, espolvorear sobre nosotros su discurso con la misma satisfacción con que lo habría hecho un dios con los miserables mortales. Durante una hora más, aquel personaje se dedicó a informarme de la manera en que los socialistas iban a destruir la familia, la patria, la propiedad privada y la cultura. Para lograrlo, recurrirían a mecanismos como la subida de impuestos, la expropiación, el control del crédito o el dominio de la educación por el Estado.

—No le veo muy entusiasmado con el programa de…

—¿Entusiasmado? Pero… pero ¿cómo iba a estarlo? Tenía usted que haberlo escuchado. A aquel sujeto le interesaban tanto los proletarios como a mí los geranios cordobeses. Lo único que ansiaba era mandar, mandar, mandar y quería hacerlo sobre un mundo nuevo en el que todos los que ahora tenían algo hubieran desaparecido de forma sangrienta de la faz de la tierra para dejarle lugar a él. Y entonces, convertido en tirano omnipotente, podría someter a todos a una dictadura a la que denominaba del proletariado, pero que, en realidad, era la de su partido socialista y, en última instancia, la suya. Aquello no era sino un despotismo destructor y carente de frenos morales apenas oculto tras una palabrería cursi sobre la lucha de clases, la opresión o la burguesía. En aquel mismo momento, supe que si sus planes se convertían en realidad podrían costar la vida a millones de seres humanos porque las dimensiones gigantescas del océano de sangre no le importaban a aquel socialista una higa. Por supuesto, le pregunté cuándo sucedería todo aquello.

—¿Y le respondió?

—Ya lo creo —dijo el judío—. Me dijo que estaba a punto de estallar; que en unos meses, los proletarios de toda Europa se alzarían en armas contra sus opresores; que la victoria resultaría innegable en Inglaterra y Alemania y de ahí se extendería al resto del mundo… Se lo voy a decir con claridad: tenía la misma fe ciega y sectaria que había tenido ocasión de contemplar en los seguidores de Bar Giora y de Bar Kojba y de Sabbatai Zvi. Si quiere que le sea sincero, no sé cómo pude soportar todo aquello. Al final, después de que el empresario pagara la cuenta, salimos a la calle. Hacía frío, mucho frío, pero acogí aquella gelidez nocturna como una especie de ducha que me librara de la peste que desprendía aquel profeta del socialismo. No recuerdo bien el pretexto que di, pero el caso es que me despedí de los dos personajes y emprendí el camino de regreso a casa y entonces, cuando había caminado, no sé, seis, ocho pasos, escuché un ruido de cristales.

—¿Un ruido de cristales?

—Sí. Eso he dicho. El mismo que se oye cuando se rompe una botella o un frasco. Me volví y… bueno, no se lo va a creer. Aquel sujeto, el socialista, estaba preparándose para lanzar una piedra contra una farola. La hizo añicos en un instante y entonces me percaté de que era la segunda que había destrozado aquel gamberro fétido. Debió de cargarse media docena antes de que el empresario, que intentaba interponerse entre él y sus blancos, lo convenciera para largarse de allí antes de que apareciera la policía. El angelito se reía a carcajadas cuando desaparecieron totalmente de mi vista.

—Bueno —dije sin mucha convicción—. Al menos, había dejado de tomarla con los judíos.

—No estoy tan seguro. Me da más bien la sensación de que simplemente había descubierto un objetivo mucho mayor sobre el que lanzar sus profecías de muerte y destrucción. A fin de cuentas, ¿a él qué más le daba? Su amigo, el dueño de las fábricas, le aseguraba un buen pasar y hasta le permitía emborracharse a su costa y destruir el mobiliario urbano para divertirse.

—¿Volvió a saber de ellos?

—Ocasionalmente. La revolución estalló en 1848, pero, en contra de lo que ellos pensaban, no condujo al triunfo del socialismo, si acaso a un cierto avance del liberalismo y gracias. Por supuesto, mi cliente siguió ganando dinero con sus fábricas y su patrocinado continuó viviendo de él. Me llegaron a decir que, en un momento determinado, aquel teórico del socialismo dejó encinta a una criada…

—¡Qué comportamiento más burgués! —exclamé fingiendo horrorizarme.

—Y si sólo hubiera sido eso… El caso es que, tras dejarla embarazada, consiguió que mi antiguo cliente inscribiera al hijo como suyo.

—Siempre se puede pensar que le encontraba un padre mejor…

—Sin duda, pero no creo que lo hiciera por eso. Simplemente, no tenía la menor intención de cargar con sus responsabilidades y consideró que aquella pobre… proletaria no merecía destino mejor. Mi conocido, el empresario, le echó una mano. Eso es todo.

—Por cierto —dije reparando en algo que había pasado por alto hasta ese momento—. ¿Resultaría muy indiscreto si le preguntara el nombre de aquel empresario entregado a financiar la llegada del socialismo?

—No, por supuesto —dijo el judío sonriendo—. Se llamaba Engels.

—¿Engels? ¿Friedrich Engels?

El judío asintió con la cabeza apenas capaz de reprimir un rictus divertido que se balanceaba en sus labios.

—Entonces… —balbucí— entonces el escritor… el intelectual era…

—Sí —reconoció reprimiendo a duras penas la risa—. Era Karl Marx.

33

Me sentí ridículo al escuchar las últimas palabras del judío. Sí, claro, Karl Marx. Tenía que haberme percatado antes. Me había despistado la referencia a su antisemitismo —¡en él que era judío y pariente de rabinos!— y, sobre todo, el que se refiriera a la causa del socialismo y no a la del comunismo, pero... sí, había estado claro desde el principio.

—Nunca hubiera pensado que pudiera ser tan repugnante —dije intentando dominar el efecto que me había ocasionado la sorpresa.

—¿Se refiere usted a sus ideas o a sus modos?

No respondí.

—Como mera persona, era de lo más asqueroso que he tenido ocasión de ver y no se puede decir que me hayan faltado ejemplos; como ideólogo... ¿qué quiere que le diga? Estuvo a un pelo de crear el nuevo antisemitismo. Si lo hubiera combinado con su socialismo posterior, habría sido el fundador del nacionalsocialismo.

—Supongo que será una de las paradojas de la historia...

—Más bien de la época —me corrigió suavemente el judío—. No faltaban judíos extraños por aquel entonces. Los había normales, por supuesto, pero también había millares entregados a las locuras de la Cábala o a los dislates del socialismo, incluso a... Verá, fue en Londres a inicios de la década de los ochenta.

—¿Del siglo XIX?

—Sí, claro, del siglo XIX. No sé si habrá oído alguna vez hablar del pogromo de Kishiniov…

—¿En Rusia?

—Sí.

—Pues si no me falla la memoria —respondí— fue un pogromo horrible que acabó determinando la aprobación de las leyes de mayo en Rusia, unas leyes que, supuestamente, protegían a los judíos, pero que, en realidad, restringían su capacidad de acción a lugares determinados.

—Sí, más o menos, eso es. El pogromo de Kishiniov constituyó el inicio de una serie de estallidos de violencia que obligó a millares de judíos a emigrar de Rusia. En su mayoría, se dirigieron a Estados Unidos y a Argentina. Otros decidieron quedarse, por supuesto, e incluso no faltaron los que comenzaron a viajar por el extranjero para pedir ayuda para nuestros hermanos de Rusia. Ése fue el caso de Joseph Rabinowitz.

—No creo haber oído hablar de él —reconocí.

—No es muy conocido, aunque por aquel entonces sí que la gente deseaba escucharlo. En Londres estuvo dando conferencias en varias ocasiones y también en distintas ciudades del Reich alemán y del imperio austríaco. Yo estuve presente en la primera que pronunció en Londres. Alguien, supongo que un cliente o un miembro de la sinagoga a la que iba entonces, me dijo que un judío procedente de Rusia iba a hablar de lo sucedido en Kishiniov y de la redención de Israel. De buena gana hubiera desechado la idea de ir a escucharlo, pero, a fin de cuentas, a pesar de todos los siglos que había vivido, mi conocimiento de mis hermanos de Rusia era bastante superficial. Nunca había visitado aquella nación y, lo reconozco, estaba cargado de prejuicios contra ella. Eran los locos ocupados en la Cábala, los más atrasados de entre nosotros, etc., etc., etc. El caso es que, finalmente, decidí acudir.

El judío se detuvo y clavó la mirada en el horizonte. Como

si pudiera leer, en algún punto al que no alcanzaba mi vista, los detalles de la historia.

—La sala estaba llena. Me bastó echar un vistazo para percatarme de que se hallaba reunido todo tipo de gente para escuchar a Rabinowitz. Me refiero a que, por supuesto, había judíos, pero no faltaban los *goyim*, incluidos algunos clérigos de distintas confesiones cristianas. No recuerdo muy bien quién lo presentó, pero creo que nunca olvidaré el aspecto de Rabinowitz. Estaba muy calvo, y el color blanco de sus escasos cabellos causaba la impresión de que no le quedaba apenas pelo en la cabeza. Al mismo tiempo, tenía una barba alba, grande, venerable. No era como la de Marx, agresiva y sucia, sino como la de un sabio que se ha pasado estudiando casi toda la vida. Rabinowitz comenzó a hablar de manera sosegada y tranquila. Se expresaba con mucho acento y, ocasionalmente, alguna palabra carecía de la pronunciación adecuada, pero su tono era correcto y no costaba entenderlo. Habló, primero, de la situación de los judíos en Rusia, de cómo su vida había quedado reducida a vivir en zonas de reclusión donde la pobreza y la ignorancia constituían su porción cotidiana. Luego indicó cómo las leyes de mayo, lejos de acabar con el antisemitismo, le habían otorgado una cierta legitimidad. Por supuesto, el zar veía mal que se robara, violara o asesinara a sus súbditos judíos, pero prefería tenerlos confinados en áreas concretas, con lo que daba a entender que era mejor que no mantuvieran el menor contacto con los rusos. Puedo asegurarle que todo esto lo fue refiriendo de manera muy sosegada y calmada. Me refiero a que no utilizó el dramatismo ni intentó enardecer los ánimos de la gente. Sin embargo, relataba todo con tal convicción, con tal seguridad, con tal grado de sinceridad que nos conmovió. Y entonces, cuando había llevado nuestro espíritu hasta ese punto, anunció que sólo había una salida para los judíos y era el regreso a su tierra.

—¿Era un sionista?

—No lo era —respondió el judío moviendo la cabeza—.

A decir verdad, todavía no había sionistas, ni nadie pensaba en regresar a Israel. Como ya le he dicho, por aquella época, cuando los hermanos de Rusia optaron por el exilio se dirigieron a América y no a nuestro solar patrio. Por eso, al escuchar aquellas palabras todo el mundo contuvo su aliento. «Nuestra única salida, la única salida para los judíos —dijo—, es regresar a nuestra tierra.» «¿Cómo?», escuché que musitaban a unos pasos de mí. «Sí, ¿cómo?», se hizo eco otra voz. Y entonces Rabinowitz dijo: «Si el Hijo os liberta, seréis verdaderamente libres».

—¿Cómo dice?

—Lo que acaba de oír —respondió el judío—. «Si el Hijo os liberta, seréis verdaderamente libres.» Fue pronunciar aquellas palabras y por la sala se difundió un rumor de confusión y estupor. Confusión porque muchos de los presentes no entendían a qué se refería y otros no terminaban de creerlo. Entonces Rabinowitz levantó las manos con suavidad para pedir silencio y dijo: «Yo soy judío como muchos de vosotros. Crecí como judío y desde mi infancia me he caracterizado por cumplir con los preceptos de la Torah que Dios, el único Dios verdadero, entregó a Moisés. Hace cuatro años decidí visitar la tierra que Dios prometió y dio a nuestros padres. Una tarde, subí al monte de los Olivos y desde allí contemplé la ciudad donde había estado la capital de Israel y el sagrado Templo. Me sentía agobiado por la pena de contemplar cómo ya no era una ciudad judía y cómo no existía el reino que existió en el pasado y cómo todo lo que quedaba del Templo era un muro y entonces… entonces, hermanos, Dios me lo mostró».

—¿Qué le mostró? —pregunté sobrecogido por el relato, pero el judío no pareció escucharme y continuó su narración.

—Se hubiera podido escuchar el vuelo de una mosca en aquel instante. Todos nosotros estábamos ansiosos por ver lo que decía a continuación, por saber a qué se referiría, y entonces dijo: «Nuestra única esperanza como pueblo está en regresar a nuestra tierra, pero ese regreso sólo será feliz si lo lleva a cabo el mesías.

La llave para Tierra Santa se encuentra en las manos de nuestro hermano Jesús».

—¿Cómo? —exclamé sorprendido.

—La llave para Tierra Santa se encuentra en las manos de nuestro hermano Jesús —repitió el judío—. Eso fue lo que dijo y creo que por muchos siglos que puedan pasar no podré olvidarlo. Como usted puede imaginarse, aquella afirmación provocó un revuelo en la sala que resultó difícil de contener. Los cristianos no podían creerse lo que acababan de escuchar y por lo que se refiere a nosotros… Bueno, tampoco puedo decir que pensáramos nada concreto. Más bien estábamos… confusos, trastornados… era como si nos hubiéramos golpeado contra una puerta y no supiéramos todavía si nos dolía o no, si nos habíamos roto la nariz o la conservábamos incólume. Rabinowitz acabó por imponer silencio y entonces terminó de relatar su experiencia en el monte de los Olivos. Allí había descubierto no sólo que nuestra única salida como pueblo era regresar a la Tierra, no sólo que la clave para un regreso pacífico y perdurable estaba en las manos de Jesús sino que además ese Jesús era el mesías prometido en las Escrituras.

—Sospecho que el ambiente se caldearía…

—No sé si ésa es la palabra adecuada —musitó el judío—. Por lo que a mí se refiere, puedo decir que sentí cómo una emoción inmensa se apoderaba de mí. Verá. Había épocas en que me olvidaba del Nazareno, en que dejaba de recordar su anuncio, en que simplemente vivía una existencia sin sobresaltos y tan sosegada que casi parecía normal. Sí, normal, normal, normal… por difícil que pueda parecer. Y ahora, de repente, aquel hombre que iba a hablar de la redención de mi pueblo me decía que nuestro futuro estaba en manos del Nazareno porque era el mesías. Acá y allá se levantaron algunas voces exclamando: «¿Qué dices?» o «¿Estás loco?».Y Rabinowitz, con una calma absoluta, respondió que el mesías ya había venido y que lo había hecho de acuerdo con lo profetizado en el Tenaj. «Está prohibido hacer cálculos sobre la venida del mesías», escuché que decía entre dientes una persona cercana a mí. Y entonces Rabinowitz, como si hubiera previsto cualquier objeción, dijo: «Nuestro patriarca Jacob, según dice el libro de Bereshit, el primero de la Torah, señaló que el Shilo, el mesías, llegaría cuando la tribu de Judá hubiera perdido el cetro, es decir, cuando sobre Israel hubiera un rey no nacido de los hijos de Israel. Eso sucedió en el siglo I de esta era cuando un idumeo llamado Herodes fue coronado rey sobre Israel. Jesús... Yehoshua, nuestro hermano, nació cuando Herodes gobernaba Israel. Pero no se trata sólo de eso, hermanos. Recordad lo que el ángel Gabriel le dijo al nabí Daniel: «Setenta setenas han sido fijadas para tu pueblo y para la Ciudad Santa para acabar con la transgresión, limpiar los pecados y expiar la culpa; para establecer la justicia eterna, sellar la visión y la profecía y consagrar el santo de los santos. Desde que se dé la orden de reconstruir Jerusalén hasta la llegada del príncipe mesías pasarán siete setenas y sesenta y dos setenas...». Fijaos bien. Todo eso constituye un total de cuatrocientos ochenta y tres años a contar desde la reconstrucción de Jerusalén cuando nuestros antepasados regresaron del destierro de Babilonia. Eso fue en la época en que los romanos gobernaban la Tierra de Israel apenas unos años después de la muerte de Herodes. De nuevo, las Escrituras señalan a Jesús».

—Hay que reconocer que los argumentos son de peso —pensé en voz alta—. De acuerdo con esos textos de la Biblia, o Jesús fue el mesías que llegó en el momento adecuado o el tiempo del mesías se pasó sin que hiciera acto de presencia.

—Lo que decía Rabinowitz era impresionante —reconoció el judío—. A decir verdad, a lo largo de los siglos, yo había tenido ocasión de escuchar argumentos a favor de que el Nazareno era el mesías a varias personas. En ocasiones, como en la España medieval, se trataba incluso de antiguos judíos convertidos en frailes, pero nunca, ni una sola vez, había oído aquel razonamiento que, lo confieso, impresionaba. Recuerdo que, al oírlo, uno de los nuestros se puso en pie. Tenía el rostro pálido, como si le hubieran extraído toda la sangre del rostro. La verdad es que parecía tan agitado y tan entregado al esfuerzo de controlarse que temí que pudiera desplomarse de un momento a otro. «Ha pasado mucho tiempo desde entonces, dijo con voz ligeramente temblorosa. Si lo que dices es cierto, ¿dónde está el mesías? ¿Por qué no se ha dado a conocer hasta ahora? ¿Cómo ha podido permanecer pasivo ante el destino de los hijos de Israel? ¿Cómo ha consentido que nos persiguieran, que nos marcaran, que nos arrancaran la hacienda y la vida?»

—¿Y qué dijo Rabinowitz?

—Lo miró con serenidad, con una serenidad que parecía irradiarse de la misma manera que se extendía la luz por la habitación y dijo: «El mesías Yeshua fue fiel, pero lo mataron. Lo mataron conforme a las Escrituras. ¿Acaso no fue el ángel Gabriel el que le dijo al nabí Daniel: «Pasadas las setenta y dos setenas matarán al mesías aunque no es culpable de nada»? Y, al hablar de esa manera, Gabriel confirmó el oráculo transmitido por el nabí Isaías acerca del mesías, al que llamó *Ebed Adonai*, cuando escribió: «Fue arrancado de la tierra de los vivos, por las rebeldías de su pueblo fue herido y se dispuso su sepultura entre los malhechores aunque su tumba estuvo con los ricos». Sé que muchos de nosotros hemos escuchado que ese pasaje se refiere al pueblo de Israel, a nosotros mismos, pero esa interpretación no puede ser correcta. El nabí Isaías afirma que el *Ebed Adonai* llevó sobre sí los pecados de nosotros, los hijos de Israel, luego no puede ser Israel. Además así lo vieron algunos de nuestros sabios. ¿Acaso no recoge el tratado Sanhedrín del Talmud el testimonio de Yehudah ha-Nasí, el autor de la Mishnah, cuando dice, citando a Isaías, que está escrito que «el mesías ha llevado nuestras dolencias y cargado con nuestros dolores; y lo hemos contemplado como herido, golpeado por Dios y abatido?»

—Debía de ser todo un carácter ese Rabinowitz... —pensé en voz alta, pero, una vez más, el judío no pareció escuchar mis palabras.

—Rabinowitz acababa de terminar la frase cuando desde otro extremo de la sala se escuchó a alguien que decía: «Los ciegos siguen sin ver, los cojos continúan sin poder andar y los mudos aún están privados del habla, y los muertos, desde luego, no han resucitado». Pero Rabinowitz no se inmutó. Seguramente había escuchado aquella objeción más de una vez y no le tomó por sorpresa. Sin dar la menor seña de alteración, dijo: «Tras su injusta ejecución mediante la cual llevó nuestros pecados, el mesías Yeshua fue resucitado y Dios lo elevó hasta Su diestra en los lugares celestiales. ¿Acaso no recuerdas cómo el rabí Berekiah dijo en nombre del rabí Leví: "El futuro redentor, el mesías, será como el primer redentor, que fue Moisés. Al igual que el primer redentor se reveló a sí mismo y más tarde fue ocultado de los hijos de Israel, así el redentor futuro será revelado a los hijos de Israel y después será ocultado de ellos"»? Le confieso que aquellas palabras me impresionaron. Rabinowitz podía o no convencerme, pero no era uno de aquellos conversos descreídos, temerosos o ignorantes que había conocido en el pasado. Tampoco destilaba resentimiento hacia nosotros ni parecía ansioso por marcar distancias. No. Rabinowitz creía en lo que estaba diciendo y además no era un mero repetidor de argumentos o alguien que hubiera cambiado la autoridad del Talmud por la eclesial. Era alguien que conocía las Escrituras y que había logrado ver, con razón o sin ella, a Yeshua detrás del Jesús de mil rostros de los *goyim*. No sólo eso. Seguía amando a Israel. Para él, los demás judíos no éramos extraños ni mucho menos seres odiosos. Éramos sus hermanos, a los que nos anunciaba, con razón o sin ella, insisto, que el mesías había llegado hacía casi mil novecientos años y que nos esperaba para devolvernos a nuestra tierra. Y entonces, Rabinowitz comenzó a relatar cómo seguía siendo un judío, cómo amaba la Torah, cómo respetaba el sabat y las fiestas, cómo ansiaba regresar a la tierra y, a la vez, en su sinagoga se leía el Nuevo Testamento. Porque él no había dejado de ser judío. En realidad, era un judío *meshihí*.

—¿Quiere usted decir un judío mesiánico?

—Sí. Supongo que ésa sería la traducción más adecuada. Era un judío que creía que el mesías ya había llegado y que, lejos de abandonar a Israel, seguía tendiéndole las manos.

—¿Qué fue de Rabinowitz? —pregunté intrigado.

—La verdad es que no sé mucho. Me consta que viajó por Inglaterra y Escocia en otras ocasiones y que también llegó a hablar en el imperio austríaco y en el Reich. Pero acabó sus días en Rusia y nunca llegó a regresar a la tierra que tanto amaba y donde había llegado a la conclusión de que Jesús, Yeshua como él gustaba de llamarlo, era el mesías. Yo tuve más suerte. Poco después regresé a la tierra, aunque cuando conocí a Rabinowitz no hubiera podido ni pensarlo.

—Imagino que no fue debido a la influencia de Jesús…

El judío me miró de hito, se encogió de hombros y dijo:

—La verdad es que no sabría qué decirle.

34

—Me temo que no lo comprendo —confesé un tanto desconcertado por la respuesta.

—Sí, es normal. Para que pudiera entenderme, tendría que hablarle de la época en que marché a Viena.

—¿A Viena? —dije totalmente sorprendido.

—Sí, Viena —respondió el judío como si se tratara de lo más natural del mundo—. Ahora pueden decir lo que quieran, pueden hablarle de los antisemitas como el alcalde Luger, pueden intentar minimizar lo que fueron esos años, pero… pero Viena resultaba, lisa y llanamente, maravillosa. Por supuesto, no voy a negar que no era perfecta y que había mucha gente que nos aborrecía en mayor o menor medida. Eso no tiene vuelta de hoja, pero, a pesar de esa gentuza, puedo asegurarle que no existía otra ciudad de Europa donde hubiera más y mejores judíos. ¿Ha oído usted hablar de Johann Strauss, el autor del *Danubio azul*?

—Sí —respondí sin saber muy bien adónde quería dirigirse.

—Su padre era un judío que se había hecho bautizar en Budapest. ¡Cómo lo odiaba Richard Wagner! ¡Cómo lo odiaba! Y, sin embargo, no ha habido nunca música tan alegre hasta llegar a… a…

—¿A Elvis Presley?

—Sí. Tiene usted razón. Hasta ese chico que se llamaba Elvis. Y no sólo estaba Strauss… Fíjese. Por allí andaban Franz

Marc, que era pintor; Ludwig Wittgenstein, que era filósofo…
Luego vendrían escritores como Stefan Zweig o Joseph Roth…
¡Ah! Créame si le digo que aquello para nosotros fue un verdadero siglo de oro. Apenas duró unas décadas, pero se trató de una época incomparable.

—Sí —reconocí—. Y también estaban Freud y Mahler…

—Mahler era un genio —se apresuró a decir el judío— pero Freud… Freud era un simple farsante. ¡Menudo déspota sinvergüenza!

Reconozco que me quedé sorprendido al escuchar las últimas palabras. Desde hacía décadas, me había encontrado con judíos, en la mayoría de los casos totalmente secularizados, que sentían por Freud verdadera adoración. La manera en que hablaban de él, en que colgaban sus retratos en sus hogares y gabinetes, en que repetían sus enseñanzas, hubiera podido llevar a pensar que habían sustituido una divinidad en la que ya no creían por otra surgida —y muerta— hacía tan sólo unas décadas. No pude dejar de preguntarme lo que habrían pensado aquellas personas de escuchar las palabras del judío.

—¿No le parece que es usted un poco… severo?

—¿Severo? —repitió indignado el judío—. Ni lo sueñe. Sigmund era un cuentista pretencioso. Si quiere luego le contaré algunas cosillas de él, pero antes he de referirme a un personaje mucho más importante.

Reprimí el deseo de preguntarle a quién se refería. Su voz había adquirido una velocidad nueva y animada y, a fin de cuentas, era obvio que no iba a tardar mucho en saberlo.

—Esto debió de ser… déjeme pensar… sí… 1896. Sí. Seguro. Fue en 1896. Yo me había establecido en Viena hacía unos años y no me había resultado difícil adaptarme. Había muchos judíos, pero no eran en absoluto puntillosos en lo que al cumplimiento de la Torah se refería. A decir verdad, los que no se habían bautizado, como era el caso del propio Mahler, hacían todo lo posible para que no se supiera que eran judíos.

Confieso que a mí esa conducta me pareció vergonzosa. Era un verdadero preludio a la asimilación, pero, a esas alturas, me encontraba más cansado que nunca y no me sentía inclinado a discutir ya con mis correligionarios. Usted… usted es un *goy*… No puede entenderlo, pero ¿se imagina lo que es comprender de repente que tu pueblo puede desaparecer? Porque hasta ese momento yo había visto cómo mis hermanos habían sufrido todo tipo de desgracias. La destrucción del Templo y el arrasamiento de la ciudad de Jerusalén, la pérdida de la vía establecida por Dios para recibir el perdón de nuestros pecados, la expulsión de nuestra tierra, el intento desesperado de mantenernos vivos espiritualmente a través del Talmud, más expulsiones de muchas otras tierras, las hogueras, los guetos, nuevas expulsiones… sí, todo eso lo había visto y sufrido, pero… sí, querido *goy*, pero siempre habíamos seguido siendo judíos. Por supuesto, sé que muchos apostaban por convicción, por miedo o por interés. Todo eso es verdad, pero los que seguían siendo judíos eran eso: judíos. En Viena descubrí un mundo diferente. Había judíos que ya no tenían nada de judíos o, a lo sumo, como decían muchos de los nuestros que vivían en las fronteras de aquel imperio, eran un quinto de judío por cada cuatro quintas partes de alemán. Reflexionaba yo en todo esto con enorme dolor; me imaginaba lo que pasaría en dos o tres generaciones más, cuando, de la manera más inesperada, me di de manos a boca con un libro colocado en el escaparate de una librería. Seguramente había muchos otros, pero ni entonces me llamaron la atención ni los recuerdo ahora. Sólo tenía ojos para aquel volumen. Se llamaba *El Estado judío*.

—¿Se refiere usted al libro de Theodor Herzl? —pregunté sorprendido.

—Entré en la librería inmediatamente y pregunté por el libro —continuó el judío como si no me hubiera escuchado—. Crea que le digo la verdad si le cuento que el librero apenas acertó a reprimir un gesto de desagrado. La verdad es que siempre me han llamado la atención esos libreros que venden libros que no les agradan y que se sienten molestos cuando alguien los compra...

—También tienen que vivir —intenté defenderlos.

—Sin duda —reconoció el judío—, pero entonces lo menos que debería pedírseles es que sepan fingir. ¿O pretenden que el libro no se venda y que queden confirmados sus prejuicios?

Renuncié a entrar en la conversación. Estaba demasiado interesado en esos momentos por su relato.

—Bueno, el caso es que el librero sacó el volumen del escaparate con gesto de sentirse molesto y me lo tendió. Le pregunté cómo se estaba vendiendo y me reconoció, aún más violento, que bastante bien. A decir verdad, era el último ejemplar que le quedaba. Leí el nombre del autor en voz alta. Theodor Herzl. Sí; acertó usted. Se trataba de Herzl. Por aquella época, me sonaba, pero no terminaba de identificarlo. Algo debió de sospechar aquel tendero, porque me dijo con tono despectivo que se trataba de un periodista. «Fíjese. Un periodista. Corresponsal en París durante tiempo y tiempo y se pone a escribir sobre los judíos.» Me sentí tentado de preguntarle qué tenía de malo aquel tema, pero me controlé. Carecía de sentido enzarzarme en una discusión con semejante mentecato. Le pregunté el precio del libro y me apresuré a depositarlo sobre el mostrador. A decir verdad, aquel comercio comenzaba a resultarme agobiante. Había ya pagado y me disponía a abandonar la tienda con el libro bajo el brazo, cuando la puerta se abrió y lo vi entrar.

—¿A Herzl?

—¿A Herzl? ¿A Herzl? No, por supuesto que no. ¿Por qué iba a aparecer Herzl por aquel lugar? No, era un hombre... ¿cómo le diría yo? Verá... Tenía una barba blanca grande y unos ojos oscuros y penetrantes, pero... bueno, yo, por supuesto, no conocí a Amós o a Isaías, pero sí a algunos de los grandes rabinos y... y aquel hombre tenía un halo similar. Como si lo rodeara una atmósfera espiritual en la que nadie podía penetrar, pero que nadie con un mínimo de honradez se habría atrevido a negar. Quizá usted no me entienda, pero… bueno, es igual. Por un instante tuve la sensación de que una paz intangible me rozaba obligándome a detenerme a mitad de camino entre el mostrador y la puerta. El hombre inclinó la cabeza saludándome y se dirigió al librero. «¿Tiene usted el libro de Theodor Herzl, *El Estado judío*?» El muy estúpido abrió la boca un par de veces sin dejar escapar una sola palabra. Debía de estar muy sorprendido de que en apenas unos minutos dos personas quisieran llevarse el mismo libro, un libro que, por añadidura, aborrecía. Al final, acertó a decir: «Este señor acaba de comprar el último ejemplar que me quedaba…». El hombre de la barba blanca se volvió hacia mí, se llevó la mano al ala del sombrero y me sonrió. ¡Me sonrió! ¡Dios mío, cuánto tiempo debía de hacer desde que alguien me brindaba una sonrisa como aquella que ni siquiera entonces conseguí acordarme de cuándo había sucedido por última vez! «Me consta que se trata de un atrevimiento, comenzó a decirme, pero ¿estaría dispuesto a permitir que me quedara con su libro? Por supuesto, le abonaré lo que haya podido costarle.» «Seguramente, usted no tendrá problema en atender a lo que le dice Herr Hechler…», terció el librero. Terció mal porque yo, que quizá le habría cedido el volumen de buena gana, me sentí totalmente en contra de hacerlo desde ese momento. Balbucí que sentía un enorme interés por el libro y que no deseaba desprenderme de él. El librero volvió a intervenir para decirme que el tal Herr Hechler era un bibliófilo que compraba todo lo que se refería a los judíos. Lo dijo como si eso le concediera algún tipo de derecho sobre mí y con ello sólo consiguió que me aferrara aún con mayor decisión al libro. «Disculpe que le importune, dijo Herr Hechler, que había captado lo violento que me sentía. Puedo esperar perfectamente a que vengan más ejemplares.» Habló de una manera tan cortés, tan educada, tan exenta de esa detestable altivez con que en ocasiones se dirigen a nosotros los *goyim* que sentí un extraño pujo de simpatía. «Si no le molesta, comencé a decirle, podríamos llegar a un acuerdo.» ¡Pobre Hechler! Abrió los ojos totalmente sorprendido al escucharme. «Usted dirá», comentó. «Bueno…, le dije, déjeme leer el libro. Seguramente no me llevará más de un par de días. Si para entonces no han llegado nuevos ejemplares, yo le cederé gustosamente el mío.»

El judío detuvo el relato y se llevó la mano izquierda a los ojos. Por un instante, se los frotó, como si los tuviera cansados, ayunos de sueño y de reposo.

—El hombre volvió a sonreírme y me dijo: «Si tiene usted a bien indicarme dónde podría…». «Deme su dirección y yo me pondré en contacto con usted», le respondí. Entonces Herr Hechler se llevó la mano al bolsillo y me tendió una tarjeta. «Venga a verme cuando lo desee, me dijo y añadió inmediatamente: Le agradezco mucho su gentileza.» Abandoné la librería y me dirigí a casa impulsado por un extraño deseo de sumergirme en la lectura de aquel volumen.

—¿Y qué le pareció?

—¿El libro de Herzl? Me pareció ramplón, vulgar, pobre…

Me quedé sorprendido al escuchar aquellas palabras. ¿Era posible que un texto fundacional del sionismo como aquél le interesara tan poco y, sobre todo, le mereciera un juicio tan negativo?

—Por supuesto, me sentí identificado con la idea de que los judíos teníamos que disfrutar de una patria propia. Eso no tenía discusión, pero la manera en que lo expresaba Herzl… ah, no, no, no… ni la menor mención a nuestros derechos históricos sobre una tierra que el propio Dios había entregado a Abraham, como si lo nuestro fuera algo parecido a lo que habían hecho italianos y alemanes con sus respectivas patrias tan sólo unos años antes. Y para colmo pretendía que los judíos tuvieran como lengua oficial el alemán, ¡la que él conocía mejor, claro!, y que ese hogar se estableciera casi en cualquier lugar del mundo ya fuera África o América del Sur. Reconózcalo. ¿Ve usted algún sentido a que los judíos de todo el mundo se establecieran en Uganda, Argentina o Paraguay para hablar en alemán y poder decir, eso sí, que tenían un territorio como los *goyim*? ¡Qué disparate!

Decidí no comentar sus palabras, pero me dije que no estaban exentas de un punto de razón.

—Cerré el libro, decepcionado. Aquel Herzl... bueno, sin duda tenía buenas intenciones, pero... pero apenas quedaba algo de judío en su interior. Oh, sí, era de familia judía y lo habrían circuncidado al octavo día, pero... pero, en el fondo, no pasaba de ser un judío casi asimilado al que había asustado el antisemitismo francés y ahora gritaba: «¡Vámonos! ¡Vámonos de aquí antes de que vengan a por nosotros! ¡Vámonos a África a hablar alemán!». Aquel libro no valía ni el papel en el que estaba impreso. Estaba a punto de arrojarlo indignado a la basura cuando de entre sus páginas cayó la tarjeta que me había entregado Herr Hechler. La recogí del suelo y, por un instante, la estuve mirando. William Henry Hechler, capellán de la embajada británica en Viena.

—Un pastor protestante...

—Y británico por añadidura. Creo que, a fin de cuentas, fue eso lo que me hizo detenerme. De repente, como si se tratara de un fogonazo, me vino a la cabeza Menasseh ben Israel y recordé a Oliver Cromwell, el puritano, y me dije que no perdería nada, no, desde luego, tiempo, si acudía a verlo. ¡Qué personaje Hechler! A lo largo de mi vida, de mi insoportablemente larga vida, he visto docenas y docenas de buenas bibliotecas. No pocas de ellas estaban relacionadas con nuestro pueblo, pero la de Hechler... ¿cómo podría describírsela? Aquel hombre parecía necesitar del desorden y de la acumulación como los peces precisan del agua para seguir viviendo. Los libros rebosaban las bibliotecas como el queso fundido sobrepasa los límites del pan en un bocadillo y se extendían por los suelos, por los pasillos, por los lugares más insospechados. Por si fuera poco, la casa estaba llena de láminas relacionadas con Eretz Israel. ¡Tenía hasta maquetas del Templo de Jerusalén!

—Todo un aficionado —pensé en voz alta.

—No. Un aficionado no. Era un verdadero especialista. Más que todos y cada uno de los judíos de Viena que yo conocía. Aquel hombre estaba enamorado de la Biblia y de ese inmenso amor derivaba una pasión extraordinaria por los judíos y por su tierra.

—¿Le preguntó por el libro de Herzl? —pregunté.

El judío levantó levemente la mano derecha como pidiéndome que no lo interrumpiera.

—Sí. Quería saber mis impresiones y, naturalmente, le dije la desilusión que me había causado. Pobre hombre… Se le iba ensombreciendo la cara a medida que me escuchaba. Al final, movió la cabeza y dijo: «Pero eso no puede ser. Los judíos deben regresar a Israel. No ir a la Argentina o a África. A Israel. Eso es lo que enseña la Biblia». ¡La Biblia! ¿Se da usted cuenta? ¡La Biblia! ¡Aquel hombre creía lo que enseñaban las Escrituras! ¡Y era un *goy*! Quizá no estuvo bien, pero aquel entusiasmo me dolía, me escocía, creo que… que me provocaba algo parecido a los celos… Lo miré fijamente y le dije: «¿Qué le importa a un no judío lo que suceda con los judíos?».

—¿Y qué le respondió?

—Fue… fue como cuando una nube cruza el cielo por encima de un campo y parece que la llegada de la noche se ha adelantado. Tenía usted que haber visto la manera en que se le ensombreció el rostro… y entonces se puso en pie y echó mano de un libro negro que tenía encima de la mesa de su despacho. Buscó entre sus páginas con una celeridad que me pareció verdaderamente prodigiosa y me dijo: «Isaías 49, versículo 22: Así dice, el Señor: he aquí, extenderé mi mano a las naciones y a los pueblos alzaré mi bandera, y traerán en brazos a tus hijos y tus hijas serán traídas en hombros». Apartó la mirada del libro y me dijo: «Esto es lo que está profetizado. Serán los gentiles, los que no son judíos, los que llevarán a los judíos de regreso a su tierra y, al hacerlo, estarán simplemente cumpliendo con los propósitos del Señor». Créame si le digo que me quedé pasmado al escuchar a aquel protestante inglés leer de un libro judío un texto referido a los judíos con un entusiasmo que me hubiera costado hallar entre mis correligionarios de Viena. Sí, aquel hombre creía. ¡Creía! ¡CREÍA!

—Más que Herzl… —pensé en voz alta.

—Exacto. Eso mismo fue lo que yo le dije. «Cree usted más que Herzl» y entonces me dijo: «No desprecie a Herzl. Seguramente, no posee más luz, pero eso no quiere decir que no vaya a tenerla. Es sólo cuestión de dársela…».

35

—¡Sí, era todo un personaje aquel William Hechler! A pesar de lo torpes que son los ingleses para los idiomas, Hechler hablaba muy bien el alemán. Quizá se debiera a que su padre lo era o quizá a que llevaba décadas viviendo en países germanohablantes. Se trataba, desde luego, de una persona instruida. Buena prueba de ello es que había sido preceptor del hijo del gran duque Guillermo de Baden. Según me contó, el gran duque era también un convencido protestante, un lector incansable de la Biblia y un amigo de los judíos. ¡Quién lo hubiera pensado, pero era verdad! El gran duque, eso es cierto, había tratado a los judíos con generosidad y les había abierto la posibilidad de ocupar puestos elevados en la administración. Por esa época, Hechler había conocido a muchos personajes de la nobleza, incluido al que sería káiser.

—¿A Guillermo II?

—Al mismo. Bueno, el caso es que Hechler fue durante bastante tiempo una persona dedicada a la educación y, de pronto, un día, su vida dio un giro radical.

—¿Por qué razón?

—Pues verá, en 1881 comenzamos a sufrir un pogromo tras otro en Rusia. Algunos nos indignamos; otros pensaron que no iba con ellos lo que sucediera con otros judíos perdidos en esa nación perdida en el extremo de Europa. Sin embargo, Hechler decidió dejar todo para ayudarlos. Se dedicó a organizar reuniones en las que se recogía dinero para ayudar a los judíos de Rusia a emigrar a Palestina. Contó con algo de apoyo de los judíos ingleses, pero, sobre todo, convenció a muchos evangélicos de que estaban cumpliendo la profecía de Isaías sobre los *goyim* que ayudarían a Israel a regresar a su tierra.

—¿Y consiguió algo?

—Ya lo creo. En medio de toda aquella barahúnda de reuniones donde se mezclaban los relatos sobre las atrocidades que padecían los judíos de Rusia con las referencias a las profecías bíblicas, se las arregló para viajar hasta los territorios del zar y convencer a unos cuantos de los míos de que su deber histórico era regresar al solar de Israel.

—Me parece increíble.

—Y lo es, pero no por ello deja de ser verdad. Hechler consiguió incluso establecer dos colonias de mi gente. Una estaba cerca de Bet-Shemesh y la otra en Siria. Por cierto, aprovechó su paso por aquellas tierras para comenzar a reunir una colección de objetos arqueológicos que luego le servían para dar conferencias en las que contaba lo mismo al pueblo llano que a los aristócratas que debíamos regresar a Israel.

Pensé que no muchos judíos de la época a la que se refería mi interlocutor podían presentar credenciales semejantes, pero opté por guardar silencio temiendo que el comentario pudiera resultarle ofensivo.

—Sí, debía de ser todo un personaje… —dije al fin.

—No le quepa la menor duda. Lo era. Imagínese lo que yo había podido ver en más de dieciocho siglos y debo reconocerle que me impresionó. Bueno, a lo que iba. El caso es que en aquel primer encuentro no me dejó marchar hasta que le dije que, una vez que hubiera leído el libro, si aún seguía interesado, intentaría presentarle a Herzl.

—Pero usted no conocía a Herzl…

—Por supuesto que no —reconoció el judío—, pero tampoco me pareció que conseguirlo fuera una tarea difícil y, por otro lado, cabía la posibilidad de que aquel hombre se desilusionara con la lectura del panfleto y todo quedara en agua de borrajas.

—¿Y en qué quedó al final?

—A diferencia de lo que me había sucedido a mí, a Hechler le entusiasmó el libro y se conocieron, por supuesto. Herzl no andaba sobrado de apoyos y no me costó convencerlo para que aceptara ponerse en contacto con una persona que, según le dije, mantenía excelentes contactos con la nobleza alemana. A Herzl, que le quede claro, la aristocracia germánica le encantaba. A decir verdad, creo que, en el fondo, le hubiera gustado ser un conde del Reich, pero ésa es otra cuestión. Se conocieron un domingo, a mediados de marzo. Me parece ver al pobre Herzl subiendo la escalera de cuatro pisos para llegar a la vivienda de Hechler. El pastor lo recibió verdaderamente entusiasmado. Comenzó a hablarle del Templo de Jerusalén, de la ciudad de Betel, de cosas. Herzl lo miraba con el escepticismo pintado en el rostro, pero salió de aquella casa convencido de que Hechler creía en las profecías de la Biblia, las mismas que a él le traían sin cuidado. Claro que no se trataba de que Hechler fuera o no un hombre de fe, que eso era indiscutible, sino de si podía o no conseguir apoyo para su causa. Eso era lo que reconcomía a Herzl.

—¿Y lo ayudó?

—Durante un mes, Herzl fue presa de las mayores dudas. Era un sujeto muy nervioso, ¿sabe?, pero, de repente, a mediados de abril, el káiser decidió visitar Viena. En ese mismo momento, Hechler ofreció a Herzl arreglarle una entrevista con él.

—¿Y lo consiguió?

—No, no lo consiguió. Pero no se ría. Ahí no acabó todo. En Viena, el káiser no recibió a Herzl, pero Hechler se enteró de que iba a pasar unos días en Karlsruhe y hacia allí se dirigió llevando una foto de Herzl.

—¿Una foto de Herzl? —dije sorprendido.

—Eso mismo. Bueno, el caso es que, al fin y a la postre, pareció que Hechler había convencido al káiser para que recibiera a Herzl y salimos disparados hacia Karlsruhe. Como ya le he dicho, Theodor Herzl era un sujeto demasiado nervioso. En ocasiones, incluso se emocionaba en exceso y entonces se ponía a morir. Precisamente mientras íbamos en tren hacia Karlsruhe, le entró el miedo y tuvo un ataque de ansiedad. A fin de cuentas, él sólo era un periodista judío, no demasiado conocido, y se iba a encontrar con uno de los monarcas más importantes de Europa para exponerle un proyecto que resultaba un tanto… atrabiliario. Creo que nunca podré olvidar cómo, pensando en todo aquello, se puso pálido en el vagón y comenzó a trasudar y tuve que insistirle en que respirara hondo para calmarse. Lo pasé mal.

—Lo supongo.

—Bueno, el caso es que con Herzl convertido en un manojo de nervios llegamos a la estación de Karlsruhe. Como era de suponer, Hechler nos estaba esperando. Mientras nos dirigíamos al hotel nos fue contando su encuentro con el káiser. Guillermo II le había saludado con jovialidad y le había dicho: «Hechler, he oído que deseas convertirte en ministro de un Estado judío» y había añadido: «Espero que los Rothschild no estén detrás de todo esto». No habíamos llegado a nuestro alojamiento cuando Hechler nos informó que, al día siguiente por la tarde, teníamos una cita con el gran duque de Baden.

—¿No con el káiser?

—No, al final, no con el káiser. Con el gran duque. Ya sabe usted que Hechler había sido preceptor de un hijo suyo.

—Sí, lo recuerdo.

—Lo celebro. Por cierto, que durante ese tiempo el hijo en cuestión se había muerto. Bien, el caso es que las horas siguientes las pasó Herzl angustiado dando vueltas sobre cómo debería ir vestido. Primero, pensó en un frac, pero, al final, Hechler y yo lo convencimos para que acudiera a la audiencia correcto, pero sin exagerar. Se trataba de una entrevista y no de un baile. Optó por un traje príncipe Alberto.

—Buena elección —me permití comentar.

—El gran duque de Baden —prosiguió el judío como si no hubiera oído mi comentario— era un hombre verdaderamente excepcional. Había sobrepasado holgadamente los setenta años, pero mantenía una lucidez extraordinaria. Hechler, desde luego, supo abordarlo de una manera que puede parecer chocante, pero que acabó siendo efectiva. Sacó su Biblia y comenzó a mostrarle pasajes del Antiguo Testamento.

—¿Eso hizo?

—Como se lo cuento —respondió el judío con una sonrisa—. De una manera verdaderamente prodigiosa, saltaba de un profeta a otro para leer unos versículos que indicaban que debíamos regresar a nuestro solar patrio y que además los *goyim* debían ayudarnos en el empeño. Resultaba verdaderamente impresionante que pudiera recordar el lugar exacto donde se hallaban aquellos pasajes. Casi parecía un número de circo… El gran duque quedó impresionado, pero, en un momento determinado, se volvió a Theodor y le dijo: «Verá, Herr Herzl, los judíos del gran ducado siempre han sido súbditos respetables. Todos saben que pueden contar conmigo como un gobernante imparcial y justo, y… ¿no cree que se alarmarían si supieran que apoyo un proyecto para que regresen a Palestina?».

—No está mal traído.

—En absoluto. En absoluto, pero Herzl estuvo a la altura de las circunstancias. Le dijo que los judíos de Baden podían seguir donde estaban, pero que ésa era una razón sobrada para establecer el Estado judío porque si se corría la voz de la benevolencia del gran duque, todos comenzarían a afluir a Baden y acabaría produciéndose un desastre.

—Es una respuesta aguda —reconocí.

—Sin duda. Herzl intentó también convencer al gran duque para que intercediera ante el káiser apelando a su influencia, pero el noble le sonrió y le dijo: «Yo le doy consejos y él hace lo que le complace».Y así nos despidió amablemente.

—¿Y salió algo en limpio de aquel encuentro?

—Resulta difícil de decir —respondió el judío— pero imagino que sí.

—No estoy seguro de entenderlo —confesé.

—Verá. En esta vida no todo es mensurable por los resultados tangibles. De aquella entrevista, se podría decir que salió poco... o mucho. Herzl, desde luego, salió de ella como si caminara por las nubes. ¡Imagínese! ¡Un judío apenas conocido que acababa de tener la oportunidad de exponer su desconocido proyecto al consejero personal del káiser!

—¿Qué pensaba Hechler?

—Hechler... bueno, él tenía sus sueños particulares, los propios de una persona que entraba y salía de la Biblia con la misma soltura con que habría entrado y salido de un café.

—No sé si lo entiendo.

—No me extraña. Verá. ¿Sabe cuál era el sueño de Hechler? Me refiero aparte de que los judíos regresaran a su tierra y eso precipitara la segunda venida de Cristo.

—No tengo la menor idea —reconocí.

—Ah. Soñaba con que el sultán turco le cediera a Alemania un pedazo de Tierra Santa, el situado cerca del monte Nebo. Estaba convencido de que mis antepasados habían ocultado el Arca del pacto por allí y que en el interior se encontraban los cinco libros de la Torah.

—¿Y pensaba recuperar el texto original de la Torah?

—No sólo eso. Estaba convencido de que una vez que lo hubiera recuperado quedaría de manifiesto que aquellos que afirmaban que la Torah no se debía a Moisés se verían inmediatamente refutados.

—La verdad es que se trataba de un colaborador muy especial para un judío como Herzl... —reconocí.

—Sin duda, pero también fue el más noble, el más convencido y el más austero.

—¿El más austero?

—Sin duda —respondió el judío—. Mire. Hubo otra gente que, a medida que iba pasando el tiempo, se fue sumando a Theodor. Por ejemplo, Nevlinsky. Bueno, pues Nevlinsky gastaba dinero sin tino por el «bien de la causa». Yo mismo escuché a Herzl quejándose de que su «pobre Hechler» era un personaje mucho más modesto. Mucho más modesto y, desde luego, más eficaz. Sin Hechler nunca hubiera podido Herzl llevar a cabo el primer congreso sionista, el que se celebró en Basilea al año siguiente.

—Jamás lo hubiera pensado.

—Pues así fue. Me consta que se cuentan muchas cosas sobre el Congreso de Basilea, pero debe usted saber que casi todo es falso. Por supuesto, están esas podridas mentiras de los antisemitas que afirman que allí se decidió que los judíos conquistaríamos el mundo e incluso planeamos la Revolución rusa. Todo eso no pasa de ser una basura maloliente sin punto de contacto con la realidad. Pero tampoco crea a los que dicen que allí llegaron judíos de todo el mundo encantados con la idea de regresar a su tierra milenaria. Eso tampoco es verdad. Aquél fue un congreso fundamentalmente germánico.

—¿Cómo dice?

—Me ha oído a la perfección —respondió molesto el judío—. Los que dirigían el congreso, a excepción de Hechler, eran escritores alemanes. Puede usted decirme que no eran de primera fila y yo se lo aceptaré, pero escribían en alemán. La lengua del congreso no fue el hebreo. ¡Ni siquiera el yiddish! Fue el alemán y por lo que se refiere a la cultura de la que procedían casi todos…

—Alemana —me adelanté.

—Exacto —asintió el judío—. Se lo confieso. Fiábamos todo en el káiser y en toda la faramalla de la aristocracia alemana. Si todos nosotros éramos de cultura germánica… sí, no se ría, incluso yo lo era a esas alturas… bueno, pues ¿en quién íbamos a confiar más que en Alemania?

Por un momento, mi interlocutor guardó silencio. Los ojos

se le habían llenado de una agüilla brillante y las aletas de la nariz comenzaron a dilatarse debido a una respiración inesperadamente agobiada. Me sentí tentado de tocarle el brazo, de pronunciar una palabra de ánimo, de intentar calmarle. Me contuve.

—Inicialmente —comenzó a decir el judío—. Se había pensado en una cervecería para celebrarlo... Menos mal que cambiamos de sitio... Acabamos alquilando el casino municipal, un edificio austero, pero no desprovisto de encanto. Allí colgamos la bandera sionista, una bandera azul y blanca que no era la que Herzl había señalado en su libro, pero que pensábamos que atraería a más correligionarios. A fin de cuentas, eran los colores del chal de oración, esa oración que muy pocos de los presentes practicaban. Claro que no era pensable el renunciar a los que acudían a las sinagogas ni tampoco había posibilidad de arriesgarnos a ser condenados por los rabinos. ¡Pobre Herzl! ¡Se vio obligado a acudir al culto de la sinagoga el sábado por la mañana! ¡Y pronunció las palabras de la bendición en hebreo! Se había pasado memorizándolas los días previos y sudaba al decirlas. ¡Llegó a decirnos que le habían costado más que un discurso previo! Y luego vino el congreso propiamente dicho. Para la sesión de apertura, Herzl se empeñó en que nos vistiéramos con frac. ¡Con frac! Créame si le digo que resultaba impresionante y... bueno, ¿cómo podría explicárselo? Karpel Lippe, uno de los delegados que venía de Rumanía, el de mayor edad de todos si no se me cuenta a mí, pronunció la bendición y entonces Herzl subió al estrado para pronunciar su discurso, pero... pero no pudo hacerlo...

La voz del judío había temblado, primero, para cortarse a continuación. Se llevó las manos a la boca y las apretó contra los labios, como si deseara impedir que saliera una sola palabra.

—Los presentes se pusieron en pie —volvió a hablar visiblemente emocionado—. Aplaudían, lloraban y... y gritaban: «¡Larga vida al rey!». Estaban aclamando a Herzl...

—…como si fuera el mesías —concluí yo la frase.

—Sí —reconoció con tono amargo el judío—. Lo aclamaban como si fuera el mesías de Dios… y entonces… entonces… yo recordé a Bar Giora y a Sabbatai Zvi y a tantos otros… y supe… sí, le juro que lo supe, que los días de Theodor Herzl estaban contados.

36

No me atreví a decir nada tras escuchar las últimas palabras de mi interlocutor. Bastaba verlo para darse cuenta de que estaba sufriendo enormemente.

—Fue un congreso notable —volvió a hablar el judío con la voz empañada por la emoción—. Por supuesto, ahora algunas de las cosas que sucedieron entonces pueden parecer muy pobres... Por ejemplo, se aceptó que la finalidad del movimiento sionista era «la creación de un hogar para el pueblo judío en Palestina asegurado por la ley pública», pero no se insistió en que tuviera que ser un Estado independiente y Herzl dejó claro que las mujeres no podían votar. Pero ¿qué más daba? Rosa Sonnenschein, una delegada de Nueva York, le dijo a Herzl que si lo crucificaban, ella sería su María Magdalena.

—Es un comentario discutible...

—Sin ningún género de dudas —reconoció el judío—. Aquella gente estaba empezando a ver a Herzl como el mesías y no les importaba que asumiera incluso rasgos del Nazareno. ¡Cómo sería la cosa que el rabino jefe de Basilea llegó a proclamar su conversión al sionismo! El mismo Herzl estaba entusiasmado. Me confesó que en Basilea había fundado el Estado judío, aunque no lo decía para evitar que algunos se rieran de él.

—Se equivocó en medio siglo.

—Sí. Eso lo sabemos ahora, pero entonces... verá, Hechler,

que había sido decisivo para que pudiera celebrarse aquel congreso, no dejó de trabajar durante los años siguientes. Seguía empeñado en encontrar el Arca del pacto, pero, a la vez, no dejaba de arreglar a Herzl entrevistas con los grandes. Déjeme recordar porque aquello fue un sin parar... Volvió a ver al gran duque, eso es seguro... luego... luego vino el conde Eulenburg... casi nadie lo conoce ahora, pero por aquel entonces era un personaje extraordinariamente importante. Practicaba la homosexualidad y no lo ocultaba, pero, sobre todo, era amigo íntimo del káiser.

—¿Quiere usted decir que eran amantes?

—Lo ignoro, la verdad —respondió el judío—. Seguramente no, pero, en cualquier caso, el káiser tenía en alta estima a Eulenburg y confiaba plenamente en él. Bueno, a lo que iba. Hechler consiguió que Eulenburg recibiera a Herzl ¡y quedó impresionado! Como lo oye. Quedó... quedó anonadado al escuchar las referencias a las profecías de la Biblia. Quizá como homosexual había decidido que las enseñanzas de las Escrituras no podían ser verdad, aunque no fuera más que porque condenaban su forma de vida, y ahora, de repente, aparecía alguien que demostraba que todo aquello era cierto. Bueno, el caso es que le abrió camino para un encuentro con Von Bülov...

—El ministro de Asuntos Exteriores del káiser —musité recordando mis lecturas sobre la época anterior a la Primera Guerra Mundial.

—Exacto, exacto —dijo el judío seguramente sorprendido porque supiera quién era el alemán al que acababa de referirse—. Aquel encuentro... bueno, no tuvo desperdicio. Bülov dejó claro desde el principio que el káiser no era antisemita, pero que no soportaba a los judíos «destructivos».

—¿Destructivos? ¿Qué quería decir con «destructivos»? —pregunté.

—Socialistas, obviamente —respondió el judío—. Así, al menos, lo entendió Herzl porque le insistió en que los judíos no eran socialistas de corazón. Bueno, no era del todo falso lo que acababa de decir. Los judíos que creían estaban horrorizados con las ideas socialistas y los que eran socialistas, como Marx, no pocas veces habían derivado hacia el antisemitismo. Fuera como fuese, el caso es que al ministro le encantó escuchar esas palabras y le prometió que transmitiría todo al káiser. Lo prometió y lo hizo. ¡Cómo serían las cosas que el káiser llegó a pedir al sultán que cediera un territorio en Palestina a los judíos!

—Sin éxito.

—Cierto, cierto. Sin éxito, pero lo hizo y al poco tiempo anunció que iba a visitar Tierra Santa y Hechler convenció a Herzl para que emprendiera también ese viaje y se encontrara con el káiser en Jerusalén. Confieso que yo lo emprendí cargado de prevenciones. Temía que, igual que había sucedido con Moisés, Herzl no pudiera pisar aquella tierra prometida milenios atrás al pueblo de Israel. Pero no pasó nada de eso. Viajamos hasta Constantinopla donde subimos a bordo del *Zar Nicolás II*, un barco de vapor que hacía la ruta entre la capital turca y Alejandría, con escalas en Esmirna y Atenas. Comprenda usted que no me detenga en todos los detalles del viaje. A Herzl no le interesaba el pasado, sí, no se ría, le importaba una higa y el de Grecia aún le importaba menos. Así llegamos hasta Alejandría donde trasbordamos a un pequeño carguero ruso. Tardamos dos días en llegar a Jaffa. Era miércoles. Sí. Miércoles, 26 de octubre.

—¿Tuvieron problemas con los turcos? —indagué.

—Los turcos nos colocaron a un espía judío. Sí. Como lo oye. Judío. Se llamaba Mendel Kramer y estuvo siguiéndonos a todas partes e informando a la policía turca. No era el primer traidor de nuestra historia y, seguramente, no será el último, pero en esos momentos… bueno, en esos momentos, teníamos otras preocupaciones. Yo mismo me sentí embargado por una pesada tristeza al ver aquella tierra judía que ahora tenía tan poco de judía y tanto de territorio ocupado por los *goyim*. Aquella noche Herzl decidió que no nos alojáramos en el único hotel decen-

te de Jaffa, por cierto, regido por alemanes, y que nos guarecié-
ramos en una modesta pensión. Se trataba de un lugar poco limpio, incómodo, pero, sobre todo, abrasador. Cuando se entraba en
cualquiera de sus habitaciones daba la sensación de penetrar
en un horno de panadero.

—¿En octubre? —pregunté extrañado.

—Sí. En octubre. ¡En octubre! Tendría que haber visto usted
cómo sudaba Herzl. Por supuesto, no renunció a la chaqueta y a
la corbata. ¡Qué va! Y durante los días siguientes, bajo un sol abrasador, nos obligó a visitar los enclaves judíos que ya existían en
aquella tierra. Herzl y los otros estaban entusiasmados, pero yo...

Mi interlocutor hizo una pausa.

—Mire. Allí no había apenas judíos. ¿Cuántos podíamos
ser en toda Jaffa? ¿Un cinco, un diez por ciento de la población?
Eso como mucho... Por supuesto nos encontramos con judíos
como nosotros en las colonias que se habían establecido con
dinero de los Rothschild, pero ¿cuántas aldeas árabes tuvimos
que cruzar para llegar hasta allí? Le juro que estuve a punto de
romper a llorar docenas de veces. ¿Qué había sucedido con mi
tierra, con la tierra en la que yo había nacido, durante todos
aquellos siglos? No quedaba el menor rastro de la fecundidad, de
la hermosura, de la belleza con que yo la había conocido. Ni la
más mínima huella. Sólo había árabes, unos árabes que habían
creado una espantosa pobreza y un omnipresente sopor. Sí, sopor, porque aquellos lugares parecían estar sumidos en un sueño de siglos que les impedía no sólo prosperar sino incluso vivir de manera digna. Eso es lo que yo alcanzaba a ver en cada
lugar, en cada recodo, en cada esquina. Pero Herzl no vio nada
de aquello. El pasado no le importaba y los árabes le resultaban
invisibles.

El judío calló por un instante. Su rostro presentaba una apariencia reseca y pálida, como si estuviera hecho de yeso, de un
yeso sucio y gastado.

—Era jueves por la tarde cuando regresamos a Jaffa. Herzl

estaba exhausto, pero accedió a celebrar una reunión con Hechler. El pastor rebosaba entusiasmo y, sin importarle el estado de agotamiento de Theodor, insistió en que al día siguiente no debía descansar sino dirigirse a Mikvé Israel, una de las colonias sionistas.

—¿Por alguna razón en especial?

—Ya lo creo. El káiser tenía que pasar por allí y Hechler consideró que sería el momento ideal para que Herzl pudiera abordarlo.

—Entiendo.

—A la mañana siguiente, a pesar de que apenas se mantenía en pie, Herzl se dirigió a Mikvé Israel acompañado de Hechler y de mí. Si las miradas pudieran convertirse en puñales, los administradores de los Rothschild hubieran descuartizado aquella mañana a Herzl. Debo serle sincero. Hasta ese momento, habían gastado las generosas subvenciones de los Rothschild a manos llenas sin mucho resultado, pero como nadie de la familia de los banqueros iba a visitar Palestina, aspiraban a seguir viviendo del cuento de manera indefinida. Se habían erigido en una especie de representantes oficiales del sueño sionista en aquella parte del mundo y, por si fuera poco, a la vanidad podían sumar el dinero obtenido con facilidad. Si el káiser pasaba por allí, e iba a hacerlo, sólo ellos debían saludarlo. Y entonces, cuando más felices se sentían en su disfrute combinado del oro y de la soberbia, aparecía Herzl. No. No podían considerarlo bien y, de hecho, procuraron mantenerse a distancia de él cuando se situaron a la vera del camino por el que debía pasar el káiser.

—Lo que dice usted es muy triste…

—Sí. Sin duda lo es —reconoció el judío—, pero no debería sorprender a nadie. Muchos *goyim* no lo creen, no pueden creerlo, pero, a lo largo de nuestra historia, no pocas veces hemos puesto por delante del sentimiento fraternal que debía unirnos el interés y, sobre todo, la vanidad. Aquél fue un ejemplo de la verdad de lo que le digo, aunque, para serle sincero, muy menor.

El judío guardó silencio y comenzó a acariciarse con fuerza la mejilla izquierda. Daba casi la impresión de que deseara desprenderse de la barba mediante el expediente de frotarla con energía. Así estuvo cerca de un minuto y entonces se detuvo, y frunció el ceño de esa manera que ya se me había hecho familiar.

—Debía de ser en torno a las nueve de la mañana. Primero apareció una comitiva de caballería turca y entonces la gente comenzó a lanzar vítores y el coro de estudiantes de la colonia sionista rompió a cantar en alemán... Lo pienso ahora y todo me parece absurdo, irreal, incluso surrealista, pero entonces... ah, entonces resultó muy distinto. De repente, surgió el káiser montado en un caballo blanco. Miraba a un lado y a otro, con gesto mayestático, con una satisfacción apenas reprimida, y de repente sucedió. Sí. Sucedió. Miró a lo lejos y vio a Herzl. Dejó que el corcel llegara a la altura de Theodor y tiró bruscamente de las riendas. El animal no esperaba aquella orden y, por un instante, alzó sus cuartos delanteros como si estuviera a punto de encabritarse. Pero no lo hizo. No lo hizo y por todo el lugar pareció expandirse una sensación de poder, de ese poder tan peculiar que sólo se desprende de los reyes. En ese instante, el káiser, altivamente montado en aquella hermosa montura, se inclinó, tendió la mano a Herzl y le dijo: «¿Cómo está?».

—¿Cómo está?

—Sí. Eso fue lo que le dijo. «¿Cómo está?» Y Herzl le respondió: «Gracias, Majestad. Ando echando un vistazo por el país. ¿Cómo le está resultando el viaje a Su Majestad?». El káiser parpadeó y le dijo: «Con mucho calor, pero le veo futuro a esta tierra». «Es una tierra necesitada de cuidados», apuntó Herzl y Guillermo le dijo: «Necesita agua». «Sí, Majestad. Una irrigación a gran escala», señaló Theodor y el káiser volvió a repetir: «Le veo futuro a esta tierra». Aún se intercambiaron algunas frases más, mientras los administradores de los Rothschild los miraban y se miraban presa de la mayor de las incredulidades. ¡Majaderos! Llevaban años desperdiciando el dinero ajeno, presentándose como los verdaderos sionistas, despilfarrando el tiempo y ahora aparecía aquel judío y se enfrascaba en una conversación en alemán con el mismísimo káiser.

—Tengo la sensación de haber visto una fotografía de ese encuentro —apunté un tanto violento por las palabras últimas que había escuchado al judío.

—Sé a lo que se refiere, pero se trata de una falsificación —me dijo tajante.

—¿Una falsificación? —pregunté incrédulo.

—Sí. El que tomó las fotos se llamaba Wolffsohn y estaba tan nervioso por lo que tenía ante sus ojos que le temblaba la mano mientras lanzaba las instantáneas. Sacó dos. En la primera, se veía el pie izquierdo de Herzl y la silueta del káiser; en la segunda, absolutamente nada.

—¿Habla usted en serio?

—Por supuesto —respondió el judío—. De aquel encuentro no quedó ningún testimonio gráfico que pudiera aprovecharse. Al final, hubo que llevar a cabo un montaje en un laboratorio para poderlo enseñar. Bueno, no tiene tanta importancia. El encuentro se produjo. ¡Vaya si se produjo! ¡Y menudo impacto causó! La gente de la colonia Rothschild quedó abrumada y nosotros… nosotros regresamos a Jaffa con la intención de encaminarnos inmediatamente a Jerusalén. Nos dimos toda la prisa que pudimos, pero cuando subimos al tren era ya viernes por la tarde.

—O sea sabat…

—Víspera de shabat —me corrigió el judío—. Por una razón u otra, el viaje se retrasó una hora mientras nosotros sudábamos y sudábamos, hacinados como sardinas en lata, en un compartimiento asfixiante lleno de cestas, paquetes y equipajes. La verdad es que no es fácil poder describirle la peste que se desprendía de todos aquellos hedores, de aquella mezcla nada sutil de fetideces varias, pero créame si le digo que era insoportable. De repente, Theodor empezó a ahogarse. Bueno, a fin de cuentas, era un judío centroeuropeo y no un habitante de aquellas tierras como había sido mi caso siglos atrás. Fui yo el que me di cuenta de que podía desmayarse de un momento a otro. Me abrí paso como pude en medio de aquel caos y lo sujeté antes de que se cayera de frente. Ardía. Sí, sí, ardía. Era como si la temperatura sofocante que nos rodeaba se hubiera introducido en su cuerpo hasta alcanzar la masa de la sangre. Pero ¿qué se podía hacer allí dentro? Para colmo, de repente, Wolffsohn, uno de los que venía en el grupo, advirtió que se estaba haciendo de noche.

—Es decir que comenzaba el sabat —observé.

—Así es. Y, claro, Wolffsohn empezó a sentir escrúpulos de conciencia. ¿Debía abandonar el tren y así respetar la Torah o debía quedarse para llegar a Jerusalén y así pecar?

—¿Se quedó?

—No. Pecó. Pecó, pero decidió resarcirse. Llegamos a Jerusalén cuando ya era muy de noche y entonces Wolffsohn comenzó a insistir en que no nos alojáramos en ningún lugar que estuviera a más distancia de la estación de la que es lícito caminar en día de sabat. Debía de parecerle que su pecado era algo menor si al menos respetaba una parte del día sagrado.

—Resulta un poco discutible.

—Resulta muy discutible. Sobre todo si se tiene en cuenta que Herzl tenía que realizar un esfuerzo sobrehumano para no desplomarse, pero a Wolffsohn le importaba una higa. No tuvimos que caminar mucho, debió ser más o menos media hora, antes de llegar a un hotel que se llamaba… déjeme recordar… sí, Kaminitz, se llamaba Kaminitz. Como le digo, no fue mucho tiempo, pero daba pena ver al pobre Theodor apoyado en el bastón y trepalando sin aliento por aquellas calles empinadas, sin luz ni pavimento. Para colmo, cuando llegamos al hotel estaba lleno de soldados turcos y alemanes… en fin, creo que nunca se me van a olvidar los escrúpulos de conciencia de Wolffsohn que, dicho sea de paso, se podía haber quedado perfectamente en Jaffa. Aquella noche la recuerdo como una sucesión agobiante de horas que me pasé dando friegas de alcanfor a Theodor para conseguir que le bajara la fiebre.

—¿Y lo consiguió?

—Bueno, a la mañana siguiente, Herzl estaba mucho mejor, pero consideró que lo más prudente sería quedarse durante todo el día en la habitación para recuperarse un poco. Se pasó buena parte de la jornada pegado a la ventana, contemplando las calles de Jerusalén e incluso llegó a ver al káiser haciendo su entrada en la ciudad. ¡Menudo espectáculo el que dio Guillermito! Se había empeñado en penetrar en Jerusalén montado en su caballo blanco y con ese yelmo típico de los alemanes que va rematado por un pincho. No sé si usted...

—Sí. Los he visto más de una vez.

—Sí, es cierto. Son muy conocidos. Bien, el caso es que como exhibición no estaba mal —prosiguió el judío—, pero presentaba un problema y es que ninguna de las siete puertas de la muralla de Solimán tenía la altura suficiente como para que pudiera pasar el káiser a caballo y con el dichoso yelmo. Al final, terminaron por abrirle una entrada cerca de la puerta de Jaffa y todos tan contentos.

—Supongo que Herzl sentiría el no haber podido encontrarse con el káiser —comenté.

—Todo depende de cómo se mire. Los sionistas querían que lo saludara al entrar en Jerusalén, pero los judíos que no compartían el ideal del sionismo habían insistido en que Herzl se mantuviera alejado y más en un día como el shabat. Como no se sentía todavía del todo bien y además pensaba encontrarse con él en otro momento no le dio mucho pesar el ceder en aquella cuestión. Además, cuando por la tarde acabó el sabat, nos pudimos trasladar a otro lugar mejor lo que le animó mucho. Era la casa de un personaje que se llamaba Jonas Marx, en la calle Mamilla, a unos pasos de la puerta de Jaffa. Se trataba de un hombre muy hospitalario y nos permitió ocupar todo el segundo piso. Durante las horas siguientes, recuerdo que comenzó a llegar un montón de gente y que Theo intentó atenderlos de la mejor manera a la vez que esperaba que desaparecieran de una vez para poder dar su primer paseo por la ciudad.

—¿Lo consiguió?

El judío no me respondió. De repente, el rostro se le había ensombrecido. Incluso me pareció que en sus párpados fruncidos se posaba un tic que, por dos, quizá tres veces, le sacudió el rostro de manera apenas perceptible. Me pregunté qué era lo que podía estar provocando aquella reacción en mi locuaz acompañante, pero no me atreví a romper su silencio. A decir verdad, era admirable, sorprendente, casi diríase que prodigiosa la manera en que, desde hacía horas, llevaba enhebrando un relato con otro.

—Dispénseme —dijo al fin rompiendo el silencio—. Tengo un mal recuerdo de aquellas horas. Ya entenderá usted que no me complaciera la idea de volver a pasear por una Jerusalén que me traía tantos recuerdos amargos, pero ¿cómo hubiera podido evitarlo? Theodor insistía y yo… bueno, yo quise engañarme diciendo que al cabo de tantos siglos nada podría ya causarme sensación alguna. Las calles, no pretendo ocultárselo, estaban sucias, muy sucias, extraordinariamente sucias, y olían mal.

—Eso sigue pasando a día de hoy en algunas zonas de Jerusalén —le dije.

—Sí, por desgracia es así, pero ahora existe el contraste. En algunas calles casi no se puede caminar por el olor a orines y a excrementos de animales y en otras da gusto detenerse y sentarse y contemplar a los que pasan. Por aquel entonces, la segunda alternativa era prácticamente inexistente. Recuerdo que aquel día llevábamos un buen rato paseando cuando Herzl se inclinó sobre mi oído y me dijo: «El amigable soñador que vino de Nazaret, el único ser humano que ha pasado por aquí en todo este tiempo, contribuyó únicamente a intensificar el odio». Sentí un agobiante peso en la boca del estómago al escuchar a Herzl, un incrédulo, un descreído, un judío no practicante referirse al Nazareno y además en aquellos términos casi amistosos. No, casi amistosos, no. Completamente laudatorios. ¡El único ser humano que ha pasado por aquí en todo este tiempo! ¡Él! ¿Y los demás? ¿Qué éramos a sus ojos? ¿Seres sin civilizar? ¿Animales? Contuve lo mejor que pude mi malestar y procuré no decir una sola palabra en la confianza de que Herzl se apartaría de mi lado. Pero no lo hizo. Siguió hablando y hablando y hablando. Me comentó que si alguna vez nos establecíamos en Jerusalén, lo primero que haría sería limpiar la ciudad.

—Parece sensato… —me permití opinar.

—Sí, claro, la limpieza y la sensatez siempre van unidas, pero Theodor no se refería a la higiene. Lo que él quería era sacar de la ciudad todo aquello que no tuviera un toque de sagrado. Deseaba levantar las casas de los obreros a las afueras y transferir los bazares a cualquier otro lugar y una vez que hubiera logrado todo eso, se entregaría a levantar una ciudad nueva y cómoda que rodeara, como si de un abrigo se tratara, los santos lugares.

Estuve a punto de decir que seguramente Herzl no se sentiría muy satisfecho con la Jerusalén de nuestros días, pero me contuve. ¿Qué más daba a fin de cuentas?

—Por dos veces nos acercamos aquel día al Muro de las Lamentaciones, pero a Herzl no le dijo nada aquel pedazo erosionado del antiguo Templo. No le dijo absolutamente nada y yo, sin embargo, a duras penas logré contener las lágrimas porque sabía lo que había sido en la época anterior a su destrucción y porque me constaba lo que nunca había vuelto a ser en dos milenios. Por la tarde, subimos a la torre de David que, como usted sabe, no tiene nada que ver con el rey David sino que fue levantada por Herodes. En aquella época, los turcos la utilizaban como cárcel. Recuerdo que Theodor comentó que si el sultán lo encerraba sería un detalle por su parte el hacerlo en ese lugar. Como puede usted imaginarse, el chiste no nos hizo ninguna gracia.

—Sí, lo comprendo.

—En fin, como le iba diciendo, yo me había sentido muy mal al escuchar la referencia al Nazareno. Me revolví lo indecible las dos veces que visitamos lo único del Templo que quedaba en pie, pero, fíjese, a pesar de todo, a medida que pasaba el tiempo, me iba sobreponiendo. Me decía que pronto acabaría el paseo, que podría regresar a mi habitación y que con el descanso se me pasaría todo. Casi me sentía ya tranquilo cuando a Theodor se le ocurrió que fuéramos a ver la Via Dolorosa.

Pronunció el judío las últimas palabras de manera casi imperceptible. Como si le hubiera faltado fuerza o aliento para decir el final de la frase de manera adecuada. Aun así, yo había captado a la perfección lo que había dicho y comprendía —o creía comprender— su malestar.

—Imagínese mi desagrado, mi malestar, mi angustia, sí, angustia, cuando escuché aquellas palabras. Yo, sí, yo llevaba vagando más de diecinueve siglos a causa de algo que había sucedido precisamente allí. En ocasiones, lograba olvidarlo, esconderlo, ya que no enterrarlo, en algún lugar de mi corazón y ahora Theodor decidía, con esa típica imprudencia que pone de manifiesto el incrédulo a referirse a cuestiones espirituales, acercarse a un lugar como aquél. Varios de los que formaban el grupo se apresuraron a protestar. Insistían en que no era apropiado que un personaje como Herzl se adentrara por una calle tan cargada de contenido religioso, de un contenido religioso por más señas ajeno al judaísmo. Sé, sí lo sé, que ese argumento carece totalmente de base porque el Nazareno era más judío no sólo que Herzl sino que cualquiera de ellos, pero me sumé al intento de disuadirlo apelando más al impacto que esa conducta podría causar en los judíos no ganados para la causa del sionismo que a razonamientos religiosos. Theodor se mostró inasequible a nuestras palabras y emprendió la subida de la calle.

El judío calló. Vi que se mordía el labio superior como si deseara cerrarse la boca, pero se trató de un gesto que apenas duró unos segundos.

—No deseo entrar en detalles del sufrimiento que se fue despertando en mi interior a medida que pasábamos por aquellas piedras. Por supuesto, todo estaba muy cambiado. Lo sé. Lo sé de sobra. Lo sé mejor que cualquier otro, pero… pero me pareció ver a las multitudes que se agolpaban para contemplar al reo de crucifixión, y a los soldados romanos y al propio Jesús suplicando con el rostro deshecho por los golpes y con el gesto distorsionado por la mezcla de sangre y salivazos. Bajé la cabeza como si así pudiera hurtar a mis ojos de todo lo que procedía no del exterior sino de lo más profundo de mi corazón y apenas había dado unos pasos cuando escuché un murmullo de protesta. Levanté la mirada y vi cómo uno de nuestros acompañantes sujetaba vigorosamente a Theodor de la manga.

—¿Lo sujetaba de la manga?

—Sí. Yo tampoco lo comprendía al principio, pero entonces escuché que uno de ellos decía: «Herr Herzl, no puede usted entrar ahí. ¡Es la iglesia del Santo Sepulcro!». Miré y me percaté de que, efectivamente, nos hallábamos a unos pasos tan sólo del templo. ¡Herzl, en su absoluta inconsciencia, estaba a punto de penetrar en aquel lugar bajo el que, supuestamente, se había depositado siglos atrás el cadáver del Nazareno y de donde se había levantado al tercer día! Sentí que las piernas me flaqueaban y busqué apoyo en uno de los lados de la calle. Le confieso que me encontraba tan abrumado que no me sentí con fuerzas para intervenir, pero contemplé con verdadero alivio que, al final, lograban disuadir a Herzl para que no llevara a cabo sus intenciones. Al cabo de unos instantes, continuaron caminando y yo me uní a ellos. Hubiera preferido seguir en silencio hasta llegar a casa de Marx, pero Theodor se las arregló para separarse de los otros y colocarse de nuevo a mi altura. Era obvio que se sentía contrariado. «No me han dejado entrar en esa iglesia, me dijo. Es la del Santo Sepulcro. Por lo visto, los rabinos de por acá excomulgan a los que entran ahí o en la mezquita de Omar. Me han dicho que eso es lo que le sucedió a Moses Montefiore. ¡Cuánta superstición y fanatismo por todas partes!»

—¿Eso le dijo?

El judío asintió con la cabeza.

—Sí. Eso mismo fue lo que me dijo: «¡Cuánta superstición y fanatismo por todas partes!» y luego añadió: «pero a mí todos esos fanáticos no me dan miedo».

37

—La verdad es que a Herzl la intransigencia de determinadas personas le importaba muy poco —prosiguió el judío—. En realidad, a esas alturas lo que más le quitaba el sueño era que el káiser le acabara concediendo de una vez la audiencia tanto tiempo esperada y que además lo hiciera antes del martes.

—¿Antes del martes? Creo que no le entiendo.

—Sí, verá. La única conexión segura que existía para llegar a Port Said y desde allí regresar a Europa era un barco correo que zarpaba de Jaffa todos los martes. Su deseo hubiera sido que el káiser lo recibiera antes para poder salir con la mayor celeridad de Palestina. Por supuesto, antes de que los turcos decidieran tomar alguna medida contra él. Pero lo cierto es que llegó la tarde del lunes y no había recibido ninguna comunicación del káiser. Y entonces, como siempre, intervino Hechler.

—¿Volvió a ponerse en contacto con Guillermo II?

—Volvió a ponerse en contacto con Dios.

—Perdón… —acerté a decir sorprendido—. No sé si lo entiendo.

—Hechler le dijo que no se preocupara y elevó una oración al Señor pidiendo que el káiser recibiera a Herzl.

—Tengo la sensación de que la cita se celebró… —dije con un ligero tono de ironía.

—Sí, ha acertado —reconoció el judío—. El martes por la

mañana, cuando Herzl estaba al borde de la desesperación, fue convocado para que compareciera en el lugar donde se alojaba el káiser. Allí lo recibió un diplomático arrogante y, me temo, de rango no muy elevado, que exigió ver el discurso que Theodor tenía intención de pronunciar ante Guillermo. No puede usted imaginarse el destrozo que aquel majadero realizó en el texto que le entregó Herzl. Y además fue un expolio estúpido. Algunas de las frases más comprometidas se habían mantenido, mientras que otras absolutamente inocuas fueron tachadas. Desde luego, dar a un tonto galones siempre es un peligro y aquel episodio fue un ejemplo clarísimo, pero, bueno, el caso es que, al final, le comunicaron que a las 12.30 del día siguiente el káiser lo iba a recibir. Ya puede usted imaginarse el estado de nervios con que Herzl pasó el resto de la jornada.

—Puedo intentarlo —reconocí—. ¿Cómo fue todo?

—Caluroso. A las doce del mediodía salimos de casa de Marx todos, incluido nuestro correligionario espía, aquel desgraciado que se llamaba Mendel Kramer. Íbamos vestidos de punta en blanco y, por lo menos yo, percibía cómo el sudor me chorreaba por la espalda como si acabara de tomar un baño y no hubiera tenido tiempo para secarme. El káiser se hallaba alojado en una loma al norte de la Ciudad vieja. Allí habían montado veintitantas tiendas de campaña, nada austeras, no se vaya a creer, pero de indudable aspecto militar. Guillermo salió a recibirnos ataviado como un militar y nos saludó de la manera más marcial que imaginarse pueda. ¡Pobre hombre! Tenía un brazo más corto que otro, no sé si lo sabe, y estaba empeñado desde niño en presentar un aspecto aguerrido. En fin, no nos desviemos. El caso es que Herzl estaba a punto de ponerse a leer el discurso, cuando me percaté de que Bülov, el inefable Bülov, estaba sentado al fondo con unos papeles en la mano. ¡Se trataba de una copia del discurso de Theodor! ¡Y estuvo releyéndolo durante todo el tiempo! ¡Para comprobar si Herzl se había saltado lo dispuesto por la censura!

—Me parece de mal gusto —comenté.

—¿De mal gusto? De pésimo gusto querrá usted decir. Bueno, el caso es que Herzl terminó la lectura y el káiser comenzó a hablar informalmente con nosotros y Bülov, el mal educado Bülov, se levantó de su silla y se nos unió. Así, como lo oye.

—¿Qué les dijo el káiser? —dije intentando interrumpir la ira que el judío sentía por el ministro de Asuntos Exteriores de Guillermo II.

—¿Qué quiere que le diga? Bobadas. Que si el movimiento que representaba Herzl tenía una base sólida, que si el país necesitaba agua… Theodor comentó entonces que eso costaba dinero, lo que resultaba una obviedad, y entonces el káiser y el memo que le servía de ministro comentaron que eso nos sobraba. Espere… espere, exactamente lo que dijo fue: «ése es un bien que ustedes poseen en abundancia».

—¿A quién se refería con «ustedes»?

—A nosotros, los judíos, naturalmente. Sin ningún género de dudas, se creían todas esas majaderías sobre que controlamos las finanzas mundiales y cosas así. De todas formas, Herzl estaba tan entusiasmado porque el monarca que representaba a su amada cultura germánica nos había recibido que no le dio mayor importancia. Nos despedimos y entonces pasó lo que menos podíamos esperar.

—¿El qué?

—Bueno, llegamos hasta la salida de aquella especie de campamento de opereta que había levantado el káiser y entonces la policía turca que lo custodiaba nos dijo que no permitían que abandonáramos el lugar. Discusiones, voces, caras de espanto, temores de que todo pudiera acabar con una detención y con nuestros huesos en un calabozo turco y entonces, ah, entonces, ¿a que no sabe usted quién solucionó todo?

—¿Los empleados del káiser?

—¿Los empleados del káiser? ¡Quiá! Piense, piense.

—Francamente, no se me ocurre…

—Mendel Kramer. El espía Mendel Kramer. El agente de los

turcos Mendel Kramer. El baboso Mendel Kramer. El traidor Mendel Kramer. Claro, como trabajaba para el sultán… pues no tuvo mayor problema a la hora de conseguir que nos dejaran salir.

—Comprendo.

—Es uno de los dramas de nuestro pueblo. Siempre existe algún traidor dispuesto a venderse por dinero para causarnos mal.

—Me temo que ése es un drama de todos los pueblos —objeté—. Quizá la traición sea propia de algunas naturalezas como la humana.

El judío me miró con el ceño fruncido, como si intentara desentrañar lo que acababa de decir, pero mantuvo aquella postura tan sólo un instante y prosiguió su relato.

—Aquella misma noche, volvimos a Jaffa. Lo que vino luego fue una verdadera cadena de incomodidades hasta regresar a Europa. Herzl estaba rebosante de entusiasmo. Nada menos que el káiser lo había recibido y a las mismísimas afueras de Jerusalén.

—Es comprensible su alegría.

—Seguramente —aceptó el judío—. Desde luego aquella entrevista tuvo mucha resonancia. Bueno, los británicos llegaron a ofrecernos la posibilidad de crear en ese momento, insisto, en ese momento, un hogar nacional judío en Uganda.

—Tenía noticia de ello.

—Al final, el plan Uganda, así es como lo llamaron, fue rechazado, pero Theodor murió antes. A decir verdad, sus días estaban contados desde antes de visitar Jerusalén. Su corazón, al que había obligado a trabajar a marchas forzadas en los últimos años, estaba exhausto y se negaba a seguirlo en sus correrías. Creo que ya no podía más. Así se lo digo. Decidió pasar unos días en Edlach, una población de Austria, para tratarse, aunque a su madre le dijo que estaba tomándose sólo unos días de reposo.

—Pero el tratamiento no funcionó… —aventuré.

—A veces he pensado que el corazón se sintió tan bien en aquella situación de reposo que se fue parando hasta que Theodor falleció —dijo el judío—. Por supuesto, él lo sabía. El bueno de William Hechler vino a verle y le dijo que tenían que volver a visitar Jerusalén juntos. Se lo comentó únicamente por animarle porque bastaba mirar a Herzl para darse cuenta de que tenía los días contados, pero esta vez… esta vez Theodor no se dejó llevar por el entusiasmo de aquel pastor infatigable y se limitó a decirle que había dado la sangre de su corazón por su pueblo. No exageraba. Según me contó Hechler, su última noche fue verdaderamente espantosa. Al parecer, el corazón se le paraba y se volvía a poner en marcha, se le paraba y se volvía a poner en marcha, así una y otra vez hasta que, finalmente, dejó de latir.

Guardó silencio el judío y yo no me atreví a pronunciar palabra alguna.

—Lo enterramos en Viena, en la sección judía del cementerio de Doebling —prosiguió al cabo de unos instantes—. Tenía… tenía tan sólo cuarenta y cuatro años.

—Pero ahora está enterrado en Jerusalén —comenté.

—Sí, claro —aceptó el judío—. Ahora reposa en Jerusalén. Sí, es cierto.

—He visto su tumba —añadí e inmediatamente me pareció que mi comentario sonaba estúpido.

—Creo que fue la muerte de Herzl la que me llevó a apartarme del sionismo —dijo el judío como si no hubiera escuchado mis últimas palabras—. Aquel hombre había dado todo lo que tenía para alcanzar una meta, pero…

—… pero… —repetí al notar que dejaba de hablar.

—Pero algo me decía que se trataba de una empresa fallida. De una más de entre todas las que había emprendido mi pueblo y que yo había tenido la oportunidad de ver a lo largo de los últimos diecinueve siglos en Palestina y en España y en el Este de Europa y en tantos otros lugares.

—No acertó usted, a juzgar por el lugar en el que nos encontramos —le dije.

—Sí, claro, es verdad. El Estado de Israel existe y, seguramente, Herzl se hubiera sentido más que satisfecho con lo que ha sucedido en el último medio siglo, pero la cuestión es si este logro resulta suficiente. Entiéndame bien. No estoy en absoluto en contra de este Estado, pero, entre nosotros, ¿cuántos de estos israelíes se rinden de corazón ante el Dios de Abraham, Isaac y Jacob y están dispuestos a cumplir la Torah? ¿En qué se diferencian no pocos de ellos de cualquier *goy*? ¿En que los circuncidaron al octavo día? Eso sólo tiene sentido si luego se guarda el pacto con Dios, pero si se rechaza, si se cuestiona Su misma existencia... Ése era el gran problema de Herzl. No es que yo diga que era un ateo, pero creo que Dios le importaba muy poco. A él lo que verdaderamente le llenaba el corazón era la nación y, puedo decírselo porque lo he visto muchas veces, la nación suele ser un dios falso que suplanta al verdadero. ¿No le parece irónico que de todos nosotros, los primeros en suplicar a diestra y siniestra que se creara un Estado judío, el que más creía en el Dios de los profetas fuera precisamente un *goy*, un pastor protestante? Mientras Herzl vivió, mientras estuvo cerca, mientras se pudo sentir su cercanía yo, ¡yo que había vivido tantos siglos!, me sentí absorbido por todo aquello, pero cuando lo vi morir... cuando lo vi morir, decidí que no tenía por qué tener prisa ya que, a fin de cuentas, delante de mí podían extenderse siglos e incluso milenios.

—¿Qué pasó con Hechler? —pregunté.

—¿Hechler? Bueno, como ya le he dicho, fue de los últimos en ver a Herzl antes de morir. A decir verdad, fue el último que no era miembro de su familia que tuvo esa oportunidad. Todo eso indica el afecto que le profesaba Theodor, pero no había poca gente que se sentía molesta con aquel *goy* entusiasta. Lo fueron aislando poco a poco, casi como si le dijeran, «esto no es cosa tuya» o «¿por qué no te ocupas de tus asuntos?». Se quedó en Viena... déjeme ver... sí, debió de ser hasta 1910 más o menos. Luego tuve escasas noticias de él, pero todas las que me llegaban eran... no sé cómo decirle... inquietantes, sí, inquietantes. Verá, en 1913, se entrevistó con Martin Buber.

—¿El filósofo alemán?

—Judío alemán —me corrigió mi interlocutor—. Sí. Ese mismo. Charlaron un buen rato y entonces Hechler le dijo que al año siguiente iba a estallar una «guerra mundial». ¿Se da cuenta? Una guerra mundial. Hasta entonces nadie había utilizado ese término. Es más, creo que a nadie se le había pasado por la cabeza una enormidad semejante.

—Pues acertó de pleno —pensé en voz alta.

—Sí. Ya lo creo que acertó, pero ahí no acaba todo. Ese mismo año, 1913, recuérdelo usted bien, Hechler se encontró con un amigo de Herzl que se llamaba Max Bodenheimer. Hablaron de muchas cosas, claro está, pero Hechler le dijo que muy pronto iba a estallar una guerra que arrastraría a Europa y que Alemania no sólo iba a perderla sino que incluso el káiser sería destronado.

—¡Dios santo! —exclamé sobrecogido.

—Como usted sabe, en plena guerra mundial, la primera me refiero, el ministro británico Balfour emitió una declaración en la que se indicaba la benevolencia con que el gabinete de Su Graciosa Majestad vería el establecimiento de un hogar nacional judío en Palestina.

—Sí —reconocí—, lo sé.

—También sabrá que esa declaración provocó una verdadera explosión de optimismo entre los sionistas.

—Pues sí.

—No en Hechler. Por el contrario, se empeñó en convencer a los dirigentes sionistas de que dentro de muy poco llegaría lo que él llamaba la «tribulación de Jacob», es decir, una época de indecibles sufrimientos para los judíos.

—Extraordinario… —acerté a musitar profundamente abrumado por aquellos datos.

—Sí. Lo es ciertamente. Como también resulta extraordinario que anunciara los ataques que íbamos a sufrir los judíos por parte de los árabes en Palestina. Los anunció apenas unos meses antes de la revuelta árabe de 1920 en el curso de la cual asesinaron a muchos de los nuestros. Me consta que todo esto puede resultar muy extraño, pero es la pura verdad. Hechler era un personaje extraordinario, pero los judíos lo hemos olvidado hace mucho tiempo y lo mismo pasó con los cristianos y eso que era un clérigo…

El judío detuvo su relato y respiró hondo. Un agüilla había vuelto a aparecer en sus ojos.

—¿Sabe? Un día me dijo que si buscaba la paz de espíritu sólo podría encontrarla en un judío llamado Jesús. ¡Qué ironía! Precisamente yo llevaba más de mil ochocientos años vagando a consecuencia de ese judío… pero no quise llevarle la contraria. Era uno de los pocos, de los poquísimos hombres buenos e íntegros que me había encontrado a lo largo de los siglos. Tras la muerte de Herzl, como ya le he dicho, me distancié un tanto del sionismo. Necesitaba yo por aquel entonces reposar, descansar, tranquilizarme un poco y fue así como conocí a alguien muy especial y gracias a él tuve la posibilidad de saber quién era ese farsante llamado Sigmund Freud.

38

Respiré hondo. La última referencia de mi interlocutor me había provocado la sensación de que me arrastraban por en medio de una jungla cuya senda me resultaba cada vez más difícil seguir.

—¿Una persona muy especial que le llevó a conocer a Freud?

—Sí, aunque, claro está, todavía no nos habíamos encontrado por aquel entonces. En realidad, para poder contarle todo, deberíamos ir a… déjeme ver… debió de ser a finales de 1910 porque unos meses antes había recordado el quinto aniversario de la muerte de Theodor.

—¿Herzl?

—Herzl, claro. ¿Qué otro Theodor iba a ser? Bueno, el caso es que andaba paseando por el cementerio cuando, de la manera más inesperada, me llegó hasta los oídos un sonido que, inicialmente, no supe identificar. Era… ¿cómo le diría yo? Como el ruido que causa un animalillo asustado, un perrito o un gatito, cuando llega a la pavorosa conclusión de que sus amos lo han abandonado. Por un momento, sentí la tentación de apartarme de allí. Ya sabe usted que he visto muchas muertes, con seguridad demasiadas, a lo largo de mi vida, pero no consigo acostumbrarme ni a la de los animales ni a la de los niños. Como le digo, pensé en marcharme lo más rápidamente posible del lugar. Incluso apreté el paso, pero cuando me había apartado unos metros, volví la mirada. Y lo vi.

—¿El qué?

—Más bien, a quién.

—De acuerdo. ¿A quién?

—Se trataba de un hombre. No podía caber la menor duda. Se hallaba de pie aunque tenía la cabeza tan inclinada que casi se le hubiera podido imaginar decapitado. Aquella imagen tan extraña me detuvo los pies como si se tratara de un conjuro invencible. ¿Qué le pasaba? Antes de que pudiera percatarme de lo que estaba haciendo, desanduve el camino y me dirigí hacia él. Me hallaba apenas a unos pasos de distancia de su espalda cuando, de repente, comprendí todo. Absolutamente todo.

Calló el judío y yo sentí que la curiosidad se apoderaba de mí de una manera agobiante, impetuosa, casi violenta.

—¿Y...? —me atreví a insistirle.

—¡Ah! Sí, claro. El hombre se hallaba delante de una modesta tumba. Sobre ella aparecía escrito *María* y unas fechas de nacimiento y muerte que indicaban que había fallecido siendo una criatura. Si no recuerdo mal... sí, creo que 1902 y 1907. Aquel sujeto, que ahora me pareció aplastado por el dolor, estaba llorando por una niña que lo más seguro es que fuera su hija. Creo que ya le he dicho que no existe cosa más antinatural que asistir al fallecimiento de un hijo, precisamente del ser que ha de perpetuar nuestra estirpe. Yo había experimentado ese terrible dolor, esa inmensa sensación de vacío, ese angustioso desconsuelo en Jerusalén... Le reconozco que hacía mucho que no recordaba ni a Esther ni a mis hijos, pero entonces, en aquel momento, fue como si de algún lugar perdido del corazón emergieran con una fuerza incontenible. Fue parecido a cuando se rompe un frasco de perfume y el aroma se extiende por la habitación invadiéndolo todo. Así me vino a mí un dolor olvidado que ahora me salía de lo más hondo del pecho y me impregnaba la nariz, la boca, los ojos...

Guardó silencio y no me atreví yo a pedirle que siguiera hablando. Era obvio que estaba sufriendo de una manera tan intensa que, como mínimo, se merecía un respiro. Sin embargo, era él quien no estaba dispuesto a concederse un momento de tregua. Respiró hondo y dijo:

—No sé cómo me atreví, pero me acerqué hasta él y le comenté: «Yo también he perdido a hijos que tan sólo eran niños». Apenas me escuchó, dio un respingo y volvió sus ojos hacia mí. Eran unas pupilas adormiladas, despistadas, agazapadas tras unos lentes de metal. Abrió la boca entonces como si deseara decirme algo, pero la volvió a cerrar sin haber articulado siquiera una palabra. «Fue hace años —añadí—. Muchos más de los que usted pueda imaginarse, pero aún los recuerdo.» Me miró de hito en hito y, de repente, la barbilla comenzó a temblarle. Fue, primero, un movimiento casi imperceptible, pero luego, de repente, pareció como si el mentón se le vaciara por dentro y se le plegara sobre un hueco y entonces… ah, entonces, rompió a llorar. Lloraba… no sé cómo explicárselo. Lloraba inmóvil, con los brazos pegados al cuerpo, como si se tratara de una criatura a la que han aplicado una disciplina terrible y no tiene fuerzas ni siquiera para mover los miembros en señal de rebelión y entonces, cuando el temblor comenzaba a descenderle hacia los hombros, los ojos se le reviraron y se desplomó.

—¿Se desplomó?

—Sí —me confirmó el judío—. Sólo por un instante, logré sujetarlo en el aire antes de que se estrellara todo lo largo que era contra el suelo. Lo abracé con fuerza valiéndome de la mano izquierda, y con la derecha, le golpeé en la cara hasta que volvió en sí. Recuerdo que abrió los ojos y de ellos brotó una mirada confusa, triste, inmensamente desamparada. Le juro que me recordó a esos niños que esperan a la puerta de la escuela y que acaban rompiendo a llorar temerosos de que su madre no aparezca a buscarlos. Le pedí que se tranquilizara y le ayudé a erguirse. No estaba seguro de que pudiera mantenerse en pie y le agarré con fuerza del brazo izquierdo a la vez que le echaba el mío derecho sobre los hombros. Así, con paso lento, pero que yo pretendía que fuera lo más seguro posible, lo fui encaminando hacia la salida del cementerio. Cuando la alcanzamos, detuve un coche de caballos y le ordené que nos condujera al café más cercano.

—¿Por qué a un café? —pregunté sorprendido—. ¿Acaso no hubiera sido mejor llevarlo a su casa?

—No, por supuesto que no —respondió el judío, totalmente convencido—. Todo ser humano tiene siquiera un átomo de dignidad y aquel hombre estaba lo suficientemente deshecho como para que la suya desapareciera si lo veían así los vecinos o incluso los familiares. En un café, sin embargo, podía serenarse, recuperarse un poco, adquirir el aspecto con el que resulta decoroso volver a casa. El cochero conocía bien su oficio y no tardó en detenerse a las puertas de un establecimiento de esos por los que todavía es famosa Viena. Le pagué, le pedí que me ayudara en la tarea de hacer descender a aquel hombre y lo encaminé hacia la puerta del café. No recuerdo qué fue lo que pedí una vez en su interior, pero, con seguridad, se trató de una bebida fuerte. Luego deposité mi mano sobre el antebrazo de aquel desdichado y comencé a hablarle. Por supuesto, no podía revelarle quién era. No sólo no me hubiera creído sino que, además, a saber en qué tipo de insania se hubiera precipitado. Sin embargo, sí le relaté que había perdido a mis hijos. Poco a poco, el color regresó a aquellas mejillas largas que desembocaban en una quijada semicuadrada. Y entonces comenzó a hablar. Me dijo, como yo había supuesto, que su dolor estaba relacionado con la muerte de una hija. Se había casado hacía cinco años con una mujer de la que estaba locamente enamorado. Al poco tiempo, había quedado encinta y había dado a luz a una niña.

—La muerta —pensé en voz alta.

—Sí, la muerta —aceptó con tono de fastidio el judío al que no parecía haberle gustado que le interrumpiera—. Aquel nacimiento había significado una sucesión ininterrumpida de dicha para el pobre hombre. Recordó ante mí los primeros balbuceos, los primeros pasos, los primeros juegos con ella. Al parecer, era una mezcla, como tantos niños, de inocencia y picardía, de alegría y candor, y, como tantos padres, aquel hombre parecía convencido de que resultaba excepcional. El caso es que todo había ido sobre ruedas hasta que un par de años antes, durante el verano, la criatura había contraído la escarlatina y la difteria. Por supuesto, en un primer momento pensaron que podrían enfrentarse con éxito a ambas dolencias. Pero no fue así. Uno tras otro los tratamientos fracasaron mientras él se hundía cada vez más en la desesperación y, para poder soportar el dolor, se encerraba en su cuarto. Lo peor fue cuando tuvieron que practicarle una traqueotomía a la criatura, casi como un remedio a la desesperada.

—Qué horror…

—Sí. Es cierto. Qué horror. Me confesó que mientras intervenían a su hija, él se paseaba arriba y abajo por delante de su habitación. En un momento dado, rompió a llorar y luego ya no pudo más y echó a correr para no escuchar nada. La niña, por supuesto, no tardó en morir. Ese golpe hubiera sido suficiente como para afectar a cualquiera, pero además en el caso de aquel hombre sirvió para arrastrar a la superficie otras desgracias de años pasados. Otras… muertes familiares.

—Entiendo —comenté yo que no comprendía nada y que, a decir verdad, encontraba engorrosa aquella historia que se interponía entre mí y lo que pudiera contarme el judío sobre Sigmund Freud.

—No, no creo que lo entienda —dijo—. Aquel hombre pertenecía a una familia de catorce hermanos, once de ellos varones. Pues bien, la mayor parte había muerto durante la infancia. Antes de llegar a los veinte años, tuvo que presenciar la muerte de seis criaturas. Reconozca que no es poco.

—Sí. Tiene usted razón. Parece mucho peor de lo que podría pensarse a primera vista —dije a la vez que sentía un leve pujo de culpa por mis pensamientos anteriores.

—La cuestión es que aquella cercanía con la muerte debió de hacerle sufrir mucho, pero lo de su hija fue un golpe que superó a todos los demás. Imagínese usted. Conoces a la que crees que va a ser la mujer de tu vida, engendras a una criatura que te llena de alegría y cuando parece que aquella nueva vida compensará todas las que has visto desaparecer, la niña fallece de una manera espantosa.

—¿Y todo eso se lo contó de golpe?

—No, no de golpe —respondió—. A lo largo de las tres horas, por lo menos, que estuvimos charlando. Para serle sincero, creo que aquel dolor llevaba en su interior desde hacía décadas, apretado, remecido, pisoteado y, de repente, había comenzado a salir a raudales.

—Pero estaba casado… Quiero decir que su mujer podría haberle sido de consuelo.

—Debería —me corrigió el judío con un tono de voz que me pareció severo—. Debería, pero no era el caso. Por razones que se me escapaban y que me parecía indiscreto preguntar, aquella mujer con la que se había casado tan enamorado no había actuado como un bálsamo sobre su corazón. A decir verdad, me dio la impresión, pero no pasaba de ser una sospecha, de que delante de ella había temido o había querido reprimir aquel dolor que lo corroía como la carcoma.

—Pobre hombre —dije compadecido.

—¿Por qué? ¿Porque su mujer no lo ayudaba? Ay, amigo. Pobres más bien aquellas criaturas deshaciéndose debajo de una losa sin haber podido disfrutar de una vida mínima. Aunque… bueno, es igual. Fuera por lo que fuese, el hombre del cementerio me fue desgranando el drama que lo aquejaba. Llevaba ya mucho rato narrándolo cuando, no sé muy bien por qué, intenté orientar la conversación hacia otros derroteros. Hablar de la muerte de un hijo… Bueno, el caso es que le pregunté por su trabajo, por su vida, por el resto de aquella existencia de la que habían arrancado a su María. Me dijo entonces que era director de orquesta y lo que sucedió en ese momento… No sé… Quizá deba atribuirse al deseo de contar chistes que nos asalta siempre que tenemos la muerte cerca. Apenas me acababa de decir cuál era su ocupación cuando le espeté: «Entonces no es usted judío…».

—¿Entonces no es usted judío?

—Sí. Eso fue lo que le dije. Era una estupidez, lo sé, pero sólo intentaba aliviar el malestar que embargaba a aquel hombre. Bueno, el caso es que, de repente, aquellos ojos que se ocultaban tras los lentes parecieron agrandarse.

—¿Agrandarse?

—Sí, agrandarse. Fue como si se tratara de un balón al que han inyectado más aire. Primero, aumentaron de tamaño. No se ría, se lo ruego. Se hicieron mayores y luego se humedecieron, pero no lo hicieron con pesar sino como… como cuando vemos una flor sobre la que se ha posado el rocío. Sí. Eso. Aquellos ojos parecían haber adquirido una vitalidad especial. Pero fue cosa sólo de un instante, porque, de manera inmediata, volvieron a adoptar la expresión triste y desamparada que habían tenido durante aquellas horas y entonces me dijo: «Soy judío». «¿Es usted judío y dirige una orquesta?», le pregunté yo entonces, incrédulo. «Me bauticé hace más de diez años —respondió—, pero el hecho de ser católico no me ha arrancado mis raíces.»

—¿Un judío bautizado? ¿Director de orquesta? —pregunté con la sensación de que un fogonazo de luz había iluminado aquella historia que hasta entonces me parecía absurda y sin sentido—. Pero… pero entonces usted me está hablando de…

—De Gustav Mahler.

39

—¿Mahler? —repetí incrédulo. Recordé en ese momento que toda la larga, larguísima digresión sobre Herzl y los inicios del sionismo había dado inicio sólo como prólogo a lo que iba a ser una referencia a Freud. Ahora, por añadidura, me hablaba de Mahler. Sin poder evitarlo, suspiré desazonado.

—Sí, Mahler, el mismo, el compositor —respondió el judío—. ¡Ah! Mahler era un personaje excepcional. Sé que le han censurado mucho que se convirtiera al catolicismo para poder llegar a ser director de la ópera de Viena, pero puedo asegurarle que su actitud fue infinitamente más noble que la de muchos otros judíos de aquella época. No actuó por ambición ni por deseo de confundirse en la masa como tantos de los nuestros han hecho a lo largo de los siglos. No. Puede creerme si le digo que Gustav se sentía a gusto en la Iglesia católica. Sí. Ya sé que me va a decir usted que toda esa corte celestial de vírgenes y santos y tantos otros habitantes de las altas esferas casa muy mal con nuestro monoteísmo. No seré yo quien le quite la razón, desde luego, pero Gustav… Verá. Le gustaban muchas cosas propias del catolicismo que iban del olor del incienso a la disposición arquitectónica de las iglesias. Por agradarle, hasta creo que le complacía el tacto de los bancos y además, aunque suene aberrante, en la misa halló una manifestación de religiosidad que se hallaba ausente de la sinagoga y que le parecía enormemente sugestiva.

—Y si todo eso era de la manera que usted dice, ¿por qué esa referencia a sus raíces judías?

—Pues precisamente porque era un converso sincero. El que se deja echar unas gotas de agua para huir del pueblo de Israel y hallar un refugio en otra religión oculta lo más deprisa que puede que es judío. Es de esa condición de la que ansía escapar, de la que quiere esconderse, de la que busca con afán desprenderse, pero el que piensa que ha sido tocado por el dedo de Dios para trascender de sus orígenes y sobrevolar con otras creencias... ah, amigo, ése no oculta el pasado. Lo muestra como diciendo: «Ahí estaba yo y la Divinidad me sacó para traerme al lugar que ahora disfruto». Por eso, una vez que lo bautizaron, Gustav no se dedicó a esconder sus orígenes judíos. Para sorpresa de muchos, se manifestaba como un judío aunque hubiera cambiado de religión. Seguía siendo judío y no se avergonzaba de ello, ¿me entiende?

Asentí con la cabeza.

—Gustav y yo trabamos una muy buena amistad. ¿Por qué? Quizá porque yo le confesé que también era judío, pero no de los que miran con aversión a aquellos que han decidido seguir al Nazareno; quizá porque yo también sabía el inmenso dolor que acompaña a la pérdida de un hijo; quizá porque me había acercado a él en un momento muy concreto en el que su sufrimiento pugnaba por salirle del pecho de la misma manera que el agua hirviendo que se desborda de una olla puesta al fuego. Durante los días siguientes, nos volvimos a encontrar varias veces tan sólo por el placer de charlar, de pasear, de tomar un café. Porque el gran drama de Gustav era la lucha con la soledad. No se trataba sólo de la pérdida de sus hermanos o de que la gente lo aislara. Por cierto, ¿sabe lo que solía decir al respecto?

—Pues no... —reconocí.

—Decía: «Soy apátrida por partida triple: en Austria me acusan de mi origen bohemio, los alemanes me consideran austríaco y todo el mundo me ve como un judío. En todas partes, resulto un intruso y en ninguna me dan la bienvenida».

—Me parece muy triste.

—Lo era. Lo era, sin duda, pero ¿sabe usted?, cuando uno se siente así de aislado, a veces, puede paliar su soledad con la esposa y los hijos y, a falta de éstos, con un amigo o incluso con una amante. Pero no era el caso de Gustav. A decir verdad, lo peor lo vivía en su matrimonio y sentirse solo al lado de alguien que duerme contigo todas las noches…

—Eso es verdaderamente horrible —reconocí.

—… y eso que no hubo tanto tiempo para que se alterara aquella convivencia —continuó el judío ajeno a mis palabras—. Déjeme ver… debió de conocer a su esposa, a Alma… sí, a finales de 1900 o inicios de 1901. Se casó con ella… a principios de 1902. Poco antes de que acabara el año le nació una niña a la que pusieron de nombre María. Sí, María aunque todos la conocían como Putzi. Ya sabe usted lo que son esas estúpidas costumbres familiares que lo mismo deforman un nombre hermoso que atizan un mote idiota a una criatura para que lo arrastre hasta el momento de su muerte. Bueno, el caso es que Putzi, como ya sabe, murió y aquel matrimonio que, me sospecho, no debía de ir muy bien, entró en una crisis no creciente, sino galopante.

—La muerte de un hijo…

—¿La muerte de un hijo? ¡Un cuerno! Alma. ¡Alma que era…! Bueno, me voy a callar.

Me desconcertó la ira que, de repente, se había apoderado de mi interlocutor. Apretaba los dientes, había semiguiñado un ojo y, de manera sorprendente, la punta de su zapato derecho había comenzado a golpear el suelo en un gesto de cólera mal reprimida.

—Mire —dijo al fin rompiendo el silencio—. Alma era una mujer que pensaba, en primer lugar, en ella; en segundo lugar, en ella y, finalmente, en ella. Gustav se había casado rebosante de ilusiones. Le parecía que todo en la vida sería una sucesión de dicha con tal de que Alma lo amara. No pedía más y, desde luego, es para pensar que tampoco resultaba tanto. Pero Alma tenía… ¿cómo decirle? Una zona ciega.

—¿Una zona ciega?

—Sí. Eso he dicho. Una zona ciega. No sé si sabe que los carros de combate tienen un área en la que no pueden ver.

—¿Sabe usted también de carros de combate? —pregunté sorprendido.

—He combatido en una unidad de carros de combate, pero no me distraiga. Verá. Todos ellos, como le decía, tienen una zona que no pueden ver y que por eso es muy peligrosa. Un infante bien entrenado y con los redaños suficientes puede llegar hasta el tanque, pegarle una mina al blindaje y hasta ahí llegó la historia. Pues bien, Alma tenía esa zona ciega. Gustav podía sugerirle, razonarle, suplicarle incluso y si lo dicho no entraba en la zona ciega, Alma podía, en su inmensa benevolencia, concedérselo con la misma displicencia con que un aya severa entrega un caramelo a un niño obediente. Pero cuando lo dicho por Gustav entraba en el terreno del egoísmo inmenso de Alma... ah, entonces no había más que hablar. Su mujer lo acusaba de no pensar en ella, de sólo ocuparse de sí mismo, de ser un egocéntrico, de todo. Aquel matrimonio había aguantado por la niña, pero al morir Putzi todo el edificio comenzó a desmoronarse.

—Pero a Alma también le dolería la muerte de su hija —me atreví a decir.

—Sí. No digo que no fuera así, pero con la pobre Putzi ausente de la casa llegó a la conclusión de que Gustav la agobiaba y de que tenía derecho a consolarse. Y vaya si se consoló. El consuelo se llamaba Walter Gropius.

—¿Gropius? —repetí sorprendido.

—Sí. Gropius, el arquitecto. Alma era muy *exquisita* a la hora de comportarse como una cortesana. Le dio por Klimt...

—Supongo que se refiere al pintor.

—Supone bien. Le dio también por Zemlinski. Un compositor —añadió al contemplar mi desconcierto ante un nombre que no recordaba haber escuchado jamás— pero lo de Gropius resultó lo más grave. Quizá fuera discreta, pero lo cierto es que

Gustav no tardó en enterarse y se hundió todavía más en la depresión. En esa situación, se encontraba cuando yo lo conocí.

—Y siendo católico, la idea de divorciarse…

—No creo que tampoco se hubiera divorciado de haber permanecido en el judaísmo o de haberse convertido en protestante. Quería mucho a Alma. A decir verdad, intentó salvar ese matrimonio. Lo intentó con todas sus fuerzas, pero su esposa seguramente lo daba por perdido si es que no se decía que había sido un gran error el haberlo contraído unos años antes.

—Entiendo.

—No. ¿Qué va a entender usted? Mientras mantenía el amorío con Gropius, Alma sugirió a Mahler que sería conveniente que lo atendiera un médico porque daba muestras, a su juicio, de estarse trastornando.

—¿Lo dice usted en serio? —pregunté con una sensación desagradable en la boca del estómago.

—Como lo oye. Gustav había perdido al ser que más quería en el mundo y su mujer, que lo estaba engañando con un personaje que no tenía punto de comparación con él, se permitía echarle en cara que era un pobre hombre a punto de perder la razón y al que sólo podría ayudar un loquero.

—Quizá necesitaba a un médico… —me atreví a decir.

—Lo que Gustav hubiera necesitado era otra esposa y no a Alma.

—¿Y le hizo caso? —indagué.

—Al principio, por supuesto, que no. Pero Alma insistía en que aquello no podía seguir así, en que aquel matrimonio iba a la ruina y en que la culpa era toda de Gustav que no aceptaba tratarse.

Respiré hondo. Las disputas domésticas siempre me han desagradado y la que me estaba relatando el judío parecía un ejemplo de sadismo conyugal especialmente repugnante.

—«Gustav», le dijo Alma un día, «lo que tú tienes es un problema muy grave y te lo tienes que tratar. Creo que sería bueno que me escuches alguna vez y vayas a un médico». Ese día, Gustav se encontraba más enérgico que de costumbre y se atrevió a preguntarle a quién debería visitar. Y entonces ella, fría como el hielo, según me contó Gustav, le dijo: «Al doctor Sigmund Freud. Pídele cita al doctor Freud».

40

—Me lo relató todo una tarde —prosiguió el judío—. A esas alturas, habíamos trabado buena amistad y departíamos sobre los temas más diversos. El arte, Austria, los judíos, el amor… ¡El amor! Gustav… Gustav era un hombre que podía parecer distante, ceñudo, frío, pero no lo era. Créame si le digo que no lo era. Comenzó hablando de cómo había conocido a Alma, de cómo se había enamorado locamente de ella, de cómo no había amado a nadie así. Me contaba todo y su rostro, tan adusto en ocasiones, se iluminaba de felicidad y entonces, de repente, rompió a llorar. Sí, como me oye. Empezó a sollozar como un niño y me contó lo de Alma. La muy… encima pretendía que Gustav acudiera a ver al tal Freud.

—¿Y fue?

—Me dijo que había pedido cita para encontrarse con él. ¡Pobrecillo! ¡Andaba de cabeza porque su mujer saltaba de cama en cama con otros hombres y encima era él quien tenía que ir al médico! ¡El colmo! Bueno, el caso es que le dije que no cometiera ninguna estupidez y que no se le ocurriera ir a ver a un médico porque no era eso lo que necesitaba. Pero Gustav estaba decidido, totalmente decidido. Iría a ver al tal Freud a ver si podía ayudarle. Hablamos sobre el tema largo y tendido y al final le dije: «Mira, Gustav, haz lo que quieras, pero déjame enterarme antes de quién es». Gustav insistió en que si Alma lo había escogido, él estaba seguro de que era el mejor. Vamos, que no había más que hablar. Pero yo no estaba dispuesto a darme por vencido e insistí e insistí hasta que aceptó que llevara a cabo algunas averiguaciones sobre el tal Freud.

—¿Y llegó a tanto?

El judío sacudió la mano derecha como si acabara de quemársela al apoyarla en un perol ardiendo.

—Por supuesto. De entrada, debo decirle que nadie en toda Viena decía una palabra buena de Freud. Al principio, pensé que todo se debía a que era judío. Ya me entiende. Aquella ciudad era maravillosa, pero lo cierto es que el antisemitismo se encontraba casi tan difundido como el vals y no habría resultado extraño que arremetieran contra él simplemente porque no era católico. Sin embargo, esa impresión se me fue pasando a medida que la gente con la que hablaba incluía también a judíos y uno tras otro iban añadiendo detalles.

—¿Qué tipo de detalles? —pregunté intrigado.

—Verá —respondió el judío—. Freud era un personaje peculiar. Su familia venía del Este. No eran originalmente judíos de habla alemana aunque, seguramente, ésa era la única lengua que él conocía. Lo cierto es que el joven Sigmund se había adaptado a la perfección a Viena. A la perfección, pero sin éxito. En realidad, comenzó realizando estudios sobre las anguilas. Sí, no se ría. Bueno, reconozco que yo también dejé escapar una carcajada cuando me dijeron lo de las anguilas. Se tiró meses y meses observando el sexo de las anguilas para no sacar, al final, nada en limpio. Como no conseguía encontrar un empleo fijo en Viena, y no lo conseguía porque no tenía categoría científica, decidió marcharse a París a estudiar con Charcot. De Charcot hoy en día no habla nadie, pero por aquel entonces era… bueno, la última moda. No le digo más que utilizaba la hipnosis para intentar curar a las histéricas. Por supuesto, no obtenía resultados positivos con nadie. Absolutamente con nadie, pero las sesiones de hipnotismo siempre resultan espectaculares. Total que Freud anduvo perdiendo el tiempo por París durante una temporada y regresó con la idea de que iba a dedicarse a remediar las dolencias de los enfermos mentales.

—Bueno, eso es lo que hizo.

—Bueno, eso es lo que *no* hizo —me corrigió con firmeza—. No curó a nadie. Ni entonces ni en toda su carrera. No sólo eso. Como el hipnotismo no funcionaba, Freud se dedicó a experimentar con otros remedios hasta que un día dio con la cocaína.

—¿Cómo… cómo ha dicho?

—Me ha oído usted perfectamente. Cocaína. Por aquella época se había descubierto que algunos derivados resultaban útiles para anestesiar y, bueno, quizá no resulte tan raro, hubo quien pensó que podía tener también otras aplicaciones. Naturalmente, una vez que se llevaba a cabo una prueba, se abandonaba porque aquello no conducía a nada. Todos lo hicieron. Menos Freud. Freud se dedicó a administrar cocaína a sus pacientes como el que da un vaso de agua con azúcar. ¡Se ponían eufóricos! Eso decía él y no hay por qué no creerlo. ¡Claro, los drogaba! Llegó un momento en que el propio Freud empezó a consumir la droga convencido de sus virtudes. A lo mejor a él le sirvió de algo, pero lo que es a sus pacientes… Como puede usted imaginarse, en cuanto se corrió la voz de cómo estaba comportándose Freud quedó aún más desacreditado entre sus colegas médicos.

—Lo entiendo —me limité a asentir sin terminar de creer lo que me contaba.

—Y entonces —continuó el judío como si no me hubiera oído—. Freud decidió que había descubierto una nueva forma de terapia que garantizaba la curación de los que padecían una dolencia mental.

—El psicoanálisis.

—Debería haberse llamado el estafaanálisis —dijo el judío—. Según Freud, es posible descubrir las dolencias de una persona siempre que recurramos a instrumentos interpretativos como los sueños o la asociación de palabras. Se supone que el paciente habla y va uniendo conceptos que muestran la naturaleza de su dolencia y abren el camino para el diagnóstico y la cura. Se supone porque, como ya le he dicho, Freud no curó a nadie en toda su vida.

—Le aseguro que nunca lo había escuchado antes de conocerle a usted —reconocí.

—Pues ya lo sabe. A nadie. Bueno. Da igual. El caso es que mientras iba recogiendo información sobre Freud comencé a leer sus libros. No escribía mal, eso lo reconozco, pero decía unas cosas… ¡Qué obsesión con la madre! ¡Qué obsesión!

—Supongo que se refiere usted al complejo de Edipo —me atreví a decir.

—Sí —reconoció el judío—. A esa majadería. A esa misma. Me sumergí en la lectura de todas aquellas vaciedades…

—¿Vaciedades? ¿Freud?

—Vaciedades —insistió el judío mientras asentía con la cabeza de la misma manera que lo hubiera hecho al contemplar la estupidez cometida por un niño—. Una cosa que no pasa de palabrería, por muy bien escrita que esté, y que, por añadidura, no cumple su función, en este caso curar, es una vaciedad. Pero como le iba diciendo, me dediqué a leer aquello y saqué mis conclusiones. Este Freud, me dije, no le va a hacer ningún bien a Gustav. Le soltará que ve a su madre en su mujer, que tiene que liberarse del complejo de Edipo y lo mismo hasta remata el disparate relacionando todo con la muerte de su pobre hija. Pamplinas para liar más al pobre que lo único que necesitaría es un buen divorcio y casarse con una mujer decente.

—Lo ve usted todo muy fácil…

—Mire usted, algunas cosas son fáciles. Por ejemplo, darse cuenta de que Alma era de lo peorcito que te podía caer como esposa. Como amante, como compañera de tertulia, quizá incluso como anfitriona, no le digo a usted que no tuviera su encanto, pero como una mujer para compartir la vida, en lo bueno y en lo malo, en la salud y en la enfermedad y todo eso... vamos, hombre, Alma era una plaga bíblica. Bueno, el caso es que hablé con Gustav al cabo de unas semanas y le convencí para que anulara la cita que tenía con Freud. Yo mismo estaba a su lado mientras escribía una nota en la que le comunicaba que había decidido no acudir.

—Así que no llegaron a verse...

—Espere. Espere. No se apresure. Ni que tuviera complejo de Edipo —comentó sardónico el judío.

—¿Qué tiene que ver el complejo de Edipo con todo esto? —pregunté confuso.

—Amigo mío, si conociera usted a Freud sabría que el complejo de Edipo lo explica todo. Desde las neurosis hasta la caída de la bolsa pasando por la victoria electoral de Nixon —me respondió con sarcasmo—. Pero ponerme a hablar de todo esto nos entretendría demasiado. A lo que íbamos. Pasaron unos días. Yo me seguí ocupando de mis cosas y, de vez en cuando, me veía con Gustav. No puede decirse que estuviera bien, pero, hombre, tampoco se encontraba peor. De hecho, procuraba hacerse a la idea de que era un cornudo y de que lo más sensato era encontrar una salida. Así transcurrían las cosas, cuando, de repente, una mañana se me presenta y me dice que ha decidido ir a ver a Freud. «Pero ¿cómo?, le dije. Si es un charlatán... Si no te va a aclarar nada.» «Sí, me reconoció, pero Alma insiste. Piensa que podría ayudarme a salir adelante.» Ganas me dieron de decirle que para salir adelante lo único que tenía que hacer era librarse de esa desgracia que tenía por esposa, pero me callé. Gustav, como otros hombres y otras mujeres que he conocido, se empeñaba en encontrar algo bueno precisamente en el cónyuge que le estaba deshaciendo la vida. «No, me dijo. Tengo que intentarlo. Total, no me va a costar tanto.» Charlamos durante casi dos horas. Procuré ser paciente y no irritarle y tampoco perder los nervios. Dio resultado. Salió por la puerta decidido a no ver a Freud.

—Luego no lo vio...

—Por favor, le ruego que no se impaciente —me dijo incómodo el judío—. Pasaron dos o tres semanas. No creo que fuera mucho más. Yo seguía encontrándome con Gustav con regularidad. Hablábamos de la ópera de Viena, de las piezas que dirigía, de algún gentil especialmente estúpido que deseaba utilizar el hecho de que él había nacido católico y Gustav no para cargar contra él e intentar quitarle el puesto. En fin, lo de siempre. Y un día, cuando ya estábamos para despedirnos, me dice: «¿Sabes? Creo que voy a ver a ese Freud». Me quedé de piedra. Desde luego, había que reconocer que Alma aparte de amargarle la existencia, tenía un poder de persuasión verdaderamente impresionante. En eso pensaba cuando me dijo: «Y voy a tener que ir a visitarlo fuera de Viena. Bueno, fuera de Austria». Me quedé de una pieza. Pero ¿qué era eso de que iba a visitarlo fuera de Austria? «Pues sí, me dijo. Resulta que el doctor Freud está de vacaciones en Holanda, en Leyden. Se ha mostrado dispuesto a recibirme, pero, claro está, me ha recordado que ya le he dado plantón en varias ocasiones y ha insistido en que sería mejor para mí ir a verlo a Leyden.» Aquello me irritó. ¿Cómo que mejor para Gustav? ¡Mejor para el sinvergüenza de Freud! ¡Gustav iba a tener que coger un tren y marcharse al extranjero y quién sabía cuántas cosas más para dar con él…! Debo decirle que en aquel momento, temí lo peor. Ahora sólo faltaba que se entrevistara con aquel charlatán, que lo enredara y que luego lo tuviera sometido a un tratamiento eterno, sí, porque yo ya me había enterado de que Freud podía tenerte años entretenido aunque no sirviera de nada. ¡Y todo porque Alma había decidido que el daño que causaba a su marido acostándose con Gropius era un problema de Gustav! ¡Menuda desfachatez!

—Bueno. Usted ya había hecho todo lo que podía.

—No, amigo mío. No había hecho todo lo que podía. Aún faltaba lo más importante. Lo había evitado durante los meses anteriores, pero ahora no me quedaba otra salida. Le miré y le dije: «Gustav, creo que puedo decirte con exactitud lo que va a contarte ese Freud. Casi me atrevería a decirte que soy capaz de adivinar sus propias frases una por una».

—¿Y qué hizo?

—Pues el pobre se quedó mirándome con esa cara de despistado que se le ponía cuando pensaba. Me da la impresión de que no terminaba de creerse lo que le había dicho. Pero no me amilané. No. Ni un pelo. Le dije: «Mira, Gustav, no estoy bromeando. Debes ir a ese viaje. Debes ir porque si no te vas a quedar con la duda para siempre y además Alma no te va a dejar vivir. Márchate, pero yo mismo voy a acompañarte y ya te iré contando por el camino lo que te va a decir Freud». Y así, un par de días después partimos rumbo a Holanda.

41

—Con bastante sensatez, Gustav no le dijo una sola palabra a Alma de que iríamos juntos a ver a Freud. Decidimos incluso encontrarnos ya en el interior del tren para respetar aún más la discreción. Pero en cuanto el vagón perdió de vista las cercanías de Viena, nos reunimos y comencé a revelarle lo que le esperaba. Le adelanto que, al principio, a Gustav le costaba mucho creer lo que le referí sobre las enseñanzas de Freud. Dicho sea de paso, no me extraña porque son verdaderos dislates, pero como los seguidores de la secta psicoanalítica se empeñan en decir que no se les cree porque la mente se resiste a ver la verdad, cualquiera discute. ¿Se imagina usted que yo le dijera que es un ladrón de cadáveres y que, cuando usted airado lo negara, yo le respondiera que sí que lo es, pero que no puede reconocerlo porque tiene resistencias inconscientes? ¡Pero hombre…! Bueno, el caso es que fui desgranando toda la teoría psicoanalítica ante un cada vez más sorprendido Gustav. ¡Pobrecito! ¡Qué caras ponía! No paraba de repetir: «Pero ¿estás seguro de que es así? Pero si eso no puede ser… pero… pero… pero… todo se le iba en peros».

—¿Y quedó convencido de lo que usted le decía?

—Sí —dijo el judío mientras esbozaba una sonrisa—. Sí. Claro que acabó creyéndolo. Cómo sería la cosa que antes de llegar a Holanda estaba empeñado en que emprendiéramos el camino de regreso… Ah, pero yo ahí sí que me planté. Le dije que ni hablar. Que ya que estaba en el tren, lo mejor que se podía hacer era seguir hasta el final. Además, ¿qué pensaría Alma?

Pensé que el judío rozaba el cinismo al mencionar a la esposa de Mahler, pero me callé.

—Puede parecer un tanto cínico —dijo como si hubiera leído mis pensamientos— pero es que se trataba del único argumento que siempre funcionaba con el pobre Gustav…

—Y entonces llegaron a Leyden —dije nada deseoso de entrar en el tema.

—Sí, efectivamente. Bueno, el caso es que fue tras muchas revueltas y revueltas. En Leyden estaba pasando sus vacaciones Freud. Bueno, de vacaciones o apartándose de Viena porque sabía de sobra la mala opinión que los médicos de la capital tenían sobre él. Con razón.

—¿Estamos hablando de qué fecha? —pregunté intentando desviar su atención de tal manera que no comenzara a despotricar de nuevo contra el padre del psicoanálisis.

—Agosto. No recuerdo bien el día, pero fue a mediados. El año era el 1910. Bien, a lo que íbamos. Llegamos al hotel en un coche de caballos que habíamos alquilado y ocupamos nuestras habitaciones. Gustav me dijo que iba a partir inmediatamente en busca de Freud, pero yo le indiqué que sería mejor que le enviara aviso y que le esperara. Puso alguna resistencia, pero acabó aceptando. Antes de que se hiciera de noche, le llegó la respuesta de Freud. Le anunciaba que acudiría a verlo a la tarde del día siguiente. Fue entonces cuando Gustav se puso muy nervioso. De repente, sintió que al cabo de unas horas se encontraría frente a frente con aquel sujeto y temió… fíjese usted bien, temió que le dijera que si su matrimonio con Alma era un desastre, la culpa era de él. ¿Se da usted cuenta? El pobrecillo se había plantado en pleno mes de agosto en Holanda porque se lo había dicho su mujer y ahora por añadidura temía que le echaran encima todas las responsabilidades de que aquel sieso se acostara con Gropius… ¡el colmo! Tuve que dedicar buena parte de la tarde a tranquilizarlo y la noche estaba ya muy avanzada cuando terminé de repasarle los elementos esenciales del psicoanálisis. Y así nos fuimos a dormir. Hizo muy buen tiempo al día siguiente. Daba gusto de verdad. Por la mañana, saqué a pasear a Gustav. Quería que se despejara, que se animara, que no recayera en aquellas crisis de melancolía tan habituales en él. La ciudad… bueno, no me desagradó. Era limpia, ordenada, tranquila y la gente parecía educada. En cualquier caso, aquel paseo le hizo bien. Cuando regresamos para comer en el hotel se encontraba de buen humor e incluso se permitió tararear alguna musiquilla y gastar bromas. ¡Pobrecillo!

—Pero ¿se vio con Freud? —pregunté impaciente por la manera en que el judío dilataba la historia sin concluirla.

—Por supuesto —me respondió con una sonrisa—. Después de comer, yo me situé en el vestíbulo del hotel mientras Gustav subía a descansar un poco a su habitación. Sentía curiosidad por saber cómo era aquel Freud. Lo reconocí nada más entrar. Llevaba un puro enorme entre los labios que sólo se quitó de la boca al acercarse al mostrador de recepción y anunciar que deseaba ver a Herr Mahler. Había algo desagradable, pero poderoso en aquel hombre. Crea que no le exagero si le digo que parecía despedir un halo especial, pero, a la vez… ¿cómo explicárselo? Iba perdonando la vida a los demás. Sí. Eso es. Iba perdonando la vida a los demás.

—¿No cree que exagera?

—Ni lo más mínimo. Tenía que haber visto cómo se dirigió al empleado del hotel y luego cómo dio un par de vueltas por el vestíbulo mientras aparecía Gustav. Parecía un gallo altivo controlando el número de gallinas a las que había pisado en los últimos tiempos. ¡Hubiérase dicho que era el dueño del establecimiento! Bueno, cómo sería que cuando apareció Gustav, impecablemente vestido de blanco, no movió un músculo. Todo lo contrario. Se quedó parado mirándolo a la espera de que fuera a saludarlo. Incluso dejó que Gustav se acercara al empleado y preguntara quién era Freud.

—Seguramente tampoco Freud sabía quién era Mahler —alegué.

—Ja… Todo el mundo en Viena sabía quién era Gustav Mahler. Le paraban por las calles, le saludaban en los cafés, le aplaudían en la Ópera. ¡Por supuesto que Freud lo conocía y debería haber ido a su encuentro! ¡Al que no conocía nadie era a Freud! Pero ahí se quedó el charlatán esperando a que Gustav llegara a su altura. Le aseguro que cuando vi la manera tímida, modesta, sencilla en que mi amigo lo saludó y la forma orgullosa y distante con que Freud le respondió ganas me dieron de levantarme y armar un escándalo. No lo hice porque ya que estábamos allí, me pareció mejor seguir adelante hasta que concluyera todo.

—Bueno… ¿y qué pasó? —pregunté al ver que el judío se callaba.

—Salieron. Salieron juntos y, por supuesto, fue Gustav el que cedió el paso a Freud. Yo, tal y como habíamos acordado, me quedé esperando en el vestíbulo. La primera hora pasó casi inadvertida. Me había bajado de la habitación un libro y aproveché para leer. No me costó enfrascarme en el argumento y así no me di cuenta de que pasaba la segunda hora. Empecé a inquietarme cuando sentí que los ojos se me cansaban. Levanté la mirada de las páginas del libro y me di cuenta de que el sol estaba cayendo. Lenta, suave, casi dulcemente, pero ya había comenzado su descenso. Aquella tercera hora me resultó más pesada. Incluso, debo decirlo, me pareció excesiva. ¡Vamos! ¡Gustav no había tardado tanto en relatarme su angustia como al dichoso Freud!

—No me diga que tenía celos… —comenté sorprendido.

—No eran celos —respondió el judío masticando cada una de las palabras—. Es que todo aquello me parecía una pérdida de tiempo y además dañina. Bueno, el caso es que volví a abrir el libro e intenté distraer la espera, pero ya me resultó imposible.

Echaba mano continuamente del reloj para comprobar tan sólo que apenas habían pasado unos minutos y que Gustav seguía sin volver. Y así a la tercera hora, le sucedió la cuarta.

—Y Mahler no regresó.

—Tardó casi una hora más, pero… pero, al final, lo hizo.

—¿Y?

—Estaba radiante. Entró en el vestíbulo, miró para uno y otro lado hasta que dio conmigo y se me acercó con paso apresurado. «¿Cómo ha ido?», le pregunté preocupado, y entonces, bueno, no sé si se lo creerá, pero Gustav soltó una carcajada.

—¿Cómo? —dije sorprendido.

—Lo que acaba de oír. ¡Una carcajada! ¡Estaba radiante! Se sentó a mi lado y me dio una palmada en el muslo. Yo no podía creérmelo. Gustav siempre había sido correcto conmigo, me había entregado su amistad, incluso me había convertido en partícipe de sus secretos más íntimos, pero nunca, jamás, en ningún momento se había permitido un gesto de familiaridad como aquél. Aún estaba reponiéndome de la sorpresa, cuando se puso en pie de un salto y volvió a atizarme otra palmada, esta vez en el hombro. «¡Vamos a cenar!, me dijo. Estoy que me caigo de hambre.» Total que salimos del hotel y nos encaminamos a un restaurante cercano. Reconozco que me costó soportar la curiosidad mientras Gustav pedía la cena y el maître tomaba nota, e incluso llegué a sentirme incómodo cuando insistió en que esperaran a que nos sirvieran para empezar a contarme lo sucedido. Tengo la sensación de que Gustav había captado mi estado de ánimo y había decidido bromear a mi costa porque no dijo ni palabra mientras consumía la sopa aunque, ocasionalmente, levantaba unos ojos chispeantes y divertidos y me sonreía. Sólo cuando había dado inicio al segundo plato, comenzó a relatarme todo. Me confirmó que Freud le había tratado con absoluta displicencia. Se le notaba molesto, de eso no había duda, quizá porque había tenido que interrumpir sus vacaciones o quizá porque le indignaba que alguien le hubiera dado plantón con anterioridad. Gustav comenzó a hablarle de la muerte de María y de cómo le recordaba a su madre y entonces Freud había empezado a experimentar un cambio en su actitud. Le preguntó cómo se llamaba su mujer. Gustav le había respondido que su nombre era Alma y entonces Freud le había comentado que le extrañaba que no se hubiera casado con una mujer que se llamara como su madre. «Ahí, mi querido amigo, me dijo Gustav, me percaté de que todo lo que me habías dicho era la pura verdad. Raro si se quiere, pero la pura verdad.» Y entonces, ¿sabe usted lo que hizo Gustav?

—No tengo la menor idea —respondí cada vez más sorprendido de lo que estaba oyendo.

—Le siguió la corriente. Sí. Como lo oye. Le siguió la corriente. Le dijo que Alma se llamaba Alma María y luego, poco a poco, fue soltando todos los disparates propios del psicoanálisis de Freud. Fingió que descubría sorprendido cómo sus problemas con Alma derivaban de absurdas fijaciones con su madre. Incluso, en un momento determinado, se llevó las manos a la cabeza y le dijo que el dolor ocasionado por la muerte de su hija venía de que le recordaba también a su madre. Freud se iba sintiendo cada vez más contento e incluso llegó a confesarle que nunca se había encontrado con un caso como el suyo.

—¿En qué sentido?

—En el de la comprensión. Al parecer, Freud nunca había visto a alguien que entendiera tan bien las profundidades de sus teorías. Al final, se separaron muy satisfechos. Freud porque había encontrado a alguien que, supuestamente, le había confirmado sus tesis y Gustav porque se había quitado de encima a un charlatán con el que su mujer llevaba atormentándolo desde hacía varios meses. «Ya sólo queda por hacer una cosa», me dijo a los postres. Por cierto, que estaba muy contento.

—¿A qué se refería?

—No entiendo —me dijo el judío con cara de extrañeza.

—Sí, ¿qué era lo que deseaba dar a entender Mahler al comentar que sólo quedaba una cosa por hacer?

—Informar a Alma —respondió con una sonrisa que pugnaba por convertirse en carcajada—. Lo hizo al día siguiente. Juntos enviamos un telegrama a la muy necia que decía: «Estoy lleno de alegría. Interesante conversación».

—No puedo creerlo —dije.

—Pues hará mal porque es la pura verdad. Eso fue lo que escribimos a aquel pendón de Alma y luego salimos a la calle y nos pusimos a reír a carcajadas. De hecho, no dejamos de desternillarnos en todo el viaje de vuelta. Estoy convencido de que todo aquello le hizo mucho bien a Gustav. Por primera vez en su vida, no había sido engañado por aquella mujer sino que era él quien había logrado burlarse de ella.

—¿Qué pasó después?

—Gustav falleció en mayo de 1911, unos nueve meses después. Era poca la vida que le quedaba, pero puedo asegurarle que, después de todo aquello, resultó tranquila y feliz. La pena es que no consiguiera liberarse de las cadenas de Alma mucho tiempo antes.

—¿Freud descubrió el engaño?

—¿Ese majadero prepotente? —preguntó el judío—. En absoluto. Vamos, ni por aproximación. Fíjese. El muy idiota, tiempo después, ya en los años treinta, tuvo la ocurrencia de escribir sobre el tema. Muy en su línea de inexactitudes interesadas, dijo que había tratado a Mahler en 1912 o 1913, es decir, años después de que se muriera, y que todo se debía a la fijación que sentía por su madre. Por supuesto, insistía en que la charla de cuatro horas había sido muy positiva y en que Gustav había entendido como nadie la teoría del psicoanálisis. Bueno, en eso quizá decía la verdad porque me costó mi trabajo el que la comprendiera. Lo que ocultaba es que Gustav nunca le pagó.

—Quizá Freud no quiso cobrarle… —me atreví a señalar.

—Freud era capaz de cualquier cosa por cobrar —me respondió el judío—. Lo intentó con Gustav, por supuesto, pero él se negó a darle un solo céntimo convencido como estaba de que no pasaba de ser un charlatán al que despreciaban con toda la justicia del mundo los médicos de Viena. Creo que si, al final, no contó la historia es porque no deseaba que la mala reputación que tenía Freud se extendiera ahora a otros médicos judíos que eran excelentes profesionales. Por un tiempo, Freud aguantó que Gustav no le respondiera siquiera, pero, a los cuatro o cinco meses de su muerte, escribió a Alma reclamándole sus honorarios «por los servicios médicos rendidos». ¡Qué desfachatez!

—¿Y le pagaron?

—Por supuesto que no. Pagar a un hombre que creía en esas estupideces hubiera sido cuestión no de estar loco sino de ser idiota.

42

—Y no crea usted, necesidad de psiquiatras había en Viena —continuó el judío—. Eran más que precisos porque, a pesar de ser una ciudad maravillosa, era obvio que todo se iba desarreglando, deshilachando, disolviendo poco a poco hasta deslizarse de manera despreocupada en el caos, un caos que muchos pasaban por alto, pero que resultaba innegable.

—¿Se refiere usted al problema de las nacionalidades? —indagué un tanto confuso por lo que estaba oyendo.

—El problema de las nacionalidades era una realidad. No voy a negarlo, pero no era la raíz del mal sino únicamente uno de sus síntomas. Los checos, los eslovacos, incluso los húngaros tiraban cada uno para su lado sin percatarse de hasta qué punto aquella monarquía era necesaria. Quizá sólo los judíos nos dimos cuenta de ello porque no teníamos un pedazo de tierra que soñáramos con convertir en nuestra nación y porque éramos conscientes de hasta qué punto la libertad depende de un poder central fuerte. Pero, permítame insistir en ello, aquella sociedad, con todo lo bueno que tenía, que era mucho, se desplomaba fundamentalmente porque sus cimientos habían comenzado a quedar erosionados mucho antes.

—Le agradecería que me concretara un poco más lo que desea dar a entender.

—¿No le parece que está usted un poco torpe? —me espetó

el judío apenas reprimiendo un gesto de enfado—. Verá, aquella sociedad se había desprovisto de fundamentos y corría el riesgo de quedarse sin base sobre la que sustentarse. Ya era eso suficientemente malo, pero además se añadía que la familia se deshacía. Ésa es, a fin de cuentas, la clave de que todo se mantenga a pesar de los peores males o de que todo se desplome aun con los mayores logros.

—Ya... —dije sin mucha seguridad—. ¿Y por qué se supone que la familia se... deshacía?

El judío frunció el ceño molesto. Era obvio que aquel tema le molestaba sobremanera, pero no terminaba yo de dar con la razón. Una persona que había sobrevivido a dos mil años de historia, que había presenciado la destrucción del Templo de Jerusalén, que no creía ni en la Cábala ni en Marx ni en Freud y que había experimentado más de una vez la desilusión provocada por haber seguido a un mesías falso, ¿por qué se molestaba tanto por aquella conversación?

—Mire usted —comenzó a decir con el tono del profesor que intenta resolver la duda de un alumno, pero pensando que el muchacho estaría mejor empujando un arado que asistiendo a clase—. La naturaleza humana es la que es y no la que le apetece al último de turno. La familia fue creada por Dios mediante la articulación de un prodigioso mecanismo de equilibrio. La mujer da a luz a los hijos y eso le proporciona una relevancia extraordinaria sobre los nuevos miembros, PERO el hombre es el cabeza de familia y contrarresta, al alimentar y educar a los hijos, lo que sería un peso excesivo de la mujer. Cuando ese equilibrio se mantiene, la familia va bien y lo mismo sucede con la sociedad. Los hijos saben que han de respetar, cuidar y mantener a sus mujeres y a los hijos que éstas les den y las hijas, desde el primer momento, comprenden que han de respetar, cuidar y ocuparse de sus maridos, y tanto hijos como hijas respetan a sus padres y enseñan de la misma manera a comportarse a su descendencia. Pues bien, todo eso comenzó a romperse en el imperio por aquellas fechas. Para empezar, las mujeres daban muestras continuas de falta de respeto hacia los maridos. ¿Cómo le diría? Los criticaban en público sin rebozo alguno, comentaban despectivamente sus fallos entre ellas, intentaban utilizar a los hijos como armas contra los esposos y, por supuesto, consideraban que sus opiniones constituían una pesada carga para ellas. Alma Mahler era un caso, si se quiere acentuado, pero, desde luego, no excepcional. ¿Qué hacían los esposos? Pues lo mismo que hizo Asuero con la reina Vasti. Se buscaban una Esther que les diera consuelo, pero como el imperio era católico en lugar de divorcio se producía el adulterio. ¿Y los hijos? ¡Ah! Los hijos crecían sin los referentes adecuados. Las muchachas se iban convirtiendo en viragos y los chicos… cuando lo pienso ahora, me digo que quizá aquélla fuera la razón de que en Viena pulularan tantos homosexuales.

—No sé si lo entiendo —musité sorprendido por la última conclusión del judío.

—Pues es bien sencillo —dijo molesto—. Un niño necesita crecer con la ternura de la madre y, sobre todo, con el modelo del padre. Precisa poder mirarse en él para desarrollarse plenamente como un varón fuerte y decidido. Cuando le falta ese referente, cuando no sabe cómo crecer… bueno, echa mano de lo que tiene. Cuando eso es una madre fuerte, rotunda, *masculina*, el resultado suele ser que el crío crece mal y acaba entrando en el terreno de la homosexualidad. No lo hace por sí mismo, claro, pero es ya presa fácil de cualquier bujarrón mayor. Y además no le estoy contando nada que no se sepa. Si hubiera usted leído a Stefan Zweig y *El mundo de ayer* recordaría que se quejaba de que la Viena anterior a la gran guerra padecía una atmósfera insoportable de *mariconería*.

Pronunció la última palabra como si la masticara letra a letra y luego deseara escupirla con asco.

—No lo recuerdo, la verdad —confesé cada vez más sorprendido por aquello.

—Pues tendría que haber visto lo que era la capital. Muchos

de los albergues para indigentes, de los cafés, de los teatros, ¡de las esquinas incluso! se habían convertido en lugares donde se situaban hombres jóvenes que ejercían la prostitución y sobre los que caían los homosexuales veteranos como el halcón sobre la presa.

Hizo una pausa y se pasó la diestra dos, tres, cuatro veces por encima de los labios en un gesto mezcla de cólera y de nerviosismo.

—En aquella época, el antisemitismo estaba adquiriendo las formas más diversas —dijo al fin—. Por supuesto, existía ese viejo antisemitismo católico empeñado en echarnos la culpa de la crucifixión del Nazareno, como si éste no hubiera sido judío y, por supuesto, también era fácil encontrarse con ese antisemitismo propio de griegos y romanos que se sentía molesto porque se veía a los judíos por acá y por allá y encima ganando dinero. Ambos eran malos, pero resultaban primitivos, burdos, estúpidos. De hecho, casi nadie con cierta formación se hubiera dejado arrastrar por esas conductas. Pero junto a ellos habían aparecido otras formas más peligrosas. En primer lugar, estaban los que pretendían dar al antisemitismo un barniz científico. Habían leído a Darwin y se creían todas esas majaderías sobre la supervivencia del más apto y lo necesario que resultaba que el mejor, como marcaba supuestamente la Naturaleza, se impusiera sobre el peor. No hace falta que le diga que, por supuesto, el peor era el judío. Había que atizarlo allí donde asomara la cabeza. No, no la cabeza. La nariz. ¡Esa nariz ganchuda que se supone que todos los judíos tenemos! Eso se había convertido en obligación. En obligación *científica*. ¡La barbarie elevada a la categoría de descubrimiento!

—Sí, hay que reconocer que es bochornoso.

—Pero no era lo único —continuó el judío como si no me hubiera oído—. Además existía otro antisemitismo nuevo. El antisemitismo ocultista. Ser antisemita era la clave para conocer e interpretar adecuadamente los arcanos más profundos del universo. La brutalidad como camino hacia la gnosis. No está mal, ¿verdad?

Mi interlocutor estaba realmente alterado y su reacción podía resultar imprevisible. Decidí que lo más prudente era guardar silencio.

—Usted no se puede imaginar cómo comenzaron a proliferar revistas en las que, junto con referencias a los cuerpos astrales y a la quiromancia, aparecían artículos sobre la raza aria superior y el peligro que representaban los judíos. Citaban a madame Blavatsky…

—La creadora de la teosofía —dije.

—Sí. La misma. Una médium rusa embustera y antisemita que despotricaba contra los judíos y los cristianos y que se dedicaba a anunciar la llegada de una Edad de Oro protagonizada por los arios. Por esa época, la desenmascararon en el extranjero como una farsante que realizaba trucos en las sesiones en que, supuestamente, se comunicaba con los espíritus. No hace falta que le diga que dio igual. Lo crea usted o no, lo cierto es que sus discípulos continuaron profesándole un amor sin límites. Pero justo es reconocer que la Blavatsky no era la peor. De entre toda aquella basura ocultista, lo más asqueroso era una revista que se llamaba *Ostara*.

—*Ostara*… —repetí yo.

—Sí. *Ostara*. Como suena. Había escuchado hablar de ella con pavor a alguno de los judíos que conocía. Bien es verdad que, como se trataba de gente especialmente religiosa, no le di demasiada importancia. Si miraban con prevención a otros judíos, ¿por qué no iban a horrorizarse de lo que escribieran los gentiles? Comencé a considerar que el tema merecía la pena de ser examinado más de cerca cuando escuché hablar de la cuestión a Arnold Rothenberg.

—No me suena el nombre —comenté.

—No me extraña que no le suene. Era un buen abogado y judío por añadidura, pero no hizo nada digno de que su nombre pasara a la posteridad. Sí, porque ser honrado, competente y buen esposo y padre no ha servido a nadie para ocupar un puesto en la historia. En cambio si matas a centenares de miles, pues… bueno, no nos distraigamos. Un día, Arnold me comentó que había echado un vistazo a la revista. Fue pura casualidad. Se encontraba en un café, alguien se dejó olvidado un ejemplar en una mesa cercana, echó mano de ella y se puso a hojearla. Aseguraba con términos un tanto ásperos que nunca había visto «guarrería semejante».

—Guarrería… —dije sin poder contener una sonrisa.

—Sí y no es nada gracioso. Por supuesto, le dije que me gustaría comprobar por mí mismo lo que estaba contándome, pero Arnold se había desprendido del panfleto con verdadero asco. «Me lavé las manos nada más terminar de verlo», me aseguró y no tengo razones para pensar que me mintiera.

—Ya…

—El caso es que decidí mercarme un ejemplar de *Ostara* y comprobar por mí mismo si lo que Arnold me había dicho era verdad. No es que creyera que pudiera ser falso, todo hay que decirlo, pero siempre he sido hombre que ha preferido verificar todo personalmente y no depender del juicio de otros.

En ese momento pensé en felicitarle, pero opté por seguir callado. Conservaba aún su tono de irritación y no deseaba tentar a la suerte más allá de algún monosílabo.

—Durante unos días me olvidé de *Ostara*. Sinceramente, tenía muchas cosas en que pensar, mucho trabajo del que ocuparme y se me fue de la cabeza. Pero una mañana… verá, había quedado con un cliente para enseñarle una pieza única. Se trataba de una persona acomodada y decidí encaminarme a su casa personalmente para atenderle. En fin, charlamos, le mostré la mercancía, le gustó… total que cerramos el negocio y nos despedimos. Regresaba yo a casa tan contento cuando, de la manera más inesperada, los vi. Allí estaban.

El judío se calló y me miró con un gesto que lo mismo podía significar «¿A que no te lo esperabas?» que «¿Y eso qué te parece?». Decidí salir de dudas.

—Temo que no entiendo. ¿A quién vio?

—A una panda de homosexuales jóvenes.

Dejé escapar un suspiro. No era la primera vez que me sucedía, pero ahora no podía evitar la sensación de que mi acompañante se había perdido y de que, lo que era peor, me había extraviado a mí.

—No sé si… —comencé a hablar, pero el judío alzó la mano para imponerme silencio.

—Eran chicos jovencitos. No sé. Quizá el menor anduviera por los quince años y el mayor no llegara a los veinte. Y se veía a la legua a lo que se dedicaban. Fingían mirar escaparates, entrar en un café, pasear, pero, a decir verdad, lo único que hacían era concentrarse entre cuatro esquinas de la calle como si fueran busconas. Sentí asco al verlos, pero también… no sé cómo decirlo… lástima. Sí, lástima. Ahí estaban, a la espera de que apareciera algún pervertido con más años y más dinero para poder venderse. Les eché un vistazo y entonces observé a uno de ellos que miraba furtivamente a uno y otro lado como si temiera que pudiera verlo alguien dedicado a ese infame comercio.

Me dije que lo más seguro fuera que el muchacho tan sólo anduviera oteando la aparición de un posible cliente, pero opté por guardar silencio.

—Se trataba de un muchacho de cabellos negros y lacios, muy delgado, con una mirada penetrante y atemorizada que procedía de unos ojos muy azules. ¿Qué años podía tener? No sabría decirle, pero le aseguro que el bigotito que llevaba seguramente pretendía proporcionarle una apariencia de mayor edad, aunque fracasaba a la hora de conseguirlo. Aparté la vista del joven y entonces, a unos pasos, distinguí un quiosco. El recuerdo de *Ostara* me asaltó de manera inmediata y no me pregunte usted por qué. Quizá es que mi mente deseaba apartarse como fuera de aquel bochornoso espectáculo o quizá simplemente obedeció a uno de esos juegos extraños que lleva a cabo nuestra mente más allá de lo que podamos desear o imaginar. El caso, como le digo, es que pensé que podía hacerme con un ejemplar de la revista de la que me había hablado Arnold. Cubrí con rapidez la distancia que me separaba del establecimiento y le pedí al quiosquero un número de *Ostara*. Debo decirle que no pareció sorprenderle lo más mínimo mi petición. Todo lo contrario. Colocó ante mí el último número y, a la vez, me ofreció el anterior. Dudé por un momento. Tenía interés en la publicación, pero no sabía si tanto como para comprarla por partida doble. Al final, los pagué y me aparté del quiosco. Mi primera intención fue dirigirme a casa y leer allí con tranquilidad aquella bazofia impresa, pero, de repente, noté una gota de agua que me caía sobre la mano. Levanté la mirada y descubrí una acumulación de nubes que presagiaba un chaparrón. De hecho, ya había comenzado a descargar con fuerza cuando logré entrar en un café cercano buscando guarecerme. Me senté a una de las mesas y pedí un café y un coñac. Imaginaba que aquella lectura iba a resultar fuerte y deseaba afrontarla con una cierta sensación de placer en la boca. De hecho, no pasé una sola página hasta que el camarero me sirvió lo que le había pedido.

—¿Y fue para tanto? —le pregunté con la sensación de que el judío estaba exagerando.

—A decir verdad, para mucho más —respondió—. Hasta aquel entonces la propaganda antisemita que yo había leído no pasaba de las estupideces habituales. Que si el dominio de la banca, que si el control de las finanzas internacionales, que si la falta de lealtad al emperador, que si los asesinos de Cristo… en fin toda la sarta de majaderías sangrientas que se habían repetido durante siglos. Pero aquello era muy diferente, muy, muy distinto. ¿Cómo se lo podría explicar? De entrada, la revista tenía un diseño muy especial. Sus páginas estaban cuajadas de dibujos, de imágenes, de símbolos. Por ejemplo, se veía la esvástica por todas partes.

—¿La esvástica? —pregunté sorprendido—. ¿Está usted seguro?

—Sí, completamente. Crea que no le exagero si le digo que hasta que aparecieron los nazis nunca vi tantas esvásticas como en aquella revista. Pero no se trataba sólo de eso. Además establecía una separación radical entre ellos, los arios, ¿me oye bien?, los arios, y nosotros, los judíos. Los arios aparecían dibujados como héroes altos, rubios, guapos, pero, por encima de todo, dotados de una majestuosidad especial. Parecían no sólo nobles, sino además gente destinada a mandar, como si se tratara de señores pertenecientes a una casta superior a la que debieran someterse los otros. Por lo que se refiere a nosotros los judíos... bueno, estábamos retratados como seres bajos, viles, feos, negruzcos...

—¿Negruzcos?

—Sí, negruzcos, negruzcos. Eran hombres ataviados con largos caftanes, con narices enormes y ganchudas y un color de piel y de cabello no negro, sino de un tono oscuro y siniestro que gritaba «barbarie».

—Me parece muy burdo.

—No cabe duda de que lo era, pero es que ahí no terminaba todo. Aquello llamaba la atención, provocaba que los ojos se quedaran clavados en las páginas de la revista, se agarraba al cerebro como una garrapata. Sí, todo eso es cierto, pero no era lo peor. Lo peor, con mucha, mucha diferencia, eran los textos.

—Cuesta creerlo...

—Pues créalo. Leí uno tras otro los artículos. Parecían absurdos propios de mentes enfermas. Quizá incluso fuera así, pero el mensaje que transmitían resultaba mucho más coherente de lo que podía parecer a primera vista. Primero, como ya le he indicado, se marcaba esa horrible diferencia entre lo ario que era puro, bello, bueno y lo judío que era monstruoso, perverso, degenerado. Entonces, una vez que había quedado claramente establecida esa diferencia entre la bondad absoluta y la maldad completa se indicaba que el enfrentamiento entre uno y otro bando no sólo resultaba inevitable sino que constituía, en realidad, un deber sagrado. Los arios, al combatir sin un momento de descanso a los judíos, venían a cumplir con una misión elevada que lejos de beneficiarlos sólo a ellos era emprendida en pro de la humanidad al completo. Pero ahí no terminaba todo, no. Porque todo aquello no se basaba sólo en un posible análisis «científico». A decir verdad, arrancaba de un escrutar cuidadoso y profundo de realidades que no aparecían manifiestas para el ser humano corriente y vulgar. Al profundizar en los conocimientos esotéricos puestos al alcance de muy pocos iniciados en el correr de los siglos, era precisamente cuando uno se percataba de que la historia de la humanidad era el combate entre los arios y los judíos.

—No me parece muy esotérico algo que se podía comprar en un quiosco, la verdad.

—Y no lo es —reconoció el judío—, pero ¿se imagina usted el placer de un tendero, de una criada, de un empleado que quizá apenas sabía juntar unas letras y que, de repente, creía tener en sus manos la llave que abre los arcanos más ignotos del Cosmos? ¿Se percata usted del alimento tan dulce y goloso que eso significaba para la soberbia que anida en la mayoría de los corazones humanos? Sí, yo soporto a mi marido, pero sé más que él. Sí, yo aguanto a un jefe autoritario y tacaño, pero sé más que él. Sí, yo me he visto incapaz de superar los exámenes por culpa de un profesor severo, pero sé más que él. Aún le diría más: si la persona odiada es un judío, y se puede odiar no sólo por el mal recibido, sino también por el bien que se nos ha dispensado y que nos duele reconocer, ahora tenemos el motivo superior, supremo, sobrenatural para aborrecerlo.

—Entiendo —dije sobrecogido por lo que estaba escuchando.

—Pero no crea que ahí quedaba todo —prosiguió el judío—, *Ostara* no se perdía sólo en la descripción de lo que consideraba el Supremo Bien y el Abyecto Mal. Tampoco se quedaba en mostrar las supuestas raíces ocultas de esa pugna que se extendía a lo largo de los siglos. *Ostara* propugnaba además pasar a la acción. No se trataba sólo de odiar al judío o de saber por qué se lo odiaba. Por añadidura, *Ostara* proponía un camino para salir de esa injusticia milenaria que tanto daño causaba a los arios.

—¿Y cuál era?

—Un estado nacionalista —respondió el judío—. El nacionalismo debía permear, impregnar, empapar todas y cada una de las manifestaciones de la vida. Había que llevar a cabo un proceso de construcción nacional que, poco a poco, fuera agrupando a todos los arios para que pudieran cumplir con su destino. Pero el nacionalismo, mi buen amigo, nunca se ha sostenido en pie por si solo. Necesita un pilar sobre el que apuntalarse, un pilar que es una mezcla de odio y resentimiento, de agresividad y victimismo. En el caso de esta gente, el odio se dirigía contra los judíos, y las víctimas, las supuestas víctimas, eran los arios.

—Comprendo.

—No —me cortó el judío—. Usted no entiende. No puede entender. Aquella gente, detrás de toda aquella faramalla, de toda aquella farfolla sobre las razas y el conocimiento oculto y la lucha del Bien y del Mal, proponía un proyecto político que debía adquirir forma de Estado y que significaría el exterminio de los judíos.

—¿El exterminio? —repetí incrédulo—. Quiero decir… ¿está seguro de que llegaban a tanto?

—¿Qué le sugiere la expresión «cuchillo de castrar»? —me preguntó el judío a la vez que una sonrisa fría se asomaba a su boca.

—Creo… creo que se trata de un término muy gráfico…

—Era el que propugnaba *Ostara* para mostrar cómo había que comportarse con los judíos. Nosotros éramos culpables de haber seducido a bellas arias desde hacía generaciones, habíamos ennegrecido la noble sangre germánica, habíamos corrompido a una raza superior mediante un inmundo comercio sexual. La única manera de impedirlo era usar contra nosotros el cuchillo de castrar.

El judío guardó silencio, apartó la vista de mí y volvió a perder la mirada en algún lugar indeterminado que se extendía frente a nosotros.

—Acabé aquel número de *Ostara* —volvió a hablar el judío— con una sensación opresiva sobre la boca del estómago. Como usted sabe, he asistido no pocas veces a la amargura padecida por mi pueblo. La he vivido en primera persona. He apurado hasta las heces una y otra vez la copa de hiel que nos obligaban a beber los *goyim* o incluso gente salida de entre nosotros mismos. Sin embargo... sin embargo, lo que acababa de leer era algo diferente. Más... más maligno, más impío, más perverso... Los antisemitas del pasado habían echado mano de la superstición o de la envidia, pero, a decir verdad, ahí se terminaba su arsenal. Sí. Ya lo sé. Se trataba de una panoplia mortal, pero limitada, muy limitada, casi me atrevería a decir que ridículamente limitada. Sin embargo, lo que mostraba aquella revista inmunda era algo cualitativamente diferente. No existía una sola pulsión, ¡ni una sola!, de las que puede abrigar el pecho de un ser humano que no hubiera sido retorcida en aquellas páginas. El deseo de saber, la defensa de la belleza, el amor a la patria, las raíces históricas, la cultura, el sexo... todo, absolutamente todo, quedaba recogido para, al final, lanzar un veredicto de culpabilidad sobre nosotros y anunciar que debíamos ser exterminados por el bien del género humano.

El judío calló por un instante. Respiraba con dificultad, como si acabara de subir una cuesta e intentara recuperar el resuello. De repente, inspiró con fuerza y expulsó a continuación el aire, con un vigor rayano en la violencia, por las ventanas de la nariz. Por un momento, temí que acabara de sufrir algún tipo de ataque, pero por la manera en que continuó hablando me percaté de que mi inquietud carecía de motivo.

—Debía concluir lo que había comenzado. No podía dejarme amilanar. Así que tragué saliva y me dispuse a leer el segundo de los números que había comprado. No era mejor que el anterior. Incluso hasta puede que fuera peor. De hecho, ya no sólo tenía el estómago revuelto. Además me temblaban las manos y la vista se me nublaba. Me pasé la diestra por los ojos en el deseo de recuperar la visión correcta y, a la vez, de tranquilizarme. Y entonces levanté la vista. Y entonces *lo vi*.

43

—¿Qué vio? —pregunté mientras percibía cómo una desagradable sensación de malestar se iba apoderando de mí.

El judío sonrió, pero en su gesto no me pareció que hubiera ni un átomo de alegría o diversión.

—A quién vi —me corrigió.

—Está bien. Se trataba de una persona —acepté.

—Sí. Era una persona. El muchacho de cabellos lacios y bigotito al que había contemplado antes de entrar en el café.

—Se refiere al que se…

—Sí. A ese mismo. Al que se prostituía —dijo el judío evitándome el desagrado de formular por entero la pregunta—. Era él. Sin ningún género de dudas. El mismo gesto, a la vez altivo, y temeroso. La misma sensación de fragilidad que ocultaba algo en su interior no tan débil como podía parecer a primera vista. Recorrió con la mirada el café seguramente a la busca de un sitio donde sentarse o quizá de un cliente que le salvara de la lluvia que no llegaba a amainar en el exterior. Le confieso que lo que menos deseaba ver en aquellos momentos era el espectáculo de un hombre joven y con fuerzas suficientes para trabajar entregado a la tarea de vender su cuerpo. Asqueado, bajé la mirada y fingí entregarme a la lectura de *Ostara*. Pasé las páginas mientras mis ojos se deslizaban distraídos sobre aquellas pilas de inmundicia impresa y entonces escuché una voz que se dirigía a mí y me decía: «La revista que está leyendo es sensacional. Yo no me pierdo un solo número». Levanté la mirada y allí delante de mí, esbozando una sonrisa tímida, se hallaba aquel joven que se ganaba la vida entregándose a otros hombres.

—¿Era lector de *Ostara*? —pregunté sorprendido.

El judío asintió con la cabeza.

—Así lo dijo y puedo asegurarle que no mentía —me respondió.

—¿Y cómo está tan seguro?

—Me pidió permiso muy educadamente para sentarse a la mesa. En otras circunstancias, se lo hubiera negado rotundamente. Incluso es posible que lo hubiera echado de mi presencia con cajas destempladas. Sin embargo, tras su entusiasta afirmación... bueno, he de reconocerlo. La curiosidad pudo conmigo. ¿Qué podía llevar a aquel muchacho, a aquel tipo de muchacho para ser más exactos, a disfrutar con la lectura de aquella porquería repugnante? ¿Qué encontraba en aquellas páginas que resultara tan de su agrado? Bueno, el caso es que le hice un gesto con la mano invitándole a sentarse.

—Y aceptó, por supuesto.

—Por supuesto. Tomó asiento con cierto temor. Como... como el extraño que entra en casa ajena y no sabe a ciencia cierta cómo comportarse. Entonces le sonreí, sí, le sonreí, aunque aquella sonrisa me doliera igual que si me la hubieran arrancado con una muela, y le pregunté por qué le gustaba tanto la revista.

—¿Y qué le dijo?

—De repente, los ojos se le iluminaron. Ya le he dicho que había algo en ellos que llamaba la atención. No sé..., algo fuerte, vivaz, incluso... sí, incluso poderoso. Pues bien aquello pareció despertarse, concentró la mirada en mí y dijo: «Esa revista dice la verdad».

—¿Le dijo que decía la verdad? —pregunté sorprendido—. No lo puedo creer.

—Se lo aseguro. Lo dijo, y era lógico que así fuera, porque se encontraba totalmente convencido. Pedí un par de cafés y me dispuse a escuchar lo que aquel muchacho dedicado al más bajo de los oficios había encontrado en *Ostara*. Me consta que los profesores acostumbran a quejarse de la escasa capacidad de asimilación de sus alumnos y de lo mucho que tienen que esforzarse para conseguir que aprendan cuatro cosas. Aquel joven, sin embargo, tenía una capacidad de asimilación extraordinaria. Sí. Ésa es la palabra. Extraordinaria. Su memoria era realmente fotográfica. Recordaba a la perfección todas las majaderías que había ido consumiendo en los meses anteriores; lo peor es que además se las creía con la misma firmeza con la que un cristiano cree en la Trinidad o un judío ortodoxo en el origen divino de la Torah. Para él, todo, absolutamente todo, era cierto. El combate sempiterno entre los bellos arios y los miserables judíos; la necesidad de un Estado nacionalista que defendiera a la raza aria de aquella agresión constante y la perentoriedad de las medidas que había que articular para alcanzar aquella meta. Ah, y por supuesto, el joven estaba convencido de que Alemania, la que había entregado aquella lengua superior al mundo, debía anexionarse todos y cada uno de los lugares donde se hablara el alemán. Austria, los Sudetes, Bohemia… en suma, un sinfín de territorios debían reintegrarse en un gigantesco Reich, un Reich, por otra parte, en el que no podía haber lugar ni para los judíos ni para los infrahumanos de otras razas.

—¿Utilizó el término infrahumanos? —pregunté sorprendido.

—Sí. Sin la menor duda —respondió el judío—. ¿Qué tiene de particular? ¿Se imagina la escena? Aquel chico, cualquiera sabe de dónde venía, cuál era su educación, quiénes eran sus padres, había descubierto un futuro y ¿en qué residía el futuro? En un Estado nacionalista que fuera tragándose trozos de Europa central y eliminando de ellos a los judíos. Y, para remate, aquello no era sólo política. Se trataba más bien de una labor sagrada. Me costó disimular mientras le escuchaba. De buena gana, me hubiera levantado para irme o le hubiera espetado que no sabía hasta qué punto estaba ciego y se limitaba a repetir basura. Pero no lo hice. No lo hice porque deseaba entender. Le miré y le dije: «¿Conoce usted algún caso real de influencia judía, influencia mala, por supuesto, en Austria?». Me miró y apretó los labios.

—Y no le dijo nada, claro está.

—Oh, sí, ya lo creo que me dijo. Sin apartar aquellos ojos claros y ardientes de los míos soltó: «¿Le parece poco lo que están haciendo los judíos con Eulenburg? ¿Acaso no sabe que quien dirige esa infame campaña es un judío que se llama Harden?».

—Lo siento —dije—. Si no me explica…

—¿Está seguro de que no recuerda quién era Eulenburg?

Guardé silencio. Sí, el nombre me resultaba vagamente familiar, pero, en esos momentos, no lograba identificarlo en medio de toda la maraña de personajes a los que desde hacía horas se había ido refiriendo el judío. Durante unos instantes, me sentí como el niño al que el profesor saca al encerado para dar la lección y es objeto de una pregunta que ignora. Tan sólo esperaba que se cansara de aquella tortura y me dijera finalmente la respuesta.

—¿Tan pronto ha olvidado usted a los dignatarios que conoció Herzl? —dijo el judío, sin duda con la intención de brindarme una pista.

—Eh… —comencé a decir con una sensación creciente de incomodidad—. El káiser…

—Sí, el káiser…

—El gran duque de Baden… —continué inseguro.

—El gran duque de Baden… —repitió el judío.

—…y… —Y entonces sentí como un fogonazo—. Claro. Eulenburg, el amigo homosexual del káiser. ¿A ése se refería?

—A ese mismo —dijo el judío—. Y era verdad lo que decía. Harden era judío, pero, por encima de todo, era un periodista que aborrecía la idea de que Alemania pudiera fagocitar a Austria con el pretexto de la unidad de la lengua y de la cultura germánicas. Imagino, aunque no se lo puedo decir con seguridad, que temía la idea de un gran Reich germánico en el que los judíos y otros que no eran judíos se quedaran sin un lugar para vivir. Fuera como fuese, comenzó a publicar informaciones atacando la homosexualidad de Eulenburg, el favorito del káiser. Sin duda, pensaba que, con esa conducta, quedaría desacreditado ante millones de austríacos. Pero mi joven acompañante no sólo no aceptaba aquellos ataques contra un homosexual poderoso y conocido sino que además los interpretaba como una muestra más de la perversidad innata de los judíos.

—¿O sea que la perversidad judía quedaba de manifiesto en que descubría que Eulenburg era homosexual y en que defendía la independencia de Austria? —pregunté sorprendido—. Resulta más que discutible que eso fuera una muestra de maldad.

—Por supuesto que resulta más que discutible —protestó el judío—. Por supuesto. ¡Sólo faltaba que la prensa no pudiera señalar la realidad de los personajes influyentes y que además tuviera que plegarse a los deseos de los poderosos! ¡Y da lo mismo si lo hace un judío o un gentil! Pero aquel muchacho...

—Aquel muchacho reinterpretaba todo de acuerdo con las claves que le había proporcionado *Ostara* —concluí.

—¡Bingo!

—Y quizá —proseguí—, en aquel judío que decía la verdad sobre un político homosexual y corrupto le pareció ver una amenaza... no, peor, una condena tajante contra la forma de vida que tenía él y contra las ideas en las que creía.

El judío movió la cabeza en señal de asentimiento.

—Comprendo que se sintiera usted mal —le dije—. Yo no soy judío y se me está revolviendo el estómago. Sé que sobre estas cuestiones cada uno tiene sus propias ideas, pero, a medida que pasan los años, se me hace más difícil soportar la cerrazón mental, el sectarismo, el empecinamiento en mezclar vida privada y visión del mundo de tal manera que no se pueda razonar sobre nada porque eso implica un juicio sobre la manera en que se vive cotidianamente.

—Aquel muchacho… —prosiguió el judío—. Bueno… me dio miedo… Sí, ya sé que he vivido lo suficiente como para no dejarme intimidar con facilidad, pero algo en él me helaba la sangre. Había incorporado todo aquello en la masa de la sangre y ya no era capaz de abordar ningún hecho sin pasarlo por el tamiz de las patrañas odiosas que publicaba *Ostara*. Si veía a un judío comportarse mal, por ejemplo, mintiendo o robando, su interpretación era que se comportaba de acuerdo con la naturaleza común de los judíos; pero si ese mismo judío hubiera dado una limosna o acogido a un pobre, habría visto en ello una señal de hipocresía retorcida, la propia de un judío que desea engañar a alguien que no lo es. Y para colmo, lo que aquel joven llamaba la prensa judía atacaba a alguien que compartía con él rasgos tan importantes como el nacionalismo o la homosexualidad…

—¿Qué pasó al final?

—¿Al final? —repitió el judío—. ¿Qué es el final? ¿Cuándo y dónde se produce de manera que podamos identificarlo? Charlamos un rato más. Bueno, más bien habría que decir que él cantó las loas del Estado nacionalista y siguió vomitando porquería sobre los judíos y yo seguí escuchándolo. De repente echó un vistazo por la ventana del café y descubrió que había escampado. Incluso se podía percibir algún rayo de sol. Suspiró hondo y me dijo que tenía que marcharse.

—Imagino que a buscar a algún hombre con el que irse a la cama —pensé en voz alta.

—Es lo más probable —aceptó el judío—. Bueno, el caso es que se puso en pie y me tendió la mano. Reconozco que titubeé antes de estrechársela, pero, al final, lo hice. Entonces me apretó la diestra con fuerza, con… con afecto y me regaló una sonrisa rezumante de amabilidad.

—¡Caramba!

—Sí… creo… creo que aquel joven tenía un punto de… de encantador. Sí, por difícil que pueda ser creerlo, ésa sería la palabra más adecuada. Bueno, como le decía, me estrechó la mano, se dio la vuelta y se dirigió hacia la puerta. Debía de haber caminado, no sé, cinco o seis pasos cuando, de la manera más inesperada, se detuvo súbitamente, giró sobre sí mismo y volvió a encaminarse hacia mí. Ahora, en su rostro, se reflejaba un tono de azoramiento. Era como si se le hubiera pasado algo importante y deseara remediarlo. Llegó hasta mi mesa, inclinó la cabeza en señal de disculpa y, de nuevo con aquel tono tímido, me dijo: «Disculpe. Lo he olvidado. Lo siento de verdad, pero se me había pasado darle mi nombre». Ya puede usted imaginarse que aquellas palabras me sorprendieron. ¿Para qué deseaba yo saber cómo se llamaba aquel prostituto antisemita y trastornado? ¿Qué más me daba? No le dije una sola palabra. Entonces me sonrió tímidamente y dijo: «Me llamo Adolf Hitler».

44

—¿Adolf Hitler? —repetí sorprendido—. ¿Aquel… aquel sujeto era Hitler?

—Sí —respondió con aplomo el judío—. El mismo.

—Bueno… comprenderá… comprenderá que…

—Sí, entiendo que le cueste creerlo, pero es la verdad. Por supuesto, no volví a saber de él. Incluso creo que al cabo de unos días de indignación y rabia me olvidé de su existencia. Pero entonces sucedió algo…

—Hitler llegó al poder —sugerí.

—No. No. Fue mucho antes. Verá. Como Hechler le anunció a Martin Buber, estalló una guerra mundial…

—El término que nunca antes había utilizado nadie —recordé.

—Exacto —aceptó el judío—. No hace falta que le diga que aquélla fue una guerra inesperada por lo estúpida. Salvo los franceses, que estaban ansiosos por apoderarse de nuevo de Alsacia y Lorena, ni Rusia, ni Alemania, ni Austria-Hungría ni mucho menos Gran Bretaña tenían el menor deseo de entrar en guerra y eso por no hablar de Estados Unidos que nadie, absolutamente nadie se imaginaba enviando tropas a este lado del Atlántico. Pero una cosa es lo que piensan los hombres y otra muy diferente lo que, al fin y a la postre, sucede. Un nacionalista servio perpetró un atentado terrorista, asesinó a un príncipe austríaco y la rueda de la matanza se puso en marcha. Le he dado muchas vueltas a todo esto y en la actualidad no tengo duda alguna. Si el emperador de Austria hubiera respondido a los terroristas golpeándolos de manera fulminante, nadie habría opuesto ninguna objeción y nunca se hubiera producido una guerra. Pero los austríacos andaban a esas alturas más ocupados en no ofender a nadie que en hacer justicia. Dejaron pasar los días, luego las semanas y entonces todos los mecanismos comenzaron a ensamblarse. Alemania afirmó que apoyaría a Austria si Rusia movilizaba sus tropas. Rusia llamó a la movilización para respaldar a Servia. Francia afiló el cuchillo para golpear a una Alemania que se veía obligada a combatir en dos frentes. Alemania decidió que para vencer a Francia tendría que invadir a Bélgica que era neutral y Gran Bretaña se comprometió a defender militarmente a Bélgica. Antes de que pudiéramos darnos cuenta, casi toda Europa estaba en guerra y entonces, en lugar de sentirse asustados, los ciudadanos de todas estas naciones se lanzaron al combate entusiasmados. ¡Entusiasmados! ¿Puede usted creerlo? Pues así fue. De repente, resultó que el nacionalismo era más poderoso que la razón, que la sensatez, que la buena voluntad, que el mismo socialismo. ¡Los socialistas que llevaban décadas predicando el internacionalismo proletario se lanzaron a defender a sus naciones como el más enloquecido nacionalista! Y entonces volví a ver a Hitler.

—¿Sí? —pregunté escéptico.

—Sí, aunque, eso sí tengo que decírselo, no fue en persona. Verá. He vivido lo suficiente como para saber que la gente enloquece en las ocasiones en que debería conservar la cabeza sobre los hombros. En el caso de las guerras, lo que se puede llegar a ver resulta inenarrable. Una mañana, estaba repasando los primeros periódicos que se referían a las reacciones ante el estallido de la guerra. Todo eran soflamas encendidas, referencias a las justas reivindicaciones de cada nación, a la deuda histórica que los demás tenían con nosotros, porque, por supuesto, nosotros no teníamos ninguna con nadie y entonces… bueno, me doy de manos a boca con una foto de la plaza del Odeón en Munich. No se me olvidará la fecha. Era la multitud festejando la movilización el 2 de agosto de 1914. 2 de agosto de 1914. Apareció en la prensa. Se veía a un montón de gente apiñada delante de un enorme león de piedra y todos tan contentos. A punto de ir al matadero y todos tan contentos. Enviados a la degollina por políticos inútiles que no corrigieron el mal menor y ahora tenían que enfrentarse con el mayor y todos tan contentos. De repente sentí la curiosidad de observar aquellos rostros más de cerca, de descubrir lo que había en sus facciones. Pero, por más que me esforzaba, mi vista no daba para tanto, así que eché mano de una lupa y empecé a pasarla por encima de aquellas caras desconocidas. Sonrisas de oreja a oreja, hombres y mujeres, ancianos y jóvenes y entonces… pero ¿qué veo? No. No podía ser. Allí estaba. Sonriente, alborozado, con un bigote un poco más poblado y gritando algo. Era el bueno de Adolf. Tengo también que decirle que no recordaba en ese momento cómo se llamaba. ¿Rudolf? ¿Arnold? ¿Cómo diablos era el nombre de aquel barbilindo nacionalista aficionado al esoterismo? Al final, opté por levantarme y ponerme a buscar los números de *Ostara* que había comprado tiempo atrás. No. No los había tirado, pero ¿dónde los habría guardado? Los tenía colocados al lado de unos volúmenes de madame Blavatsky en los que esa bestia procedente de Rusia profetizaba la llegada de una nueva era aria en la que se exterminaría a judíos y cristianos. Y allí encontré el nombre que había anotado no sé por qué razón el día de nuestro encuentro. Adolf Hitler.

—Ya —acabé diciendo rezumante de escepticismo.

—Me pregunté entonces qué sería de aquel petimetre que se había ganado la vida en Viena prostituyéndose y…

—¿No pensó que pudiera ser otro? —le interrumpí—. Quiero decir, ¿no le extrañó que estuviera en Munich?

—No —respondió tajante el judío—. Era él con toda seguridad. De eso no me cabía ninguna duda. Por lo que se refiere a que estuviera en Alemania... la verdad es que no me extrañó. Munich tenía fama por aquel entonces de ser un verdadero emporio de homosexualidad y, por otra parte, ¿qué tenía de sorprendente que alguien que soñaba con el Reich de todos los arios hubiera acudido a Alemania? En realidad, donde no pintaba nada era en Austria.

—¿Pasó usted la guerra en Austria?

—No. Por supuesto que no —respondió el judío—. Estaba más que convencido de que Austria perdería aquella guerra. A pesar de la belleza que inundaba sus calles, de su resplandor artístico, de los valses de Strauss si usted quiere, aquélla era una sociedad muerta. No, no muerta. Agónica. La familia había ido corroyéndose durante décadas, la moral había ido corroyéndose durante décadas y el Estado había ido corroyéndose durante décadas. Por muy fuertes que demostraran ser los ejércitos alemanes, ¿cómo iban a poder compensar todo aquel peso muerto? No. No había ninguna buena perspectiva para mí en Austria. Además, cuando todo se viniera abajo, ¿qué iba a ser de nosotros los judíos? Con seguridad no faltarían los que nos acusaran de todos los males y se empeñaran en hacer que los pagáramos. Decidí poner tierra por medio antes de que las cosas fueran a peor.

—¿Y adónde fue?

—Tuve mis dudas. A decir verdad, sólo existían dos opciones que me parecían razonables. Ambas eran naciones neutrales: Holanda o España. Decidí optar por lo seguro y me dirigí hacia los Países Bajos, y como tenía dinero y a nadie se le hubiera ocurrido pensar que por mi edad debía servir en el ejército, no me costó llegar. Desde allí pude ver con tranquilidad cómo todo sucedía tal y como había prof... anunciado Hechler. La guerra dejó de ser europea y se convirtió en mundial cuando entraron el Imperio otomano, Japón y Estados Unidos, y comenzó a combatirse también en Asia y África, y, al final, Alemania se desplomó y el káiser tuvo que escapar. Por cierto, se refugió en Holanda.

—Llegó a la misma conclusión que usted… —pensé en voz alta.

—No sé lo que usted opinará de esto —prosiguió el judío como si no me hubiera escuchado—, pero lo cierto es que nada fue igual después de aquella guerra. Nada bueno salió de ella…

—¿Y la Declaración Balfour? —le interrumpí.

—La Declaración Balfour era una mera declaración de principios. Se limitaba a afirmar que el gobierno de Su Graciosa Majestad vería con buenos ojos el establecimiento de un hogar judío en Palestina. Era una miseria que no comprometía a nada, aunque los sionistas se empeñaron en contemplarlo como si fueran las profecías de la Biblia. Pero el resto del mundo… Austria saltó en pedazos, atomizada en estaditos que siguen creando problemas a día de hoy. Alemania se vio privada de la victoria por la intervención de un millón de soldados estadounidenses justo cuando se encontraba a unos pasos de París. Francia decidió descargar décadas de resentimiento sobre Alemania sembrando las semillas para una nueva guerra… ¿Necesita que le diga más? Mire, las injusticias cometidas con Alemania fueron tantas que a nadie con sentido común podía escapársele que, tarde o temprano, habría una nueva guerra; además estaba lo que había sucedido en Rusia.

—¿Se refiere usted a la Revolución?

—Me refiero al hecho de que una pandilla de canallas acaudillados por Lenin se hicieran con el poder y en tan sólo unos meses dieran muerte a más presos políticos que todos los zares juntos en doscientos años. Fíjese bien en el panorama. Una paz injusta para los vencidos, un quebrantamiento del orden europeo y una amenaza totalitaria como nunca se había vivido. Sé que es fácil hablar de esto ahora, pero yo entonces ya preveía lo que podía suceder. De hecho, y aquí me equivoqué, pensé que el desastre se produciría en 1918.

—¿A qué se refiere?

—No es difícil de entender —respondió el judío—. Todo comenzó a venirse abajo y los agentes de Lenin se dedicaron a predicar el evangelio de Marx, el del uso del terror para llegar al poder e implantar una dictadura que asociaban con el nombre del proletariado. En unas semanas, pareció que se apoderarían de Polonia, de Hungría, de Austria, de la misma Alemania. No lo consiguieron. Al menos, de momento. Y fueron pasando los años y volví a ver a Hitler.

—¿En persona?

—No. Por supuesto que no. En 1923, supe que había tenido lugar un intento de golpe de estado, un putsch, en Munich. Por supuesto, los alemanes que, a fin de cuentas, son gente de orden, lo habían abortado y los culpables no tardaron en comparecer ante el juez. La noticia no me parecía especialmente interesante. De hecho, pasaba por la página sin darle mayor importancia cuando vi otra vez su foto. Sí. Era él. Había cambiado algo la forma del bigote, parecía un poco, no mucho, más grueso y el atuendo era menos atildado y más... ¿cómo diría yo?, militar, pero no cabía duda de que era él. Recorrí las líneas todo lo de prisa que pude y sí, allí estaba. Adolf Hitler. Le confieso que sentí como una coz en el pecho al dar con su nombre. De manera que se las había apañado para sobrevivir a la guerra y ahora se dedicaba a la política... A decir verdad, no sólo a la política. ¡A organizar golpes de estado! Durante las semanas siguientes, procuré seguir por la prensa todo lo referente a aquel putsch fracasado. Reconozco que respiré aliviado cuando supe que lo habían condenado a prisión. Un personaje que había logrado alzarse de la prostitución al golpismo no era alguien vulgar. De manera que lo mejor que podía suceder era que acabara entre rejas.

—No estuvo mucho tiempo —lamenté.

—No. Aquel joven Hitler era extraordinariamente listo y se las arregló para salir en unos meses de la prisión y recomenzar su carrera política. A medida que iban pasando los años me sentía cada vez más inquieto. Le confieso que acabó convirtiéndose en una obsesión para mí. Muchos dicen que Hitler era sólo un fascista alemán. Se equivocan. Se equivocan de medio a medio. Mussolini era un nacionalista que se había pasado toda su vida predicando el socialismo y que se había desilusionado al ver cómo sus hermanos de todo el mundo habían apoyado a sus respectivos gobiernos olvidando al proletariado al que decían defender. Nunca tuvo nada contra nosotros. A decir verdad, muchos judíos se afiliaron a los Camisas Negras convencidos de que aquél era el último paso que les quedaba por recorrer para integrarse por completo en la sociedad italiana. Y a Mussolini le parecía de perlas. No sólo es que tuvo una amante sefardita sino que además estaba encantado de que a su movimiento incluso se sumaran los judíos. Pero Hitler… No, aquel austríaco era muy diferente. Hitler supo fusionar a la perfección el socialismo con el nacionalismo. Por un lado, apelaba a los desposeídos, a los pobres, a los golpeados por la crisis económica, a los decepcionados con aquella república de profesores incapaz de solucionar ningún problema. Esa parte de su discurso era tan radical como la de los comunistas y mucho más que la de los socialdemócratas, pero, por otro lado… por otro lado, sumaba a todo aquello una visión nacionalista que tocaba los sentimientos más queridos de los alemanes. Les gritaba que eran un gran pueblo, una nación injustamente tratada, que se veía obligada a padecer los resultados de la acción de los judíos y de sus lacayos. Sé que muchos ahora se empeñan en asegurar que no decía más que estupideces. Seguramente, era así, pero aquellas estupideces, malvadas por más señas, llegaban hasta lo más hondo del corazón de millones de personas. Todos tenían derecho a gozar de la vida, a disfrutar de la existencia, a vivir bien. Se lo merecían. Si no lo conseguían, la culpa era de los judíos. Bastaría con acabar con aquel sistema injusto y, sobre todo, con los judíos para alcanzar el paraíso.

—Parece mentira que alguien sensato se lo pudiera creer… —pensé en voz alta.

—¿Usted cree? —preguntó con la voz tapizada de amargura el judío—. Déjeme que le ponga un ejemplo. Supongamos que es usted un alemán. ¿Me sigue? ¿Sí? Bueno, pues usted es un alemán que se llama… pongamos Hans. Usted ha combatido en la guerra. Quizá incluso lo hirieron. Dios quiera que no perdiera allí ningún miembro. Durante cuatro años, su experiencia ha sido la de un ejército nunca vencido. Ni los franceses primero, ni los ingleses después han conseguido hacerle retroceder más de unos metros. Y entonces, en 1917, Rusia se rinde y ese mismo año, el Alto Mando lanza una ofensiva final para ganar la guerra y usted, con sus camaradas de armas llega hasta las cercanías de París. Por supuesto, Hindenburg, Ludendorff y el káiser saben de sobra que aquélla es una embestida a la desesperada, que no tiene la menor posibilidad de cambiar el rumbo del conflicto, pero usted, pobre Hans, no sabe nada. Todo lo contrario. Combate como un león y su unidad logra avanzar hasta quedar a unos kilómetros, pocos, de París. Y entonces, cuando cree con toda firmeza que está a punto de ganar la guerra, se entera de que se ha firmado el armisticio y de que Alemania ha sido vencida. Bueno, vencida… No vencida, no. Eso no es lo que usted ha visto en el campo de batalla. *Ha sido traicionada*. ¿Y por quién? Verá, en la retaguardia aparecen banderas rojas y agentes que predican el socialismo y antes de que nadie pueda darse cuenta de lo que está pasando, se proclama la república y el káiser se ve obligado a huir a Holanda para evitar que los aliados lo juzguen y lo cuelguen. Y lo peor aún está por venir. Por toda Alemania puede verse a los socialistas. O intentan conquistar el poder con las armas como Rosa Luxemburg o se encaraman al aparato del Estado. Y entonces la república inicia su andadura. Los socialistas hablan de justicia, pero la vida cada vez está más cara, y el paro aumenta, y la gente se ve arrojada de sus casas porque no puede pagar y Hans, que combatió durante cuatro años, se ve sin techo y sin pan. Eso si no ha tenido que contemplar cómo su mujer o sus niños o sus padres han muerto de frío y de hambre. ¿Y las democracias? ¿Qué hacen las democracias? Francia ocupa la región del Ruhr para cobrarse las indemnizaciones de guerra, pero nadie dice nada a los franceses. Gran Bretaña mira hacia otro lado. Estados Unidos… Estados Unidos no piensa en Europa. Por supuesto, los comunistas llaman a la revolución, pero Hans no cree en la barbarie, ni en los fusilamientos contra la pared que llevaron a cabo los comunistas en 1918 y, sobre todo, ama a Alemania y la idea de entregarla en manos de los rusos le revuelve el estómago. ¿Y qué hacen ante todo eso los políticos alemanes? Los políticos alemanes, socialdemócratas y católicos, conservadores y nacionalistas, tienen bastante con pronunciar discursos cursis y vanos mientras hacen dinero. ¿Me sigue?

Asentí con la cabeza.

—¿Y entonces qué sucede? Ah, entonces aparece un hombre nuevo. Uno que ha combatido también en las trincheras y que no es ni un aristócrata, ni un político profesional, ni un acaudalado capitalista. Les habla de la lucha que soportaron durante cuatro años, de la puñalada por la espalda que les asestaron los socialistas y los judíos, y de un futuro mejor. Un futuro mejor, ¿me entiende? Y les dice: «Miraos. Estáis en un lugar que no os corresponde. Pero yo os prometo un socialismo real, un socialismo del pueblo, un socialismo DE ESTE PUEBLO. ¡DEL ALEMÁN! Alemania despierta porque el mañana nos pertenece».

El judío pronunció las últimas palabras como si fuera la conclusión no de un discurso político, sino de una predicación en la que se expusiera ante el hombre la posibilidad de obtener redención del peor estado de condena que imaginarse pudiera.

—Y Hans cree lo que ese hombre le dice —continuó el judío—. Es alguien como él y no como tanto politicastro que llena el Reichstag, los ministerios y los gobiernos regionales. Además ha identificado a los que tienen la culpa de todo. Y, por añadidura, le ha indicado que es posible salir de tanta injusticia, de tanta miseria, de tanta desesperación. Para remate, le ofrece una nueva bandera y unos nuevos himnos y… sí, ¿cómo negarlo?, una nueva familia. Y el hombre que le ha abierto esos horizontes, el que le ha señalado el camino hacia un futuro mejor, el que le ha entregado la esperanza… ja, ese sujeto es un antiguo vagabundo que desperdició su juventud en Viena vendiéndose a homosexuales y llenándose el corazón de la basura antisemita que publicaba *Ostara*. Ese sujeto se llamaba Adolf Hitler.

45

—Con el paso de los años mi angustia fue creciendo —prosiguió el judío—. Porque, a diferencia de otros que no vivían en Alemania, yo sí creía en la victoria de Hitler. Es más, casi me atrevería a decir que la consideraba inevitable. Vamos, las cosas no podían ser más claras. ¡Llegó al poder democráticamente! ¡A través de las urnas! ¿Cómo no iban a votar a alguien que prometía todo, incluida la paz? ¿Sabía usted que a Hitler llegaron a proponerlo para el premio Nobel de la Paz?

—Sí —respondí con una sensación creciente de malestar.

—Mire —continuó—. Me duele mucho decir esto, pero ni siquiera los judíos nos dimos cuenta de lo que estaba sucediendo. Muchos de entre nosotros habían escuchado propaganda antisemita durante tanto tiempo que no supieron distinguir entre lo que habían oído en los años anteriores y lo que ahora se nos venía encima. No le digo más que hubo judíos que se apuntaron a las SA de Hitler…

—No puedo creerlo.

—Pues créalo porque es verdad. Eran como Marx. Alemanes convencidos de que los judíos eran una casta codiciosa y perjudicial para Alemania. Por supuesto, ellos eran la excepción. Pero el problema de la mayoría no fue ése. El problema es que, teniendo todo o casi todo ante sus mismísimas narices, no querían creerlo. Hitler legalizó la eutanasia tras una campaña destinada a conmover a la opinión pública que incluyó películas capaces de hacer llorar a las piedras, pero, salvo algunos seguidores del Nazareno, nadie reaccionó. Imagino que, en el fondo, muchos pensaban que determinadas personas estaban mucho mejor muertas y que a ellos tampoco les importaría que les dieran un empujoncito en el último momento de su existencia para salir dulcemente de este mundo. ¡Imbéciles! Como usted quizá sepa, aquellos expertos en eutanasia se ocuparon después de los campos de exterminio. Y por lo que se refiere a los míos… Cuando en 1935 se dictaron las leyes de Nüremberg, la mayoría no se inquietó. Todo lo contrario, se sintieron aliviados convencidos de que, por lo menos, contaban con un marco legal que indicaba los límites más allá de los cuales no podían recibir ningún daño. Se quedaban sin ciudadanía ellos, de los que no pocos habían sido héroes de guerra bajo la bandera del káiser, pero, pensaban ingenuamente, no les quitarían nada más. Los echaban del trabajo, pero creían que no duraría mucho y que además siempre podrían seguir realizando alguna labor entre y para judíos. Incluso los sionistas, que eran muy pocos en Alemania, se sentían felices pensando que así todos se darían cuenta de la necesidad ineludible de un Estado judío. De los nuestros, pocos, casi nadie, quisieron darse cuenta de lo que estaba sucediendo.

—Sucedió lo mismo entre las naciones —dije con pesar.

—Sí, claro. Eso es verdad. En Francia estaban demasiado ocupados con su política del Frente Popular y su camino hacia el socialismo y las demás estupideces como para ocuparse de Alemania. Y en Gran Bretaña creían las promesas de Hitler y además pensaban que ellos también eran arios a fin de cuentas. Incluso Stalin se planteó que no estaba mal lo que sucedía. Como mucho, las potencias capitalistas se enzarzarían en una guerra que las debilitaría y abriría el camino hacia la revolución. Y así, entre unos y otros, cargados además de complejos y de mala conciencia, fueron cediendo a lo que Hitler les pedía.

Remilitarizó el país, ocupó Renania, entró en Austria… en mi querida Austria.

Sentí una nota de especial dolor en la última frase.

—Durante aquellos años —prosiguió el judío con un tono sombrío de voz— ni se me pasó por la cabeza la idea de visitar Alemania. No hace falta que le diga que no estaba dispuesto a pasar por el territorio de una nación que prohibía la entrada en los cafés a los perros y a los judíos. Estaba al corriente de lo que sucedía allí, pero ni lo había visto ni tenía la menor intención de verlo. Y entonces, una mañana, la mañana más inesperada, abrí los ojos en la cama y supe, sí, lo supe, que Hitler iba a entrar en Austria de un momento a otro. Por aquel entonces, hacía muchos años que no pisaba Austria. A decir verdad, durante todo este tiempo, había intentado olvidarla. La idea de que el imperio que yo había conocido hubiera explotado en multitud de estadillos y de que ahora sólo quedara un tocón pequeño en el que se asentaba Viena y, por encima de todo, el saber que de allí había salido Hitler para alcanzar el poder no me habían animado precisamente a regresar. Ansiaba conservar los buenos recuerdos y, al mismo tiempo, desarraigar cualquier mal pensamiento. Le confieso que sabía que estaba intentando engañarme. Lo que yo rememoraba con ternura eran situaciones y personas que ya no existían o que habían experimentado las suficientes transformaciones como para resultar irreconocibles y lo malo… bueno, eso era imposible de cambiar. Sin embargo, ahora estaba convencido de que los nacionalsocialistas pronto llenarían la vieja tierra de los Habsburgo de camisas pardas y decidí volver.

—No fue el mejor momento —observé estúpidamente.

—Regresé el 5 o el 6 de marzo —continuó el judío como si no me hubiera oído— y sí, sé lo que está pensando: podría haberme ahorrado el viaje o podría haberme vuelto nada más entrar en Viena porque resultaba obvio lo que iba a suceder. El día 11, Himmler, el factótum de las SS, llegó a Viena con la única intención de organizar las detenciones de todos los que pudieran oponerse a los nacionalsocialistas. El 12, después de comer, Hitler cruzó la frontera de Austria. Primero, se dirigió a Linz, la ciudad en la que había pasado buena parte de su infancia. A juzgar por lo que se escuchaba en las más variadas emisoras de radio, los austríacos habían recibido a su paisano totalmente enfervorizados. Se hubiera dicho que llevaban años, hasta décadas, esperando su regreso y que, una vez que éste había tenido lugar, la felicidad había irrumpido en sus vidas como un torrente. Me pregunté si Viena resultaría una excepción y si cuando Hitler llegara, la gente se lanzaría a la calle para vitorearlo con el mayor entusiasmo. Y sí, el 14 de marzo, el avión de Hitler tocó tierra en el aeropuerto de la capital. Surgió de entre las nubes como un ángel caído que conservara buena parte de la gloria que había rodeado su figura antes de alzarse contra Adonai. Yo también acudí a verlo. Recuerdo... ¡Vaya si lo recuerdo! ¡Como si hubiera sucedido ayer! Recuerdo que la gente abarrotaba la Heldenplatz y el Ring de tal manera que el simple hecho de desplazarse resultaba absolutamente imposible. No le exagero lo más mínimo si le digo que se trataba de decenas, quizá centenares, de miles de personas. Sin embargo, parecían más bien las distintas células de un solo organismo, de un cuerpo único que se moviera al unísono. Habían emergido de mil y un lugares para ocupar calles y plazas, paseos y avenidas. Mientras intentaba respirar oprimido por aquella inmensa masa de gente y a pesar de que en las jornadas anteriores los camisas pardas habían ocupado todos los edificios oficiales y no habían dejado de marchar por las calles, me decía una y otra vez que no podía ser que pudieran apoderarse de Viena de aquella manera. Por supuesto, sabía que la suerte de la capital estaba echada, eso sí, pero con tanta facilidad, con tanta seguridad, con tanta... alegría... Aquello superaba lo que era capaz de asimilar porque, la verdad sea dicha, la urbe se había transformado en una inmensa marea humana que sólo sabía aclamar a Hitler. Comencé a lamentar en mi interior la estupidez que me había arrastrado hasta Viena, pero no resultaba posible escapar de aquel océano de cuerpos y voces. Pensé entonces que quizá lo mejor que podía hacer era esperar a que terminara aquel acto de masas y la gente se marchara a su casa. Sí, eso es lo que iba a hacer y luego me dirigiría a mi hotel para abandonar Viena a la mañana siguiente. Y entonces, cuando apenas acababa de llegar a esa conclusión, la muchedumbre que me rodeaba se vio sacudida por una fuerza tan sólo semejante a la de la electricidad o a la de una magia siniestra e irresistible. Escuché entonces algunas voces que gritaban: *«Er ist! Ist er der Führer!»** y antes de que pudiera darme cuenta cabal de lo que acontecía, contemplé cómo los brazos de los presentes se erguían rígidos trazando el saludo romano a la vez que de miles de gargantas surgía un rugido que gritaba: *«Heil!»*.

El judío guardó silencio. Respiraba con dificultad. Como en otras ocasiones, daba la impresión de que llevaba corriendo un buen rato, y de repente se hubiera detenido y ahora necesitara recuperar el resuello. De buena gana le hubiera suplicado que se callara, que no siguiera hablando, que abandonara incluso aquel relato, pero no me atreví. Parecía tan desamparado, tan débil, tan repentinamente envejecido que se habría dicho que sobre él había caído el peso de los siglos, de esos siglos que, según sus propias palabras, había vivido. Al contemplarle así, el simple hecho de decirle algo me pareció una profanación. Durante unos minutos, permaneció callado con aquella tonalidad de yeso cubriendo su rostro. Luego, como si la sangre volviera a inyectársele en la cara, en los brazos, en las manos, comenzó a recuperar el color y, al fin y a la postre, volvió a hablar.

—Fue entonces cuando lo vi —dijo el judío—. Se acercaba en un coche descubierto, de pie al lado del conductor y vestido con un impermeable y una gorra militar. Rígido como una estatua, su brazo derecho estaba echado hacia atrás hasta el punto de que los nudillos casi rozaban el hombro. De repente, bajó la

* Es él. Es el Führer.

diestra, la llevó hasta el pecho y nuevamente la desplegó trazando el saludo romano. Un coro ensordecedor de gritos acogió aquel gesto mientras el automóvil pasaba por delante de mí. Era él. Aquel muchacho que se vendía a los hombres y que se entusiasmaba con la revista *Ostara*. Él mismo. Sin ningún género de dudas. Sólo el paso del tiempo le había hecho perder el aspecto frágil para sustituirlo por otro rechoncho y adusto. Durante un buen rato, aquel cuerpo formado por miríadas de brazos alzados y gargantas fanatizadas se mantuvo compacto. Luego, como si obedeciera a una orden que nadie salvo aquellos adeptos podía escuchar, se disgregó con una extraña celeridad. Es posible que le cueste creerlo, pero al cabo de cinco, ocho, doce minutos, la calle quedó sembrada de banderitas de papel, de guirnaldas caídas y de restos de mil materiales. Mientras aquellos grupos se deshilachaban perdiéndose por esquinas y callejas, experimenté un sentimiento opresivo de soledad, como si el mundo entero huyera hacia un lugar adonde yo no podía marcharme. Un sudor frío comenzó a deslizárseme por la espalda y tuve que apoyar las manos en un muro para no caerme contra el suelo. Pegué la espalda contra la pared y cerré los ojos. Así, me quedé un rato esperando recuperar la calma, pero no lo conseguí del todo. Al final, cuando tuve la sensación de que respiraba de una manera casi normal, abrí los párpados y reemprendí el camino de regreso al hotel. Salvo algunos grupos reducidos con los que me crucé, se hubiera podido pensar que Viena estaba desierta. No conservaba la ciudad la alegría, el bullicio, el ánimo que habían sido normales hasta ese momento. Tan sólo se veía en sus calles residuos, desechos, detritus de aquella manifestación del triunfo del nacionalsocialismo.

El judío volvió a interrumpir el relato, pero esta vez se limitó a respirar hondo, como si necesitara una ración adicional de aire para continuar su narración.

—Necesité casi una hora para alcanzar mi destino. Me sentía algo menos aturdido, ésa es la verdad, pero llevaba el corazón rebosante de todo lo que había contemplado. Me parecía que me perseguían esvásticas y brazos alzados, gritos y aclamaciones, niños enfervorizados y mujeres enloquecidas, jóvenes entusiasmados y hombres que lloraban de emoción y entonces, al final, llegué al hotel y crucé el umbral. Forzándome para no desplomarme, pedí la llave de mi habitación. Cielo santo, me pareció que el empleado tardaba una eternidad en entregármela. Apenas la sentí en la mano, me apresuré a subir la escalera como si en ello me fuera la vida. Sin poder controlar el temblor, abrí la puerta y me precipité en el interior, cubrí la distancia que había hasta la cama y me dejé caer en ella. Luego sólo pude llorar.

46

—No sabría decirle el tiempo que estuve sollozando. A decir verdad, ni siquiera podría decirle por qué lloraba exactamente. ¿Por Hitler? ¿Por los austríacos? ¿Por nosotros, los judíos? ¿Por el género humano? ¿Por mí quizá? No podría asegurarlo. De verdad que no. Lo único que sentía era una sensación de enorme desconsuelo, de inmenso pesar, de terrible desamparo. Era como si, de la manera más inesperada, el mundo se hubiera convertido en una masa envolvente y hostil y yo me encontrara perdido en medio de ella sin saber qué hacer. Al final, agotado, me quedé dormido. Me despertó la luz del sol estrellándose contra mi rostro. Me incorporé con torpeza sobre la cama y me sentí pesado, abotargado, con la boca pastosa. Me puse en pie y me dirigí hacia el baño. Abrí los grifos y me eché agua a la cara una y otra vez como si deseara no lavarme, sino, más bien, purificarme; como si todo lo que había visto hubiera sido algo que ensuciaba hasta la médula y ahora intentara arrancármelo. No me afeité. Tampoco me cambié. En el espacio de una hora me encontraba en la estación y antes de que acabara el día había salido de Viena. De Viena, que no de mi desazón porque en todos los lugares por donde atravesaba el tren se podía ver aquel despliegue de banderas rojas, de esvásticas, de muchachos uniformados. No sabría decirle si fui capaz de tragar bocado hasta que salimos de Austria. Sí, puedo asegurarle que mi respiración no volvió a ser normal hasta que me encontré en mi casa de Amsterdam.

Reparé en que hasta ese momento, el judío no me había dicho una sola palabra del lugar donde había vivido durante todos aquellos años. Había mencionado Holanda, eso sí era cierto, pero era la primera referencia a Amsterdam.

—¿Llevaba usted mucho tiempo en esa ciudad? —pregunté no tanto por curiosidad como por proporcionarle un respiro cambiando de tema.

—Desde 1914 —me respondió—. Es una ciudad muy hermosa como, seguramente, usted sabrá, pero lo más importante era que me permitía vivir con otros judíos y contar con trabajo asegurado. Claro que el número de judíos fue aumentado considerablemente en aquellos años. Vino gente de Alemania y luego fueron apareciendo los austríacos y los que procedían de Bohemia y Moravia. Calculo que debíamos de ser unos ciento cincuenta mil a finales de 1938.

—¿Ciento cincuenta mil? ¿A qué equivaldría eso? ¿Un uno por ciento de la población?

—Entre el uno y medio y el dos por ciento —me respondió—. Realmente, la proporción de judíos era muy pequeña, pero para muchos holandeses resultaba agobiante. No es que fuéramos muchos. Es que les parecíamos demasiados.

—¿Conoció usted a la familia Frank? —pregunté dispuesto ya a escuchar cualquier cosa.

—¿A los Frank? Sé que vinieron de Alemania. De Francfort si no me equivoco, pero no, no los conocí. Y eso que vivían también en Amsterdam, pero es que en la ciudad debíamos de ser unos setenta y cinco mil si es que no más y los que ya llevábamos tiempo no manteníamos mucha relación con los extranjeros.

—¿Extranjeros? —dije sorprendido—. Eran judíos como ustedes…

—No. Ahí se equivoca. No eran judíos como nosotros. Bueno, quizá en el caso de los Frank o de los que venían de Alemania y de Austria, la diferencia era mínima. Se trataba de gente educada, no excesivamente practicante, con cierta capacidad profesional, pero los pobrecitos de Polonia, de Ucrania, de Rutenia… en fin, no adelantemos acontecimientos. Como le decía, pasé unos días extraordinariamente agitado. Intentaba concentrarme en mis ocupaciones, pero no había manera. Me repetía que Holanda era una nación neutral, que si estallaba una nueva guerra pasaría como en 1914, que no había nada que temer y debo decirle que en algunas ocasiones lograba calmarme. Incluso hasta pasaba ratos agradables escuchando música o acudiendo al teatro o leyendo incluso. Pero, de repente, cuando menos lo esperaba, algún hecho, alguna idea, alguna imagen me traía a la mente lo que había contemplado en Viena y se apoderaba de mí una desazón difícil de describir.

—Lo comprendo —le dije.

—No, en realidad no lo comprende —me cortó el judío—. Sólo cree que lo comprende, que es muy distinto. Bueno, el caso es que a finales de 1938 en Alemania tuvo lugar la noche de los cristales rotos. Un desdichado llamado Grynzspan disparó sobre un diplomático de la embajada del III Reich en París. Como a otros judíos, a sus padres los habían expulsado dejándolos en tierra de nadie frente a la frontera de Polonia. Y entre la Alemania nacionalsocialista y la católica Polonia nadie quiso acoger a aquellos desdichados. No sé lo que pasó por la mente de Grynzspan, pero el caso es que echó mano de una pistola e hizo que sufriera las consecuencias un simple funcionario. Se trató de un comportamiento estúpido y criminal, pero habría sido posible que no tuviera consecuencias. Por desgracia, Goebbels se percató de que aquélla era una oportunidad de oro para «dar una lección a los judíos». Los nazis quemaron, saquearon y destrozaron infinidad de propiedades judías en Alemania. Eso sin contar las palizas, los homicidios e incluso las violaciones, que fueron excepcionales, pero que también se perpetraron. He leído después que Hitler no tuvo nada que ver con aquello y que incluso se irritó al pensar en la mala prensa que aquel episodio acarrearía para su régimen. Puede que sea verdad, pero llevaba décadas lanzando leña a la hoguera del odio contra los judíos y entonces bastó una chispa para que el incendio se extendiera por Alemania. Por supuesto, le supongo conocedor de que, al fin y a la postre, más de veinticinco mil judíos fueron encerrados en campos de concentración y de que las pérdidas materiales debieron pagarlas las propias víctimas para evitar ocasionar daños a las compañías de seguros. Hitler socializó las pérdidas, pero como siempre que se socializa algo, el beneficio no es para todos. Unos se benefician y otros pagan. Bueno, como le iba diciendo. Todo aquello tuvo una terrible repercusión, pero los judíos de Holanda nos dijimos que si había guerra, y no era seguro, no nos alcanzaría.

—¿Creyeron de verdad que los acuerdos de Munich evitarían su estallido? —pregunté.

—Yo no, por supuesto, pero la mayoría, tanto si eran judíos como si se trataba de gentiles, quiso creerlo. Si le habían dado todo lo que había pedido, ¿por qué iba Hitler a ir a la guerra? Incluso cuando, en agosto de 1939, Hitler firmó un pacto con Stalin no fueron pocos los que auguraron que ahora la paz se extendería por el globo como si fuera una bendición del cielo. Como usted sabe, en apenas unos días Hitler estaba reclamando un trozo de Polonia.

—Sí. Lo sé y sé que así empezó la Segunda Guerra Mundial.

—Aquella guerra se pudo evitar, ¿sabe usted? Se pudo evitar. Si cuando Hitler quiso entrar en Austria le hubieran parado los pies o cuando pidió los Sudetes se hubieran enfrentado con él o cuando invadió Bohemia y Moravia no se lo hubieran consentido, la guerra no habría tenido lugar. No sólo eso. Es más que posible que los militares alemanes lo hubieran derribado hartos de su demagogia socialista. Pero Francia y Gran Bretaña decidieron que la paz debía preservarse por encima de todo y, al final, ni pudieron conservarla ni tampoco combatir con eficacia a Hitler. Es la historia de siempre. Pensamos que las amenazas que afectan a los demás nunca nos llegarán a nosotros y nos quedamos a la espera de que el mundo se adapte a nuestros deseos. Nunca sucede así. Créame, nunca sucede así y el mundo acaba pulverizando nuestras ilusiones. Porque no crea. También hubo quien pensó que Hitler se conformaría con Polonia y que no seguiría adelante y no faltaron los que se convencieron, porque querían dejarse convencer, de que sus apetencias territoriales estaban más que cumplidas y de que nunca atacaría a las potencias occidentales.

—No fueron muy certeros en sus previsiones… —pensé en voz alta.

—Por supuesto que no —dijo el judío mientras bajaba la cabeza—. Verá. Después del 1 de septiembre de 1939 en que Hitler invadió Polonia pasaron nueve meses. No va a haber guerra, se decía la gente en las iglesias, en los mercados y en las sinagogas, y si la hay, no alcanzará a Holanda. Recuerdo con bastante claridad el 9 de mayo de 1940. Fue un día tranquilo, normal, como tantos otros antes y después, pero con una diferencia: esa misma noche, las tropas del III Reich invadieron Holanda. No hace falta que le diga que les duramos bien poco. Tomaron por sorpresa la fortaleza de Eben-Emael y bombardearon Rotterdam y ahí comprendimos, como si despertáramos de un sueño profundo, lo que era aquella guerra. De repente, nos dimos cuenta de que había llegado hasta nuestra casa y de que no estábamos preparados para ella. El día 14, menos de una semana después del inicio de la invasión, el ejército holandés se rindió. A decir verdad, tampoco creo que hubiera podido hacer otra cosa. En esos momentos, claro. Dos años antes, incluso un año antes, hubiera podido plantar cara a los nazis aliado con otras gentes. La noticia de la capitulación nos tomó por sorpresa y, como no le costará imaginar, asustó sobre todo a los judíos. Recuerdo la angustia, el miedo, no, el pánico con que acogieron la noticia. Por centenares se lanzaron hacia la frontera con Francia pensando en llegar a España, a Portugal o a Suiza. Algunos lo consiguieron. Incluso no faltaron los que se las arreglaron para ser evacuados a Gran Bretaña, pero la mayoría no pensó que hubiera peligro. A decir verdad, no quiso pensarlo y mientras se engañaba, llegaron los nacionalsocialistas.

—¿Por qué no huyó?

—Yo no puedo morir —respondió el judío—. ¿Acaso no recuerda que el Nazareno me condenó a vagar errante hasta el momento en que regresara? ¿Qué podían hacerme? ¿Encerrarme? No sería un encierro peor que el que sufro desde hace casi dos mil años. ¿Torturarme? No creo que exista un tormento mayor que el de contemplar lo que ha padecido mi pueblo durante veinte siglos. No. No estaba dispuesto a marcharme. Por supuesto, algo en mi interior me avisaba, me advertía, me gritaba incluso que aquel peligro era diferente, pero…

El judío realizó una pausa y se pasó las manos por las mejillas como si deseara asegurarse de que aún seguían pegadas a su cráneo.

—Los nacionalsocialistas consideraban arios a los holandeses —prosiguió—. A diferencia de lo que pasaba, por ejemplo, en Polonia, optaron por una administración que no sería militar sino civil a cuya cabeza se encontraba Arthur Seyss-Inquart. La reina de Holanda, el gobierno holandés habían huido a Gran Bretaña, pero los funcionarios, incluidos los que pertenecían a mi pueblo, se quedaron y decidieron colaborar con los nazis. No se trató únicamente del funcionamiento del país, un funcionamiento que los alemanes no hubieran podido mantener sin su ayuda, sino también de la manera en que íbamos a ser tratados. Seyss-Inquart explicó enseguida que nosotros no éramos holandeses, sino enemigos para los que no había ni armisticio ni paz. En julio, prohibió la *shejita*, ya sabe, la manera judía de sacrificar animales. La excusa fue humanitaria. La forma en que desde hacía milenios los hijos de Israel habían dado muerte a esos animales les causaba un dolor intolerable. Por supuesto, podíamos seguir comiendo carne y matando vacas, corderos o pollos, pero no de esa forma bárbara que nos caracterizaba. Seguramente, para muchos parecerá algo secundario, trivial, incluso ridículo, pero aquella medida llevaba en sí la esencia de lo diabólico. A los judíos se nos decía que no podíamos cumplir la Torah, lo único que, en realidad, nos define como parte de Israel. Si deseábamos seguir viviendo, sería privados de nuestra identidad de siglos. Por lo que se refería a los gentiles, se les anunciaba que, a pesar de nuestra apariencia civilizada, no éramos más que salvajes que no teníamos el menor inconveniente en maltratar animales. Y eso fue sólo el inicio. En octubre, cuando ya todos sabían de nuestra brutalidad, se nos comunicó que todos aquellos que teníamos un negocio o alguna participación en el de un gentil debíamos informarlo a las autoridades. El mensaje, una vez más, resultaba claro. Las autoridades alemanas en fraternal colaboración con los funcionarios autóctonos exponían a la luz pública la manera perversa en que chupábamos la sangre de los holandeses.

—Pero eso no era cierto… —dije.

—No sea ingenuo —me cortó el judío—. ¿Desde cuándo les importaba a los nacionalsocialistas la verdad? Eran fieles de una nueva fe en la que creían sin fisuras. Ahora sólo se trataba de encontrar los hechos que confirmaban aquellas convicciones tan sólidamente asentadas. Por supuesto, los encontraron. En unas horas, propalaron noticias sobre cómo controlábamos el mercado de diamantes, sobre cómo abríamos tiendas de casi cualquier cosa o sobre cómo nos permitíamos comprar obras de arte. Nada que no llevara a cabo un holandés gentil, por otro lado, pero fueron millares los que comenzaron a preguntarse si los alemanes no estaban haciendo un favor al pueblo llano. Porque usted lo sabe, los favores que se le brindan al pueblo llano siempre cuestan el sudor, si es que no la sangre, de otros. Pero no quiero desviarme. A pesar de la gravedad de todo aquello, apenas había comenzado a cerrarse el círculo. En noviembre, al mes siguiente, expulsaron a todos los judíos del funcionariado y de nuevo la máquina de la propaganda se puso a funcionar. Nos habíamos infiltrado en la administración para aprovecharnos de los holandeses. Nosotros que no éramos holandeses, nosotros que hacíamos negocios con todo, nosotros que dábamos muerte a los animales como no se atreverían a hacerlo los negros del África austral. Al considerar todo eso, ¿se podía negar la sabiduría, la bondad, la nobleza de lo que estaban haciendo los nacionalsocialistas? En poco menos de medio año, habíamos pasado de ser ciudadanos de pleno derecho a convertirnos en una minoría odiosa a la que se iba echando de todos los lugares, lugares, dicho sea de paso, en los que, según los nacionalsocialistas, no debíamos haber entrado jamás. Y así terminó 1940, pero no pocos de los nuestros pensaron que no pasaría nada más porque, sobre poco más o menos, los nazis nos habían hecho lo mismo que a los judíos de Alemania o de Austria. Entonces llegó el año 1941.

—¿Qué pasó en 1941? —indagué.

—Pues que los nacionalsocialistas siguieron dando vueltas de tuerca. Poco a poco, pero sin descanso y sin retroceder ni un palmo —me respondió el judío—. De momento, nos habían infamado restándonos la simpatía de la población, nos habían privado de una manera de ganarnos la vida y nos habían expulsado del aparato del Estado. Era mucho, pero no suficiente. Ahora tenían además que inmovilizarnos. Lo hicieron a finales de enero de 1941. Las autoridades, alemanas y holandesas, no lo olvide, ordenaron que acudiéramos a registrarnos en las oficinas locales del censo. Habíamos pasado a ser judíos a secas y ya no existía escapatoria como en otros tiempos. No se podía recurrir al agua del bautismo derramada por un sacerdote o a una confesión de fe pronunciada con más o menos convicción. Ahora bastaba con que dos de los abuelos fueran judíos y uno quedaba condenado. Condenados, sí, ésa es la palabra. Ciento sesenta mil personas quedaron sentenciadas de la noche a la mañana por pertenecer a ese pueblo de parias causa de todos los males del mundo. Buena parte de lo que vino después sólo podían contemplarlo los holandeses con alivio.

—¿A qué se refiere?

—Pues verá, durante el verano de 1941, se nos expulsó de cualquier sitio donde pudiéramos ser vistos por los demás. Sólo podíamos comprar entre las tres y las cinco de la tarde, por supuesto, si encontrábamos a alguien que nos despachara. No podíamos subirnos al transporte público salvo que contáramos con un permiso especial y, por supuesto, se nos excluyó de los museos, de las bibliotecas y de los mercados. Además, ningún judío podía ser periodista o actor o músico. En agosto, aprovechando la época del año, nos echaron de las escuelas y de las universidades.

—Me parece brutal —dije con amargura.

—Sin duda lo era, pero lo importante para los nacionalsocialistas no era la realidad sino lo que habían presentado como realidad. Si en los meses anteriores has llegado a la conclusión de que los judíos son unos parásitos y unos salvajes, no te molesta que dejen de sentarse al lado de tus hijos en el colegio o que no se crucen contigo en el mercado. Bien mirado, hasta te has librado de una buena. Es como cuando el camarero impide que un vagabundo maloliente se siente a tu lado en un café o cuando prohíben a una criatura con la cabeza llena de piojos que aparezca por la escuela hasta que lo hayan desinsectado.

—Lo que dice usted…

—¿Le parece exagerado? —me preguntó el judío con una sonrisa amarga—. No lo es. En absoluto. Se trata de un análisis lo más frío posible de lo que vivimos entonces en Holanda. Y no andábamos muy mal. En Polonia a esas alturas, ya habían recluido a nuestros hermanos en guetos y los fusilaban en la calle por una futesa. Por lo que se refiere a la Unión Soviética, existían unidades especiales dedicadas a capturarlos y asesinarlos en masa. No, créame, los judíos que vivíamos en Holanda éramos afortunados. Y eso que, en ese mismo mes de agosto, bloquearon todos los depósitos bancarios, las cuentas, los créditos y los bienes que poseíamos. Era grave, por supuesto, pero en el Este, los judíos llevaban años desplomándose a la vista de todos antes de morir de hambre. Durante casi un año, protestamos, alzamos los brazos al cielo preguntando qué iba a ser de nosotros, escuchamos clandestinamente la radio que era la única luz en medio de aquella existencia, pero créame, éramos unos privilegiados. Y además muchos estaban convencidos de que no pasaría nada fatal porque para eso contábamos con el Joodsche Raad.

47

—¿El… qué? —pregunté yo que no estaba seguro de haber entendido la expresión.

—El Joodsche Raad. Es como Judenrat en alemán. ¿Cómo lo traduciría usted?

—Supongo que algo así como el consejo judío —me atreví a adelantar.

—Sí, algo así —dijo con amargura—. Verá, a los pocos días de ordenar que nos pasáramos por las oficinas del censo, las autoridades nacionalsocialistas nos aseguraron que verían con buenos ojos la formación de un consejo que tuviera como misión principal la defensa de nuestros intereses. Iba a tratarse de una especie de federación encargada de protegernos. Nunca se subrayará lo bastante que se trataba de todo lo contrario. En realidad, era una simple correa de transmisión de los nazis para mantenernos controlados y asegurarse de que no podríamos hacer nada para obstaculizar sus propósitos. Sin el, ¿cómo lo ha llamado usted?, consejo judío, las SS hubieran tenido enormes dificultades para llevar a cabo sus propósitos.

—Creo que es usted demasiado riguroso.

—¿Que soy demasiado riguroso? —preguntó ofendido el judío—. No, amigo mío, no soy en absoluto riguroso. Mire usted, Hitler y los suyos supieron desde el principio que no podrían ir muy lejos sin desactivar cualquier posibilidad de resistencia. No se trataba únicamente de aplastar ejércitos en el campo de batalla. Para eso, la verdad sea dicha, no necesitaban ayuda. Eran únicos, quizá incomparables. No, era cuestión más bien de paralizar a todos aquellos que podían dificultarles el camino. Fíjese bien. Hitler llega al poder. Es un furibundo antisemita y está decidido a crear un Estado nacionalista con todas sus consecuencias. ¿Con quién firma el primer acuerdo internacional? ¡Con la Santa Sede! ¿Era Hitler un piadoso católico? Bueno, le habían bautizado en esa religión, pero seguramente no había pisado una iglesia desde la infancia. Ahora bien, sabía que, en primer lugar, tenía que inmovilizar a los católicos siquiera porque su jefe contaba con una repercusión internacional. Y Pío XII cayó en la trampa. Seguramente no fue de manera desinteresada y además puede que tuviera las mejores intenciones, pero el caso es que firmó un acuerdo que salvó la cara de Hitler. Luego estaban los protestantes. Éstos resultaban especialmente correosos porque no obedecen a una autoridad centralizada como los católicos sino que pretenden guiarse sólo por la Biblia. Pues bien, Hitler los infiltró. Utilizó la idea de que no deseaba que se sintieran preteridos en relación con los católicos, apeló a su sentimiento nacional, los llamó a manifestar su responsabilidad… Bueno, el caso es que antes de que pudieran darse cuenta se había formado el grupo de los *Deutsche Christen*, que aplaudía a Hitler hasta cuando estornudaba.

—Pero Bonhoeffer, Niehmoller, Galen… —intenté objetar.

—Fueron la excepción que confirma la regla. Un obispo clamando contra los nazis y dos pastores conspirando contra ellos. Sí, sin duda, su conducta fue ejemplar, pero, insisto en ello, aunque no estuvieron completamente solos, no pasó de ser excepcional. Pero a lo que iba. Esa capacidad de Hitler de inmovilizar a la gente llegó a su perfección, diabólica si usted quiere, pero perfección, con nosotros. Fuimos obedeciendo todas sus leyes, decretos y ordenanzas sin decir una palabra, confiados en que no podría venir nada peor, en que todo pasaría, en que, al fin y al cabo, quedábamos a resguardo bajo la ley por muy injusta que fuera y además como habíamos soportado ya tantas injusticias en el pasado… pero para rematar esa jugada nosotros mismos éramos necesarios. Sí, ciertas medidas no podían ejecutarlas las SS que además no tenían maldita la gana de andar tratando con judíos. No. Que fueran los propios judíos los que se ensuciaran las manos y además los que, majaderos, estúpidos, necios, creyeran que eran protegidos por un organismo formado por sus propios hermanos. Mire. El 3 de mayo de 1942, unos días antes de que se cumplieran los dos años de la capitulación de Holanda, las autoridades decidieron que todos los judíos de más de seis años llevaran una estrella de David amarilla con la palabra Jood escrita en negro. Había que colocársela en el brazo izquierdo, pero hubiera dado lo mismo si nos hubieran dicho que teníamos que llevarla en la frente o pegada al culo, en cualquier caso nuestra gente del consejo judío nos habría dicho que lo mejor era obedecer.

—¿Podían haber hecho otra cosa? —pregunté, dolido por lo que me parecía un juicio demasiado riguroso.

—Oh, sí, ya lo creo. Ya lo creo que sí. Verá, algunos de nosotros sosteníamos que Lodewijk Ernst Visser, uno de los nuestros que había sido presidente del tribunal supremo, era el que debía enfrentarse con esa gente, el que debía encargarse de plantarles cara, el que debía defendernos. Tenía el suficiente temple y formación académica sobrada para hacerlo. Es más, no dudaba en exigir a las autoridades holandesas que nos protegieran porque éramos ciudadanos holandeses. Pero, claro, entonces comenzaron a escucharse los gemidos de los que decían que no había que irritar a los nazis; que, a fin de cuentas, seguíamos sobreviviendo, que si teníamos problemas no fuera por ser judíos… ¡Estúpidos! ¿Y por qué se creían que nos hacían la vida imposible? ¿Por razones estéticas? Por supuesto, los nazis no querían saber nada de Visser e hicieron saber que verían con buenos ojos que la presidencia del consejo recayera en Abraham Asscher. Yo conocía a Asscher. Es más, había tenido trato frecuente con él en el pasado porque se dedicaba al comercio de diamantes. No era mal tipo, pero no me dio la impresión de que fuera a correr ningún riesgo por ninguno de nosotros.

—¿Qué pasó con Visser?

—No estaba dispuesto a callarse por mucho que hubiera un consejo judío empeñado en controlar todo para provecho de los nazis. Se negó a llevar una tarjeta de identidad marcada con una J, se opuso a que lleváramos la estrella de David porque sabía que así nos identificarían con facilidad y, por supuesto, puso el grito en el cielo cuando comenzaron a deportar por la fuerza a los judíos que vivían en ciertas zonas de Holanda. Con seguridad, Visser no podía adivinar todo lo que iba a suceder, pero era consciente de que cada paso que dábamos en el camino de la colaboración, era también un paso hacia nuestra destrucción. Verá. A inicios de 1941, debió de ser… sí, sobre febrero, se produjo un choque entre los nazis y algunos muchachos judíos. Deportaron a cerca de cuatrocientos chicos a Buchenwald, pero la reacción de Visser fue la de no amilanarse. Apenas cuarenta y ocho horas después había convencido a los holandeses, no a los judíos, sino a los gentiles para que fueran a la huelga. En Amsterdam, el transporte público, los servicios oficiales, incluso los comercios importantes la secundaron. La ciudad parecía casi muerta.

—¿Y los nazis no hicieron nada? —indagué sorprendido.

—Durante bastante tiempo, no. ¿Y qué iban a hacer? Si hubiéramos estado en Ucrania, en Polonia, en Rusia, quizá habrían comenzado a disparar indiscriminadamente sobre la población, pero en Holanda, en una nación de arios… no, ahí no podían hacerlo. Sí, ya veo que se sorprende, pero así fue. Con seguridad, temían una reacción mayor y no deseaban conflictos.

—Pero —le interrumpí—, ¿quién sabe lo que hubiera podido lograr Visser?

—¿Quién sabe lo que hubiera podido lograr Visser? —repitió el judío—. Visto lo que sucedió después, a lo mejor únicamente habría conseguido retrasar y dificultar las deportaciones. Quizá sólo eso, pero eso solo ya habría significado que millares de judíos que vivían en Holanda habrían salvado la vida. ¿Le parece poco?

No respondí. ¿Cómo hubiera podido ponerme a discutir cuando el tema era el exterminio de millares de seres humanos y ya nada podía hacerse para salvarles la vida?

—Pero Visser no contaba con el apoyo del consejo. Ni mucho menos. Incluso no faltaban los que insistían en que el comportamiento de Visser acabaría teniendo terribles consecuencias. Claro está que muchos dirán que se comportaban así porque deseaban nuestra seguridad, pero yo estoy convencido de que actuaron así porque Visser dejaba de manifiesto una y otra vez que el consejo era sólo un apéndice de la administración de las SS. ¿Y Visser?, quería usted saber. Bueno, al final, le acabaron advirtiendo de que sería deportado si no se callaba. Sí, me dirá usted que era de esperar, pero fíjese bien, le enviaron una carta advirtiéndole. ¡No se atrevieron a hacerlo por las bravas! No. Le avisaron de manera formal. ¡Ah, Visser… Visser… Visser!

El judío guardó silencio. Echó la cabeza hacia atrás, como si deseara contemplar el pedazo de cielo que se extendía justo por encima de él, y la volvió a su posición natural lanzando un resoplido.

—Murió de un ataque cardíaco a los tres días de recibir la carta y entonces ya no quedó nada entre las SS y una masa de judíos amedrentados a los que regía un consejo nada dispuesto a ponerles las cosas difíciles a los nacionalsocialistas. No nos obligaron a entrar en guetos, pero a mediados de 1942 nos avisaron de que seríamos deportados para trabajar en Alemania. ¡Ah! ¡Cómo nos conocían! ¡Cómo nos conocían! Fue en sabat, cuando se suponía que todos estábamos descansando, cuando las SS convocaron al vicepresidente del consejo para que compareciera en su cuartel general. Era una bofetada, una humillación, un escupitajo más cuya única finalidad era demostrar quién mandaba.

—¿Y acudió?

—No sea ingenuo —respondió con amargura el judío—. Por supuesto que acudió. Llevaba acudiendo desde hacía meses, tantos o más que los que había pasado diciendo que Visser sólo contribuía a empeorar la situación. Claro que aquella cita no fue sólo para comunicar que había dado inicio la última fase del camino hacia la muerte. No. La razón fundamental era ordenar al consejo que comenzara a elaborar las listas con los nombres de los que debían ser deportados. Por supuesto, la gente del consejo se puso manos a la obra. Sí. Ya sé. Ya sé que me va a decir que no se podía hacer otra cosa, pero yo no lo veo así y yo estaba allí y usted no. Podían haberse negado, podían haber hecho un llamamiento a la misma población que Visser llevó a la huelga, podían… ah, ¿qué más da? El caso es que fueron colocando un nombre tras otro en aquellos listados y a mediados de julio comenzaron las deportaciones en masa. ¡Qué bien hicieron todo aquellos canallas! Cuando menos se esperaba, desde luego no lo esperaba el consejo, los alemanes detuvieron a setecientos judíos en calidad de rehenes. Prometieron que los pondrían en libertad si los cuatro mil citados acudían a la estación para marchar a Alemania. Y entonces, mientras aquellas fieras jugaban con nosotros como el gato con el ratón, nos perdimos en discusiones estériles. El consejo, por supuesto, decía que los cuatro mil debían presentarse para evitar represalias contra los setecientos, pero luego estaban los que insistían en que los comunistas protegerían a los que se dirigieran a la estación y los que afirmaban saber de buena tinta que los ingleses bombardearían la estación para evitar la salida de los trenes y los que esperaban una huelga de empleados de ferrocarril. Pero, al final, ni los comunistas nos tendieron una mano, ni los empleados de ferrocarril dejaron de trabajar ni los ingleses lanzaron una sola bomba. Aquellos cuatro mil judíos se subieron al tren y partieron hacia la muerte. ¡Ah! Pero eso sí.

Las SS cumplieron con su palabra y pusieron en libertad a los rehenes.

—¿De verdad?

—Sí, de verdad, y en esa acción hay que reconocerles una inteligencia muy superior a la de la mayoría de nosotros. Nos estaban diciendo: «¿Lo veis? No pasa nada. Los que tienen que ir a trabajar a Alemania van, pero volverán y los rehenes regresan a sus casas sanos y salvos. Así somos los nacionalsocialistas. Hombres que cumplimos lo que prometemos». Y, por supuesto, muchos los creyeron. Los creyeron porque la realidad era demasiado espantosa como para aceptarla o porque su autoridad quedaba reforzada o…

—¿Se refiere usted al consejo? —le interrumpí.

—Por supuesto que me refiero al consejo —respondió—. Estaban tan preocupados con el recuerdo y el prestigio de un Visser ya muerto y con el ansia de que todos los judíos los aceptaran como los únicos representantes legítimos que consideraron todo aquello como un triunfo. ¡Un triunfo! ¡De los nazis, claro! Por supuesto, no todos eran tan idiotas, tan ingenuos o tan irresponsables. Otto Frank se escondió precisamente cuando le llegó una carta notificando a su hija Margot que debía presentarse para la deportación.

—¿Y usted?

—Hice lo mismo, por supuesto. Estaba convencido de que vendrían a por nosotros en cualquier momento y de que el consejo los ayudaría a detenernos. Había logrado no figurar en la primera lista y sí, lo reconozco, lo conseguí porque conocía la catadura de la gente que trabajaba en el consejo y supe entregar el soborno adecuado a la persona precisa. Incluso me aseguró que se tardaría mucho en colocar mi nombre. Pero yo no estaba dispuesto a correr riesgos. Tenía guardados algunos diamantes y otras cosillas de los años anteriores y decidí que lo mejor sería utilizarlos para encontrar un escondrijo seguro.

—Pero usted no hubiera muerto —apunté maliciosamente—. Tiene que vivir hasta que regrese el Nazareno…

—No sea necio —respondió con amargura el judío—. Aunque no se pierda la vida, siempre es mejor que los días transcurran en un escondrijo que no en un campo de concentración. ¿Qué podía sucederme escondido en una buhardilla o en un sótano? ¿Que la piel me enfermara? ¿Que se me cayera el pelo? ¿Que me saliera alguna erupción? Cualquiera de esas posibilidades era preferible a la de recibir palizas, trabajar hasta caer exhausto o quedar inválido hasta que el Nazareno vuelva.

Guardé silencio. A decir verdad, me sentía avergonzado por lo que había dicho y, especialmente, por la respuesta que acababa de recibir.

—Los campos de trabajo —continuó el judío— eran totalmente ficticios. Los dos mil primeros judíos, por cierto, casi todos de origen alemán, fueron enviados a Auschwitz. Las mujeres y los hombres que estaban sanos pasaron por el trámite de ser tatuados e inmediatamente comenzaron a trabajar como esclavos, pero los niños… ah, los niños, como los ancianos, como los enfermos, fueron apartados a su llegada y enviados a las cámaras de gas. Y era sólo el principio.

—¿Tenían ustedes noticias de las cámaras de gas?

—Si se refiere al consejo, la respuesta es sí; si se refiere al resto de los judíos, la cosa variaba. Yo sí estaba al corriente y como yo muchos otros, pero, de nuevo, se impuso en muchos casos, el deseo sobre la realidad. En lugar de buscar una salida, gritaban: «¿Cómo van a gasear los nazis a nadie? ¿En qué cabeza cabe? ¡Son rumores como cuando en la Primera Guerra Mundial se dijo que los alemanes probaban las bayonetas con niños y luego se demostró que era mentira! ¡Seguramente es propaganda de guerra! ¡Nos llevan a trabajar a Ucrania y Polonia y van a enviarnos con comida, zapatos, con todo!». Y así, mientras intentaban engañarse y engañarnos, se los fueron llevando a todos.

—Salvo a los que se escondieron.

—Salvo a los que se escondieron o se unieron a la Resistencia —me corrigió el judío—. Yo no podía ocultarme en los campos con un fusil y tampoco podía actuar así Otto Frank del que dependía una familia, pero algunos sí lo hicieron.

—¿Ha leído usted el *Diario de Anna Frank*? —pregunté.

El judío asintió con la cabeza.

—Sí, varias veces —respondió—. Pobre niña… hubo muchas Annas en Holanda y algunas murieron mucho antes. Al llegar al campo, a los pocos días de estar en el campo, incluso a la salida del campo ya tocadas inevitablemente por la muerte. Y lo que cuenta de la vida en la casa… sí, supongo que un ambiente como ése tenía que ser agobiante, angustioso, terrible. Yo fui más afortunado.

—¿De verdad?

—Sí, de verdad —respondió el judío—. Tenía una amiga llamada Rose. Una mujer peculiar. No viene al caso el contarle ahora cómo nos conocimos ni tampoco cómo conservamos nuestra amistad durante años. Basta con que sepa que en alguna ocasión le eché una mano y que me guardaba una cierta gratitud. No sé. Quizá pensó que lo nuestro podía cuajar en una relación estable. ¿Quién sabe y, sobre todo, qué importa? Bueno, el caso es que esta mujer tenía una casa apartada en el campo y allí me mantuvo oculto. Bajo una trampilla que estaba oculta por unas pilas de paja. No podía leer, sentía cómo los insectos me subían por el cuerpo, me picaba hasta el alma, pero sobreviví y, sobre todo, me fui haciendo a la idea de que los nacionalsocialistas no me echarían mano. Entonces no lo sabía y si Rose tuvo alguna noticia se guardó mucho de decírmelo, pero entre la primavera y el verano de 1943, los judíos que vivían en Holanda fueron despachados hacia Sobibor y Treblinka. Casi todos murieron en las cámaras de gas. Luego, durante el otoño de 1943, justo el día anterior a Rosh ha-shaná…

—El Año Nuevo judío.

—Justo, el Año Nuevo judío. Sí, pues la víspera precisamente, deportaron a los últimos judíos que quedaban en Amsterdam. Entre ellos, se encontraban los miembros del consejo. Les habían concedido la gracia de ser exterminados los últimos —concluyó con amargura el judío.

—¿Sabe usted lo que pasó con ellos? —pregunté.

El judío asintió con la cabeza.

—Sí, por supuesto que lo sé. Asscher fue a parar a Bergen-Belsen y su mano derecha, Cohen, fue enviado a Theresienstadt. Los dos sobrevivieron. Los dos regresaron a Holanda. Los dos fueron encausados por colaborar con los invasores alemanes.

—¿Y los condenaron?

—Eso hubiera sido lo justo —respondió con gesto duro el judío—. Pero había demasiados holandeses que habían trabajado codo con codo con los alemanes. No era cuestión de condenarlos a todos. El país, ya sabe, era pequeño y no podía quedarse sin funcionarios y sin empleados de ferrocarril y sin policías y sin etcétera, etcétera, etcétera. No deseo ser injusto. De hecho, hubo muchos holandeses, en su mayoría piadosos protestantes, que se comportaron de manera humana para con nosotros convencidos de que así lo ordenaba la Biblia. Pero al mismo tiempo que le digo eso también le puedo asegurar que sin la ayuda de millares de holandeses, incluidos judíos, los nazis hubieran podido hacer muy poco. ¿Por dónde iba?

—Me iba a decir lo que pasó con Asscher.

—¡Ah, sí! Disculpe. Bueno, el caso es que los tribunales holandeses decidieron que ni Asscher ni Cohen debían ser juzgados.

—Ya comprendo. Así acabó todo.

—No. No acabó todo. Los supervivientes constituimos un tribunal de honor y juzgamos a Asscher y a Cohen.

—No sé si…

—Sí. Verá. Formamos un tribunal de judíos y los juzgamos como a nuestros iguales y llegamos a la conclusión de que eran culpables, totalmente culpables, absolutamente culpables. Seguramente lo más justo habría sido colgarlos de alguna farola, pero eso nos hubiera convertido en asesinos, de modo que la sentencia se limitó a excluirlos de la vida judía. Habían dejado de formar parte de nuestro pueblo.

—¿Y después?

—Bueno, se negaron a aceptar la sentencia. Cohen removió cielo y tierra para que le quitaran aquel baldón de encima y, lo que son las cosas, lo acabó consiguiendo. En 1950 anularon su sentencia, aunque la verdad es que ya nunca volvió a tener ningún papel en nuestra vida comunitaria. Por lo que se refiere a Asscher… bueno, era más duro que Cohen. Gritó a los cuatro vientos que aquel tribunal carecía de legitimidad, que no tenía ningún derecho a enjuiciarlo y que además había arriesgado la vida para salvar a otros judíos. No sólo no buscó que anularan la sentencia sino que además rompió totalmente con la comunidad. Incluso lo enterraron años después en un cementerio que no era judío.

Callé sin realizar el menor comentario.

—¿Piensa usted que fuimos muy duros? —me preguntó con una sonrisa irónica el judío—. ¿Lo piensa? Mire. Más de sesenta mil judíos residentes en Holanda fueron deportados a Auschwitz. Regresaron poco más de mil. Cerca de treinta y cinco mil fueron enviados a Sobibor. Los que sobrevivieron no llegaron a la veintena. Poco menos de dos mil acabaron en Mauthausen. Sólo uno, ¡uno!, salvó la vida. En total, los deportados rondaron la cifra de los ciento siete mil de los que murieron unos ciento dos mil. A eso puede añadir otros dos mil muertos porque los asesinaron en Holanda, porque el hambre acabó con ellos o porque prefirieron quitarse ellos la vida antes de dar ese gusto a los nazis.

—Pero fueron los nazis los que…

—Los nazis con la colaboración indispensable de nuestro flamante consejo judío —zanjó mientras su rostro adoptaba un aspecto pétreo—. Sinceramente, me cuesta creer que el resultado hubiera sido peor si se hubieran negado a obedecer sus órdenes.

—Pero no puede usted ser tan tajante…

—¿Que no? —dijo el judío mientras me clavaba una mirada de ira apenas contenida—. Precisamente soy yo… ¡YO…! el que puede hacerlo. Yo que sobreviví gracias a una gentil, yo que formé parte de los pocos judíos holandeses que llegamos al final de la guerra siempre gracias a los que no eran judíos, yo que vi cómo nuestro consejo nos engañaba y se preocupaba más de asentar su autoridad sobre nosotros que de resistir a los nacionalsocialistas… Yo sí que puedo, y debo, hacerlo. Es usted el que no tiene derecho a discutirlo.

48

—Recuerdo perfectamente la mañana que salí de la cueva que tapaba aquella trampilla —continuó el judío—. Es curioso, pero me acuerdo de todo. El sol pálido y tibio, el aire que me rozaba el cuerpo, la sonrisa, primero tímida y luego alegre, de Rose… Quería saber lo que había sucedido, temía saber lo que había sucedido y no podía imaginarme ni lejanamente la magnitud de lo que había sucedido. ¿Gas? Sí. Sabíamos que habían utilizado el gas, pero nunca hubiéramos podido imaginar que con esa profusión. ¿Muertos en Polonia, en Ucrania, en Rusia? Por supuesto, que teníamos conocimiento de ello, pero ¿cómo hubiéramos podido pensar que habían creado Einsatzgruppen, grupos de acción especial, que habían perseguido a los judíos para fusilarlos por millares? ¿Deportaciones? Sí, claro que estábamos al corriente de las deportaciones. Habíamos intentado escapar de ellas, pero ¿quién hubiera podido siquiera imaginar que cuando perdía la guerra y sus ejércitos se hallaban en retirada por toda Europa, Hitler prefería enviar judíos a las cámaras de gas que ayudar a su ejército a evitar ser embolsado y capturado o muerto? No yo, desde luego. Ni nadie. Y entonces las piezas comenzaron a encajar porque, por vez primera, se ofrecían ante mi vista. Comprendí que nuestro exterminio no sólo había sido masivo sino millonario. Lo sucedido en Holanda, por muy horrible que hubiera resultado, había constituido una minúscula fracción de aquella matanza. Auschwitz, que tantos han decidido convertir en un símbolo del exterminio, no fue sino uno de los episodios, uno más y nada más que uno más.

Guardó silencio el judío y no me atreví a interrumpirlo. Sin embargo, ahora parecía estar sumido en una especie de calma extraña. No reprimía ningún tipo de cólera ni tampoco contenía las lágrimas. Ni siquiera daba señal alguna de cansancio. Simplemente, exponía con sosiego lo que, al parecer, habían sido sus conclusiones de posguerra.

—Lo que se produjo no fue simplemente una manifestación de barbarie o la suma de numerosos actos de brutalidad, por así decirlo. Lo que tuvo lugar fue un esfuerzo consciente, pertinaz, único de erradicación absoluta de un pueblo. Lo mismo los judíos casi asimilados de Alemania y Austria, que los refinados judíos franceses, que los judíos fascistas de Italia, que los hasidim del Este de Europa empeñados en encontrar la clave para explicar la vida con la Cábala, que los judíos soviéticos entregados a Stalin... no se hizo diferencia alguna. Ni la más mínima. Todos tenían que ser asesinados. Comisarios políticos y niños, mujeres y abogados de Berlín, autores de teatro austríacos y comerciantes holandeses. Daba lo mismo. Todos, absolutamente todos, debían morir. Y comenzaron a acabar con ellos desde muy pronto. Primero, nos privaron de nuestro carácter humano comparándonos con los salvajes, con las bestias, con los animales más inmundos como las ratas o los piojos. Luego, nos señalaron para que cualquiera pudiera localizarnos por la calle. Después, procedieron a inmovilizarnos para que no tuviéramos la menor posibilidad de escapar. Finalmente, comenzaron a matarnos. Pero no nos moríamos con la rapidez deseada. ¡Tardábamos en desaparecer de la faz de la tierra! ¡Oh, sí! Por supuesto que en los guetos del Este la gente caía como moscas, pero no lo suficientemente deprisa. ¡Oh, sí! Por supuesto que en las llanuras de la Unión Soviética desaparecían por millares, por decenas de miles, ante los comandos destinados única y exclusivamente a exterminarnos, pero no con la suficiente rapidez. Al final, decidieron que los verdugos no irían a buscarnos sino que nos llevarían al lugar donde ya nos estaban esperando y, por añadidura, dieron con el método que permitía liquidarnos en masa. Y entonces comprendí que… que lo que me había sucedido a mí apenas había tenido importancia. ¿Qué punto de comparación podía haber entre el escaso alimento que me había podido conseguir la pobre Rose y la dieta de hambre de los campos? ¿Cómo podía encontrar punto de contacto entre la poca agua de que había disfrutado en mi escondrijo con las legiones de piojos que habían devorado a los judíos de los guetos? ¿Cómo iba a suponer que mis incomodidades en aquel lugar estrecho y oscuro eran parecidas a la negrura de las cámaras de gas o al horror de los hornos crematorios? No. Yo había sobrevivido y lo había logrado de manera… ¿cómo decirle? ¿Fácil? Sí, fácil. Yo me había salvado con cierta *facilidad* mientras millones de los míos desaparecían de este mundo.

Había pronunciado las últimas palabras con un hilo de voz, como si se hubiera ido quedando sin aire, como si se le hubieran escapado las fuerzas, como si fuera incapaz de llegar al final. Respiró hondo y se pasó las manos por los ojos como si deseara secarse unas lágrimas que no existían.

—Sólo sufrimos un desastre parecido cuando Roma dio muerte a las dos terceras partes de nuestro pueblo y arrasó Jerusalén con su Templo. Pero entonces soñábamos con que Dios tendría misericordia de nosotros, con que se volvería hacia nosotros, con que cuidaría, más tarde o más temprano, de nosotros. Seguíamos teniendo nuestra esperanza colocada en el Dios de Abraham, Isaac y Jacob, y a los fariseos no les resultó difícil reconstruir la vida de nuestro pueblo sobre el Talmud. Sí, acepto que era *su* interpretación, que arrojaron del seno de nuestro pueblo a muchos hermanos, que quizá no se caracterizaron por la humildad… de acuerdo, pero podíamos elevar nuestro rostro a Dios y decirle: hemos pecado, nos hemos merecido Tu justo juicio, perdónanos y ayúdanos a seguir adelante hasta que envíes a tu mesías. Nada de eso sucedió tras el Holocausto.

—No sé si entiendo lo que quiere decir.

—Pues debería entenderlo. Durante siglos, habíamos ido sobreviviendo gracias al pacto que Dios hizo con Moisés en recuerdo del que antes contrajo con Abraham. Pero en 1945, incluso en 1933, ¿cuántos de entre nuestro pueblo creían ya en el Dios que entregó la Torah en el Sinaí? A lo largo de siglos, nos habíamos ido distanciando de nuestro destino para creer en los absurdos de una Cábala creada en Castilla, para sustituir al pueblo de Israel por un proletariado que cambiaría de base el mundo, para intentar comprender nuestro sufrimiento no a partir del pecado sino del subconsciente, para pensar incluso en volver a nuestra tierra pero no porque el mesías nos condujera hasta ella sino porque las grandes potencias acabaran consintiendo que regresáramos. Y entonces, en medio de la incredulidad de no pocos (no, ya sé que no de todos, ya sé que no en todas partes), vino la desgracia y otra vez dos terceras partes de nuestro pueblo desaparecieron, pero ahora no teníamos a los fariseos que seguían a Hillel para darnos luz, ni esperábamos que Dios reconstruyera el Templo en Jerusalén ni creíamos en el mesías.

—Creo que exagera usted —le interrumpí—. Hay muchos, muchísimos judíos que todavía siguen esperando al mesías y que también se esfuerzan por cumplir los mandamientos.

—Amigo mío —me respondió el judío—. Usted vive en otro mundo. Ni siquiera en este Estado, el Estado judío, la mayoría de la población, no le digo todos, no, la simple mayoría intenta cumplir la Torah. Oh, por supuesto, se circuncida a los hijos y se recurre a los rabinos para contraer matrimonio y se hacen referencias aquí y allá a la Biblia, e incluso se vigila que en los hoteles los alimentos sean adecuadamente kosher, pero la búsqueda de Dios, de Sus propósitos, de Su luz… eso ha quedado relegado a una minoría a la que casi todos miran con malos ojos.

—¿Por qué está tan seguro de que no ha sucedido así siempre? —pregunté—. ¿Cómo sabe que todos creían en… el siglo XI o en el siglo XV?

—Porque viví en esos siglos —respondió convencido el judío— y sé que nuestra identidad no venía determinada ni por el Holocausto ni por el Estado de Israel, sino por la fe en el Dios de Abraham, Isaac y Jacob, la fidelidad a la Torah entregada a Moisés y la espera de la redención que sólo traerá el mesías. Ja… fue Hitler el que decidió que ser judío no era una cuestión de identidad espiritual sino de genes. Ahora parece que hemos llegado a la conclusión de que ni siquiera los genes son importantes. Basta con apoyar al Estado de Israel y con lamentar el Holocausto deseando que nunca más tenga lugar, pero eso, eso, querido amigo, no puede definir a un judío como tal.

—¿Y por qué?

—Porque eso mismo lo puede sostener cualquier *goy*, incluso un *goy* ateo e impío, pero de la misma manera que el hecho de que defienda a Israel o que asista a una exposición sobre el Holocausto no lo convierte en judío, tampoco puede ser para nosotros la definición de nuestra identidad.

—¿Por qué volvió entonces a Israel?

—Tardé en hacerlo mucho tiempo —respondió el judío.

—¿Lo dice usted en serio? —pregunté sorprendido.

—Totalmente. ¿Por qué iba yo a querer venir a este lugar del mundo después de todo lo que había pasado? Esto era un simple protectorado británico donde algunos judíos, socialistas y ateos en su mayoría, se las veían y se las deseaban para evitar que los árabes los degollaran. No. Yo no creía que aquí pudiera renacer un Estado desaparecido casi veinte siglos antes. No lo creía en absoluto y además tenía preocupaciones más importantes a las que dedicarme.

—¿Se refiere a rehacer su negocio? —pregunté e inmediatamente me arrepentí de haber pronunciado aquellas palabras.

—¿No le parece bien? —Me devolvió la pregunta en un

tono frío—. Claro que los *goyim* nunca intentan después de la guerra reconstruir sus negocios… lo olvidaba.

—Discúlpeme —dije—. No pretendía ofenderlo.

—No me ha ofendido —señaló el judío—, pero no por eso su pregunta deja de ser incorrecta.

—Lo siento —insistí.

El judío levantó la mano derecha como si deseara detener mis palabras.

—Como ya le he contado, gracias a mi amiga Rose logré escapar de las deportaciones y sobrevivir hasta que se fueron los alemanes. Habíamos soñado que la guerra pudiera concluir en 1944, pero los alemanes lograron derrotar a los ingleses y a los americanos en un lugar llamado Arnhem y así todo se alargó casi medio año más. Y cuando me vi fuera… no, no pensé en los otros, ni en Israel, pero tampoco en mis negocios. Sólo pensé en beber un vaso de leche. Fría. Y se lo pedí a Rose.

—Comprendo —dije mientras bajaba la cabeza todavía avergonzado.

—Y luego, después de paladear aquella leche, me puse a mirar el cielo. No era bonito, ésa es la verdad, pero con nubarrones y todo gris, a mí me pareció un cielo particularmente hermoso. Ahora que lo pienso, Noé debió de pensar algo parecido cuando salió del arca después del diluvio. Creo que me habría pasado todo el día con los ojos pegados al firmamento de no ser porque Rose insistió en que entrara en la casa. Sé, lo sé perfectamente, que sentarse a la mesa, comer con cubiertos o descansar en una cama son cosas normales, pero durante años no lo había sido para mí. Ahora tuve que acostumbrarme de nuevo a aquellos pequeños placeres. Le puedo decir que la silla era la cosa más modesta que imaginarse pueda. Desde luego, yo no la hubiera tenido en mi casa, pero entonces estuve a punto de dormirme sentado por lo cómoda que me parecía. Y luego… bueno, no merece la pena entrar en detalles, pero me pareció que, al cabo de casi dos mil años, volvía a redescubrir las cosas.

—¿Regresó a Amsterdam?

—Sí, por supuesto que lo hice. Con Rose. A esas alturas, la ciudad estaba llena de banderas naranjas, las de la casa de Orange, y la gente se sentía feliz, entusiasmada, como si hubiera rejuvenecido. Ahora todo el mundo había estado en la Resistencia. Todos habían combatido a los alemanes. Todos habían ganado la guerra.

—¿Y los nazis holandeses?

—Hubo de todo. —El judío se encogió de hombros—. A algunos los detuvieron y los juzgaron, pero muchos se las arreglaron para salir con bien. A decir verdad, sólo los que habían estado muy implicados en crímenes especialmente escandalosos… Bueno, es igual, a lo que iba. Amsterdam parecía una ciudad feliz, dichosa, pero a mí me resultó vacía. Algunos de mis conocidos gentiles habían muerto durante la guerra, pero los judíos… ah, amigo mío, los judíos habían desaparecido casi por completo. Era como si existieran dos ciudades, una alegre y dichosa y otra, simplemente, muerta y en esa ciudad muerta era donde yo había vivido durante años y ahora no sabía si podría permanecer.

—¿Se quedó en Amsterdam?

—Sí —respondió el judío—. Quizá… quizá me equivoqué, pero el caso es que permanecí en la ciudad. Mi negocio lo habían incautado durante la invasión, pero tuve suerte. Los nazis lo necesitaban y se habían preocupado de que continuara funcionando con mis antiguos empleados. Cuando salieron del país, todo siguió igual.

—¿Y qué dijeron al verlo?

—Hubo de todo —respondió el judío mientras arqueaba las cejas—. Algunos se alegraron y daban gracias a Dios porque seguía vivo; otros abrían y cerraban los ojos como si no pudieran creer lo que tenían delante y, sí, tampoco faltó alguno que no pareció nada contento. Quizá pensó que si no regresaba, todo aquello pasaría a los empleados. Por lo que se refiere a los judíos, a los especialistas que habían trabajado para mí… No regresó ni uno.

Descubrí que los ojos se le llenaban de lágrimas al pronunciar la última frase, pero tendió la palma de la mano como si quisiera apartar de su rostro humo o algún insecto y movió la cabeza indicándome que no deseaba escuchar ningún comentario.

—Está bien —zanjó—. Fue hace mucho tiempo y no tiene remedio.

Calló y respiró hondo, como si deseara librarse de un mal olor absorbiéndolo de una vez.

—Rose se portó muy bien conmigo. Se quedó a mi lado durante aquellos días y me ayudó a poner en orden la casa. Insistía en que no exigía nada, en que no quería nada, en que no me pedía nada, pero yo me daba cuenta de que deseaba casarse conmigo.

—¿Se casó?

—Por supuesto que no. No. No. Jamás. No deseaba tener hijos y volver a pasar por la experiencia de enterrarlos y además… además… bueno, Rose no era judía.

—Pero se había portado con usted mejor que muchos judíos —objeté.

—Cierto, pero tampoco pensaba casarme con esos judíos. No. Verá. Intente comprenderme. Hitler había dedicado más de una década a borrarnos del mapa y le había faltado muy poco para conseguirlo. Yo no estaba dispuesto a terminar su trabajo.

—Creo que no lo entiendo.

—Si me hubiera casado con una gentil; si, por casualidad que no por deseo, hubiéramos tenido esos hijos que no quería y que ya no habrían sido judíos sino gentiles a causa de su madre… ah, al final, Hitler hubiera conseguido su objetivo eliminándonos de este mundo.

Pensé en decirle que su planteamiento era excesivamente radical. Podía entender que no quisiera quebrantar los preceptos de su religión casándose con una mujer que no pertenecía a ella, pero ¿qué tenía aquello que ver con Hitler y más si, de todas formas, no iba a tener hijos? Sin embargo, decidí no discutir con él. No es que creyera que lo que me había contado era cierto, pero sí había alguna posibilidad de que fuera un superviviente del Holocausto. Quizá no como él decía, pero sí uno de los que había logrado conservar la vida a fin de cuentas y si era así, ¿qué sentido tenía debatir sobre algo que había pasado hacía más de medio siglo?

—Y además... bueno, además, había cosas que no me gustaban en Rose. Fumaba mucho, sí, fumaba mucho y... y por su vida habían pasado otros hombres, ¿por qué debía permitir que terminara sus días conmigo?

—¿Quizá porque le salvó la vida? Quiero decir que lo escondió...

—Amigo mío, por eso se puede guardar gratitud, pero no contraer matrimonio.

Sonrió como si le hubiera divertido su última observación.

—Siguió viniendo a verme a menudo, pero yo no hacía nada porque se quedara conmigo. Al final, dejó de acudir a mi casa, pero hasta que adoptó esa decisión pasaron dos o tres años.

—¿Y entonces fue cuando regresó a Israel?

—No vine a Israel hasta los años ochenta —dijo el judío mientras volvía a sonreír—. Justo para la guerra del Líbano.

49

—No es fácil decir esto y menos en este lugar, pero la idea de un Estado judío establecido por las Naciones Unidas… Le soy sincero: nunca me convenció del todo. Era cierto que el nacionalsocialismo de Hitler había dejado de manifiesto lo frágil que podía resultar nuestra supervivencia en un mundo hostil y, como en muchas otras ocasiones del pasado, parecía imperativo contar con un estado donde los judíos pudieran vivir libres sin el temor de recibir daño, de ser incluso exterminados, por el hecho de serlo. Pero, con el corazón en la mano, no se puede decir que lo hayamos conseguido.

—Tienen ustedes un Estado por primera vez en siglos —dije con convicción.

—Sí. Es cierto. Lo tenemos, pero ¿en qué condiciones? Primero, la ONU recortó nuestro territorio por el capricho de las grandes potencias. Reflexione usted, por favor. Belén, ¡Belén!, la ciudad del rey David, en manos de los *goyim*. Hebrón, el lugar donde están enterrados nuestros padres, enclavada en territorio palestino. ¡Y media Jerusalén! Aquel Israel de 1948 era una tierra capitidisminuida. Lo es incluso la posterior a la guerra de 1967.

—Pero no pretendería usted que los palestinos…

—Los palestinos, amigo mío, no han existido nunca como pueblo. Ha habido egipcios y sirios y árabes, pero palestinos…

Los palestinos se han convertido en un ente distinto gracias a oponerse a nosotros y a que sus hermanos de raza y religión se han negado pertinazmente a admitirlos en su seno. Pero nosotros... ¡ah, nosotros llevamos casi dos milenios dando vueltas por esos mundos desde que los romanos decidieron arrasar nuestra Ciudad Santa y prender fuego a nuestro Templo! Y, créame, no se trata únicamente de una cuestión territorial. Además está el tipo de Israel en que vivimos. Mire usted esa explanada. ¿Se celebran sacrificios como en el siglo I? No. ¿Existe alguna posibilidad de que reconstruyamos el Templo? Ninguna a menos que estemos dispuestos a que mil millones de musulmanes se lancen sobre nosotros. Ésta, y crea que lo digo con dolor, no es ni mucho menos la Jerusalén que yo conocí en los primeros años de mi vida. Lo digo con enorme pesar, pero no puedo cerrar los ojos a la realidad.

—Entiendo —reconocí, sin fuerzas para discutir con el judío.

—Y no se trata sólo del territorio o del Templo —continuó sonando amarga su voz—. Está también la seguridad. Puedo asegurarle que con los legionarios romanos patrullando por las calles, ésta era una ciudad muchísimo más segura de lo que pueda serlo ahora. Hace sesenta años, todas las naciones que nos rodean decidieron negarnos el derecho a existir como Estado. Sí, puede usted decir lo que quiera de las resoluciones de la ONU o recordar que la misma que creaba un Estado árabe creaba un Estado judío y que los palestinos, desde esa perspectiva, tienen derecho a existir como Estado porque lo tenemos nosotros. Todo eso lo puede gritar a los cuatro vientos, pero la realidad es que no nos han dejado vivir en paz ni un minuto en el curso de los sesenta años que existe el Estado de Israel. En ocasiones han sido ejércitos regulares como los de Egipto, Siria o Jordania; en otros, regímenes amenazantes como el iraní; siempre, los terroristas, pero no nos han dado un instante de respiro.

El judío hizo una pausa y bajó la cabeza. Parecía estar cansado, igual que si fuera un anciano que ha tenido que subir varios tramos de escalera o un hombre que ha concluido una prolongada carrera.

—Todo eso —dijo al fin—, lo temía yo cuando se fundó este Estado.

—¿Y por qué regresó?

—Al principio, como ya le he dicho, ni se me pasó por la cabeza. Me costó creer que las Naciones Unidas, una organización que agrupaba a estados que habían contemplado sin mover un dedo cómo Hitler preparaba y ejecutaba un plan de exterminio de nuestro pueblo, estuvieran dispuestos a echarnos una mano. Pero me equivoqué. Luego, cuando los ejércitos árabes atacaron aquel ente minúsculo que no contaba con protección alguna, pensé que todo concluiría como en otras ocasiones, como en el 70 o en la guerra de Bar Kojba contra Adriano. También entonces me equivoqué.

—Usted es un pesimista —me atreví a bromear.

—Quizá, pero en ocasiones erré por puro optimismo. Verá, cuando Egipto, Siria y Jordania decidieron acabar con Israel en 1967 y nuestro ejército les asestó una derrota fulminante en tan sólo seis días... bueno, pensé que esta vez... bueno, esta vez sí, aprenderían la lección y tendríamos paz. Incluso comencé a realizar los preparativos para trasladarme a Israel. Era una cuestión muy prolija, tenía que dejar atados muchos cabos sueltos y antes de que pudiera hacerlo, los sirios y los egipcios habían vuelto a atacarnos. Y qué precisión, oiga. Pillaron por sorpresa a nuestro ejército e incluso pasaron por debajo del mar para llegar al Sinaí. Les faltó un tanto así para igualar a Moisés.

—Exagera usted.

—A lo mejor —dijo el judío sin mucha convicción—, pero lo cierto es que aquellos a los que se había derrotado de manera aplastante un lustro atrás, consiguieron darnos un buen susto. En resumen, este Estado era mucho menos seguro de lo que pensábamos muchos.

—Y por eso no regresó...

—Aún pasaron algunos años —continuó hablando sin responder—. Fue cuando los palestinos de Arafat se establecieron en el Líbano. Nada más tener noticia de su entrada, supe que toda la zona estallaría en un torbellino de muerte y destrucción. Creo que no necesita que le demuestre que no me equivoqué. El Líbano era una nación maravillosa, pero llegó Arafat y los musulmanes vieron la ocasión de degollar a los cristianos y crear un nuevo régimen como el de Irán. La suma de Irán, de integrismo islámico y de terrorismo palestino me pareció mucho más preocupante que los ejércitos combinados del mundo árabe. Fue entonces cuando decidí regresar convencido de que, más pronto que tarde, habría una nueva guerra y que sería la peor de las sufridas por este Estado.

—No se equivocó —reconocí—, pero ¿qué podía usted hacer con... con casi dos mil años de edad?

—Alistarme, por supuesto.

Clavé la mirada en el judío. Sí, bien mirado, era posible que hubiera estado en la guerra del Líbano. Entonces podía haber tenido... ¿cuánto? Treinta o treinta y muy pocos años. Sí, quizá había estado allá arriba luchando contra los terroristas.

—¿Es tan fácil alistarse en el ejército de Israel? —pregunté con un tono suavemente incrédulo.

—Sí, si se tiene la edad adecuada —respondió el judío con una ironía que respondía directamente a la mía y añadió—: Yo, por supuesto, la tenía o más bien debo decir, podía fingirla. Sí, no me mire así. Hacerse con unos documentos... convenientes no es tan difícil y más si uno sabe dónde conseguirlos y más si la comunidad judía te conoce y puede respaldar tu *aliyah*, tu regreso a Israel.

—Pero esa comunidad siempre sabrá que usted no es un hombre joven, un hombre de... digamos, treinta años.

El judío me miró con gesto incómodo. Me dio la sensación de haber visto una reacción semejante en algún otro momento. Era justo la cara que ponían los locos cuando se desarmaba uno de sus argumentos y se descubría que no eran lo que afirmaban ser, ya se tratara de Napoleón o de Buda, siquiera porque, de repente, quedaba de manifiesto que no hablaba francés o era noruego.

—Esa comunidad lo único que sabe es que usted es un respetable judío —respondió con tono molesto—. No tiene ningún problema a la hora de entregar cartas, recomendaciones... Así, se llega a Israel. Luego se usa un pasaporte falso, por supuesto, con el mismo nombre aunque con una fecha... razonable.

—Ya... —dije nada convencido de lo que acababa de escuchar—. ¿Y combatió en el Líbano?

—Sí. En carros de combate.

Me pasé la mano por los ojos como si deseara borrar de la vista lo que estaba contemplando. Tenía que reconocer que en algunos momentos aquel hombre me había parecido convincente y que incluso había conseguido que me olvidara de que todo era imposible y absurdo. Ahora esa sensación de verosimilitud, que, ocasionalmente, había acompañado el relato, se acababa de desvanecer y volví a acordarme de Shai y de su imperdonable tardanza. Claro que tampoco era cuestión de irritar a aquel loco en el último momento.

—Carros de combate... ¿eh?

—Sí, en el que yo iba era un vehículo americano adaptado, el M-113. Pesaba unas cuarenta toneladas e iba armado con una ametralladora de 0.5 antiaérea y otras dos laterales MAG.FN de 7.62 mm. Tenía un fuselaje débil, que no superaba los 19-20 mm y lo convertía en un vehículo muy vulnerable, pero su capacidad de maniobra era notable. Su locomoción era sobre orugas, impulsadas por un motor de unos 275 hp Diésel. Podía alcanzar los 50 km por hora. A mí, como conductor, me tocaba sentarme al lado del motor. La temperatura en el interior del vehículo superaba, por regla general, los cincuenta grados. Menos mal que sólo era un transporte que nos permitía llegar hasta primera línea.

Dentro del carro llevábamos hasta seis soldados y, por lo menos tres se asomaban en caso de ataque masivo, cubriendo los flancos y la retaguardia desde la torreta abierta. En caso de necesidad, se bajaba la rampa trasera y terminábamos el trabajo saliendo del carro y limpiando el terreno. Si, por el contrario, el peligro resultaba inminente, el blindado se cerraba herméticamente y continuaba la marcha, sin que nadie asomara la cabeza, sobre todo si había sospecha de gases letales.

—Ya veo —dije siguiéndole la corriente.

—Aquélla fue una guerra… diferente. Sí, muy diferente. Yo había combatido, pero, como usted sabe, todo había sucedido siglos atrás. Fueron conflictos despiadados, duros, sin concesiones, pero, al menos, los que combatían eran soldados. Sabías que no te darían cuartel, que te crucificarían o que te convertirían en esclavo, pero lo que tenías enfrente eran militares con uniforme. En el Líbano… en el Líbano, sólo había terroristas, asesinos cobardes dispuestos a matarte por la espalda en cuanto te descuidaras. No deseo que me malinterprete, pero no he visto gente más asquerosa, más repugnante, más odiosa que los terroristas. Sé que hay gente que los considera luchadores por la libertad… ¡Libertad! Chusma que se esconde detrás de mujeres y niños para evitar que los soldados los persigan… Cuando, finalmente, se los alcanzaba, cuando se disparaba sobre ellos y caía alguna de esas criaturas tras las que se ocultaban, ah, entonces los israelíes éramos asesinos de niños. ¡Y eso nos lo decían a nosotros que tuvimos que ver cómo los musulmanes, los palestinos, las supuestas víctimas, violaban a las mujeres de aldeas enteras en el Líbano o ametrallaban a criaturas por el simple hecho de ser cristianos o nos asesinaban por la espalda a la menor ocasión, en especial, cuando íbamos a vaciar el vientre…

—Perdón, ¿cómo ha dicho?

—Lo que acaba de oír. En mi unidad… era una unidad curiosa, ¿sabe? Teníamos un montón de falashas, ya sabe, esos judíos procedentes de Etiopía cuya piel es negra como el carbón.

—Sé lo que son los falashas —le interrumpí temiendo que entrara en una digresión y perdiera el hilo del relato.

—Bueno, entonces sabe usted que llegaron por millares a Israel. Como millones de judíos, sólo buscaban una patria en la que poder vivir en paz y lo primero que recibieron fue una orden para entrar en el ejército. Eran gente excepcional. Durante el entrenamiento, cuando mi pelotón corría hacia la meta, ellos ya habían llegado y estaban a la mitad de camino de vuelta. Cuando hubo que saltar vallas, lo hicieron como un juego de niños mientras que nosotros echábamos el bofe y cuando hubo que subir con cuerdas, bueno, nosotros nos quedamos exhaustos mientras ellos pedían repetir. ¡Les había divertido horrores aquel ejercicio! Cómo serían los individuos en cuestión que en los ratos libres se divertían subiéndose a los árboles.

—Parece increíble…

—Lo sé, lo sé, pero es la pura verdad. Y tendría que haber visto cómo se sentían en medio de la Naturaleza… No tenían miedo de nada, salvo de la oscuridad. Sí, eran extraordinariamente superiores a nosotros en el terreno físico, pero en el plano psicológico… mire, el fusil M-16 que utilizábamos podíamos desmontarlo en diez segundos con los ojos abiertos y no necesitábamos más de quince segundos para montarlo y que quedara operativo para disparar. Con los ojos cerrados o de noche, para desmontarlo necesitábamos unos diez segundos y montarlo llevaba entre quince y veinte segundos. Pues bien, uno de aquellos falashas necesitó casi una hora y quince para montarlo a oscuras, sí, lo ha oído bien, casi una hora y cuarto. Eso significaba la muerte segura. Pero eran valientes, muy valientes, y estaban dispuestos a dar su vida por Jerusalén.

—Quiere usted decir Israel…

—No. Quiero decir Jerusalén. Ellos sólo soñaban con Jerusalén. Menuda sorpresa se acabaron llevando con lo que era la sociedad israelí… Pero no era eso lo que le estaba contando. Le decía que nos mataban, sobre todo, cuando estábamos vaciando el vientre. Teníamos que ir con el fusil y no soltarlo ni siquiera cuando nos limpiábamos porque, justo en esos momentos, algún terrorista lanzaba una bomba o nos disparaba.

—¿Llegaron a herirlo?

—No sufrí ni un rasguño —dijo el judío—, pero mis compañeros... en una acción llegamos a tener más de un sesenta por ciento de bajas.

Se le habían llenado los ojos de lágrimas. Fue como si acabara de ver los cuerpos destrozados de sus camaradas de armas, como si hubiera revivido una acción de guerra en la que aquellos con los que había convivido durante meses, quizá años, se hubieran convertido en una mera pulpa sanguinolenta.

—Bueno... ya está bien —dijo mientras agitaba las manos en lo que, quizá, era un intento estéril, pero cargado de ansiedad por disipar aquel pasado.

No le dije nada. Estaba más alterado que nunca y había comenzado a respirar trabajosamente.

—No habrá nunca paz —me dijo con un hilo de voz—. Nunca nos dejarán en paz. Están convencidos de que pueden volver a expulsarnos como lo hicieron en el pasado. Como en la guerra del Templo, como con Bar Kojba; sólo descansarán cuando desaparezcamos. Creen que nos sucederá como a los cruzados y que, con el mero paso del tiempo, podrán arrojarnos de esta tierra que es sólo nuestra, que era ya nuestra cuando no había ni un árabe en todas las naciones de alrededor.

Volvió a callar mientras su respiración se convertía en un sonido entrecortado.

—Sólo tendremos paz cuando llegue el mesías... sólo entonces... sólo entonces yo quedaré libre... y dejaré de vagar por este mundo... sólo... sólo entonces...

No terminó la frase. Como si fuera una marioneta a la que hubieran cortado los hilos, sus piernas, sus brazos y su cuello se doblaron y se desplomó contra el suelo. Me lancé sobre el judío y lo incorporé. Tenía los ojos cerrados y el mentón se le había quedado pegado al cuerpo como si careciera de vida. Sentí un pujo de miedo en el pecho. No podía ser que aquel hombre se hubiera muerto. No a mi lado. No cuando estaba solo en aquel rincón del mundo.

—Despierte —dije mientras le daba un cachete en la mejilla izquierda—. ¡Despierte!

Pero el judío no parecía percibir nada de lo que yo decía o hacía. La sensación de angustia que había comenzado a atenazarme se agudizó. Comencé ahora a abofetearle con más fuerza, pero el rostro sólo se movió de un lado a otro, inerte y fofo.

—¡Oh, Dios mío! —gemí—. No se puede morir. No puede.

Sí, efectivamente, no podía, pero tuve la sensación de que no iba a atender a mis razones. De repente, mostrando hasta qué punto la agitación se había apoderado de mí un grueso goterón de sudor se desprendió de mi frente y fue a estrellarse contra el pecho del judío. Se extendió casi como si fuera una mancha de aceite que captó mi atención de la misma manera que la lámpara hace con la polilla. Y entonces la idea se encendió en mi mente como si fuera la cosa más natural del mundo.

—Despierte —dije—. Despierte. Usted no puede morirse. ¿Me oye? No puede. No puede hacerlo porque Jesús no ha regresado todavía.

Reprimí un escalofrío al comprender lo que acababan de pronunciar mis labios. ¡Dios santo! ¿También yo estaba perdiendo la razón? Por un momento, me pareció que iba a perder la cabeza, que se me nublaba la vista, que quizá todo aquello no estaba sucediendo. Me arrancó de aquella sensación un ligero tinte rosado que apareció en las pálidas mejillas del judío. Estaba recuperándose. Parpadeé y, acto seguido, me froté los ojos para asegurarme de que veía correctamente. Sí… sí, daba la sensación de que…

—¡Vamos! —dije mientras lo zarandeaba—. No tiene usted derecho a morirse. No puede hacerlo. Tiene que esperar a que venga Jesús.

Sentí cómo se inflaba el pecho del judío. Fue como si alguien hubiera insuflado en su interior una bocanada inmensa de aire abombándolo de la misma manera que un colchón de playa cuando se hincha. Entonces alzó el mentón, abrió la boca y tuve la sensación de que, una vez más, alentaba. Intenté seguir sujetándolo con una mano mientras pasaba la otra por delante de sus labios. No estaba seguro, pero sí, quizá, respiraba. Sentí entonces un tirón que iba desde la muñeca con la que sujetaba al judío hasta el hombro.

—Está usted vivo —dije deseando que me creyera y actuara en consecuencia—. No puede ser de otra manera. Olvídese de abandonar este mundo. Jesús no ha vuelto y usted no tiene autorización para marcharse. No la tiene, de modo que... de modo que ya está usted recuperando el conocimiento, abriendo los ojos y poniéndose en pie.

Guardé silencio mientras, mentalmente, elevaba una oración a Dios. Aquel hombre no podía morir. Era un loco, sí, seguramente era un trastornado, pero no tenía por qué perder la vida por eso. Si todos los desequilibrados, los que habían sufrido, los que habían perdido a seres queridos fallecían, el género humano se convertiría en una especie en vías de extinción. No. Aquel hombre no podía morir. No podía. No hasta que Jesús regresara.

Y entonces abrió los ojos. Lo hizo como si volviera de un sueño, como si retornara a la realidad y no supiera dónde se encontraba, como si tuviera problemas serios para comprender lo que sucedía a su alrededor.

—¿Está usted bien? —le dije—. Voy a llamar una ambulancia. Lo atenderán.

El judío me miró y, de repente, pareció entenderme. Parpadeó e incluso, sí, esbozó una leve sonrisa.

—Ayú... ayúdeme a levantarme —susurró.

—Por supuesto —dije, pero al intentarlo, noté que se me habían dormido las piernas y que tenía los brazos extraordinariamente doloridos. No sólo eso. Daba la sensación de que, por más que lo intentaba, no podía moverlos un solo centímetro. Era como cuando en los sueños intentamos correr y las sábanas nos impiden dar un solo paso.

—¡Es él! —escuché que alguien decía en hebreo a mi espalda.

Intenté volverme, pero la espalda me avisó de que no estaba dispuesta a colaborar, al menos no de manera indolora.

—Bueno, ya era hora de que lo encontráramos… —oí ahora y tuve la impresión de que se trataba de otra persona que también se expresaba en hebreo.

Unos brazos musculosos me apartaron y, acto seguido, agarraron con fuerza al judío. Me retiré hacia la izquierda para que pudiera maniobrar con soltura. Se trataba de un hombre. Postrado en el suelo, como estaba, me dio la impresión de que era alto, fuerte y ataviado con algo que parecía un uniforme. Intenté moverme para verlo mejor y entonces mi vista tropezó con un vehículo blanco sobre cuyo techo se movía una luz que giraba. Una ambulancia. Pero… pero ¿cómo…?

—Esta vez nos ha costado mucho dar con usted —dijo otro hombre que acababa de acercarse y que ahora colaboraba con el otro en poner de pie al judío—. No nos vuelva a hacer estas cosas, abuelo. Ya sabe usted que tenemos mucho trabajo que atender.

Apoyé las manos en el suelo e intenté ponerme en pie. Las piernas no me sostenían. Seguramente, no lo harían hasta que la sangre volviera a circular por ellas.

—¿Pueden ayudarme? —supliqué en hebreo.

—Sí, claro —dijo uno de los hombres mientras se inclinaba hacia mí y me atendía.

—¿Lo conocen? —indagué mientras sentía cómo la cabeza me daba vueltas mientras intentaba mantenerme en pie.

—¿A quién? ¿Al viejo? Por supuesto. El señor Cartfield.

—Cartfield… —repetí invadido por la vaga sensación de que el nombre no me era del todo desconocido.

—Ahí donde lo ve es un héroe de la guerra del Líbano. Logró salvar su unidad de una emboscada de los terroristas. Bueno, lo que quedaba, pero la verdad es que pudieron matarlos a todos.

—¿Padece alguna enfermedad?

El hombre frunció los labios con expresión de pesar. Luego se llevó el dedo índice a la sien y se dio un par de golpecitos.

—Aquello fue muy duro y quedó un tanto… afectado. Hace unos años hubo que recluirlo porque le daba por contar historias raras. Quizá usted ha tenido ocasión de comprobarlo. Habitualmente, está internado, pero, a veces, se escapa y nos volvemos locos para dar con él y conseguir ingresarlo de nuevo. Es una pena. En ocasiones, puede ser una persona muy agradable.

No tardaron más de un par de minutos en llegar hasta la ambulancia, sacar una camilla y tender en ella al hombre al que habían llamado Cartfield. Estaban a punto de introducirla de nuevo en el vehículo cuando, renqueante, apreté el paso y llegué hasta donde se encontraba el judío. No pronunció una palabra, pero levantó suavemente la mano derecha y trazó un gesto de despedida. Intenté devolvérselo, pero para cuando lo llevé a cabo, ya habían cerrado la puerta y la ambulancia se había puesto en marcha. Por unos instantes, la vi alejarse, blanca y arrojando luz. Luego desapareció totalmente de la vista.

Regresé con pasos lentos al lugar donde había estado sentado las últimas horas. Las colillas apagadas, la ceniza aún pegada en algunos lugares del suelo me dijeron que no se había tratado de un sueño. Respiré hondo e intenté ordenar mis pensamientos. ¿Quién era realmente aquel hombre que había enhebrado en un relato coherente dos mil años de historia judía y al que los enfermeros habían llamado Cartfield? Lo más seguro es que nunca llegara a saberlo.

Y entonces lo vi. Sí, era él. Con su sonrisa burlona, su pelo cortado como un militar y un brazo levantado en señal de cordial saludo. Con varias horas de retraso, Shai Shemer, mi buen amigo, acababa de llegar a recogerme.

Rosh ha-Shaná, 2007

Nota de autor

La historia del judío errante forma parte del acervo centenario de leyendas de los pueblos de Europa. Los nombres que se le han atribuido, los caminos que recorrió o incluso los testimonios de los que afirmaron haberlo conocido no coinciden. Sin embargo, el inicio de la tradición es siempre el mismo. Camino del Calvario, Jesús se detuvo ante su taller rogándole unos instantes de alivio y el judío se negó a concedérselos. El Nazareno le anunció apenado que tampoco él disfrutaría del reposo sino que debería esperarlo hasta que regresara al final de los tiempos.

Difícilmente puede negarse que los dos mil últimos años han resultado extraordinariamente importantes para el pueblo judío siquiera porque en ellos ha vivido la liquidación del sistema espiritual centrado en el Templo de Jerusalén, la existencia paralela de un extraordinario movimiento religioso que afirma seguir a un mesías judío al que su propio pueblo no ha aceptado en su mayoría, el intento de sobrevivir espiritualmente sobre la base del Talmud, la separación de sus raíces espirituales articulando en paralelo las más diversas visiones globalizadotas y el regreso a su solar patrio. Todo eso —y también más— constituye, precisamente, la peripecia del judío errante.

He intentado relatar esta trayectoria desde una perspectiva muy diferente de la tópica y manida a la que estamos acostumbrados. Por ejemplo, resulta habitual referirse al paso de los judíos por España señalando la Edad de Oro de Sefarad y la expulsión de 1492. Ambos polos de referencia son adecuados, pero han ensombrecido la historia real de los judíos en España. Por eso, me pareció mucho más interesante mostrar cómo las comunidades judías habían comenzado un proceso terrible de decadencia un siglo antes de la expulsión, cuando se desencadenaron los pogromos escalofriantes de 1393. Se trata de un episodio que no suele mencionarse quizá porque no puede descargarse su responsabilidad sobre los monarcas, como en el caso de 1492, sino que ésta estuvo estrechamente vinculada al pueblo llano que ya tenía un peso notable en la vida política de la nación. Con todo, su importancia no puede minimizarse.

Algo similar sucede con el caso de José Pichón. Todo lo descrito en las páginas precedentes en relación con este judío castellano resulta rigurosamente histórico, pero las mismas comunidades judías extirparon de sus registros el relato de un importante correligionario asesinado por los suyos a impulsos de las emociones más bajas. Lo referido, sin duda, recoge una visión muy diferente de las habituales, pero, a mi juicio, refleja de manera mucho más exacta y cabal lo que fue aquel período de la historia judía.

Ese intento de mostrar acontecimientos de extraordinaria relevancia, pero poco conocidos por el gran público se manifiesta en otras partes de la novela. Por ejemplo, hubiera sido muy sencillo relatar el período previo a la llegada de los nacionalsocialistas al poder y el Holocausto recurriendo a las referencias a la aniquilación de la República de Weimar, los guetos y a Auschwitz. Que éstas son importantes no puede ocultarse, pero recogen más la experiencia de los judíos de Europa oriental que la de todos los que vivieron en territorios ocupados por el III Reich. Por eso he optado por relatar la manera en que Hitler fue absorbiendo un antisemitismo racial y místico en la Viena llena de judíos brillantes y extraordinarios antes de la Primera Guerra Mundial y también por unir la descripción del Holocausto con la experiencia holandesa y la celebración de los tribunales de honor de posguerra contra judíos pertenecientes a los Judenrat. En ambos casos, debo decir una vez más que los datos son rigurosamente históricos. La homosexualidad de Hitler —que derivó hacia la prostitución al menos antes de 1914— ha quedado sólidamente documentada, entre otros, por Lotar Machtan, catedrático de historia contemporánea en Bremen. Por lo que se refiere a sus relaciones con la ariosofía, la dejé establecida también de manera indiscutible en *Los incubadores de la serpiente* (Madrid, 1997).

Ese intento de mostrar el otro lado de la historia judía queda de manifiesto en esta novela al abordar los inicios del sionismo o la manera en que fueron contemplados personajes llamados a convertirse, de manera un tanto acrítica y sectaria, en iconos contemporáneos. Figuras como las de Cromwell, Rabinowitz o Hechler son rigurosamente históricas y también lo son de manera extraordinariamente detallada los episodios relatados sobre ellos en esta novela. Cuestión aparte es que estos personajes hayan sido olvidados en los estrechos moldes de una historia más oficial del sionismo. Sin embargo, Cromwell es uno de los ejemplos de que hubo épocas en que los puritanos creían más en el regreso de los judíos a su solar patrio que los propios judíos; Rabinowitz es un paradigma de otro sionismo, en su caso vinculado, nada más y nada menos que a la figura de Jesús y Hechler tuvo un papel en la vida de Herzl —cuyas vicisitudes son también relatadas con enorme exactitud en las páginas precedentes— extraordinariamente importante.

Por lo que se refiere a personajes como Bar Kojba, Marx o Freud, he considerado lo más conveniente mostrarlos como fueron realmente y no como han sido retratados por sus hagiógrafos. De Bar Kojba hay que señalar que no pasó de ser un personaje incompetente que arrastró a su pueblo a la desgracia por causas ciertamente de justificación dudosa. Por supuesto, la mayoría de sus contemporáneos no lo vieron así empezando por algunos de los protagonistas del Talmud y es poco verosímil que el sionismo actual acepte ese veredicto que resulta difícil de refutar. Por su parte, Marx —cuyos malos hábitos, incluidos el de lanzar piedras a las farolas londinenses, el de vivir a costa de Engels o el de aprovecharse sexualmente de la criada, están más que atestiguados— sufrió un marcado antisemitismo que suele pasarse por alto, aunque explica buena parte de sus puntos de vista. Y así llegamos a Freud. Como he señalado en la novela, la mayoría de sus contemporáneos lo consideraron un simple charlatán por las razones que relato. Que una adecuada política de comunicación llevada a cabo por sus seguidores cambiara esa percepción no invalida lo dicho. Por cierto, la entrevista con Mahler es un hecho histórico cuyo conocimiento nos ha llegado a través de distintas fuentes. Sólo me he permitido especular sobre las razones por las que el genial compositor avanzó tanto en el psicoanálisis en el curso de unas horas. Por supuesto, no puedo asegurar que fuera así, pero tampoco me atrevería a descartarlo de una manera radical.

El papel de la religión en la historia de los judíos resulta verdaderamente esencial. A decir verdad, prácticamente hubo que esperar a finales del siglo XIX, para que ser judío comenzara a ser una categoría desvinculada de la fe religiosa y relacionada con una supuesta raza. Precisamente por ello, he tenido que hacer un hincapié especial en episodios de carácter religioso que pesaron enormemente en la historia judía. Ése es el caso de la extraordinaria catástrofe que significó la destrucción del Templo de Jerusalén en el año 70 d.C. El judaísmo evolucionó después en una dirección diferente y, en buena medida, inesperada, pero no puede pasarse por alto un episodio de enorme relevancia que acabó derivando en la redacción del Talmud y en su consagración como verdadera tabla de salvación de un pueblo que había perdido a manos de Roma el camino que Dios le había entregado para expiación de sus pecados.

Esa enorme relevancia del factor religioso la hallamos también en el caso de la vida de mesías como Bar Giora, Bar Kojba o Shabbatai Zvi. Para los no judíos, se trata, por regla general, de figuras desconocidas siquiera porque el mesías más conocido y el único cuyos seguidores se han perpetuado a lo largo de dos milenios es Jesús. Sin embargo, todos ellos tuvieron una enorme importancia en momentos concretos de la historia judía. Al respecto, los datos contenidos en esta novela están cuidadosamente contrastados aunque —debe reconocerse— resultan, en algunos casos, verdaderamente llamativos.

También resultan exactas las referencias al origen del Talmud, al surgimiento de la Cábala, y, especialmente, del libro del *Zohar* o a la aparición de los hasidim.

Finalmente, debo referirme a la manera en que es contemplado el Estado de Israel. En contra de lo que afirman determinadas visiones ideológicas y mediáticas no por repetidas menos tópicas y falsas, no existe una visión monolítica del Estado de Israel entre los judíos ni todos sienten hacia él lo mismo. Los hay que han encontrado en su seno un refugio después del Holocausto o, como en el caso de los falashas, con posterioridad. Otros lo contemplan como el cumplimiento de un programa político de carácter nacionalista que se inició en el siglo XIX. Pero tampoco faltan los que lo ven como el cumplimiento de un sueño de carácter trascendente que abarca multitud de tonos. En la medida de lo posible, he intentado referirme a todos esos matices. A fin de cuentas, *El judío errante* no es sino la historia del pueblo judío en los dos mil últimos años. Se trata, sin embargo, de una historia parcial y subjetiva, como corresponde siempre a los individuos, que ha discurrido por unos caminos y no por otros de la gran Historia judía. Lo que se narra en ella es verídico, pero carece de objetividad. Por lo que se refiere a la peripecia del judío, ¿quién puede saber si el personaje es real, si sólo se trata del relato de un loco o, simplemente, de un sueño?

Otras novelas de César Vidal
publicadas en Debolsillo

El médico de Sefarad

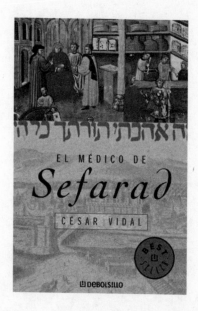

A mediados del siglo XII, el Mediterráneo constituía un mundo en tensión permanente: en Oriente, Saladino se preparaba para asaltar Jerusalén, y en Occidente los invasores almohades imponían su dominio en Al-Andalus. Justamente en esas tierras, en la ciudad de Córdoba, nació en el seno de una familia judía Moisés ben Maimón, médico y filósofo, conocido también como Maimónides. Fueron tiempos difíciles que obligaron a su padre, un respetado rabino, a emprender con su familia la ruta del exilio tras verse forzado a apostatar de su fe.

Yo, Isabel la Católica

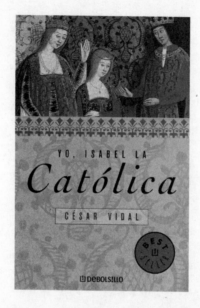

Escrito a la manera de un diario que el médico judío de la corte encuentra, lee y anota tras la muerte de la reina, *Yo, Isabel la Católica* reconstruye en primera persona las vivencias de la reina Isabel, las opiniones políticas que la llevaron a asentar en la península Ibérica las bases del Estado moderno, su visión sobre las costumbres y el ambiente de la corte y sus sentimientos como mujer, madre y soberana.

El médico del Sultán

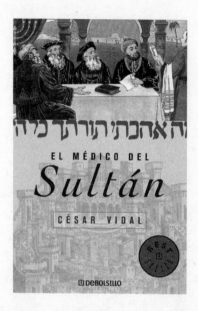

El siglo XII se acercaba agitadamente a su fin cuando Saladino, el
paladín del islam, decidió asaltar los enclaves cruzados en Tierra
Santa. Se trataba de una empresa colosal que no sólo chocaba con
los obstáculos planteados por caballeros como los templarios y
hospitalarios, sino también por las propias intrigas surgidas en los
palacios de El Cairo. En medio de ese mundo en permanente tensión, emerge, como un faro de serena inquietud existencial, la figura de Moisés ben Maimón, también conocido como Maimónides, el
médico, rabino y filósofo que se había exiliado de Sefarad y que
buscaba la paz en el otro extremo del mundo.

Los hijos de la luz

En 1778, en una tranquila ciudad de Baviera, una inquietante carta
cae en manos del inspector de policía Wilhelm Koch. Firmada con
el nombre de Espartaco, habla con odio y amargura de la injusticia
de la sociedad y de la necesidad de destruir el orden social. Koch
se enfrenta a la peor amenaza de su vida: para interpretar la carta e
identificar al misterioso Espartaco, pide ayuda a Lebendig, un sabio grafólogo cuyo análisis de los escritos llevará a los dos a emprender una peligrosísima investigación. Este fascinante caso des-
cubrirá un complot nacido en las logias masónicas y urdido por la
oscura sociedad de los *Illuminati*, un grupo inspirado por tratados
de demonología, brujería y asesinatos.

Artorius

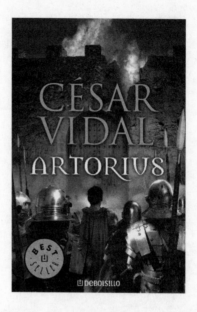

A fines del siglo v d.C., el Imperio romano agonizaba a causa de su decadencia interna y las embestidas bárbaras. Cuando Roma se desplomó, no fueron pocos los que pensaron que su civilización debía ser salvada de aquellos que pretendían aniquilarla. Entre ellos, se encontraba un oficial romano llamado Lucius Artorius Castus, que en la lejana Britannia decidió mantener la ley, el orden y la justicia frente a los invasores. Sus gestas prodigiosas darían lugar, con el paso del tiempo, a las leyendas artúricas.

La noche de la tempestad

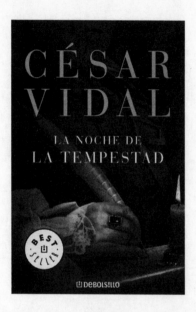

1616. William Shakespeare, el autor más importante de Inglaterra, acaba de fallecer... En apariencia, todo resulta normal cuando sus familiares y amigos son citados para la lectura de la última voluntad del escritor. Sin embargo, las disposiciones contenidas en el testamento desafían toda lógica. Partiendo de este punto de arranque rigurosamente histórico, *La noche de la tempestad* nos lleva, a través de unas horas de literatura y magia, a recorrer la vida de Shakespeare descubriendo una clave oculta para la lectura de sus obras y para la comprensión de un testamento que constituía la consumación de su existencia.

Impreso en Talleres Gráficos
LIBERDÚPLEX, S.L.U.
Pol. Ind. Torrentfondo
Ctra. Gelida BV-2249 Km. 7,4
08791 Sant Llorenç d'Hortons (Barcelona)